La ORDEN

DANIEL Silva

La ORDEN

HarperCollins *Español*

Título original: *The Order*
Publicado en inglés por Harper en 2020

Mapa de Nick Springer, copyright © 2020 Springer Cartographics LLC

PRIMERA EDICIÓN DE HARPERCOLLINS ESPAÑOL

Traducción: Victoria Horrillo Ledesma

Publicado originalmente por HarperIbérica en 2021

Este libro ha sido debidamente catalogado en la Biblioteca del Congreso de los Estados Unidos.

ISBN 978-0-06-294367-5

21 22 23 24 25   LSC   10 9 8 7 6 5 4 3 2 1

Como siempre, para mi mujer, Jamie, y mis hijos, Lily y Nicholas

Viendo, pues, Pilatos que nada conseguía, sino que el tumulto crecía cada vez más, tomó agua y se lavó las manos delante de la muchedumbre, diciendo: «Yo soy inocente de esta sangre; vosotros veáis». Y todo el pueblo contestó diciendo: «Caiga su sangre sobre nosotros y sobre nuestros hijos».

Mateo, 27: 24-25

En todas las desgracias que en adelante azotaron al pueblo judío —desde la destrucción de Jerusalén hasta la obscenidad de Auschwitz— resonaba algún eco de aquel pacto de sangre.

Ann Wroe, *Pilatos. Biografía de un hombre inventado*

Hay que ignorar a conciencia el pasado para no saber adónde conduce todo esto.

Paul Krugman, *New York Times*

CIUDAD DEL VATICANO

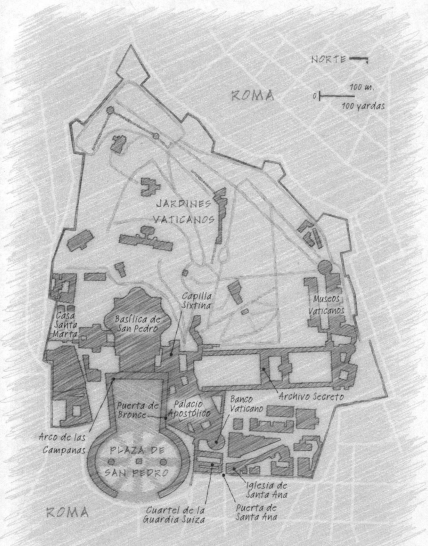

ROMA

NORTE

0 — 100 m.
100 yardas

JARDINES
VATICANOS

Museos
Vaticanos

Capilla
Sixtina

Casa
Santa
Marta

Basílica de
San Pedro

Archivo Secreto

Puerta de
Bronce

Palacio
Apostólico

Banco
Vaticano

Arco de las
Campanas

PLAZA DE
SAN PEDRO

Iglesia de
Santa Ana

ROMA

Cuartel de la
Guardia Suiza

Puerta de
Santa Ana

PREFACIO

Su santidad el papa Pablo VII aparecía por primera vez en *El confesor*, el tercer libro de la serie de novelas protagonizada por Gabriel Allon. Más adelante se dejó ver también en *The Messenger* y *The Fallen Angel*. Nacido Pietro Lucchesi, es el expatriarca de Venecia y el sucesor directo de Juan Pablo II en la cátedra de san Pedro. En mi recreación ficticia del Vaticano, los papados de Joseph Ratzinger y Jorge Mario Bergoglio —los sumos pontífices Benedicto XVI y Francisco— no han tenido lugar.

PRIMERA PARTE

INTERREGNO

1

ROMA

La llamada llegó a las 11:42 de la noche. Luigi Donati dudó antes de contestar. El número que mostraba la pantalla de su *telefonino* era el de Albanese. Solo podía haber un motivo para que le llamara a esas horas.

—¿Dónde está su excelencia?

—Extramuros.

—Ah, sí. Es jueves, ¿verdad?

—¿Pasa algo?

—Es mejor que no lo hablemos por teléfono. Nunca se sabe quién puede estar escuchando.

Donati salió a la noche húmeda y fría. Vestía traje clerical negro con alzacuellos, no la sotana con muceta y ribetes de un color casi fucsia que usaba en la oficina, como llamaban los prelados de su rango al Palacio Apostólico. El arzobispo Donati era el secretario personal de su santidad el papa Pablo VII. Alto y delgado, con una hermosa mata de pelo oscuro y facciones de ídolo de la gran pantalla, tenía sesenta y tres años recién cumplidos. La edad, sin embargo, no había mermado su atractivo. La revista *Vanity Fair* le había apodado recientemente «Luigi el Conquistador». El artículo había sido para él motivo de infinito bochorno dentro del insidioso mundillo de la curia romana. Aun así, dada la reputación bien fundada que tenía Donati de ser implacable, nadie se había atrevido a mencionárselo a la cara. Nadie excepto el santo padre, que se había mofado de él sin piedad.

«Es mejor que no lo hablemos por teléfono...».

Donati llevaba preparándose para ese momento un año o más, desde el primer infarto leve, que había logrado ocultar al resto del mundo e incluso a gran parte de la curia. Pero ¿por qué precisamente tenía que ser esa noche?

Reinaba un silencio extraño en la calle. «Un silencio mortal», pensó Donati de pronto. Era una avenida flanqueada por palacios, justo al lado de Via Veneto, uno de esos lugares que rara vez pisaba un sacerdote, y menos aún un sacerdote formado en el seno de la Compañía de Jesús, la orden rigurosa en lo intelectual y rebelde en ocasiones, a la que pertenecía Donati. Su coche oficial, con la matrícula SVC propia del Vaticano, aguardaba junto a la acera. El chófer —uno de los ciento treinta agentes del Corpo della Gendarmeria, la policía de la Santa Sede— se dirigió sin prisa en dirección oeste, cruzando Roma.

«No sabe nada».

Donati echó un vistazo en el móvil a las páginas web de los principales diarios italianos. Tampoco se habían enterado aún. Ni ellos, ni sus colegas de Londres y Nueva York.

—Encienda la radio, Gianni.

—¿Música, excelencia?

—Noticias, por favor.

Otra sarta de sandeces de Saviano despotricando contra los inmigrantes árabes y africanos que estaban destrozando el país, como si los italianos no se bastaran por sí solos para empantanar las cosas... Saviano llevaba meses dando la lata al Vaticano para que el santo padre le concediera una audiencia privada, una audiencia que Donati, con no poco regocijo, le había negado.

—Ya es suficiente, Gianni.

La radio volvió a enmudecer, afortunadamente. Donati miró por la ventanilla del lujoso automóvil de fabricación alemana. Aquella no era forma de viajar para un soldado de Cristo. Era, suponía, la última vez que atravesaba Roma en un coche con chófer. Durante casi dos décadas, había ejercido como jefe de personal de la Iglesia católica romana, o algo parecido. Había sido una época tumultuosa: el atentado terrorista en San Pedro, el escándalo en torno a los Museos Vaticanos y sus antigüedades, la lacra de los abusos sexuales... Y, sin embargo, Donati había disfrutado de cada minuto. Ahora, en un abrir y cerrar de ojos, todo se acababa. Volvía a ser un simple cura. Nunca se había sentido tan solo.

El coche cruzó el Tíber y tomó Via della Conciliazione, el ancho bulevar que Mussolini abrió como un tajo en los arrabales de Roma. La cúpula iluminada de la basílica, restaurada en todo su esplendor, se alzaba a lo lejos. Siguieron la curva de la columnata de Bernini hasta la puerta de Santa Ana, donde un guardia suizo les franqueó con un gesto la entrada al territorio de la ciudad-estado. El guardia vestía su uniforme azul de diario: jubón con cuello blanco de colegial, medias hasta la rodilla, boina negra y capa para guarecerse del relente nocturno. Tenía los ojos secos, la faz tranquila.

«No lo sabe».

El coche avanzó despacio por Via Sant'Anna. Dejó atrás el cuartel de la Guardia Suiza, la parroquia de Santa Ana, la imprenta y el Banco Vaticano, y se detuvo por fin junto al arco de acceso al patio de San Dámaso. Donati cruzó a pie el empedrado, entró en el ascensor más importante de la cristiandad y ascendió a la tercera planta del Palacio Apostólico. Avanzó a paso rápido por la logia: a un lado, una pared acristalada; al otro, un fresco. Torció a la izquierda y llegó a los apartamentos papales.

Otro guardia suizo, este en uniforme completo de gala, estaba apostado junto a la puerta, tieso como una vara. Donati pasó a su lado sin decir palabra y entró. Un jueves, iba pensando. ¿Por qué tenía que ser un jueves?

Dieciocho años, se dijo mientras recorría con la mirada el despacho privado del santo padre, dieciocho años y nada había cambiado. Solo el teléfono. Donati había conseguido convencer por fin al papa de que cambiara el aparato de disco de Wojtyla, una antigualla, por un moderno teléfono multilínea. Aparte de eso, la habitación estaba tal y como la había dejado el polaco. El mismo sobrio escritorio de madera. La misma silla beis. La misma alfombra oriental raída. El mismo reloj dorado y el crucifijo. Incluso el vade de mesa y el juego de escritorio eran aún los de Wojtyla el Grande. A pesar de las esperanzas que había suscitado en un principio su papado —la ilusión de una Iglesia más amable, menos represiva—, Pietro Lucchesi no había logrado escapar por completo de la larga sombra de su predecesor.

Donati se fijó instintivamente en la hora que marcaba su reloj de pulsera. Pasaban siete minutos de la medianoche. El santo padre se había retirado a su despacho a las ocho y media con intención de dedicar hora y media a leer y escribir. Normalmente, Donati se quedaba junto a su jefe o se iba a su despacho, situado en aquel mismo pasillo. Pero, como era jueves, la única noche de la semana que tenía para él, solo se había quedado hasta las nueve.

«Hazme un favor antes de irte, Luigi...».

Lucchesi le había pedido que abriera las gruesas cortinas que cubrían la ventana del despacho, la misma ventana desde la que el santo padre rezaba el ángelus cada domingo a mediodía. Donati había obedecido. Incluso había abierto las contraventanas para que su santidad pudiera contemplar la plaza de San Pedro mientras se afanaba en despachar el papeleo eclesiástico. Las cortinas estaban ahora corridas por completo. Donati las apartó. Las contraventanas también estaban cerradas.

El escritorio estaba recogido, sin el desorden típico de Lucchesi. Había una taza de infusión medio vacía, con la cuchara apoyada en el platillo, que no estaba allí cuando él se marchó, y varios documentos guardados en carpetas de color marrón cuidadosamente apiladas bajo el viejo flexo. Un informe de la archidiócesis de Filadelfia sobre las consecuencias económicas del escándalo de los abusos sexuales. Comentarios para la audiencia general del miércoles. El primer borrador de una homilía para la próxima visita papal a Brasil. Notas para una encíclica sobre el tema de la inmigración que sin duda irritaría a Saviano y a sus compañeros de viaje de la extrema derecha italiana.

Faltaba un documento, sin embargo.

«Te encargarás de que lo reciba, ¿verdad, Luigi?».

Donati miró la papelera. Estaba vacía. Ni un solo trozo de papel.

—¿Busca algo, excelencia?

Levantó la vista y vio al cardenal Domenico Albanese, que lo observaba desde la puerta. Albanese era calabrés de nacimiento y, de oficio, burócrata de la curia. Ocupaba varios altos cargos en la Santa Sede; entre ellos, el de presidente del Consejo Pontificio para el Diálogo entre Religiones y el de archivero y bibliotecario de la Santa Iglesia Romana. Eso no explicaba, sin embargo, su presencia en los apartamentos papales a las doce y siete minutos de la madrugada. Domenico Albanese era, además, el camarlengo, el encargado de notificar oficialmente que la cátedra de san Pedro estaba vacante.

—¿Dónde está? —preguntó Donati.

—En el reino de los cielos —repuso el cardenal.

—¿Y su cadáver?

De no haber tenido vocación clerical, Albanese podría haberse ganado la vida transportando lápidas de mármol o acarreando medias reses en un matadero calabrés. Donati lo siguió por el corto pasillo, hasta el dormitorio. Otros tres cardenales esperaban en la media luz de la habitación: Marcel Gaubert, José María Navarro y Angelo Francona. Gaubert era el secretario de Estado, lo que equivalía a decir el primer ministro y el jefe de la diplomacia del país más pequeño del mundo. Navarro era el prefecto de la Congregación para la Doctrina de la Fe, el guardián de la ortodoxia católica y el adalid contra la herejía. Francona, el mayor de los tres, era el decano del Colegio Cardenalicio. Sería el encargado de presidir, por lo tanto, el próximo cónclave.

Fue Navarro, un español de noble cuna, quien se dirigió primero a Donati. Aunque hacía casi un cuarto de siglo que vivía y trabajaba en Roma, aún hablaba italiano con fuerte acento español.

—Luigi, sé lo doloroso que tiene que ser esto para ti. Nosotros éramos sus leales servidores, pero era a ti a quien más quería.

El cardenal Gaubert, un parisino flaco y de rostro felino, acompañó el tibio pésame del español con una profunda inclinación de cabeza, al igual que los tres seglares que permanecían de pie entre las sombras del contorno de la habitación: el doctor Octavio Gallo, médico personal del santo padre; Lorenzo Vitale, jefe del Corpo della Gendarmeria; y el coronel Alois Metzler, comandante de la Guardia Suiza Pontificia. Donati había sido, al parecer, el último en llegar. Sin embargo era él, el secretario privado, y no el camarlengo, quien debería haber convocado a la plana mayor de la Iglesia a reunirse junto al lecho de muerte del papa. De pronto le asaltaron los remordimientos, pero, al contemplar la figura tendida en la cama, el sentimiento de culpa dio paso a una pena abrumadora.

Lucchesi llevaba puesta aún la sotana blanca, pero le habían quitado las pantuflas, y el solideo no estaba a la vista. Alguien le había puesto las manos sobre el pecho. Aferraba con ellas su rosario. Tenía los ojos cerrados y la mandíbula floja, pero su cara no presentaba señal alguna de dolor, nada que sugiriera que había sufrido. De hecho, a Donati no le habría sorprendido que su santidad se hubiera despertado de repente y le hubiera preguntado qué tal le había ido la noche.

«Llevaba puesta aún la sotana blanca...».

Donati se había encargado de llevar la agenda del santo padre desde el primer día de su pontificado. La rutina vespertina del papa pocas veces variaba. Cenaba de siete a ocho y media. Se encargaba del papeleo en el despacho de ocho y media a diez y luego dedicaba quince minutos a orar y reflexionar en su capilla privada. Por regla general, a las diez y media ya estaba en la cama, normalmente con una novela policíaca inglesa, su placer inconfesable. En la mesilla de noche, debajo de sus gafas de leer, descansaba *Intrigas y deseos* de P. D. James. Donati abrió el libro por la página señalada.

Cuarenta y cinco minutos más tarde Rickards volvía a estar en el escenario del crimen...

Donati cerró el libro. El sumo pontífice, calculó, llevaba muerto casi dos horas, puede que más.

—¿Quién lo encontró? —preguntó con calma—. Espero que no haya sido una de las monjas del servicio.

—Fui yo —contestó el cardenal Albanese.

—¿Dónde estaba?

—Su santidad abandonó esta vida en la capilla. Lo encontré pasadas las diez. En cuanto a la hora exacta de su fallecimiento... —El calabrés encogió sus gruesos hombros—. No sabría decir, excelencia.

—¿Por qué no se me avisó inmediatamente?

—Lo busqué por todas partes.

—Debería haberme llamado al móvil.

—Eso he hecho. Varias veces, en realidad. Sin respuesta.

El camarlengo estaba mintiendo, pensó Donati.

—¿Y qué hacía usted en la capilla, eminencia?

—Esto empieza a parecer un interrogatorio. —Albanese miró un instante al cardenal Navarro; después, volvió a fijar los ojos en Donati—. Su santidad me pidió que rezara con él. Yo acepté su invitación.

—¿Le llamó él directamente?

—Sí, a mi apartamento —respondió el camarlengo con una inclinación de cabeza.

—¿A qué hora?

Albanese miró el techo como si tratara de recordar un detalle menor que había olvidado.

—A las nueve y cuarto. Puede que a y veinte. Me pidió que viniera cuando pasaran unos minutos de las diez. Cuando llegué...

Donati miró el cuerpo sin vida tendido sobre la cama.

—¿Cómo ha llegado aquí?

—Lo traje yo.

—¿Usted solo?

—Su santidad llevaba sobre los hombros el peso de la Iglesia —repuso Albanese—, pero muerto es ligero como una pluma. Como no conseguía contactar con usted, avisé al secretario de Estado, que a su vez llamó a los cardenales Navarro y Francona. A continuación llamé al *dottore* Gallo, que certificó el fallecimiento. La causa de la muerte ha sido un infarto fulminante. El segundo, ¿no? ¿O es el tercero?

Donati miró al médico papal.

—¿A qué hora certificó usted el fallecimiento, *dottore* Gallo?

—A las once y diez, excelencia.

El cardenal Albanese carraspeó suavemente.

—En mi declaración oficial he ajustado ligeramente la secuencia temporal de los hechos. Si así lo desea, Luigi, puedo decir que fue usted quien lo encontró.

—No será necesario.

Donati se arrodilló junto a la cama. En vida, el santo padre había sido muy menudo. La muerte lo había menguado aún más. Donati se acordó del día en que el cónclave eligió por sorpresa a Lucchesi, el patriarca de Venecia, para que fuera el sumo pontífice de la Iglesia católica romana, el número doscientos sesenta y cinco de los que ocupaban la cátedra de san Pedro. En la Sala de las Lágrimas, eligió la sotana más pequeña de las tres ya preparadas y, aun así, parecía un niño pequeño vestido con la camisa de su padre. Cuando salió al balcón de San Pedro, su cabeza asomaba a duras penas por encima de la balaustrada. Los vaticanistas le apodaron Pietro el Improbable. Los representantes de la línea más dura de la Iglesia se referían a él socarronamente como «el papa accidental».

Pasados unos instantes, Donati sintió una mano sobre su hombro. Pesaba como plomo. Así pues, tenía que ser la de Albanese.

—El anillo, excelencia.

Una de las responsabilidades del camarlengo era destruir el anillo del pescador del papa difunto en presencia del Colegio Cardenalicio. Esta costumbre, sin embargo, se había abandonado, al igual que la de dar tres golpecitos con un martillo de plata en la frente del papa para verificar que estaba muerto. En lugar de destruir el anillo —que Lucchesi rara vez se ponía—, se le practicarían dos profundas incisiones en el signo de la cruz. Otras tradiciones, en cambio, seguían en vigor, como la clausura inmediata de los apartamentos papales. Ni siquiera Donati, el secretario personal de Lucchesi, podría entrar una vez retirado el cadáver.

Todavía de rodillas, Donati abrió el cajón de la mesilla de noche y sacó el grueso anillo de oro. Se lo entregó al cardenal Albanese, que lo guardó en una bolsita de terciopelo y declaró solemnemente:

—Sede vacante.

La cátedra de san Pedro estaba ahora vacía. La Constitución apostólica dictaba que el cardenal Albanese se hiciera cargo del gobierno de la Iglesia católica romana mientras durara el interregno, que concluiría con la elección de un nuevo papa. Donati, que solo era arzobispo titular, no tendría ni voz ni voto. De hecho, ahora que su jefe había muerto, carecía de cargo y de poder, y solo debía responder ante el camarlengo.

—¿Cuándo piensa hacer público el comunicado? —preguntó.

—Estaba esperando su llegada.

—¿Podría revisarlo?

—El tiempo es esencial. Si lo posponemos más...

—Desde luego, eminencia. —Donati puso la mano sobre las de Lucchesi. Ya estaban frías—. Me gustaría quedarme un momento a solas con él.

—Solo un momento —repuso el camarlengo.

La habitación se vació lentamente. El cardenal Albanese fue el último en salir.

—Dígame una cosa, Domenico.

El camarlengo se detuvo en la puerta.

—¿Excelencia?

—¿Quién corrió las cortinas del despacho?

—¿Las cortinas?

—Estaban abiertas cuando me marché, a las nueve. Y las contraventanas, también.

—Las cerré yo, excelencia. No quería que se viera desde la plaza que había luz encendida en los apartamentos a esas horas de la noche.

—Sí, claro. Hizo usted bien, Domenico.

El camarlengo salió, dejando la puerta abierta. A solas con su difunto jefe, Donati luchó por contener el llanto. Tendría tiempo más adelante de dar rienda suelta a su pena. Se inclinó hacia la oreja de Lucchesi y apretó suavemente su mano fría.

—Háblame, viejo amigo —le susurró—. Dime qué ha pasado de verdad esta noche.

2

JERUSALÉN – VENECIA

Fue Chiara quien informó en secreto al primer ministro de que su marido necesitaba urgentemente unas vacaciones. Desde que ocupaba a regañadientes el despacho de dirección de King Saul Boulevard, Gabriel apenas se había concedido una tarde libre; solo tras el atentado de París, que le fracturó dos vértebras lumbares, se había tomado un par de días de baja. Aun así, era una decisión que no podía tomarse a la ligera. Gabriel necesitaba comunicaciones seguras y, lo que era más importante, un sólido dispositivo de seguridad. Igual que Chiara y los gemelos. Irene y Raphael celebrarían pronto su cuarto cumpleaños. El peligro que corría la familia Allon era tan agudo que nunca habían puesto un pie fuera del Estado de Israel.

Pero ¿adónde irían? Viajar a un destino exótico y lejano estaba descartado. Tendrían que quedarse no muy lejos de Israel, de modo que, si se daba una emergencia nacional —cosa harto probable—, Gabriel pudiera estar de vuelta en King Saul Boulevard en cuestión de horas. Podían olvidarse de hacer un safari en Sudáfrica y de viajar a Australia o las Galápagos. Seguramente era mejor así, porque Gabriel tenía una relación problemática con los animales salvajes. Chiara no quería, además, que otro largo vuelo lo dejara agotado. Desde que era el director general de la Oficina, viajaba cada dos por tres a Washington para conferenciar con sus socios americanos en Langley. Lo que más falta le hacía era descansar.

Claro que, por otro lado, no era natural en él estar ocioso. Era un hombre de enorme talento, pero con escasas aficiones. No esquiaba ni buceaba, y en toda su vida había empuñado un palo de golf o una raqueta de tenis, salvo para usarlos como arma. Las playas le aburrían, a no ser que fueran frías y ventosas. Le gustaba navegar, especialmente en las aguas turbulentas del oeste de Inglaterra, o echarse una mochila a la espalda y caminar a buen paso por los páramos yermos. Pero ni siquiera Chiara, que había sido agente de la Oficina, era capaz de seguir su ritmo más allá de uno o dos kilómetros. Los niños, sin duda, desfallecerían de cansancio.

El truco estaba en encontrar algo que Gabriel pudiera hacer mientras estuvieran de vacaciones: un pequeño proyecto que lo mantuviera ocupado un par de horas por la mañana, hasta que los niños se despertaran y estuvieran vestidos y listos para empezar el día. ¿Y si además ese proyecto podía llevarse a cabo en una ciudad en la que ya se sentía a gusto? ¿En la ciudad donde había estudiado restauración y había ejercido como aprendiz? ¿En el lugar donde Chiara y él se conocieron y enamoraron? Ella era oriunda de esa ciudad, y su padre era el rabino principal de su declinante comunidad judía. Además, su madre no dejaba de insistir en que llevara a los niños a hacerles una visita. Sería perfecto, se dijo Chiara. Los dos pájaros de un tiro del refrán.

Pero ¿cuándo? En agosto no había ni que pensar. El clima era demasiado húmedo y caluroso, y la ciudad estaría sumergida en un mar de turistas: hordas *selfiteras* que seguían a guías malhumorados por la ciudad durante una o dos horas, se tomaban a toda prisa un capuchino a precio de oro en el Caffè Florian y regresaban luego a su barco para seguir con el crucero. En cambio, si esperaban, pongamos, hasta noviembre, el tiempo estaría fresco y despejado y tendrían los *sestieri* casi para ellos solos. Así tendrían oportunidad de reflexionar sobre su futuro sin las distracciones de la Oficina y la vida cotidiana en Israel. Gabriel había informado al primer ministro de que solo ocuparía el cargo durante un mandato. Era hora de ir pensando cómo iban a pasar el resto de su vida y dónde querían que se criaran sus hijos. Los años empezaban a pesarles a los dos; sobre todo, a Gabriel.

Chiara no le informó de sus planes porque sabía que solo conseguiría que su marido le soltara una larga perorata sobre los motivos por los que el Estado de Israel se derrumbaría si él se tomaba un solo día de vacaciones. Se confabuló, en cambio, con Uzi Navot, el subdirector, para elegir las fechas. Intendencia, la división de la Oficina que se encargaba de adquirir y gestionar los pisos francos, se encargó del alojamiento. La policía local y los servicios de inteligencia, con los que Gabriel mantenía una colaboración muy estrecha, acordaron ocuparse de la seguridad.

Ya solo quedaba encontrar un proyecto que mantuviera ocupado a Gabriel. A finales de octubre, Chiara llamó a Francesco Tiepolo, el propietario de la empresa de restauración más importante de la región.

—Tengo justo lo que necesitas. Te mando una foto por correo electrónico.

Tres semanas más tarde, cuando regresó a casa tras una reunión especialmente conflictiva del inestable Gobierno israelí, Gabriel se encontró con las maletas hechas.

—¿Me dejas?

—No —contestó Chiara—. Nos vamos de vacaciones. Los cuatro.

—No puedo...

—Ya está todo arreglado, cariño.

—¿Lo sabe Uzi?

Ella asintió.

—Y también lo sabe el primer ministro.

—¿Adónde vamos? ¿Y por cuánto tiempo?

Chiara se lo dijo.

—¿Y qué voy a hacer dos semanas sin trabajar? —preguntó él.

Ella le dio una fotografía.

—Es imposible que me dé tiempo a terminarlo.

—Pues haz todo lo que puedas.

—¿Y que otro toque mi trabajo?

—No será el fin del mundo.

—Nunca se sabe, Chiara. Podría ser.

* * *

El apartamento ocupaba el *piano nobile* de un ruinoso *palazzo* de Cannaregio, el *sestiere* situado más al norte de los seis en que se dividía el casco histórico de Venecia. Tenía un gran salón, una cocina espaciosa llena de electrodomésticos modernos y una terraza que daba al Rio della Misericordia. En una de sus cuatro habitaciones, Intendencia montó una línea segura con King Saul Boulevard, provista de una estructura parecida a una tienda de campaña —una *jupá*, en la jerga de la Oficina— en la que Gabriel podía hablar por teléfono sin miedo al espionaje electrónico. Varios *carabinieri* vestidos de paisano montaban guardia fuera, en la Fondamenta dei Ormesini. Gabriel, con su consentimiento, portaba una Beretta de 9 milímetros, igual que Chiara, que tenía mucha mejor puntería que él.

A escasos metros, por el muelle, había un puente de hierro —el único de Venecia— y al otro lado del canal se abría la ancha plaza del Campo di Ghetto Nuovo, donde, además de haber un museo y una librería, se hallaban las oficinas de la comunidad judía. La Casa Israelitica di Riposo, una residencia de ancianos, ocupaba el flanco norte de la plaza. Junto a ella había un austero monumento en bajorrelieve dedicado a los judíos de Venecia que en diciembre de 1943 fueron detenidos e internados en campos de concentración y posteriormente asesinados en Auschwitz. Dos *carabinieri* armados hasta los dientes vigilaban el monumento desde una garita fortificada. De las doscientas cincuenta mil personas que aún tenían su hogar en las islas de una Venecia que se hundía, solo los judíos necesitaban protección policial las veinticuatro horas del día.

Los edificios de viviendas que flanqueaban el *campo* eran los más altos de Venecia, debido a que en la Edad Media la Iglesia tenía prohibido a sus ocupantes residir en otros barrios de la ciudad. En los pisos superiores de varios edificios había pequeñas sinagogas, ahora restauradas con esmero, que habían servido antaño a las comunidades de judíos sefardíes y asquenazíes que habitaban más abajo. Las dos sinagogas de la judería que aún funcionaban estaban situadas al sur del *campo*. Ambas estaban camufladas: nada en su fachada hacía sospechar que fueran templos hebreos. La sinagoga española la habían fundado los antepasados de Chiara en 1580. Desprovista de calefacción, abría solo entre la Pascua Judía y las fiestas de Rosh Hashanah y Yom Kippur. La sinagoga levantina, situada en la esquina de una plazoleta, daba servicio a la congregación judía en invierno.

El rabino Jacob Zolli y su esposa, Alessia, vivían a la vuelta de la esquina de la sinagoga levantina, en una casita estrecha que daba a una *corte* pequeña y recoleta. La familia Allon cenó allí el lunes, pocas horas después de su llegada a Venecia. Gabriel consiguió mirar su teléfono solo cuatro veces.

—Espero que no haya ningún problema —comentó el rabino Zolli.

—Lo de siempre —murmuró Gabriel.

—Es un alivio.

—No creas.

El rabino se rio por lo bajo y paseó la mirada por la mesa con satisfacción, posando un instante los ojos en sus dos nietos, su esposa y, por último, en su hija. La luz de las velas se reflejaba en los ojos de Chiara, del color del caramelo, con pintas doradas.

—Chiara nunca ha estado tan radiante. Salta a la vista que la haces muy feliz.

—¿De veras?

—Evidentemente, ha habido baches en el camino —repuso el rabino en tono admonitorio—, pero te aseguro que se considera la persona más feliz del mundo.

—Lo siento, pero ese privilegio me corresponde a mí.

—Se rumorea que te ha engañado para obligarte a venir de vacaciones.

Gabriel arrugó el ceño.

—Seguro que eso está prohibido por la Torá.

—No, que yo sepa.

—Ha hecho bien, probablemente —reconoció Gabriel—. Dudo que yo hubiera aceptado, si no.

—Me alegro mucho de que por fin hayáis traído a los niños a Venecia, pero me temo que habéis venido en un momento difícil. —El rabino Zolli bajó la voz—. Saviano y sus amigos de la extrema derecha han despertado fuerzas oscuras en Europa.

Giuseppe Saviano era el nuevo primer ministro de Italia, un xenófobo intolerante que desconfiaba de la libertad de prensa y tenía poca paciencia para melindres tales como la democracia parlamentaria o el imperio de la ley. Lo mismo podía decirse de su gran amigo Jörg Kaufmann, el neofascista en ciernes que ocupaba la cancillería austriaca. En Francia se daba ampliamente por sentado que Cécile Leclerc, la líder del Frente Popular, sería la próxima ocupante del palacio del Elíseo. Y en Alemania se esperaba que los nacionaldemócratas, liderados por un ex cabeza rapada neonazi llamado Axel Brünner, fueran la segunda fuerza política más votada en las elecciones generales de enero. Al parecer, la extrema derecha estaba en auge en todas partes.

La globalización, la incertidumbre económica y la composición demográfica del continente, que cambiaba a gran velocidad, habían abonado su ascenso en Europa Occidental. Los musulmanes constituían ya el cinco por ciento de la población europea. Un número cada vez mayor de europeos consideraba el islam una amenaza existencial para su identidad cultural y religiosa. Su ira y su resentimiento, antes refrenados u ocultos a la vista del público, corrían ahora por las venas de Internet como un virus. Los ataques contra los musulmanes habían aumentado bruscamente, igual que las agresiones físicas y los actos de vandalismo contra los judíos. De hecho, el antisemitismo en Europa había alcanzado niveles nunca vistos desde la Segunda Guerra Mundial.

—La semana pasada volvieron a atacar nuestro cementerio en el Lido —comentó el rabino Zolli—. Lápidas volcadas, esvásticas... Lo de siempre. La gente de mi congregación está asustada. Yo intento tranquilizarla, pero el caso es que yo también tengo miedo. Los políticos xenófobos como Saviano han agitado la botella y le han quitado el corcho. Sus seguidores se quejan de los refugiados de Oriente Medio y África, pero a quien más desprecian es a los judíos. Es el odio más antiguo. Aquí, en Italia, ya no está mal visto ser antisemita. Ahora se puede expresar abiertamente el desprecio contra los judíos. Y los resultados han sido los predecibles.

—La tormenta pasará —repuso Gabriel con poca convicción.

—Seguramente tus abuelos dijeron lo mismo. Y los judíos de Venecia también. Tu madre consiguió salir viva de Auschwitz. Los judíos venecianos no tuvieron esa suerte. —El rabino Zolli meneó la cabeza—. Esta película ya me la he visto, Gabriel. Sé cómo termina. No olvides nunca que lo inimaginable puede ocurrir. Pero no estropeemos la noche con conversaciones desagradables. Quiero disfrutar de la compañía de mis nietos.

A la mañana siguiente, Gabriel se levantó temprano y pasó unas horas refugiado en la *jupá*, hablando con sus principales colaboradores en King Saul Boulevard. Después, alquiló una lancha y llevó a Chiara y a los niños a dar una vuelta por la ciudad y las islas de la laguna. Hacía mucho frío para bañarse en el Lido, pero los niños se descalzaron y estuvieron persiguiendo gaviotas y charranes por la playa. En el camino de vuelta a Cannaregio, pararon en la iglesia de San Sebastiano de Dorsoduro para ver *La Virgen y el Niño en la gloria con los santos*, el cuadro del Veronés que Gabriel había restaurado cuando Chiara estaba embarazada. Después, mientras la luz otoñal se disolvía, los gemelos estuvieron jugando al pilla pilla con otros niños en el Campo di Ghetto Nuovo. Sus padres observaron la alegre algarabía del juego sentados en un banco de madera delante de la Casa Israelitica di Riposo.

—Puede que este sea mi banco favorito del mundo entero —comentó Chiara—. Es donde te sentaste el día que entraste en razón y me suplicaste que volviera contigo. ¿Te acuerdas, Gabriel? Fue después del atentado en el Vaticano.

—No sé qué fue peor, si los lanzagranadas y los terroristas suicidas o cómo me trataste.

—Te lo merecías, por bobo. No debería haber aceptado volver a verte.

—Y ahora nuestros hijos juegan en el *campo* —dijo Gabriel.

19

Chiara miró la garita de los *carabinieri*.

—Vigilados por hombres armados.

Al día siguiente, miércoles, Gabriel salió del apartamento tras hacer sus llamadas matutinas y, con un maletín de madera barnizada bajo el brazo, fue andando hasta la iglesia de la Madonna dell'Orto. La nave central estaba en penumbra y unos andamios ocultaban los arcos apuntados de los pasillos laterales. La iglesia no tenía transepto, pero sí un ábside pentagonal que albergaba la tumba de Jacopo Robusti, más conocido como Tintoretto. Era allí donde lo esperaba Francesco Tiepolo, un hombre grande como un oso, con una enmarañada barba entre gris y negra. Vestía, como de costumbre, un amplio blusón blanco con un fular de aire bohemio anudado al cuello.

—Siempre he sabido que volverías —dijo al abrazar con fuerza a Gabriel.

—Estoy de vacaciones, Francesco. No te hagas ilusiones.

Tiepolo meneó la mano como si tratara de espantar a las palomas de la Piazza di San Marco.

—Ahora estás de vacaciones, pero tú morirás en Venecia algún día. —Fijó la mirada en la tumba que tenía a sus pies—. Pero supongo que no podremos enterrarte en una iglesia, ¿no?

Tintoretto pintó diez cuadros para la iglesia entre 1552 y 1569; entre ellos, la *Presentación de María en el templo*, que colgaba en el lado derecho de la nave, un lienzo enorme, de 4,80 por 4,29, que se contaba entre sus obras maestras. La primera fase del proceso de restauración —la retirada del barniz descolorido— ya estaba terminada. Quedaba por hacer el retoque, la reconstrucción de las partes del lienzo dañadas por el tiempo y las condiciones ambientales. Era una tarea monumental. Gabriel calculó que un solo restaurador tardaría un año entero; quizá más.

—¿Quién ha sido el pobrecillo que se ha encargado de quitar el barniz? Antonio Politi, imagino.

—Fue Paulina, la nueva. Tenía la esperanza de poder observarte mientras trabajas.

—Supongo que le habrás quitado esa idea absurda de la cabeza.

—Rotundamente. Me ha dicho que puedes ponerte con cualquier parte del cuadro, menos con la Virgen.

Gabriel levantó la mirada hacia lo alto del lienzo. Miriam, la hija de tres años de Joaquín y Ana, judíos de Nazaret, subía indecisa los quince escalones del Templo de Jerusalén para presentarse ante el sumo sacerdote. Unos peldaños por debajo había una mujer reclinada, envuelta en un vestido marrón, con un niño (o quizá fuera una niña, era imposible saberlo) apoyado en el regazo.

—Ella —dijo Gabriel— y el niño.

—¿Estás seguro? Es mucho trabajo.

Gabriel sonrió melancólicamente, los ojos fijos en el cuadro.

—Es lo menos que puedo hacer por ellos.

Estuvo en la iglesia hasta las dos, más tiempo del que pensaba. Esa noche, Chiara y él dejaron a los niños con sus abuelos y cenaron a solas en un restaurante del otro lado del Gran Canal, en San Polo. Al día siguiente, jueves, Gabriel llevó a sus hijos a dar un paseo en góndola por la mañana y trabajó en el Tintoretto desde el mediodía hasta las cinco de la tarde, cuando Tiepolo cerró las puertas de la iglesia.

Chiara decidió que cenaran en el apartamento y preparó la cena. Después, Gabriel supervisó la batalla campal de cada noche conocida como la hora del baño y se retiró al refugio de la *jupá* para ocuparse de una crisis de poca importancia surgida en Israel. Era casi la una de la noche cuando se metió en la cama. Chiara estaba leyendo una novela, sin hacer caso de la tele, que estaba encendida con el volumen quitado. En la pantalla aparecía una imagen en directo de la basílica de San Pedro. Gabriel subió el volumen y se enteró de que un viejo amigo había muerto.

3

CANNAREGIO, VENECIA

Esa mañana, el cadáver de su santidad el papa Pablo VII fue trasladado a la Sala Clementina, en la segunda planta del Palacio Apostólico. Permaneció allí hasta la tarde siguiente, cuando fue conducido en procesión solemne hasta la basílica de San Pedro, donde se instaló la capilla ardiente, que estaría dos días abierta al público. Cuatro guardias suizos armados con alabardas custodiaban al pontífice difunto. El cuerpo de prensa del Vaticano hizo hincapié en el hecho de que el arzobispo Luigi Donati, confidente y principal colaborador del santo padre, casi no se apartara de su lado.

La tradición eclesiástica dictaba que el funeral y el entierro del papa se celebrasen entre cuatro y seis días después de su fallecimiento. El cardenal camarlengo Domenico Albanese anunció que el sepelio tendría lugar el martes siguiente y que el cónclave se reuniría diez días después. Los vaticanistas auguraban una dura pugna entre conservadores y reformistas. El favorito en las apuestas era el cardenal José María Navarro, que se había servido de su posición como guardián de la doctrina católica para edificar una base de poder dentro del Colegio Cardenalicio que rivalizaba incluso con la del papa recién fallecido.

El alcalde de Venecia —donde Pietro Lucchesi había ejercido como patriarca de la Iglesia católica— declaró tres días de luto oficial. Las campanas de la ciudad enmudecieron y en la basílica de San Marcos se ofició una vigilia con moderada concurrencia de público. Por lo demás, la vida siguió su curso normal. Una suave *acqua alta* inundó parte de Santa Croce y un crucero de dimensiones colosales se llevó por delante un muelle del canal de la Giudecca. En los bares donde los vecinos se reunían a tomar café o una copa de coñac para combatir el frío otoñal rara vez se oía el nombre del pontífice fallecido. Descreídos por naturaleza, eran pocos los venecianos que iban a misa con regularidad y menos aún los que vivían conforme a los preceptos de los hombres del Vaticano. Las iglesias de Venecia, las más bellas de toda la cristiandad, eran lugares a los que los turistas extranjeros iban a mirar embobados el arte del Renacimiento.

Gabriel, en cambio, seguía con algo más que un interés pasajero los acontecimientos que tenían lugar en Roma. La mañana del sepelio del papa, llegó temprano a la iglesia y trabajó sin interrupción hasta las doce y cuarto, cuando oyó un eco de pasos en la nave central. Se levantó el visor de aumento y entreabrió con cautela el velo de lona que envolvía su andamio. El general Cesare Ferrari, comandante de la División para la Defensa del Patrimonio Cultural de los *carabinieri,* más conocida como la Brigada Arte, lo miró inexpresivamente.

Sin esperar invitación, el general se metió detrás de la lona y contempló el gigantesco lienzo, bañado por la luz blanca e inclemente de dos lámparas halógenas.

—Uno de los mejores que pintó, ¿no te parece?

—Soportaba una enorme presión para demostrar su valía. El Veronés tenía por entonces fama de ser el sucesor de Ticiano y el mejor pintor de Venecia. Al pobre Tintoretto ya no le hacían encargos tan importantes como antaño.

—Esta era su parroquia.

—No me digas.

—Vivía a la vuelta de la esquina, en la Fondamenta di Mori. —El general apartó la lona y salió a la nave—. Antes había un Bellini en esta iglesia. Una virgen con el niño. Lo robaron en 1993. Lo estamos buscando desde entonces. —Miró a Gabriel por encima del hombro—. No lo habrás visto, ¿verdad?

Gabriel sonrió. Poco antes de convertirse en director de la Oficina, había recuperado el cuadro robado más buscado del mundo, la *Natividad con san Francisco y san Lorenzo* de Caravaggio. Había procurado que todo el mérito se le atribuyera a la Brigada Arte. Por ese motivo, entre otros, el general Ferrari había accedido a proporcionarle una escolta de seguridad las veinticuatro horas del día durante sus vacaciones en Venecia.

—Se supone que tendrías que estar relajándote —comentó el italiano.

Gabriel se bajó el visor de aumento.

—Y eso hago.

—¿Algún problema?

—Por alguna razón inexplicable, me está costando un poco recrear el color del vestido de esta señora.

—Me refería a tu seguridad.

—Parece que mi regreso a Venecia ha pasado inadvertido.

—No del todo. —El general echó un vistazo a su reloj—. Imagino que no podré convencerte para que te tomes un descanso para comer.

—Nunca como cuando estoy trabajando.

—Sí, lo sé. —El general apagó las luces halógenas—. No se me ha olvidado.

Tiepolo le había dado a Gabriel una llave de la iglesia. Bajo la atenta mirada del comandante de la Brigada Arte, conectó la alarma y cerró la puerta. Fueron dando un paseo hasta un bar situado unas puertas más abajo de la antigua casa de Tintoretto. Detrás del mostrador, la tele emitía el funeral del papa.

—Por si tenías alguna duda —comentó el general—, el arzobispo Donati quería que asistieras.

—Entonces ¿por qué no me han invitado?

—El camarlengo no quiso ni oír hablar del asunto.

—¿Albanese?

Ferrari asintió.

—Por lo visto, nunca le ha agradado que tengas una relación tan estrecha con Donati. Ni con el santo padre, dicho sea de paso.

—Seguramente es mejor que no haya ido. Solo habría sido una distracción.

El general frunció el ceño.

—Deberían haberte sentado en un sitio de honor. A fin de cuentas, de no ser por ti, el santo padre habría muerto en el atentado terrorista contra el Vaticano.

El barman, un joven de veintitantos años, flacucho y con camiseta negra, les puso dos cafés. El general echó azúcar al suyo. A la mano con la que lo removió le faltaban dos dedos. Los había perdido por culpa de una carta bomba, cuando era comandante de los *carabinieri* de la región de Nápoles, infectada por la camorra. En la explosión perdió también el ojo derecho. La prótesis ocular, con su pupila inmóvil, le había dotado de una mirada fría e implacable que hasta Gabriel tendía a esquivar. Era como mirar el ojo de un dios omnisciente.

En aquel momento, el ojo estaba fijo en la pantalla del televisor. La cámara avanzaba lentamente, mostrando una fila patibularia de políticos, monarcas y celebridades de diverso pelaje. Finalmente, se posó en Giuseppe Saviano.

—Por lo menos no se ha puesto el brazalete —murmuró el general.

—¿No es santo de tu devoción?

—Saviano es un defensor apasionado del presupuesto de la brigada. Así que nos llevamos bastante bien.

—A los fascistas les encanta el patrimonio cultural.

—Él se considera un populista, no un fascista.

—Menos mal, es un alivio.

La sonrisa fugaz de Ferrari no se reflejó en su prótesis ocular.

—Era inevitable que un sujeto como Saviano llegara al poder. Nuestro pueblo ha perdido la fe en ideales fantasiosos como la democracia liberal, la Unión Europea y la alianza occidental. ¿Y cómo no iba a ser así? Entre la globalización y la automatización, la mayoría de los jóvenes italianos no encuentran trabajo como es debido. Si quieren un empleo bien pagado, tienen que irse a Inglaterra. Y si se quedan aquí... —El general miró al joven que atendía la barra—. Se dedican a poner cafés a los turistas. O a agentes de inteligencia israelíes —añadió bajando la voz.

—Eso no va a cambiarlo Saviano.

—Seguramente no. Pero, entretanto, proyecta una imagen de fortaleza y seguridad en sí mismo.

—¿Y qué hay de sus capacidades para desempeñar el puesto de primer ministro?

—Mientras mantenga alejados a los inmigrantes, a sus votantes les trae sin cuidado que no sepa ni juntar dos letras.

—¿Y si hay una crisis? Una crisis de verdad. No una inventada por una página web de la derecha.

—¿Una crisis de qué tipo?

—Podría ser otra crisis económica que barra el sistema bancario. —Gabriel hizo una pausa—. O algo mucho peor.

—¿Qué podría ser peor que el que se esfumen los ahorros de toda tu vida?

—¿Una pandemia global, por ejemplo? Una cepa desconocida de gripe para la que los humanos no tengan defensas naturales.

—¿Una especie de peste?

—No te rías, Cesare. Solo es cuestión de tiempo.

—¿Y de dónde vendrá esta peste de la que hablas?

—Saltará de animales a humanos en un lugar en el que las condiciones sanitarias dejen mucho que desear. Un mercado húmedo chino, por ejemplo. Empezará despacio, solo unos cuantos casos en una zona localizada. Pero, como estamos tan interconectados, se extenderán por todo el planeta como un incendio incontrolado. Los turistas chinos traerán el patógeno a Europa Occidental durante la primera fase del brote, antes incluso de que se identifique el virus. Al cabo de unas pocas semanas se habría infectado la mitad de la población italiana, puede que más. ¿Qué pasará entonces, Cesare?

—Dímelo tú.

—Habrá que poner en cuarentena a todo el país para impedir que el virus siga extendiéndose. Los hospitales estarán tan sobrepasados que se verán obligados a admitir únicamente a los pacientes más jóvenes y con más posibilidades de sobrevivir. Morirán cientos de personas cada día, puede que miles. El ejército tendrá que recurrir a la incineración masiva para impedir que el virus se difunda más aún. Será...

—Un holocausto.

Gabriel asintió lentamente.

—¿Y cómo crees que reaccionará un incompetente y un iletrado como Saviano en esas circunstancias? ¿Hará caso a los expertos en medicina o pensará que él sabe mejor lo que se hace? ¿Le dirá la verdad a la ciudadanía o prometerá que hay una vacuna y tratamientos efectivos a la vuelta de la esquina?

—Culpará a los chinos y a los inmigrantes y saldrá más fuerte que nunca. —Ferrari lo miró, muy serio—. ¿Sabes quizá algo que no me estás contando?

—Cualquiera con dos dedos de frente sabe que hace mucho tiempo que nos acecha algo de la magnitud de la gripe de 1918. Le he dicho a mi primer ministro que, entre los peligros que afronta Israel, el de una pandemia es el peor de todos.

—Me alegro de que mi única responsabilidad sea encontrar cuadros robados. —El general observó cómo la cámara de televisión enfocaba un mar de sotanas rojas—. Entre esos está el nuevo papa.

—Dicen que va a ser el cardenal Navarro.

—Eso se rumorea.

—¿Tienes información privilegiada?

El general Ferrari respondió como si se dirigiera a una sala llena de periodistas.

—Los *carabinieri* no vigilan en modo alguno el proceso de sucesión papal. Como tampoco lo hacen los demás cuerpos y organismos de seguridad del Estado italiano.

—Venga ya.

El general se rio suavemente.

—¿Y vosotros?

—Al Estado de Israel no le concierne quién sea el nuevo papa.

—Ahora sí le concierne.

—¿Y eso por qué?

—Dejaré que te lo explique *él*. —Ferrari señaló con la cabeza el televisor, que mostraba un primer plano del arzobispo Luigi Donati, secretario personal de su santidad el papa Pablo VII—. Quiere saber si tienes un rato para hablar con él.

—¿Por qué no me ha llamado directamente?

—No es algo de lo que quiera hablar por teléfono.

—¿Te ha dicho de qué se trata?

El general negó con la cabeza.

—Solo que era un asunto de la mayor importancia. Confiaba en que estuvieras libre para comer mañana.

—¿Dónde?

—En Roma.

Gabriel no contestó.

—Es solo una hora de viaje en avión. Estarás de vuelta en Venecia para la cena.

—¿Seguro?

—A juzgar por el tono de voz del arzobispo, lo dudo mucho. Te espera a la una en el Piperno. Dice que conoces el sitio.

—Me suena vagamente.

—Quiere que vayas solo. Y no te preocupes por tu mujer y los niños. Los tendré bien vigilados mientras dure tu ausencia.

—¿Mientras dure mi ausencia?

Gabriel no habría elegido esa expresión para describir una visita de unas horas a la Ciudad Eterna.

El general volvía a mirar fijamente la televisión.

—Fíjate en esos príncipes de la Iglesia, todos vestidos de rojo.

—El color simboliza la sangre de Cristo.

Ferrari parpadeó con su ojo bueno, sorprendido.

—¿Cómo narices sabes eso?

—He pasado buena parte de mi vida restaurando arte cristiano. Creo poder afirmar que sé más sobre la historia y la doctrina de la Iglesia que muchos católicos.

—Incluyéndome a mí. —El general miró de nuevo la pantalla—. ¿Quién crees que será?

—Dicen que Navarro ya está encargando muebles nuevos para el *appartamento*.

—Sí. —El italiano asintió, pensativo—. Eso dicen.

4

MURANO, VENECIA

—Por favor, dime que es una broma.

—Te aseguro que no ha sido idea mía.

—¿Sabes cuánto tiempo y esfuerzo me ha costado organizar este viaje? Por el amor de Dios, tuve que reunirme con el primer ministro.

—Por eso te pido perdón de todo corazón —repuso Gabriel en tono solemne.

Estaban sentados en la parte de atrás de un pequeño restaurante de Murano. Gabriel había esperado a que acabaran de comerse los entrantes para decirle que pensaba viajar a Roma a la mañana siguiente, aunque, a decir verdad, sus motivos eran egoístas. El restaurante, especializado en pescado, era uno de sus favoritos en Venecia.

—Solo es un día, Chiara.

—Eso no te lo crees ni tú.

—No, pero valía la pena intentarlo.

Ella se llevó la copa de vino a los labios. El poco *pinot grigio* que quedaba en la copa pareció arder con el pálido fuego de la luz de las velas.

—¿Por qué no te han invitado al funeral?

—Por lo visto, el cardenal Albanese no encontró una sola silla libre para mí en toda la plaza de San Pedro.

—Fue él quien encontró al papa muerto, ¿verdad?

—En la capilla privada —contestó Gabriel.

—¿Crees de verdad que fue eso lo que pasó?

—¿Sugieres acaso que la oficina de prensa del Vaticano puede haber divulgado un *bollettino* incorrecto?

—Luigi y tú difundisteis varios comunicados engañosos a lo largo de los años.

—Pero nuestros motivos eran siempre intachables.

Chiara dejó la copa sobre el mantel blanco y la hizo girar lentamente.

—¿Por qué crees que quiere verte?

—No puede ser nada bueno.

—¿Qué te ha dicho el general Ferrari?

—Lo menos posible.

—Qué raro, tratándose de él.

—Puede que haya mencionado que tenía algo que ver con la elección del próximo sumo pontífice de la Iglesia católica romana.

La copa se detuvo.

—¿El cónclave?

—No entró en detalles.

Gabriel tocó la pantalla de su teléfono para mirar la hora. Finalmente, se había visto obligado a prescindir de su querida BlackBerry Key2. Su nuevo móvil era un Solaris de fabricación israelí, personalizado para ajustarse a sus necesidades específicas. Más grande y pesado que el típico *smartphone*, estaba fabricado para resistir ataques remotos de los *hackers* más sofisticados del mundo, incluidos los de la NSA americana y la Unidad 8200 israelí. Todos sus colaboradores inmediatos llevaban uno, igual que Chiara. En el caso de Chiara, era el segundo. Raphael había tirado su primer Solaris desde la terraza del piso de Jerusalén. Aunque fuera inviolable, el dispositivo no estaba diseñado para sobrevivir a una caída desde una altura de tres plantas y al choque contra una acera de piedra arenisca.

—Es tarde —dijo Gabriel—. Deberíamos rescatar a tus padres.

—No hay prisa. Les encanta estar con los niños. Si fuera por ellos, no nos iríamos de Venecia.

31

—Puede que en King Saul Boulevard me echaran de menos.

—También te echaría de menos el primer ministro. —Chiara se quedó callada un instante—. Reconozco que no me apetece nada volver a casa. Me encanta tenerte para mí.

—Solo me quedan dos años de mandato.

—Dos años y un mes. Pero ¿quién lleva la cuenta?

—¿Tan terrible está siendo?

Ella hizo una mueca.

—Nunca he querido asumir el papel de la esposa quejica. Sabes a qué tipo me refiero, ¿verdad, Gabriel? Son un fastidio, esas mujeres.

—Sabíamos desde el principio que sería difícil.

—Sí —contestó ella vagamente.

—Si necesitas ayuda...

—¿Ayuda?

—Alguien que te eche una mano en casa.

Chiara arrugó el ceño.

—Me las arreglo perfectamente yo sola, gracias. Es solo que te echo de menos.

—Dos años pasan en un abrir y cerrar de ojos.

—¿Y me prometes que no dejarás que te convenzan para aceptar un segundo mandato?

—Conmigo que no cuenten.

A ella se le iluminó la cara.

—Bueno, ¿y cómo piensas pasar tu jubilación?

—Dicho así, da la impresión de que debería empezar a buscar una residencia de ancianos.

—Los años no pasan en balde, cariño. —Le dio unas palmaditas en la mano, un gesto que no hizo que Gabriel se sintiera más joven—. ¿Y bien? —insistió.

—Pienso consagrar mis últimos años en este mundo a hacerte feliz.

—Entonces ¿harás todo lo que yo quiera?

Gabriel la miró con desconfianza.

—Dentro de un orden, claro está.

Ella bajó los ojos y tiró de un hilillo suelto del mantel.

—Ayer estuve tomando un café con Francesco.

—No me ha dicho nada.

—Le pedí que no te lo dijera.

—Ah, claro. ¿Y de qué hablasteis?

—Del futuro.

—¿Qué le ronda por la cabeza?

—Una sociedad.

—¿Que seamos socios, Francesco y yo?

Chiara no contestó.

—¿Tú? —preguntó Gabriel.

Ella asintió.

—Quiere que trabaje para él, aquí. Y cuando se jubile dentro de unos años...

—¿Qué?

—Tiepolo Restauración de Arte será mía.

Gabriel recordó lo que le había dicho Tiepolo junto a la tumba de Tintoretto. «Ahora estás de vacaciones, pero tú morirás en Venecia algún día». Dudaba mucho de que aquel plan se hubiera fraguado el día anterior, mientras tomaban un café.

—¿Que una encantadora judía del gueto va a ocuparse de la conservación de las iglesias y las *scuole* de Venecia? ¿Es eso lo que me estás diciendo?

—Impresionante, ¿verdad?

—¿Y qué haré yo?

—Supongo que puedes dedicarte a pasear por las calles de Venecia.

—¿O?

Una hermosa sonrisa se dibujó en su cara.

—Puedes trabajar para mí.

Esta vez fue Gabriel quien bajó la mirada. Su teléfono se había iluminado. Acababa de recibir un mensaje de King Saul Boulevard. Le dio la vuelta.

—Puede que genere polémica, Chiara.

—¿Que trabajes para mí?

—Que me marche de Israel nada más acabar mi mandato.

—¿No pensarás presentarte a un escaño en la Knesset?

Él puso los ojos en blanco.

—¿Escribir un libro sobre tus hazañas? —insistió ella.

—Eso se lo dejo a otros.

—¿Entonces?

Gabriel no contestó.

—Si te quedas en Israel, la Oficina podrá echar mano de ti en cualquier momento. Y en cuanto haya una crisis recurrirán a ti para que cojas el timón, igual que hacían con Ari.

—Ari quería volver. Yo soy distinto.

—¿De veras? Porque a veces no estoy muy segura. De hecho, cada día te pareces más a él.

—¿Qué hay de los niños? —preguntó Gabriel.

—Adoran Venecia.

—¿Y el colegio?

—Lo creas o no, aquí hay varios muy buenos.

—Se convertirán en italianos.

Chiara puso mala cara.

—Vaya, qué pena.

Gabriel exhaló un lento suspiro.

—¿Has visto los libros de cuentas de Francesco?

—Ya me encargaré de ponerlos al día.

—Los veranos son horribles aquí.

—Pues nos iremos a la montaña o a navegar por el Adriático. Hace años que no navegas, cariño.

Gabriel se quedó sin objeciones. En realidad, le parecía una idea estupenda. Aunque solo fuera porque mantendría ocupada a Chiara los dos últimos años de su mandato.

—¿Estamos de acuerdo, entonces? —preguntó ella.

—Creo que sí, siempre y cuando nos pongamos de acuerdo en los términos de mi indemnización, que será exorbitante.

Pidió la cuenta al camarero con un gesto. Chiara volvió a tirar del hilito del mantel.

—Hay una cosa que me inquieta —dijo.

—¿Sobre el hecho de desarraigar a los niños para mudarnos a Venecia?

—Sobre el *bollettino* del Vaticano. Luigi siempre se quedaba con Lucchesi hasta última hora. Y siempre le acompañaba cuando iba a la capilla a rezar y a meditar antes de acostarse.

—Así es.

—Entonces ¿por qué fue el cardenal Albanese quien lo encontró muerto?

—Supongo que nunca lo sabremos. —Gabriel se quedó callado un momento—. A no ser que mañana coma con Luigi en Roma.

—Puedes ir con una condición.

—¿Cuál?

—Que me lleves contigo.

—¿Y los niños?

—Mis padres pueden cuidar de ellos.

—¿Y quién va a cuidar de tus padres?

—Los *carabinieri,* naturalmente.

—Pero...

—No me hagas pedírtelo dos veces, Gabriel. De verdad que odio hacer el papel de la esposa quejica. Son una lata esas mujeres.

5

VENECIA – ROMA

A la mañana siguiente, dejaron a los niños en casa de los Zolli después de desayunar y se fueron corriendo a Santa Lucia para coger el tren de las ocho a Roma. Mientras las ondulantes llanuras del centro de Italia se deslizaban más allá de su ventanilla, Gabriel leyó la prensa e intercambió unos cuantos correos y mensajes de rutina con King Saul Boulevard. Chiara estuvo hojeando un buen montón de revistas de decoración y catálogos, lamiéndose la punta del dedo cada vez que pasaba una página.

A veces, cuando la mezcla de luces y sombras lo permitía, Gabriel veía el reflejo de ambos en el cristal. Tenía que reconocer que formaban una pareja muy atractiva, él con su elegante traje oscuro y su camisa blanca y ella con sus mallas negras y su chaqueta de cuero. A pesar del estrés y de las largas jornadas de trabajo —y de sus muchas heridas y sus roces con la muerte—, tenía la impresión de que se conservaba bastante bien. Las arrugas en torno a sus ojos de color jade eran un poco más profundas, sí, pero aún seguía siendo fibroso como un ciclista, y conservaba todo el cabello. Lo tenía muy corto y moreno, pero muy canoso en las sienes. Había cambiado de color casi de la noche a la mañana, poco después del primer asesinato selectivo que llevó a cabo por encargo de la Oficina, una operación que tuvo lugar en el otoño de 1972, en la ciudad a la que se dirigían.

Cuando el tren se aproximaba a Florencia, Chiara le puso delante un catálogo y le preguntó qué le parecían el sofá y la mesa de la portada. Su respuesta indiferente le granjeó una mirada de tibio reproche. Al parecer, Chiara ya había empezado a consultar las páginas de las inmobiliarias en busca de su nueva casa, lo que confirmaba su teoría de que el regreso a Venecia llevaba algún tiempo fraguándose. De momento, había reducido la búsqueda a dos resultados: una casa en Cannaregio y otra en San Polo, con vistas al Gran Canal. Cualquiera de las dos mermaría sustancialmente la pequeña fortuna que Gabriel había acumulado gracias a sus trabajos como restaurador, y en ambos casos Chiara tendría que usar el transporte público para desplazarse hasta el despacho de Tiepolo en San Marcos. El piso de San Polo quedaba mucho más cerca, a unas pocas paradas en *vaporetto*. Pero también era el doble de caro.

—Si vendemos el piso de Jerusalén...

—No vamos a venderlo —contestó Gabriel.

—El piso de San Polo tiene una habitación preciosa con el techo muy alto donde puedes construirte un estudio como dios manda.

—O sea, que tendré que aceptar encargos de particulares para completar el salario de miseria que vas a pagarme.

—Exacto.

Su teléfono emitió el tono reservado para los mensajes urgentes de King Saul Boulevard. Chiara lo observó, inquieta, mientras leía el mensaje.

—¿Tenemos que volver a casa?

—Todavía no.

—¿Qué pasa?

—Un coche bomba en la Potsdammer Platz de Berlín.

—¿Ha habido víctimas?

—Seguramente, pero todavía está por confirmar.

—¿Quién ha sido?

—El Estado Islámico ha reivindicado la autoría.

—¿Tienen capacidad operativa para llevar a cabo un atentado en Europa Occidental?

—Si me lo hubieras preguntado ayer, te habría dicho que no.

Gabriel estuvo atento a las noticias que llegaban de Berlín hasta que el tren entró en Roma Termini. Fuera, el cielo era de un azul claro, sin nubes. Recorrieron desfiladeros de terracota y siena, sin apartarse de las callejuelas y los pasadizos, donde era más fácil descubrir si alguien los estaba vigilando. Mientras hacían tiempo en la Piazza Navona, convinieron en que nadie los seguía.

El *ristorante* Piperno estaba a escasa distancia de allí, hacia el sur, en un *campo* con poco trasiego, cerca del Tíber. Chiara entró primero y el camarero de chaquetilla blanca, deslumbrado por su belleza, la condujo a una de las codiciadas mesas junto a la ventana. Gabriel, que llegó tres minutos después, se sentó fuera, al sol cálido del otoño. Veía los pulgares de Chiara moviéndose con ahínco por el teclado del móvil. Sacó su teléfono del bolsillo de la chaqueta y escribió: *¿Pasa algo?*

La respuesta de Chiara llegó segundos después. *Tu hijo acaba de romper el jarrón preferido de mi madre.*

Seguro que ha sido culpa del jarrón, no suya.

Tu amigo acaba de llegar.

Gabriel vio que un Fiat muy usado avanzaba titubeante por el empedrado del pequeño *campo*. Llevaba una matrícula romana corriente, no las siglas SCV características de los coches del Vaticano. Un cura alto y guapo salió de la parte de atrás. Vestía sotana negra con muceta, ribeteada en color amaranto, el plumaje de un arzobispo. Su llegada al Piperno causó casi tanto revuelo como la de Chiara.

—Discúlpame —dijo Luigi Donati al sentarse frente a Gabriel—. No debí hablar con esa periodista de *Vanity Fair*. Últimamente no puedo ir por Roma sin que me reconozcan.

—¿Por qué aceptaste la entrevista?

—Me dejó bien claro que iba a escribir el artículo con mi participación o sin ella.

—¿Y picaste?

—Me aseguró que sería un retrato serio y fidedigno del hombre que ayudaba a pilotar el barco de la Iglesia por aguas revueltas. No cumplió su promesa.

—Imagino que te refieres a la parte en la que hablaba de tu físico.

—No me digas que lo leíste.

—Palabra por palabra.

Donati frunció el ceño.

—La verdad es que al santo padre le gustó bastante. Decía que le daba un aire más *cool* a la Iglesia. Eso dijo, literalmente. Mis rivales en la curia no estuvieron de acuerdo. —Donati cambió bruscamente de tema—. Siento interrumpir tus vacaciones. Espero que Chiara no se haya enfadado.

—Al contrario.

—¿En serio?

—¿Te he mentido yo alguna vez?

—¿De verdad quieres que conteste a esa pregunta? —Donati sonrió con visible esfuerzo.

—¿Qué tal lo llevas? —preguntó Gabriel.

—Estoy intentando asimilar la muerte de mi jefe y mentor y acostumbrándome a mi pérdida de estatus y a mi nueva situación.

—¿Dónde vives ahora?

—En la Curia Jesuita. Está muy cerca del Vaticano, en el Borgo Santo Spirito. Mis habitaciones no son tan bonitas como mi apartamento del Palacio Apostólico, pero sí bastante cómodas.

—¿Te han encontrado ya ocupación?

—Voy a enseñar Derecho Canónico en la Gregoriana. Y estoy preparando un curso sobre los conflictos históricos de la Iglesia con los judíos. —Hizo una pausa—. Quizá algún día pueda convencerte para que des una charla.

—¿Te imaginas?

—Pues sí, me lo imagino. Las relaciones entre nuestras religiones nunca han sido mejores, y ello se debe a tu amistad personal con Pietro Lucchesi.

—Te mandé un mensaje la noche que murió —dijo Gabriel.

—Te lo agradecí mucho.

—¿Por qué no respondiste?

—Por el mismo motivo por el que no protesté cuando el cardenal Albanese se negó a invitarte al funeral. Necesito tu ayuda en un asunto muy delicado y no quería que nadie sospechara que tenemos una relación más estrecha de lo que pueda parecer.

—¿Cuál es ese asunto tan delicado?

—Se trata de la muerte del santo padre. Hubo ciertas... irregularidades.

—Para empezar, quien descubrió el cadáver.

—¿Te diste cuenta?

—La verdad es que fue Chiara.

—Es una mujer muy lista.

—¿Por qué fue el cardenal Albanese quien encontró muerto al papa? ¿Por qué no tú, Luigi?

Donati fijó la mirada en su carta.

—Quizá podríamos pedir algo para abrir boca. ¿Qué tal las hojas de alcachofa fritas con flores de calabacín? Y los *filetti di baccalà*. El santo padre decía siempre que eran los mejores de Roma.

6

RISTORANTE PIPERNO, ROMA

El *maître* insistió en mandarles una botella de vino, cortesía de la casa. Era algo especial, les dijo, un blanco excelente, de una pequeña bodega de los Abruzos. Estaba seguro de que su excelencia lo encontraría más que satisfactorio. Donati, con pomposa solemnidad, lo calificó de divino. Luego, cuando volvieron a quedarse solos, le relató a Gabriel las últimas horas del papado de Pablo VII. El santo padre y su secretario personal comieron juntos esa noche: una última cena, dijo Donati muy serio, en el comedor de los apartamentos papales. Él tomó solo un poco de consomé. Después, se fueron los dos al despacho, donde Donati, a petición del pontífice, descorrió las cortinas y abrió las contraventanas que daban a la plaza de San Pedro. Fue el penúltimo servicio que le hizo a su superior, al menos en vida de su santidad.

—¿Cuál fue el último? —preguntó Gabriel.

—Le preparé la dosis de medicación que tomaba por la noche.

—¿Qué medicación?

Donati recitó los nombres de tres fármacos, todos ellos para el tratamiento de dolencias cardíacas.

—Conseguisteis ocultarlo muy bien —comentó Gabriel.

—Eso se nos da de perlas.

—Creo recordar que hace unos meses pasó unos días ingresado en la clínica Gemelli por un resfriado severo.

—Fue un ataque al corazón. El segundo.

41

—¿Quién lo sabía?

—El *dottore* Gallo, claro está. Y el cardenal Gaubert, el secretario de Estado.

—¿Por qué tanto secreto?

—Porque si el resto de la curia se hubiera enterado de que Lucchesi estaba tan mal de salud, su papado se habría acabado a efectos prácticos. Y tenía muchas cosas que hacer en el poco tiempo que le quedaba.

—¿Qué cosas, por ejemplo?

—Estaba pensando en convocar un tercer Concilio Vaticano para abordar los muchos problemas de fondo que afronta la Iglesia. El ala conservadora todavía está intentando asimilar las conclusiones del Vaticano Segundo, que acabó hace más de medio siglo. Un tercer concilio habría causado muchas divisiones, por decirlo suavemente.

—¿Qué pasó después de que le dieras las medicinas a Lucchesi?

—Que bajé a la calle, donde me esperaba mi chófer con el coche. Eran las nueve, minuto arriba, minuto abajo.

—¿Dónde fuiste?

Donati cogió su copa de vino.

—¿Sabes?, deberías probar esto. Es bastante bueno.

La llegada de los *antipasti* permitió a Donati hacer otro paréntesis en su relato. Mientras arrancaba la primera hoja a la alcachofa frita, preguntó con estudiada indiferencia:

—Te acuerdas de Veronica Marchese, ¿verdad?

—Luigi...

—¿Qué?

—Perdóneme, padre, porque he pecado.

—No es eso.

—¿No?

La doctora Veronica Marchese era la directora del Museo Nazionale Etrusco y la principal especialista italiana en civilización y arqueología etruscas. En la década de 1980, mientras trabajaba en un yacimiento cerca del pueblo de Monte Cucco, en Umbría, se enamoró de un sacerdote que había colgado los hábitos, un jesuita, ferviente defensor de la teología de la liberación, que había perdido la fe mientras trabajaba como misionero en la provincia de Morazán, en El Salvador. Su relación amorosa terminó bruscamente cuando el exsacerdote regresó al seno de la Iglesia para trabajar como secretario personal del patriarca de Venecia. Rota de dolor, Veronica se casó con Carlo Marchese, un rico empresario romano de familia noble que mantenía estrechos lazos con el Vaticano. Marchese había muerto al caer desde el mirador de la cúpula de la basílica de San Pedro. Gabriel estaba justo a su lado cuando se precipitó por encima de la barrera de protección. Sesenta metros más abajo, Donati rezó sobre su cuerpo destrozado.

—¿Desde cuándo pasa esto? —preguntó Gabriel.

—Hay una canción de Gershwin que se titula así. Me encanta esa canción —contestó Donati, desviando la cuestión.

—Contesta a la pregunta.

—No es que *pase* nada. Pero llevo cosa de un año cenando con ella con cierta frecuencia.

—¿Cosa de un año?

—Puede que sean más bien dos.

—Imagino que no cenáis en un lugar público.

—No —contestó Donati—. Solo en casa de Veronica.

Gabriel y Chiara habían estado en una fiesta allí una vez. Era un *palazzo* lleno de arte y antigüedades, cerca de Villa Borghese.

—¿Con cuánta frecuencia?

—Todos los jueves, a no ser que surja una emergencia.

—La primera norma del comportamiento ilícito es evitar caer en un patrón fijo.

—Que Veronica y yo cenemos juntos no tiene nada de ilícito. La disciplina del celibato no prohíbe todo contacto con mujeres. Sencillamente, no puedo casarme con ella ni...

—¿Se te permite estar enamorado de ella?

—En rigor, sí.

Gabriel lo miró con reproche.

—¿Y para qué situarte adrede tan cerca de la tentación? ¿Qué sentido tiene?

—Veronica dice que lo hago por el mismo motivo por el que antes escalaba montañas: para ver si consigo no perder pie. Para ver si Dios estira el brazo y me agarra cuando caiga.

—Imagino que estará siendo discreta.

—¿Conoces a alguien más discreto que Veronica Marchese?

—¿Y qué hay de tus colegas del Vaticano? —preguntó Gabriel—. ¿Lo sabe alguien?

—El Vaticano es un lugar muy pequeño lleno de reprimidos sexuales a los que les chifla el cotilleo.

—Razón por la cual te resulta sospechoso que un hombre que tenía problemas cardíacos haya muerto justo la noche en que no estabas en el Palacio Apostólico.

Donati no dijo nada.

—Seguro que hay algo más —añadió Gabriel.

—Sí. —El arzobispo arrancó otra hoja de la alcachofa—. Mucho más.

7

RISTORANTE PIPERNO, ROMA

Estaba, por de pronto, la llamada del cardenal Albanese, que llegó casi dos horas después de que el camarlengo, según decía, encontrara muerto al santo padre en la capilla privada. Albanese aseguraba que había llamado varias veces a Donati sin obtener respuesta. El arzobispo había comprobado su teléfono. No tenía llamadas perdidas.

—Entonces no tiene vuelta de hoja. ¿Qué más?

El estado en que se hallaba el despacho del papa, respondió Donati. Las cortinas y las contraventanas cerradas. Una taza de infusión medio llena encima del escritorio. Y un documento que faltaba.

—¿Qué documento?

—Una carta. Una carta privada. No oficial.

—¿Lucchesi era el destinatario?

—El autor.

—¿Y el contenido de la carta?

—Su santidad no quiso decírmelo.

Gabriel no estaba seguro de que el arzobispo estuviera siendo del todo sincero.

—Me imagino que la carta estaba escrita a mano.

—El vicario de Cristo no usa procesador de texto.

—¿A quién iba dirigida?

—A un viejo amigo.

45

Donati le describió a continuación el cuadro con el que se encontró cuando el cardenal Albanese le condujo al dormitorio del papa. Gabriel se imaginó la escena como si estuviera pintada al óleo en un lienzo por obra de Caravaggio. El cadáver del pontífice muerto tendido en la cama, velado por un trío de grandes prelados de la Iglesia. Y, a la derecha del lienzo, apenas visibles entre las sombras, tres seglares de confianza: el médico personal del papa, el jefe del reducido cuerpo de policía del Vaticano y el comandante de la Guardia Suiza. Al doctor Gallo no lo conocía en persona, pero a Lorenzo Vitale sí, y le caía bien. Alois Metzler era harina de otro costal.

El Caravaggio imaginario de Gabriel se borró, como diluido por un baño de disolvente. Donati le estaba contando la explicación que le había dado Albanese de cómo había encontrado al papa y trasladado su cadáver.

—Francamente, es la única parte de la historia que parece plausible. Mi jefe era muy poca cosa y Albanese es como un buey. —Donati se quedó callado un segundo—. Claro que cabe al menos otra explicación.

—¿Cuál?

—Que su santidad nunca llegara a la capilla. Que muriera en su escritorio, en el despacho, mientras se tomaba la infusión. Ya no estaba cuando salí del dormitorio. La infusión, quiero decir. Alguien se llevó la taza y el plato mientras yo rezaba junto a los restos mortales de Lucchesi.

—Me figuro que no se le ha hecho la autopsia.

—El vicario de Cristo...

—¿Han embalsamado el cadáver?

—Me temo que sí. El cadáver de Wojtyla se puso bastante gris mientras estaba expuesto en la capilla ardiente, en la basílica. Y luego está lo que pasó con Pío XII. —Donati hizo una mueca—. Aquello fue un desastre. Albanese dijo que no quería arriesgarse. O puede que solo estuviera intentando tapar alguna pista. A fin de cuentas, si un cadáver está embalsamado, es mucho más difícil encontrar rastros de veneno.

—En serio, Luigi, tienes que dejar de ver esas series de forenses en la tele.

—No tengo tele.

Gabriel dejó pasar un instante.

—Que yo recuerde, no hay cámaras de seguridad en la logia, junto a los apartamentos privados.

—Si las hubiera, los apartamentos no serían privados, ¿no crees?

—Pero tenía que haber un guardia suizo de servicio.

—Eso siempre.

—Entonces habrá visto si alguien entraba en los apartamentos, ¿no?

—Es de suponer.

—¿Se lo preguntaste?

—No tuve ocasión.

—¿Le has hablado de tus sospechas a Lorenzo Vitale?

—¿Y qué habría podido hacer Lorenzo? ¿Investigar la muerte de un papa como un presunto homicidio? —Donati esbozó una sonrisa compasiva—. Conociendo como conoces el Vaticano, me sorprende que hagas esa pregunta. Además, Albanese no lo habría permitido de ningún modo. Él tenía su versión, y se ceñía a ella. Encontró al santo padre en la capilla privada unos minutos después de las diez de la noche y lo llevó sin ayuda de nadie al dormitorio. Allí, en presencia de tres de los cardenales más poderosos de la Iglesia, puso en marcha la serie de acontecimientos que concluyó con la declaración de sede vacante. Todo ello, mientras yo estaba cenando con una mujer de la que estuve enamorado hace años. Si cuestiono su versión, Albanese acabará conmigo. Y con Veronica, de paso.

—¿Y si le pasaras la información a un periodista de confianza? Hay varios miles acampados en la plaza de San Pedro.

—Es un asunto demasiado serio para confiárselo a un periodista. Tiene que encargarse de él alguien lo bastante hábil e implacable como para descubrir qué pasó de verdad. Y enseguida.

—¿Alguien como yo?

Donati no contestó.

—Estoy de vacaciones —protestó Gabriel—. Y se supone que dentro de una semana tengo que estar de vuelta en Tel Aviv.

—Eso es, tienes tiempo suficiente para averiguar quién mató al santo padre antes de que empiece el cónclave. Que, a todos los efectos, ha empezado ya. La mayoría de los cardenales que elegirán al próximo papa ya están en la Casa Santa Marta.

La Domus Sanctae Marthae, o Casa Santa Marta, era la residencia eclesiástica de cinco plantas situada en el extremo sur de la ciudad-estado.

—Te aseguro que todos esos príncipes con su solideo rojo no comentan los resultados deportivos por las noches, mientras cenan. Es fundamental que averigüemos quién mató a mi jefe antes de que entren en la Capilla Sixtina y se cierren las puertas detrás de ellos.

—Con el debido respeto, Luigi, no tienes absolutamente ninguna prueba de que Lucchesi haya sido asesinado.

—No te he dicho todo lo que sé.

—Pues este sería buen momento para hacerlo.

—La carta perdida era para ti. —Donati hizo una pausa—. Ahora, pregúntame por el guardia suizo que estaba de servicio esa noche en el pasillo de los apartamentos papales.

—¿Dónde está?

—Abandonó el Vaticano a las pocas horas de morir el santo padre. Nadie lo ha visto desde entonces.

8

RISTORANTE PIPERNO, ROMA

Gabriel se distrajo un momento al ver entrar a un hombre en el *campo* mientras los camareros les retiraban el primer plato. Llevaba gafas oscuras, gorro y una mochila de nailon colgada de los hombros fornidos. Gabriel notó que era europeo del norte, alemán o austriaco, puede que escandinavo. Se detuvo a escasos metros de su mesa como si quisiera orientarse y Gabriel calculó, entretanto, cuánto tardaría en sacar la Beretta que llevaba oculta a la altura de los riñones. Sacó, en cambio, su móvil e hizo una foto al desconocido mientras salía de la plazoleta.

—Empecemos por la carta —dijo, volviendo a guardarse el móvil en el bolsillo de la pechera—. Pero ¿qué te parece si nos saltamos la parte en que tú niegas saber el motivo por el que me escribió Lucchesi?

—Es que no lo sé —insistió Donati—. Aunque, si tuviera que aventurar una conjetura, yo diría que estaba relacionado con algo que encontró en el Archivo Secreto.

L'Archivio Segreto Vaticano, el Archivo Secreto Vaticano, era el depósito central de los documentos pontificios relacionados tanto con cuestiones de religión como de estado. Situado cerca de la Biblioteca Vaticana, en el palacio del Belvedere, albergaba unos ochenta y cinco kilómetros de estanterías, gran parte de ellas ocultas en búnkeres subterráneos fortificados. Entre sus muchos tesoros se encontraba el *Decet Romanum Pontificem*, la bula papal emitida por León X en 1521 que ordenaba la excomunión de un levantisco sacerdote y teólogo alemán llamado Martín Lutero. El archivo era, además, lugar de descanso eterno de gran parte de los trapos más sucios de la Iglesia. Al iniciarse el pontificado de Lucchesi, Gabriel había colaborado con Donati y el santo padre en la publicación de diversos documentos diplomáticos y de otra índole relativos a la conducta del papa Pío XII durante la Segunda Guerra Mundial, cuando seis millones de judíos fueron asesinados, a menudo a manos de católicos, sin que la Santa Sede hiciera siquiera amago de protestar.

—El Archivo se considera propiedad privada del papado —prosiguió Donati—. Lo que significa que el papa puede consultar cualquier documento que quiera. No puede decirse lo mismo de su secretario personal. De hecho, a mí no siempre se me permitía conocer la naturaleza de los documentos que estaba consultando el santo padre.

—¿Dónde solía leerlos?

—A veces el *prefetto* le llevaba los documentos a los apartamentos papales, pero, si eran muy frágiles o delicados por su contenido, el santo padre los consultaba en una habitación especial del Archivo, con el *prefetto* montando guardia fuera, en la puerta. Puede que hayas oído hablar de él. Es el cardenal...

—Domenico Albanese.

Donati asintió con un gesto.

—O sea, ¿que Albanese está al corriente de todos los documentos que pasaron por las manos del santo padre?

—No necesariamente. —Donati, fumador impenitente, sacó un cigarrillo de una elegante pitillera de oro y le dio unos golpecitos en la tapa antes de encenderlo con un mechero de oro a juego—. No sé si sabes que su santidad desarrolló graves problemas de insomnio al final de su papado. Se acostaba siempre a la misma hora, en torno a las diez y media, pero pocas veces se quedaba en la cama mucho tiempo. Se sabe que en más de una ocasión visitó el Archivo Secreto para leer un rato de madrugada.

—¿Y quién le daba los documentos a esas horas?

—Tenía una fuente secreta. —Donati pareció reparar de pronto en algo más allá del hombro de Gabriel—. Dios mío, ¿esa es...?

—Sí, es ella.

—¿Por qué no se sienta con nosotros?

—Está ocupada.

—¿Cubriéndote las espaldas?

—Las mías y las tuyas también.

Gabriel preguntó por el guardia suizo desaparecido.

—Se llama Niklaus Janson. Hace poco que acabó los dos años de servicio obligatorio, pero a petición mía aceptó quedarse un año más.

—¿Te caía bien?

—Confiaba en él, que es mucho más importante.

—¿Alguna mancha en su expediente?

—En dos ocasiones no llegó a tiempo al cuartel para el toque de retreta.

—¿Cuándo fue la última vez?

—Una semana antes de que muriera el santo padre. Dijo que estaba con un amigo y perdió la noción del tiempo. Metzler le impuso el castigo de costumbre.

—¿Cuál?

—Lustrar las corazas o despiezar con el hacha uniformes viejos en el tajo del patio del cuartel. El *Scheitstock* lo llaman los guardias.

—¿Cuándo te diste cuenta de que faltaba Janson?

—Dos días después de morir el santo padre, me di cuenta de que Niklaus no era uno de los guardias elegidos para custodiar el cuerpo en la capilla ardiente de la basílica. Le pregunté a Alois Metzler por qué no estaba allí y me llevé una sorpresa mayúscula cuando me dijo que había desaparecido.

—¿Cómo explicaba Metzler su ausencia?

—Me dijo que Niklaus estaba muy afectado por la muerte de su santidad. La verdad es que no parecía muy preocupado. Ni tampoco el camarlengo, dicho sea de paso. —Donati descargó la ceniza del cigarrillo

51

en el borde del cenicero con gesto irritado—. A fin de cuentas, tenía que organizar un sepelio que iba a retransmitirse al mundo entero.

—¿Qué más sabes de Janson?

—Que sus compañeros lo llaman Santa Klaus. Una vez me dijo que durante un tiempo pensó que tenía vocación religiosa. Ingresó en el cuerpo al acabar el servicio militar en las Fuerzas Armadas suizas, que allí todavía es obligatorio.

—¿De dónde es?

—De un pueblecito, cerca de Friburgo. Un cantón católico. Tiene una novia allí, puede que estén prometidos. Se llama Stefani Hoffmann. Metzler la llamó al día siguiente de la muerte del santo padre. Hasta donde yo sé, ahí terminaron sus intentos de localizar a Niklaus. —Donati hizo una pausa—. Puede que tú tengas más suerte.

—¿En qué?

—En encontrar a Niklaus Janson, claro. No creo que sea muy difícil para un hombre de tu posición. Seguramente tienes ciertos recursos a tu alcance.

—Los tengo, pero no puedo utilizarlos para localizar a un guardia suizo desaparecido.

—¿Por qué? Niklaus sabe qué pasó esa noche, estoy seguro.

Gabriel seguía sin estar convencido de que esa noche hubiera pasado algo, más allá de que un anciano con una grave dolencia cardíaca, un hombre al que quería y admiraba, había fallecido mientras rezaba en su capilla privada. Aun así, tenía que reconocer que había suficientes indicios sospechosos como para que estuviera justificado hacer indagaciones, empezando por descubrir el paradero de Niklaus Janson. Intentaría encontrarlo, aunque solo fuera para que Donati se quedara tranquilo. Y él también.

—¿Sabes el número de móvil de Janson? —preguntó.

—Me temo que no.

—¿En el cuartel de la Guardia Suiza tienen ordenadores conectados a una red o todavía usan pergaminos?

—Se pasaron a la informática hace un par de años.

—Grave error —repuso Gabriel—. El pergamino es mucho más seguro.

—¿Piensas hackear la red informática de la Guardia Suiza Pontificia?

—Con tus bendiciones, por supuesto.

—Prefiero reservármelas, si no te importa.

—Qué jesuítico por tu parte.

Donati sonrió, pero no dijo nada.

—Vuelve a la curia y mantén la cabeza agachada un par de días. Te daré noticias en cuanto sepa algo.

—La verdad es que me estaba preguntando si Chiara y tú estáis libres esta noche.

—Pensábamos volver a Venecia.

—¿Hay alguna posibilidad de que pueda convenceros de que os quedéis? He pensado que podemos cenar en un sitito cerca de Villa Borghese.

—¿Vendrá alguien más?

—Una vieja amiga.

—¿Tuya o mía?

—De ambos, en realidad.

Gabriel titubeó.

—No sé si es buena idea, Luigi. No la veo desde...

—Fue ella quien lo sugirió. Imagino que recuerdas la dirección. Las copas se sirven a las ocho en punto.

9

CAFFÈ GRECO, ROMA

—¿Qué opinas? —preguntó Chiara.

—Opino que no me costaría nada acostumbrarme a vivir aquí otra vez.

Estaban sentados en el elegante salón del Caffè Greco. Debajo de su mesita redonda había varias bolsas satinadas, resultado de una dispendiosa tarde de compras por Via Condotti. Habían llegado de Venecia sin ropa para cambiarse y los dos necesitaban algo apropiado que ponerse para ir a cenar al *palazzo* de Veronica Marchese.

—Me refería a...

Gabriel la interrumpió suavemente.

—Sé a qué te referías.

—¿Y?

—Todo puede tener una explicación muy sencilla.

Evidentemente, Chiara no estaba convencida de eso en absoluto.

—Empecemos por la llamada telefónica.

—Vale.

—¿Por qué esperó tanto Albanese para avisar a Donati?

—Porque la muerte del santo padre era su momento de gloria y no quería que Donati interviniera o cuestionara sus decisiones.

—¿Crees que se dejó dominar por su ego desmedido?

—Casi todas las personas que ocupan una posición de poder tienen un ego desmedido.

—Todas menos tú, claro.

—Huelga decirlo.

—Pero ¿por qué decidió Albanese trasladar el cuerpo él mismo? ¿Y por qué cerró las cortinas y las contraventanas del despacho?

—Por los motivos que dijo.

—¿Y la taza de la infusión?

Gabriel se encogió de hombros.

—Seguramente la retiró una de las monjas del servicio.

—¿Y la carta del escritorio de Lucchesi? ¿También se la llevó una monja?

—Lo de la carta es más difícil de explicar —reconoció Gabriel.

—Casi tanto como la desaparición del guardia suizo. —Un camarero llegó con dos cafés y una cremosa tartaleta de frutas. Chiara vaciló, con el tenedor en la mano—. Ya he engordado lo menos dos kilos en este viaje.

—No me he fijado.

Ella le lanzó una mirada envidiosa.

—Tú no has engordado ni un gramo. Nunca engordas.

—Eso se lo debo al Tintoretto.

Chiara empujó la tartaleta hacia él.

—Cómetela tú.

—La has pedido tú.

Ella quitó una rodaja de fresa del lecho de crema.

—¿Cuánto crees que tardará la Unidad 8200 en encontrar el número de Janson?

—Teniendo en cuenta lo poco segura que es la red del Vaticano, calculo que cinco minutos. En cuanto lo tengan, no tardarán en dar con él. —Gabriel le acercó la tartaleta—. Y nosotros podremos volver a Venecia y seguir con nuestras vacaciones.

—¿Y si el teléfono está apagado o en el fondo del Tíber? —preguntó ella bajando la voz—. ¿Y si le han matado?

—¿A Janson?

—Sí, claro.

—¿Quién?

—Las mismas personas que mataron al papa.

Gabriel torció el gesto.

—Aún no hemos llegado a ese punto, Chiara.

—Te equivocas, cariño, lo dejamos atrás hace mucho. —Cortó un trozo de tartaleta y pinchó con el tenedor la crema y la base—. Reconozco que me apetece mucho lo de esta noche.

—Ojalá yo pudiera decir lo mismo.

—¿Qué te preocupa?

—Que haya algún silencio violento en la conversación.

—Tú sabes que no mataste a Carlo Marchese, Gabriel.

—Tampoco impedí que cayera desde esa barandilla, precisamente.

—Puede que Veronica no saque a relucir el tema.

—Yo, desde luego, no pienso sacarlo.

Chiara sonrió y recorrió el local con la mirada.

—¿Qué crees que hace la gente normal en vacaciones?

—Nosotros somos gente normal, Chiara. Solo que tenemos amigos interesantes.

—Con problemas interesantes.

Él hundió su tenedor en la tartaleta.

—Sí, eso también.

Había un viejo piso franco de la Oficina en lo alto de las escaleras de la plaza de España, no muy lejos de la iglesia de la Trinità dei Monti. Intendencia no tuvo tiempo de abastecer la despensa, pero no importaba; Gabriel no pensaba que fueran a quedarse mucho tiempo.

Vaciaron las bolsas en el dormitorio. Él había tardado poco en comprar su atuendo para esa noche: había ventilado el asunto con una sola visita a la tienda de Giorgio Armani. Chiara, en cambio, había sido más difícil de complacer. Un vestido negro de cóctel sin tirantes de Max Mara, un abrigo de Burberry del largo de un coche y unos elegantes zapatos negros de tacón de Salvatore Ferragamo. Gabriel la sorprendió ahora con una sarta de perlas de Mikimoto.

—¿A qué viene esto? —preguntó ella con una amplia sonrisa.

—Eres la esposa del director general del servicio de inteligencia israelí, además de madre de dos niños pequeños. Es lo menos que puedo hacer.

—¿Te has olvidado del piso en el Gran Canal? —Chiara se puso el collar. Estaba radiante—. ¿Qué te parece?

—Que soy el hombre con más suerte del mundo. —El vestido estaba extendido sobre la cama—. ¿Eso es un salto de cama?

—No empieces.

—¿Dónde piensas ocultar la pistola?

—No pensaba llevarla. —Chiara lo empujó hacia la puerta—. Vete.

Gabriel entró en el cuarto de estar. Desde su minúsculo balcón se veían las escaleras de la plaza de España, bajando parsimoniosamente hacia la explanada, y, a lo lejos, la cúpula iluminada de la basílica, que parecía flotar sobre el Vaticano. De pronto oyó una voz. Era la voz de Carlo Marchese.

«¿Qué es esto, Allon?».

«Un juicio, Carlo».

Su cuerpo se había abierto como un melón por el impacto. Lo que más recordaba Gabriel, sin embargo, era la sangre en la sotana de Donati. Se preguntaba cómo le habría explicado el arzobispo la muerte de Carlo a Veronica. La velada prometía ser interesante.

Entró. Oyó a Chiara canturreando en la habitación de al lado mientras se vestía, una de esas tontas canciones de pop italiano que tanto le gustaban. Mejor oír la voz de Chiara que la de Carlo Marchese, se dijo. Como de costumbre, aquel sonido le llenó de alegría. Su periplo personal estaba tocando a su fin. Chiara y los niños eran su recompensa por habérselas ingeniado para sobrevivir. Aun así, Leah nunca se alejaba mucho de su pensamiento. Lo observaba ahora desde las sombras del rincón de la sala, quemada y rota, aferrando entre las manos cubiertas de cicatrices el cuerpo sin vida de un niño: la *pietà* particular de Gabriel. «¿Quieres a esta chica?». Sí, se dijo. Todo en ella le encantaba. Cómo se lamía el dedo cuando pasaba la página de una revista. Cómo balanceaba el bolso cuando caminaba por Via Condotti. O cómo canturreaba cuando creía que nadie la oía.

Encendió la televisión. Estaba sintonizada en la BBC. Sorprendentemente, el atentado de Berlín no había producido víctimas mortales, aunque había doce personas heridas, cuatro de ellas en estado crítico. Axel Brünner, el líder del ultraderechista Partido Nacional Demócrata, culpaba del atentado a la política de inmigración de la canciller centrista. Los neonazis y otros grupos de ultraderechistas se estaban congregando en Leipzig para un mitin nocturno. La Bundespolizei se preparaba para una noche de violencia.

Gabriel cambió de canal, a la CNN. La enviada especial de la cadena estaba informando en directo desde la plaza de San Pedro. Al igual que sus compañeros y rivales de profesión, desconocía que una carta dirigida al jefe del servicio secreto de Israel había desaparecido misteriosamente del despacho del papa la noche de su fallecimiento. Y no solo eso: ignoraba, además, que el guardia suizo que estaba de servicio esa noche en los apartamentos papales también había desaparecido. Si el teléfono móvil de Niklaus Janson tenía batería y emitía señal, los cibersoldados de la Unidad 8200 darían con él, quizá antes de que acabara la noche.

Apagó el televisor cuando Chiara salió de la habitación y la contempló sin prisas: las perlas, el vestido negro sin tirantes, los zapatos de tacón. Era una obra maestra.

—¿Y bien? —preguntó ella por fin.

—Pareces... —dijo Gabriel con un titubeo.

—¿Una madre de dos niños pequeños que ha engordado cuatro kilos?

—Creía que eran dos.

—Acabo de pesarme en la báscula del baño. —Señaló la puerta del dormitorio—. Todo tuyo.

Gabriel se duchó y se vistió rápidamente. Abajo, montaron en la parte de atrás del coche de la embajada, que los estaba esperando. Mientras avanzaban por Via Veneto, vibró su teléfono. Era un mensaje de King Saul Boulevard.

—¿Pasa algo?

—La Unidad acaba de abrir una brecha en la muralla exterior de la red informática de la Guardia Suiza. Están buscando el expediente personal de Janson y sus datos de contacto en la base de datos.

—¿Y si ya los han borrado?

—¿Quién?

—Las mismas personas que mataron al papa, claro.

—Todavía no hemos llegado a ese punto, Chiara.

—No, aún no —convino ella—. Pero nos falta poco.

10

CASA SANTA MARTA

En circunstancias normales, los guardias suizos no custodiaban la entrada de la Casa Santa Marta. Esa noche a las ocho y cuarto, en cambio, había dos apostados en la puerta. Varias decenas de príncipes de la Iglesia, muchos de ellos llegados de lugares remotos del orbe, ocupaban ahora la residencia eclesiástica. El resto de los cardenales electores se les uniría un día antes del cónclave. Después, solo el personal de servicio de la Casa Santa Marta —formado por monjas de la Compañía de las Hijas de la Caridad de San Vicente de Paul— podría entrar en el edificio. De momento, sin embargo, unas pocas personas escogidas, entre ellas el obispo Hans Richter, superior general de la Orden de Santa Helena, podían entrar y salir a su antojo. Ahora que la maquinaria de la ciudad-estado se hallaba bajo el férreo control del cardenal Domenico Albanese, el largo exilio del obispo Richter había terminado al fin.

Uno de los guardias le abrió la puerta de cristal y Richter entró levantando la mano derecha en señal de bendición. En el reluciente vestíbulo blanco resonaba el estrépito de numerosas lenguas habladas al mismo tiempo. Los doscientos veinticinco miembros del Colegio Cardenalicio habían pasado la tarde debatiendo el futuro de la Iglesia y ahora disfrutaban de un vino blanco con canapés en el vestíbulo, antes de sentarse a cenar en el austero comedor de la residencia. Conforme dictaba la Constitución Apostólica, solo los ciento dieciséis cardenales que tenían menos de ochenta años podrían tomar parte en el cónclave. Los cardenales eméritos, los más ancianos, hacían constar sus preferencias durante las reuniones informales como aquella, que era donde tenía lugar el verdadero regateo previo al cónclave.

Richter respondió discretamente al saludo de un par de conocidos tradicionalistas y resistió la mirada gélida del cardenal Kevin Brady, el león liberal de Los Ángeles que, cada vez que se miraba al espejo, veía a un papa. Brady estaba conspirando con el diminuto Duarte de Manila, la gran esperanza de los países en vías de desarrollo. El cardenal Navarro rebosaba seguridad en sí mismo, como si el papado ya fuera suyo. Pero saltaba a la vista que Gaubert, que estaba confabulado con Villiers de Lyon, no se daría por vencido sin luchar.

Solo el obispo Hans Richter sabía que ninguno de ellos tenía la menor oportunidad. El próximo papa estaba en ese momento junto al mostrador de recepción: una incógnita en medio de una sala llena de egos descomunales y ambición infinita. Le había concedido el solideo rojo nada menos que Pietro Lucchesi, al que se le había hecho creer erróneamente que era un moderado. Estaba, de hecho, muy lejos de serlo. Cincuenta millones de euros discretamente depositados en cuentas bancarias repartidas por todo el mundo —doce de ellas en el Banco Vaticano— habían garantizado que fuera el elegido por el cónclave. Reunir la inmensa suma de dinero necesaria para comprar el papado había sido la parte más sencilla de la operación. A diferencia del resto de la Iglesia, que estaba al borde del colapso económico, la Orden de Santa Helena nadaba en dinero.

El cardenal Domenico Albanese estaba susurrándole algo al oído a Angelo Francona, el decano del Colegio Cardenalicio. Al ver a Richter, le indicó que se acercara con un ademán de su mano peluda y gruesa. Francona, uno de los líderes del sector liberal, giró de inmediato sobre sus talones y huyó.

—¿He hecho algo que le haya ofendido? —preguntó Richter en su impecable italiano curial.

—Su sola existencia ofende, excelencia. —Albanese lo tomó del brazo—. Quizá deberíamos hablar en mi habitación.

—No me diga que se ha mudado de verdad.

Albanese hizo una mueca. Como *prefetto* del Archivo Secreto, tenía derecho a un lujoso apartamento encima de la Galería Lapidaria de los Museos Vaticanos.

—Solo estoy usando mi habitación en la residencia como despacho hasta que empiece el cónclave.

—Con un poco de suerte, no tendrá que quedarse mucho tiempo —comentó Richter en voz baja.

—La prensa predice una lucha titánica entre reformadores y reaccionarios.

—No me diga.

—Parece que hay consenso en que harán falta siete votaciones.

Una monja de hábito azul ofreció a Richter una copa de vino. El obispo declinó el ofrecimiento y siguió a Albanese hasta los ascensores. Casi podía sentir las miradas de los concurrentes taladrándole la espalda mientras esperaban a que llegara el ascensor. Cuando por fin apareció, Albanese pulsó el botón del cuarto piso. Por suerte, las puertas se cerraron antes de que el locuaz cardenal Lopes, de Río de Janeiro, pudiera colarse dentro.

El obispo Richter se retocó innecesariamente la sotana ribeteada de púrpura mientras el ascensor ascendía despacio. Confeccionada a mano en una exclusiva sastrería de Zúrich, le sentaba como un guante. A sus setenta y cuatro años, seguía siendo un ejemplar imponente, alto y de espaldas cuadradas, con el cabello de color gris hierro y un porte inflexible.

Miró el reflejo del cardenal Albanese en las puertas del ascensor.

—¿Qué tenemos de menú esta noche, eminencia?

—Cualquier cosa que nos sirvan estará demasiado hecha. —Albanese sonrió desgarbadamente. A pesar de su sotana con ribetes rojos, parecía un sirviente—. Considérese afortunado por no tener que participar en el cónclave.

En la nomenclatura de la Iglesia católica romana, la Orden de Santa Helena era una prelatura personal: de hecho, una diócesis

62

global sin fronteras. Como superior general de la Orden, Richter ostentaba el cargo de obispo. Era, sin embargo, uno de los hombres más poderosos de la Iglesia católica. Decenas de cardenales que eran, además, miembros secretos de la Orden estaban obligados a obedecerle. Uno de ellos era Domenico Albanese.

Se abrieron las puertas del ascensor y Albanese condujo al obispo Richter por el pasillo desierto. La habitación en la que entraron estaba a oscuras. Albanese buscó a tientas el interruptor de la luz.

Richter paseó la mirada por la habitación.

—Veo que se ha reservado una de las *suites*.

—Las habitaciones se asignaron por sorteo, excelencia.

—Qué suerte la suya.

El obispo Richter le tendió la mano derecha, con la muñeca ligeramente torcida. Albanese se puso de rodillas y besó el anillo que Richter llevaba en el dedo corazón. Era de tamaño idéntico al anillo del pescador que Albanese había extraído recientemente de los apartamentos papales.

—Le juro obediencia eterna, obispo Richter.

Richter apartó la mano, resistiéndose al impulso de sacar el frasquito de desinfectante que llevaba en el bolsillo. El obispo tenía fobia a los gérmenes y Albanese siempre le parecía un posible portador.

Se acercó a la ventana y entreabrió el visillo. La *suite*, en el lado norte de la residencia, tenía vistas a la Piazza Santa Marta y la fachada de la basílica. La cúpula resplandecía, iluminada por los focos. Las heridas del atentado islamista habían curado a la perfección. ¡Ojalá pudiera decirse lo mismo de la Santa Madre Iglesia! Convertida en una sombra de sí misma, se hallaba próxima a la muerte, apenas respiraba ya.

El obispo Hans Richter se había erigido en su salvador. Había estado dispuesto a esperar a que el papado desastroso de Lucchesi llegara a su fin de manera natural antes de poner en marcha su plan, pero su santidad no le había dejado más remedio que tomar cartas en el asunto. Era Lucchesi quien había errado, no él, se decía a sí mismo. Además, Dios llevaba ya un tiempo llamando a la puerta de Lucchesi.

A su modo de ver, él se había limitado a adelantar un poco el inevitable proceso de canonización del Papa Accidental.

El estruendo de la cisterna interrumpió los pensamientos de Richter. Cuando Albanese salió del baño, iba limpiándose las manazas en una toalla, como un obrero, pensó Richter. Y pensar que se veía a sí mismo como posible papa, como el elegido por Richter para ser su marioneta... Albanese no era precisamente un gigante intelectual, pero había desempeñado muy bien su papel dentro de la curia romana. Tan bien, que se había asegurado dos cargos de vital importancia. Como camarlengo, se había encargado del traslado de los restos mortales de Lucchesi desde los apartamentos papales a su sepulcro bajo la basílica de San Pedro sin el menor asomo de escándalo. Había entregado además a Richter copias de varios expedientes personales rebosantes de pecado sacados del Archivo Secreto que habían resultado de inestimable valor durante los preparativos del cónclave. Como recompensa, Albanese sería elevado dentro de poco al puesto de secretario de Estado, el segundo más poderoso de la Santa Sede.

Albanese se secó su cara picada y tiró la toalla sobre el respaldo de una silla.

—Con el debido respeto, excelencia, ¿le parece prudente haber venido esta noche?

—¿Olvida usted que muchos de los cardenales que hay ahí abajo son ahora ricos gracias a mí?

—Razón de más para que mantenga un perfil bajo hasta que acabe el cónclave. Me imagino lo que estarán diciendo Francona y Kevin Brady en estos momentos.

—Francona y Brady no me preocupan.

El sencillo butacón de madera en el que se dejó caer Albanese crujió bajo su peso.

—¿Se sabe algo del tal Janson? —preguntó. Richter sacudió la cabeza—. Evidentemente, estaba muy alterado esa noche. Es posible que se quitara la vida.

—No tendremos esa suerte.

—Seguro que no lo dice usted en serio, excelencia. Si Janson se suicidó, su alma correrá grave peligro.

—Ya lo corría.

—Igual que la mía —dijo Albanese en voz baja.

Richter apoyó una mano en el grueso hombro del camarlengo.

—Le concedí la absolución de sus pecados, Domenico. Su alma está en estado de gracia.

—¿Y la suya, excelencia?

Richter apartó la mano.

—Duermo bien por las noches sabiendo que dentro de unos días controlaremos la Iglesia. No voy a permitir que nadie se interponga en nuestro camino. Y eso incluye a cierto mozalbete campesino del cantón de Friburgo.

—Entonces le sugiero que lo encuentre, excelencia. Cuanto antes, mejor.

El obispo Richter sonrió con frialdad.

—¿Eso es una muestra del pensamiento analítico incisivo que piensa aportar a la Secretaría de Estado?

Albanese encajó en silencio la pulla de su superior.

—Descuide —añadió Richter—. La Orden está utilizando sus muchos recursos para localizar a Janson. Lamentablemente, no somos ya los únicos que lo buscan. Parece que el arzobispo Donati se ha unido a la búsqueda.

—Si nosotros no damos con Janson, ¿qué esperanzas puede tener Donati de encontrarlo?

—Donati no tiene esperanzas, tiene algo mucho mejor.

—¿Qué?

El obispo contempló la cúpula de la basílica.

—A Gabriel Allon.

11

VIA SARDEGNA, ROMA

Era fácil confundir el *palazzo* con una embajada o un ministerio, estando como estaba rodeado por una imponente valla de acero y vigilado por cámaras de seguridad que apuntaban hacia la calle. Una fuente barroca salpicaba su agua en el patio de entrada, pero la estatua romana de Plutón, de dos mil años de antigüedad, que adornaba antaño el portal, había desaparecido. En su lugar se hallaba ahora la doctora Veronica Marchese, directora del Museo Nacional Etrusco. Vestía un impresionante traje pantalón negro, con una gruesa gargantilla de oro en el cuello. Se había recogido el cabello oscuro hacia atrás y lo llevaba sujeto con un pasador a la altura de la nuca. Las gafas de estilo ojos de gato le daban un aire ligeramente profesoral.

Sonriendo, dio dos besos a Chiara. A Gabriel le tendió la mano con cierta reserva.

—Señor Allon, cuánto me alegro de que haya podido venir. Ojalá hubiéramos hecho esto hace mucho tiempo.

Roto el hielo, los condujo por una galería adornada con cuadros de maestros antiguos italianos, todos ellos dignos de un museo. Eran solo una pequeña parte de la colección de su difunto marido.

—Como verán, he hecho algunos cambios desde su última visita.

—¿Limpieza primaveral? —preguntó Gabriel.

Ella se rio.

—Algo así.

Las exquisitas esculturas griegas y romanas que antes flanqueaban la galería ya no estaban. El emporio empresarial de Carlo Marchese, en su mayoría ilegítimo, incluía un floreciente comercio internacional de antigüedades robadas. Uno de sus principales asociados era Hezbolá, que le proporcionaba un flujo constante de piezas procedentes del Líbano, Siria e Irak. A cambio, Carlo llenaba de dinero contante y sonante los cofres de Hezbolá, dinero que el grupo terrorista utilizaba para comprar armas y preparar atentados. Gabriel había desmantelado la red. Luego, tras hacer un descubrimiento arqueológico notable a cincuenta metros de profundidad bajo el Monte del Templo de Jerusalén, había ido a por Carlo.

—Unos meses después de morir mi marido —explicó Veronica Marchese—, me deshice discretamente de su colección personal. Las piezas etruscas las doné al museo, que era donde tenían que estar desde el principio. La mayoría sigue en el almacén, pero ya he puesto algunas en exposición. No hace falta que les diga que las cartelas no mencionan su procedencia.

—¿Y el resto?

—Su amigo el general Ferrari tuvo la bondad de quitarme ese peso de encima. Fue muy discreto, cosa rara en él. Al general le gusta la publicidad, cuando es buena. —Miró a Gabriel con sincera gratitud—. Supongo que debo agradecérselo a usted. Si se hubiera hecho público que mi marido controlaba el comercio ilegal de antigüedades, mi carrera se habría venido abajo.

—Todos tenemos nuestros secretos.

—Sí —dijo ella con aire distraído—. Supongo que sí.

El otro secreto de Veronica Marchese aguardaba en el salón de la casa, vestido con sotana y muceta. Sonaba música de fondo, suavemente. El *Trío para piano Número 1 en re menor* de Mendelssohn. Pura pasión reprimida.

Donati abrió una botella de *prosecco* y sirvió cuatro copas.

—Se te da bastante bien esto para ser un cura —comentó Gabriel.

—Soy arzobispo, ¿recuerdas?

Donati llevó una de las copas al sillón de brocado en el que se había sentado Veronica. Gabriel, observador avezado del comportamiento humano, reconoció de inmediato la intimidad de aquel gesto. Estaba claro que Donati se sentía a sus anchas en el salón de Veronica. De no ser por la sotana, cualquiera podría haberlo tomado por el señor del *palazzo*.

Se sentó en el sillón contiguo al de ella y un silencio incómodo se hizo en la habitación. El pasado había irrumpido como una visita inesperada a la que había que sentar a la mesa. Gabriel se acordó de su último encuentro con Veronica Marchese. Estaban en la Capilla Sixtina, solos los dos, delante del *Juicio final* de Miguel Ángel. Veronica le describía la vida que esperaba a Donati cuando el anillo del pescador se extrajera por última vez del dedo de Pietro Lucchesi. Un puesto de profesor en una universidad pontificia, una residencia de ancianos para sacerdotes. «Tan solo, tan horriblemente solo y triste...». A él se le ocurrió pensar que Veronica, viuda y libre de ataduras, quizá tuviera otros planes.

Por fin, ella alabó el vestido y las perlas de Chiara y le preguntó por los niños y por Venecia. Después, se lamentó del estado en que se encontraba Roma, antaño el centro del mundo civilizado. Últimamente, era una obsesión nacional. El ochenta por ciento de las calles de la ciudad estaban llenas de baches sin reparar que hacían que fuera peligroso circular en coche o a pie. Los niños tenían que llevar papel higiénico en la mochila porque en el cuarto de baño del colegio nunca había. Los autobuses iban siempre con retraso, cuando los había. La escalera eléctrica de una concurrida estación de metro le había amputado el pie a una turista hacía poco. Y luego estaban, contó Veronica, los contenedores de basura siempre rebosantes y los montones de desperdicios sin recoger. La página web más visitada de la ciudad era Roma Fa Schifo, «Roma da asco».

—¿Y quién tiene la culpa de esta situación deplorable? Hace un par de años, el fiscal jefe de Roma descubrió que la mafia se había apoderado del gobierno municipal y estaba desfalcando poco a poco las arcas de la ciudad. Una empresa de la que era propietaria la mafia se hizo con la contrata de la recogida de basuras. La empresa no se molestaba en recoger la basura, claro está, porque eso costaba dinero y reducía su margen de beneficios. Lo mismo puede decirse de las obras de mantenimiento de las calles. ¿Para qué molestarse en reparar un bache? Reparar los baches cuesta dinero. —Veronica sacudió la cabeza lentamente—. La mafia es la maldición de Italia. —Luego miró a Gabriel y añadió—: y la mía también.

—Ahora que Saviano está en el gobierno todo irá mejor.

Veronica hizo una mueca.

—¿Es que no hemos aprendido nada del pasado?

—Al parecer, no.

Ella suspiró.

—Visitó el museo hace poco. Estuvo absolutamente encantador, como suele ocurrir con los demagogos. Es fácil ver por qué seduce a los italianos que no viven en palacetes cerca de Via Veneto. —Posó un momento la mano en el brazo de Donati—. O tras los muros del Vaticano. Saviano odiaba al santo padre por su defensa de los inmigrantes y porque advertía del peligro que suponía el ascenso de la extrema derecha. Lo que era para él una amenaza directa, orquestada por ese izquierdista de su secretario privado.

—¿Y lo era? —preguntó Gabriel.

Donati bebió un sorbo de vino pensativamente antes de responder.

—La Iglesia guardó silencio la última vez que la extrema derecha ocupó el poder en Italia y Alemania. De hecho, hubo sectores muy poderosos de la curia que apoyaron el ascenso del fascismo y el nacionalsocialismo. Veían a Mussolini y a Hitler como un bastión contra el bolchevismo, que era abiertamente hostil al catolicismo. El santo padre y yo resolvimos que esta vez no cometeríamos ese error.

—Y ahora —añadió Veronica Marchese—, el santo padre ha muerto y un guardia suizo ha desaparecido. —Miró a Gabriel—. Luigi me ha dicho que ha accedido usted a buscarlo.

Gabriel miró a Donati frunciendo el ceño, pero el arzobispo se estaba quitando de repente un hilillo de la impecable sotana.

—¿He hablado de más? —preguntó Veronica.

—No. Ha sido el arzobispo.

—No se enfade con él. La vida en la jaula dorada del Palacio Apostólico puede ser muy solitaria. El arzobispo me pide consejo a menudo sobre cuestiones temporales. Como sabe, tengo muchos contactos en los círculos políticos y entre la alta sociedad de Roma. Una mujer de mi posición oye toda clase de cosas.

—¿Cuáles, por ejemplo?

—Rumores —contestó ella.

—¿De qué tipo?

—Sobre cierto guardia suizo joven y guapo al que se vio en una discoteca gay con un sacerdote de la curia. Cuando se lo conté al arzobispo, me advirtió de que las acusaciones sin fundamento pueden causar un daño irreparable a la reputación de las personas y me aconsejó que no comerciara con ellas.

—El arzobispo sabe lo que se dice —repuso Gabriel—. Pero me pregunto por qué no me mencionó nada de eso hoy en la comida.

—Quizá no le pareciera relevante.

—O quizá pensó que yo dudaría en ayudarlo si pensaba que iba a meterme en un escándalo sexual con el Vaticano como trasfondo.

Su teléfono vibró a la altura de su corazón. Otro mensaje de King Saul Boulevard.

—¿Ocurre algo? —preguntó Donati.

—Parece ser que alguien borró el expediente de Janson de la red informática de la Guardia Suiza pocas horas después de la muerte del santo padre. —Gabriel miró a Chiara, que estaba reprimiendo una sonrisa—. Mis compañeros de la Unidad 8200 están buscando en la copia de seguridad del sistema.

—¿Encontrarán algo?

—Los archivos informáticos son un poco como los pecados, excelencia.

—¿Y eso?

—Pueden absolverse, pero nunca se borran del todo.

* * *

Cenaron en la magnífica terraza de la azotea del palacio, bajo estufas de exterior que disipaban el frío de la noche. La comida era típicamente romana: raviolis de espinacas con mantequilla y salvia, seguidos de ternera asada con guarnición de verduras frescas. La conversación fluyó con la misma facilidad que las tres botellas de Brunello añejo que Veronica hizo sacar de la bodega de Carlo. Donati parecía encontrarse como en casa envuelto en su negra coraza clerical, con Veronica a su derecha y las luces de Roma brillando suavemente a su espalda. La ciudad podía estar sucia, destrozada y corrompida sin remedio, pero vista desde la terraza de Veronica Marchese, con aquel aire límpido y fresco perfumado por el aroma de la comida, a Gabriel le pareció la más bella del mundo.

El nombre de Carlo no se mencionó durante la cena; hablaron sin el menor asomo de embarazo o indignación. Donati especuló sobre el resultado del cónclave, pero no evitó el tema de la muerte de Lucchesi. Parecía, sobre todo, pendiente de cada palabra que decía Veronica. El cariño que se tenían era dolorosamente obvio. Donati caminaba por el filo de un precipicio alpino. De momento, al menos, Dios velaba por él.

El teléfono de Gabriel era lo único que les recordaba por qué se habían reunido allí esa noche. Poco después de las diez, tembló de nuevo con un mensaje de Tel Aviv. Los cibersabuesos de la Unidad 8200 habían recuperado la solicitud original de Niklaus Janson para ingresar en la Guardia Suiza. A las diez y media, la Unidad informó de que habían encontrado su expediente completo. Estaba escrito en alemán de Suiza, el idioma oficial de la Guardia. Hacía referencia a las dos faltas en las que había incurrido Janson al llegar tarde a retreta, pero no decía nada, en cambio, de una presunta relación sexual con un sacerdote de la curia romana.

—¿Y su número de móvil? Tiene que estar ahí. Los guardias están siempre de retén.

71

—Paciencia, excelencia.

El siguiente mensaje tardó solo diez minutos en llegar.

—Han encontrado un archivo antiguo de datos de contacto en el que figura el soldado Niklaus Janson. Hay un número de teléfono y dos direcciones de correo electrónico: una cuenta del Vaticano y una cuenta personal de Gmail.

—¿Y ahora qué? —preguntó Donati.

—Hay que averiguar dónde está el teléfono y si sigue en poder de Niklaus Janson.

—¿Y luego?

—Luego, lo llamamos.

12

ROMA – FLORENCIA

El tañido de las campanas de la iglesia despertó a Donati. Abrió los ojos despacio. La luz del día festoneaba el borde de la cortina cerrada. Había dormido más de la cuenta. Se llevó una mano a la frente. El vino de Carlo Marchese le había dado dolor de cabeza. Notaba, además, un peso en el corazón. No se atrevió a preguntar cuál era el motivo.

Se incorporó y apoyó los pies en el suelo de parqué frío. Tardó un momento en enfocar la vista y ver con claridad la habitación. Un escritorio lleno de libros y papeles, un armario sencillo, un reclinatorio de madera. Y encima, apenas visible en la penumbra, el crucifijo macizo, de madera de roble, que le regaló su jefe un par de días después del cónclave. Lo había tenido colgado en su apartamento del Palacio Apostólico y ahora colgaba aquí, en su cuarto de la Curia Jesuita. ¡Qué distinto era aquello del opulento palacio de Verónica! Era una habitación de pobre, se dijo. La habitación de un cura.

Atraído por el reclinatorio, se levantó, se puso la bata y cruzó el cuarto. Abrió su breviario por la página adecuada y, puesto de rodillas, recitó las primeras palabras del Laudes, el rezo de primera hora de la mañana.

Dios mío, ven en mi auxilio. Señor, date prisa en socorrerme...

Detrás de él, en la mesilla de noche, vibró su móvil. No hizo caso y siguió leyendo la selección de himnos y salmos de esa mañana, junto con un breve pasaje del Apocalipsis.

Y vi subir del Oriente a otro ángel...

Solo cuando hubo repetido la frase final del último rezo se levantó y cogió el teléfono. El mensaje que leyó estaba escrito en un italiano coloquial, ambiguo y lleno de equívocos y dobles sentidos. Aun así, las instrucciones eran claras. Si no hubiera sabido quién se lo enviaba, habría pensado que el autor era un miembro de la curia romana. Pero no lo era.

Y vi subir del Oriente a otro ángel...

Tiró el teléfono a la cama deshecha y se afeitó y duchó sin perder un instante. Envuelto en una toalla, abrió las puertas del armario. Colgados de la barra había varias sotanas y trajes sacerdotales, además de su hábito coral. Su vestimenta de paisano se reducía a una sola americana con coderas, dos pantalones chinos de color marrón oscuro, dos camisas blancas de vestir, dos jerséis de cuello redondo y unos mocasines de ante.

Se vistió combinando esas prendas y guardó las demás en una bolsa de viaje. Añadió una muda de ropa interior, el neceser, la estola, el alba, el cíngulo y su kit de viaje para celebrar misa. El móvil se lo guardó en el bolsillo de la americana.

El pasillo de fuera estaba vacío. Oyó el tintineo leve del cristal, los cubiertos y la loza que llegaba del comedor común y, procedentes de la capilla, sonoras voces masculinas en oración. Sin que sus hermanos jesuitas lo advirtieran, bajó las escaleras a toda prisa y salió a la mañana otoñal.

Un Mercedes Clase E esperaba en el Borgo Santo Spirito. Gabriel iba sentado al volante; Chiara ocupaba el asiento del copiloto. Al subir Donati, el coche arrancó como una bala. Varios peatones, entre ellos un sacerdote de la curia al que Donati conocía de vista, se apartaron precipitadamente.

—¿Hay algún problema? —preguntó el arzobispo.

Gabriel miró por el retrovisor.

—Lo sabré dentro de un momento.

El coche giró bruscamente a la derecha esquivando por poco a un grupo de monjas vestidas de gris y cruzó el Tíber a toda prisa.

Donati se abrochó el cinturón de seguridad y cerró los ojos.

Dios mío, ven en mi auxilio. Señor, date prisa en socorrerme...

Se dirigieron velozmente hacia el norte por el Lungotevere, hasta la Piazza del Popolo, y viraron luego hacia el sur hasta llegar a Piazza Venezia. Incluso para los estándares de Roma, fue una carrera espeluznante. A Donati, veterano de incontables comitivas papales, le asombró la destreza con que su viejo amigo manejaba el potente coche de fabricación alemana, y la tranquilidad aparente con que Chiara le daba de tanto en tanto un consejo o una indicación. Siguieron un itinerario indirecto, lleno de paradas repentinas y virajes bruscos, ideados para revelar la presencia de vigilancia motorizada. En una ciudad como Roma, donde mucha gente se desplazaba en moto, era una tarea abrumadora. Donati intentó ayudar, pero pasado un rato se dio por vencido y se puso a observar los edificios salpicados de pintadas y los montículos de basura sin recoger que pasaban a toda velocidad por su ventanilla. Veronica tenía razón. Roma era una ciudad muy bella, pero daba asco.

Cuando llegaron a Ostiense, un caótico barrio de clase de obrera del Municipio VIII, Gabriel pareció darse por satisfecho: nadie los seguía. Se dirigió a la A90, la carretera de circunvalación de Roma, y la tomó en dirección norte hasta la Austostrada E35, una autopista de peaje que recorría Italia a lo largo, hasta la frontera con Suiza.

Donati dejó de aferrarse al reposabrazos.

—¿Te importa decirme a dónde vamos?

Gabriel señaló el cartel azul y blanco de la cuneta.

Donati se permitió esbozar una breve sonrisa. Hacía mucho tiempo que no visitaba Florencia.

La Unidad 8200 había localizado el teléfono en la red móvil de Florencia poco antes de las cinco de la mañana. Estaba al norte del Arno, en San Marco, el barrio en el que los Médici, la dinastía de banqueros que transformó Florencia en el corazón artístico e intelectual de Europa, tenía antaño su casa de fieras, con jirafas, elefantes y leones. De momento, la Unidad no había podido introducirse en el dispositivo para controlar su sistema operativo. Se estaba limitando a monitorizar la posición aproximada del teléfono utilizando técnicas de geolocalización.

—¿Dicho en cristiano, por favor? —pidió Donati.

—En cuanto intervengamos el teléfono, podremos escuchar las llamadas del dueño, leer su correo y sus mensajes de texto y monitorizar sus búsquedas en Internet. Hasta podemos hacer fotografías y vídeos con la cámara y usar el micrófono como dispositivo de escucha.

—Como si fuerais Dios.

—No, qué va, aunque desde luego tenemos la capacidad de escrudiñar el alma de cualquiera. Podemos descubrir sus miedos más profundos y sus deseos más arraigados. —Gabriel meneó la cabeza de mala gana—. La industria de las telecomunicaciones y sus amigos de Silicon Valley nos prometieron un mundo feliz y lleno de comodidades en el que todo estaría a nuestro alcance. Nos dijeron que no nos preocupáramos, que nuestros secretos estarían a salvo. Nada de eso es cierto. Nos mintieron intencionadamente. Nos robaron la intimidad. Y, de paso, lo han arruinado todo.

—¿Todo?

—La prensa escrita, el cine, los libros, la música... Todo.

—No sabía que fueras tan *ludita*.

—Soy restaurador de cuadros, especializado en maestros antiguos italianos. El movimiento *ludita* lo fundé yo.

—Y aun así llevas móvil.

—Un móvil muy especial. Ni mis amigos de la NSA pueden intervenirlo.

Donati levantó un Nokia 9 Android.

—¿Y el mío?

—Estaría mucho más tranquilo si lo tiraras por la ventana.

—Mi vida entera está en este teléfono.

—Ahí reside el problema, excelencia.

A petición de Gabriel, Donati le entregó el teléfono a Chiara, que lo apagó, le quitó la tarjeta SIM y la batería y guardó ambas cosas en su bolso. Luego, le devolvió la carcasa inanimada a Donati.

—Ya me siento mejor.

Pararon a tomar un café en un Autogrill cerca de Orvieto y llegaron a las afueras de Florencia cuando pasaban pocos minutos del mediodía. Las señales rojas de *Zona Traffico Limitato* brillaban, intermitentes. Gabriel dejó el Mercedes en un aparcamiento público cerca de la basílica de la Santa Cruz y echaron los tres a andar hacia San Marco.

Según la lucecita azul del teléfono de Gabriel, el dispositivo de Janson estaba justo al oeste del Museo San Marco; en Via San Gallo, seguramente. La Unidad 8200 le había advertido de que la ubicación tenía un margen de error de unos cuarenta metros, lo que significaba que el teléfono podía estar también en Via Santa Reparata o en Via della Ruote. Las tres calles estaban jalonadas por pequeños hoteles económicos y albergues. Gabriel contó al menos catorce de esos establecimientos en los que podía estar alojado Niklaus Janson.

El lugar exacto en el que descansaba el puntito azul correspondía a las señas de un hotel llamado —muy apropiadamente— Piccolo. Justo enfrente había un restaurante en el que Gabriel almorzó como si tuviera todo el tiempo del mundo. Donati, con su teléfono reemsamblado y operativo, comió en Via Santa Reparata, y Chiara a la vuelta de la esquina, en Villa della Ruote.

Gabriel y Chiara tenían en el móvil una copia de la fotografía de Janson que figuraba en su expediente de la Guardia Suiza. La fotografía mostraba a un joven serio, de pelo corto, ojillos oscuros y facciones angulosas. De fiar, pensó Gabriel, pero en modo alguno un santo. Según su historial, Janson medía un metro ochenta y tres y pesaba setenta y cinco kilos.

A las tres y cuarto, aún no había ni rastro de él. Chiara se trasladó al restaurante que había enfrente del hotel Piccolo; Donati, a Villa della Ruote. En Via Santa Reparata, Gabriel pasó el rato con la mirada fija en el móvil, exhortando mentalmente a la lucecita azul a ponerse en movimiento. A las cinco, doce horas después de que la Unidad 8200 diera por fin con la ubicación del teléfono, su posición no había cambiado. Gabriel, cada vez más pesimista, se imaginó un *smartphone* que agonizaba, desenchufado, en una habitación desierta, con recipientes de comida vacíos esparcidos por el suelo.

Un mensaje de Chiara le levantó un poco el ánimo. *Ya he engordado siete kilos. Quizá deberíamos llamar a ese número.*

¿Y si está implicado?

Creía que decías que no estábamos todavía en ese punto.

Y así es. Pero nos acercamos minuto a minuto.

A las cinco y media, cambiaron de posiciones por segunda vez. Gabriel se fue a un restaurante de Villa della Ruote. Ocupó una mesa en la terraza de la acera y se puso a picotear el plato de *spaguetti pomodoro* sin ningún apetito.

—Si no le gusta, puedo traerle otra cosa —le dijo el camarero.

Gabriel pidió un café doble, el quinto de la tarde, y con mano un poco temblorosa cogió su móvil. Tenía otro mensaje de Chiara.

Nueve kilos. Te lo pido por favor, llama.

Gabriel sintió la tentación de hacerlo, pero siguió observando a los turistas que volvían fatigados a sus hoteles después de una larga jornada saboreando las delicias de Florencia. Había cuatro hoteles en esa calle. El Gran Hotel Medici —de nombre poco apropiado— estaba pegado al restaurante, justo en la visual de Gabriel.

Miró la hora en el móvil. Las seis y cuarto. Luego, comprobó la posición de la lucecita azul en el gráfico y le pareció detectar un ligerísimo movimiento. Treinta segundos de observación rigurosa confirmaron su sospecha: la luz se estaba moviendo, no había duda.

Debido al margen de error de cuarenta metros, Gabriel avisó de inmediato a Chiara y Donati. El arzobispo contestó que no veía a Janson en Via San Gallo, y unos segundos después Chiara dijo lo mismo desde su puesto en Via Santa Raparata. Gabriel no respondió a sus mensajes. Estaba observando al hombre que acababa de salir del Gran Hotel Medici.

Veintitantos años, cabello corto, algo más de metro ochenta, unos setenta y cinco kilos. El hombre miró a un lado y otro de la calle y luego se dirigió a la derecha, más allá del restaurante. Gabriel dejó dos billetes nuevos encima de la mesa, contó despacio hasta diez y se levantó. De fiar, se dijo. Pero en modo alguno un santo.

13

FLORENCIA

Chiara y Donati esperaron en Via Ricasoli, zarandeados por el torrente de turistas que salía a esa hora de la Galleria dell'Accademia. Sin previo aviso, ella echó los brazos al cuello de Donati y lo atrajo hacia sí.

—¿De veras es necesario?

—No queremos que te vea la cara. Por lo menos, todavía.

Estrechó con fuerza a Donati mientras Niklaus Janson se abría paso entre el gentío y pasaba a su lado sin mirarlos. Gabriel apareció un momento después.

—¿Hay algo que queráis decirme?

Donati se desasió y se alisó cuidadosamente la americana.

—¿Le llamo ya?

—Primero tenemos que seguirlo. Ya le llamaremos luego.

—¿Por qué esperar?

—Porque necesitamos saber si le sigue alguien más.

—¿Y si ves a alguien?

—Esperemos que eso no pase.

Gabriel y Donati echaron a andar, seguidos por Chiara. Ante ellos se alzaba el Campanile di Giotto. Janson se internó entre la muchedumbre de turistas de la Piazza del Duomo y se perdió de vista. Cuando Gabriel volvió a verlo, el guardia suizo estaba apoyado contra la pared del baptisterio octogonal, con el móvil en la mano derecha. Pasado un momento, comenzó a tocar la pantalla con el pulgar.

—¿Qué crees que está haciendo? —preguntó Donati.

—Parece que está mandando un mensaje.

—¿A quién?

—Buena pregunta.

Janson se guardó el teléfono en el bolsillo trasero de los vaqueros y, girando lentamente, recorrió con la mirada la plaza llena de gente. Miró un instante a Gabriel y Donati sin dar señales de reconocerlos.

—Está buscando a alguien —dijo Donati.

—Puede que busque a la persona a la que acaba de mandarle el mensaje.

—¿O?

—O puede que tenga miedo de que alguien le esté siguiendo.

—Es que alguien le está siguiendo.

Por fin, Janson salió de la plaza y tomó Via Martelli, una calle comercial. Esta vez fue Chiara quien lo siguió. Pasados unos cien metros, Janson se metió por un callejón estrecho que lo condujo a otra plaza, la de la iglesia de San Lorenzo. La fachada inacabada de la basílica se alzaba en su flanco este. Era del color de la arenisca y parecía una gigantesca pared de ladrillo sin enlucir. Janson, tras consultar su móvil un momento, subió los cinco escalones y entró en el templo.

En el lado oeste de la plaza había una hilera de tenderetes de ropa para turistas. En el flanco norte había una *gelateria*. Chiara y Donati se pusieron a la cola del mostrador. Gabriel cruzó la plaza y entró en la basílica. Janson, parado ante la tumba de Cosme de Médici, escribía algo en la pantalla del móvil sin prestar atención a la guía inglesa, de cara coloradota, que se dirigía a un grupo de turistas como si fueran duros de oído.

El guardia suizo mandó un último mensaje y salió a la plaza, donde se detuvo solo un instante para echar un vistazo alrededor. Evidentemente, esperaba a alguien. A la persona a la que enviaba esos mensajes, dedujo Gabriel. La misma persona que le había conducido primero a la Piazza del Duomo y luego a la basílica de San Lorenzo.

Janson posó fugazmente la mirada en Gabriel. Luego abandonó la plaza siguiendo Borgo San Lorenzo. Nadie en la plaza o en las tiendas y los restaurantes de alrededor pareció seguirlo.

Gabriel se acercó a la heladería, donde Donati y Chiara estaban encaramados a sendos taburetes altos, junto a una mesa con tablero de zinc. No habían tocado sus helados.

—¿No podemos contactar con él ya? —preguntó Donati.

—Todavía no.

—¿Por qué?

—Porque están aquí, excelencia.

—¿Quiénes?

Gabriel se dio la vuelta sin contestar y echó a andar en pos de Niklaus Janson. Un momento después, Chiara y Donati tiraron sus helados intactos a una papelera y salieron tras él.

Janson atravesó por segunda vez la Piazza del Duomo, lo que confirmó la sospecha de Gabriel de que una mano invisible guiaba al guardia suizo. Alguien lo esperaba en algún lugar de Florencia, se dijo Gabriel.

Janson llegó a la Piazza della Repubblica y desde allí se dirigió al Ponte Vecchio. El puente había sido en principio hogar de herreros, curtidores y carniceros, pero a finales del siglo XVI, debido a las quejas que levantaban entre los florentinos el hedor y la sangre de esos establecimientos, pasó a ser dominio de joyeros y orfebres. Vasari diseñó un pasadizo privado por encima de las tiendas, en el lado oriental del puente, para que los miembros del clan de los Médici pudieran cruzar el río sin tener que mezclarse con sus súbditos.

Los Médici habían desaparecido hacía tiempo, pero los joyeros y orfebres seguían allí. Janson pasó de largo frente a los escaparates iluminados y se detuvo bajo los arcos del Corredor Vasariano para contemplar las aguas lentas y turbias del Arno. Gabriel esperó en el otro lado del puente. Entre ellos pasaba una riada constante de turistas.

Gabriel miró a su izquierda y vio que Chiara y Donati se acercaban entre el gentío. Con un leve gesto de la cabeza, les indicó que se
reunieran con él. Se situaron en fila junto a la balaustrada, Gabriel y
Chiara mirando a Niklaus Janson, Donati de cara al río.

—¿Y bien? —preguntó el arzobispo.

Gabriel observó un segundo más a Janson. Estaba de espaldas al
centro del puente. Aun así, saltaba a la vista que estaba otra vez escribiendo algo en el móvil. Gabriel quería conocer la identidad de la persona —hombre o mujer— con la que estaba hablando el suizo, pero
aquello ya había durado bastante.

—Adelante, Luigi. Llámalo.

Donati sacó su Nokia. El número de Janson ya estaba grabado en
sus contactos. Con un solo toque, marcó el número. Pasaron unos segundos. Luego, Niklaus Janson se llevó, indeciso, el teléfono a la oreja.

14

PONTE VECCHIO, FLORENCIA

—Buenas tardes, Niklaus. ¿Reconoces mi voz?

Donati tocó el icono del altavoz en la pantalla táctil del Nokia a tiempo de que Gabriel oyera la respuesta de Janson.

—¿Excelencia? —preguntó el suizo con sobresalto.

—Sí.

—¿Dónde está?

—Eso mismo me estaba preguntando yo, dónde estás.

No hubo respuesta del joven, al otro lado del puente.

—Necesito hablar contigo, Niklaus.

—¿De qué?

—De la noche en que murió el santo padre.

Silencio, de nuevo.

—¿Sigues ahí, Niklaus?

—Sí, excelencia.

—Dime dónde estás. Es urgente que nos veamos.

—Estoy en Suiza.

—No es propio de ti mentirle a un arzobispo.

—No estoy mintiendo.

—No estás en Suiza. Estás en medio del Ponte Vecchio de Florencia.

—¿Cómo lo sabe?

—Porque estoy detrás de ti.

Janson se giró con el teléfono pegado a la oreja.

—No lo veo.

Donati se volvió también, lentamente.

—¿Excelencia? ¿Es usted?

—Sí, Niklaus.

—¿Quién es el hombre que está a su lado?

—Un amigo.

—Me ha estado siguiendo.

—Actuaba en mi nombre.

—Temía que fuera a matarme.

—¿Por qué iba a querer nadie matarte?

—Perdóneme, excelencia —murmuró Janson.

—¿Por qué?

—Concédame la absolución.

—Primero tengo que oírte en confesión.

Janson bajó el teléfono y empezó a cruzar el puente a lo ancho. Al llegar al centro, se detuvo bruscamente y abrió los brazos de par en par. El primer disparo le alcanzó en el hombro izquierdo haciéndole girar como un trompo. El segundo le abrió un agujero en el pecho y le hizo caer de rodillas como un penitente. Estando así, con los brazos colgando, lacios, junto a los costados, recibió un tercer disparo. La bala impactó justo encima del ojo derecho y le arrancó gran parte del cráneo.

En medio del antiquísimo puente, los disparos sonaron como cañonazos. Al instante se produjo un gigantesco torbellino de pánico. Gabriel distinguió fugazmente al asesino, que huía en dirección sur. Luego, dándose al vuelta, vio a Chiara y a Donati arrodillados junto a Niklaus Janson. El último balazo le había echo caer hacia atrás, con las piernas dobladas bajo el cuerpo. A pesar de la horrible herida de la cabeza, seguía con vida y estaba consciente. Gabriel se agachó a su lado. Janson estaba murmurando algo.

Su teléfono yacía en el suelo empedrado, con la pantalla rota. Gabriel se lo guardó en el bolsillo de la chaqueta, junto con la billetera de nailon que sacó del bolsillo trasero del pantalón del joven. Donati rezaba en voz baja, la mano derecha apoyada en la frente de Janson, junto al orificio de entrada de la bala. Con dos breves ademanes —uno en vertical, el otro en horizontal— absolvió de sus pecados al guardia suizo.

Una muchedumbre angustiada se había congregado a su alrededor. Gabriel oyó expresiones de horror e incredulidad en una docena de idiomas y, a lo lejos, el chillido de las sirenas que se acercaban. Levantándose, tiró de Chiara para que se pusiera en pie. Luego hizo levantarse a Donati. Cuando se apartaron del cadáver, el gentío se precipitó hacia delante para rodearlo. Se dirigieron al norte con calma, hacia las luces azules del primer coche de la Polizia di Stato en llegar al lugar de los hechos.

—¿Qué acaba de pasar? —preguntó Donati.

—No estoy seguro —dijo Gabriel—. Pero lo sabremos dentro de un momento.

Al pie del Ponte Vecchio, se sumaron al éxodo de turistas asustados que huían por las arcadas del Corredor Vasariano. Cuando llegaron a la entrada de la Galería de los Uffizi, Gabriel sacó del bolsillo el teléfono de Janson. Era un iPhone, con la pantalla desbloqueada y la batería al ochenta y cuatro por ciento. Los miedos más profundos de Janson, sus deseos más arraigados, su alma misma, se hallaban ahora al alcance de las yemas de sus dedos.

—Espero haber sido el único que ha visto que lo cogías —comentó Donati en tono de reproche—. Eso, y la cartera.

—Descuida, no me ha visto nadie más, pero intenta no poner esa cara de culpabilidad.

—Acabo de huir de la escena de un crimen. ¿Por qué iba a sentirme culpable?

Gabriel pulsó el botón *home* del teléfono. Había varias aplicaciones abiertas; entre ellas, un hilo de mensajes de texto. Buscó el principio de la conversación. No había nombre, solo un número. El primer mensaje, escrito en inglés, había llegado a las 4:47 de la tarde, el día anterior.

Por favor, dime dónde estás, Niklaus.

—Le tenemos.

—¿A quién?

—Al individuo que estaba escribiendo a Janson mientras le seguíamos.

Donati miró por encima del hombro derecho de Gabriel y Chiara por encima del izquierdo. El resplandor del iPhone iluminó sus caras. De repente, la luz se extinguió. Gabriel volvió a pulsar el botón *home*, pero en vano. El teléfono no había entrado en reposo. Se había apagado por completo.

Apretó la tecla de encendido y esperó a que la ubicua manzana blanca apareciera en la pantalla.

Nada.

El teléfono estaba tan muerto como su dueño.

—Puede que hayas tocado algo por error —sugirió Donati.

—¿Te refieres al icono mágico que desintegra instantáneamente el sistema operativo y hace trizas la memoria? —Gabriel apartó la mirada de la pantalla oscurecida—. Lo han borrado por control remoto para que no viéramos lo que contenía.

—¿Quién?

—Los mismos individuos que borraron su expediente de la red informática de la Guardia Suiza. —Gabriel miró a Chiara—. Y que mataron al santo padre.

—¿Ahora me crees? —preguntó el arzobispo.

—Hace diez minutos tenía mis dudas. Ya no. —Gabriel contempló el Ponte Vecchio, iluminado por el resplandor azul de las sirenas—. ¿Has entendido lo que ha dicho antes de morir?

—Hablaba en arameo. *Eli, Eli, lama sabachthani?* Significa...

—Dios mío, Dios mío, ¿por qué me has abandonado?

Donati asintió lentamente.

—Fueron las últimas palabras de Cristo antes de morir en la cruz.

—¿Por qué habrá dicho eso?

—Puede que los otros guardias tuvieran razón —dijo Donati—. Quizá Niklaus era un santo, a fin de cuentas.

15

VENECIA – FRIBURGO, SUIZA

Regresaron a Venecia, fueron a buscar a dos niños dormidos a una casa de la antigua judería y cruzaron con ellos en brazos el único puente de hierro de la ciudad, hasta llegar a un apartamento en el Rio della Misericordia. Allí pasaron una noche casi en vela, con Donati en el cuarto que quedaba libre. A la mañana siguiente, durante el desayuno, el arzobispo apenas podía apartar la mirada de Raphael, que era el vivo retrato de su famoso padre. El niño había heredado la maldición de los ojos extrañamente verdes de Gabriel. Irene, en cambio, se parecía a la madre de Gabriel; sobre todo, cuando se enfadaba con él.

—Solo será un día, dos como mucho —le aseguró Gabriel.

—Eso dices siempre, *abba*.

Se despidieron abajo, en la Fondamenta dei Ormesini. El último beso de Chiara fue pudoroso.

—Procura que no te maten —le susurró al oído—. Tus hijos te necesitan. Y yo también.

Gabriel y Donati ocuparon el asiento de popa del *motoscafo* que los esperaba y se alejaron por las aguas de un gris verdoso de la laguna, camino del aeropuerto Marco Polo. En la terminal abarrotada, los pasajeros se apiñaban bajo los monitores de televisión. Otra bomba había estallado en Alemania. Esta vez, el objetivo era un mercado de Hamburgo, al norte del país. En las redes sociales se había publicado un mensaje de reivindicación del atentado, acompañado por un vídeo editado profesionalmente del presunto cerebro de la operación. En un alemán coloquial perfecto, con la cara oculta por un pañuelo árabe, el terrorista aseguraba que los atentados continuarían hasta que la bandera negra del Estado Islámico ondeara en el Bundestag. Alemania, que había sufrido dos ataques terroristas en cuarenta y ocho horas, se encontraba en alerta máxima.

El atentado trastocó de inmediato el tráfico aéreo en Europa, pero por algún motivo el vuelo de Alitalia con destino Ginebra salió a su hora, a última hora de la mañana. Y aunque en el segundo mayor aeropuerto de Suiza se habían reforzado las medidas de seguridad, Gabriel y Donati pasaron por el control de pasaportes sin ninguna demora. El Departamento de Transporte de la Oficina les había dejado un BMW en el aparcamiento de corta estancia, con la llave pegada con cinta adhesiva debajo del parachoques delantero. En la guantera, envuelta en un paño protector, había una Beretta de 9 milímetros.

—Debe de ser agradable —comentó Donati—. Yo siempre tengo que recoger mi pistola en el mostrador.

—Formar parte del club tiene sus ventajas.

Gabriel siguió la rampa de salida del aeropuerto en dirección a la E62 y se dirigió al noroeste bordeando el lago. Donati notó que no necesitaba la ayuda del navegador para orientarse.

—¿Vienes mucho a Suiza?

—Podría decirse así.

—Dicen que este año tampoco va a nevar todo lo que debería.

—El estado del sector turístico suizo es lo que menos me preocupa ahora.

—¿No esquías?

—Nunca le he visto el atractivo.

Donati contempló los picos de las montañas que se alzaban al otro lado del lago.

—Cualquier memo puede deslizarse cuesta abajo por una montaña. Para subir, en cambio, hace falta carácter y disciplina.

—Yo prefiero pasear junto al mar.

—Está subiendo de nivel, ¿sabes? Por lo visto, Venecia será pronto inhabitable.

—Así por lo menos dejarán de ir turistas.

Gabriel encendió la radio a tiempo de oír el boletín de noticias de la SFR 1. El atentado de Hamburgo había dejado cuatro víctimas mortales y veinticinco heridos, varios de ellos muy graves. Del ciudadano suizo asesinado la víspera en el Ponte Vecchio de Florencia no dijeron ni una palabra.

—¿A qué espera la Polizia di Stato? —se preguntó Donati en voz alta.

—Yo diría que están dándole al Vaticano tiempo para que urda su versión de los hechos.

—Pues les deseo buena suerte.

La última noticia del boletín se refería a un informe de la Conferencia Episcopal Suiza que alertaba de un fuerte aumento en el número de nuevos casos de abuso sexual.

Donati suspiró.

—Ojalá hablaran de algo menos deprimente. Del atentado de Hamburgo, por ejemplo.

—¿Sabías lo de ese informe?

El arzobispo asintió.

—El santo padre y yo revisamos el primer borrador un par de semanas antes de su muerte.

—¿Cómo es posible que siga habiendo nuevos casos de abuso?

—Es posible que siga habiéndolos porque nos disculpamos y pedimos perdón, pero no vamos a la raíz del problema. Y la Iglesia está pagando un precio altísimo, con razón. Aquí, en Suiza, el catolicismo está en las últimas. Los bautizos, las bodas por la iglesia y la asistencia a misa han caído hasta casi extinguirse.

—¿Y si pudieras dar marcha atrás y hacerlo todo de nuevo?

—A pesar de lo que digan mis enemigos, el papa no era yo. Era Pietro Lucchesi. Y era un hombre muy cauto por naturaleza. —Donati hizo una pausa—. Demasiado cauto, en mi opinión.

90

—¿Y si llevaras el anillo del pescador?

El arzobispo se rio.

—¿Por qué te ríes? —preguntó Gabriel.

—Porque es una idea absurda.

—Contesta de todos modos, hazme ese favor.

Donati sopesó cuidadosamente su respuesta.

—Empezaría por reformar el sacerdocio. No basta con extirpar a los pederastas. Si queremos que la Iglesia sobreviva y prospere, debemos crear una comunidad global nueva y dinámica de religiosos católicos.

—¿Significa eso que admitirías el sacerdocio femenino?

—Tú lo has dicho, no yo.

—¿Y que los curas podrían casarse?

—Eso es aventurarse en aguas traicioneras, amigo mío.

—Otras religiones permiten que su clero se case.

—Y yo las respeto. La cuestión es si yo, como sacerdote católico, podría amar y cuidar a mi esposa y mis hijos y al mismo tiempo servir al Señor y atender las necesidades espirituales de mi rebaño.

—¿Y cuál es la respuesta?

—No —dijo Donati—, no podría.

Una señal los avisó de que se acercaban a la localidad turística de Vevey, a orillas del lago. Gabriel tomó la E27 y la siguió en dirección norte, hacia Friburgo, una ciudad bilingüe cuyas calles, sin embargo, llevaban nombres franceses. La Rue du Pont-Muré se extendía a lo largo de unos cien metros, atravesando el elegante casco viejo, dominado por el campanario de la catedral. Gabriel aparcó en la Place des Ormeaux y ocupó una mesa en el Café des Arcades. Donati, por su parte, cruzó la calle y entró en el Café du Gothard, un restaurante anticuado y formal, con el suelo de tarima oscura y gruesas lámparas de hierro.

A esa hora crepuscular, entre la comida y la cena, solo había una mesa ocupada por una pareja de ingleses que parecía haber alcanzado una tregua inestable tras una batalla larga y calamitosa. El *maître*

91

condujo a Donati a una mesa cerca de la ventana. El arzobispo marcó el número de Gabriel y dejó su Nokia boca abajo sobre la mesa. Pasaron unos minutos antes de que apareciera Stefani Hoffmann. La joven le puso una carta delante y sonrió con visible esfuerzo.

—¿Quiere algo de beber?

16

CAFÉ DU GOTHARD, FRIBURGO

Stefani se puso un mechón de pelo rubio detrás de la oreja y miró a Donati por encima de la libreta de comandas. Sus ojos eran del color de un lago alpino en verano. El resto de la cara armonizaba con la belleza de aquellos ojos. Los pómulos eran anchos, la mandíbula firme y afilada, la barbilla estrecha, con un leve hoyuelo.

Se había dirigido a Donati en francés. Él contestó en el mismo idioma.

—Una copa de vino, por favor.

Con la punta del bolígrafo, ella señaló la parte de la carta dedicada a la selección de vinos. Eran, sobre todo, franceses y suizos. Donati eligió un Chasselas.

—¿Algo de comer?

—Solo el vino por ahora, gracias.

Ella se acercó a la barra y miró su teléfono mientras una camarera vestida con falda negra servía el vino. La copa permaneció unos segundos en la bandeja, hasta que por fin se la llevó a Donati a la mesa.

—No es usted de Friburgo —comentó Stefani.

—¿Cómo se ha dado cuenta?

—¿Es italiano?

—De Roma.

El semblante de la joven no se alteró.

—¿Qué le trae por un sitio tan aburrido como Friburgo?

—Asuntos de trabajo.

—¿A qué se dedica?

Donati titubeó. Nunca había encontrado una forma satisfactoria de referirse a su oficio.

—Imagino que me dedico al negocio de la salvación.

Ella entornó los párpados.

—¿Es usted cura?

—Sacerdote, sí —contestó Donati.

—No lo parece. —Le recorrió con la mirada provocativamente—. Y menos con esa ropa.

Donati se preguntó si usaba el mismo desparpajo con todos sus clientes.

—La verdad es que soy arzobispo.

—¿Dónde está su archidiócesis?

Evidentemente, conocía el léxico del catolicismo.

—En un rincón remoto del norte de África que antiguamente formaba parte del Imperio romano. Quedan muy pocos cristianos por allí, y católicos aún menos.

—¿Una sede titular?

—Exactamente.

—¿A qué se dedica en realidad?

—Estoy a punto de empezar a dar clases en la Universidad Gregoriana de Roma.

—¿Es jesuita?

—Eso me temo.

—¿Y a qué se dedicaba antes?

Donati bajó la voz.

—Era el secretario personal de su santidad el papa Pablo VII.

Una sombra pareció cruzar la cara de la joven.

—¿Qué hace en Friburgo? —preguntó de nuevo.

—He venido a verla a usted.

—¿Por qué?

—Necesito hablarle de Niklaus.

—¿Dónde está?

—¿No lo sabe?

—No.

—¿Cuándo fue la última vez que supo de él?

—La mañana del entierro del papa. No quiso decirme dónde estaba.

—¿Por qué?

—Dijo que no quería que ellos se enteraran.

—¿Quiénes?

Stefani hizo amago de contestar, pero se detuvo.

—¿Lo ha visto usted? —preguntó.

—Sí, Stefani. Me temo que sí.

—¿Cuándo?

—Anoche —respondió Donati—. En el Ponte Vecchio de Florencia.

Desde su puesto de observación en el Café des Arcades, Gabriel escuchó cómo Donati le contaba en voz baja a Stefani Hoffmann que Niklaus Janson había muerto. Se alegró de que fuera su viejo amigo y no él. Si a Donati le costaba hacer explícita su profesión, él, por su parte, sufría horrores cuando tenía que decirle a una mujer que un ser querido —un hijo, un hermano, un padre o un novio— había sido asesinado a sangre fría.

Stefani no le creyó al principio, como era de esperar. Donati contestó que no tenía motivos para mentir sobre una cosa así, una respuesta que hizo muy poco por disipar la incredulidad de la joven. El Vaticano, replicó la joven, mentía constantemente.

—Yo no trabajo para el Vaticano —respondió el arzobispo—. Ahora ya no.

Le propuso entonces que hablaran en algún lugar más íntimo. Ella respondió que el restaurante cerraba a las diez y que su jefe la mataría si le dejaba plantado.

—Su jefe lo entenderá.

—¿Qué le digo sobre Niklaus?

—Absolutamente nada.

—Tengo el coche en la Place des Ormeaux. Espéreme allí.

Donati salió a la calle y se llevó el teléfono al oído.

—¿Has podido oírlo?

—Sabe algo —contestó Gabriel—. La cuestión es cuánto.

El arzobispo se guardó el teléfono en el bolsillo sin cortar la llamada. Stefani Hoffmann salió del restaurante unos minutos después con un bufanda al cuello. Su coche era un Volvo viejo. Donati ocupó el asiento del copiloto en el instante en que Gabriel se sentaba al volante del BMW. A través del auricular, oyó el chasquido del cinturón de seguridad de Donati, seguido un instante después por un gemido de angustia de Stefani Hoffmann.

—¿De verdad está muerto Niklaus?

—Vi cómo sucedía.

—¿Por qué no lo impidió?

—No se pudo hacer nada.

Stefani Hoffmann salió marcha atrás del aparcamiento y tomó la Rue du Pont-Muré. Diez segundos después, Gabriel hizo lo mismo. Al salir del casco viejo y tomar la Route des Alpes, Donati preguntó por qué había huido Niklaus Janson del Vaticano la noche en que murió el santo padre. Stefani contestó con voz casi inaudible.

—Tenía miedo.

—¿Miedo de qué?

—De que le mataran.

—¿Quién, Stefani?

Durante unos instantes solo se oyó el traqueteo del motor del Volvo, seguido un momento después por otro gemido de dolor de Stefani Hoffmann. Gabriel bajó el volumen del teléfono y volvió a alegrarse de que fuera su viejo amigo y no él quien iba sentado junto a la joven.

17

RECHTHALTEN, SUIZA

Al acercarse al pueblo de Sankt Ursen, Stefani se dio cuenta de que alguien los seguía.

—Es solo un socio mío —explicó Donati.

—¿Desde cuándo tienen *socios* los curas?

—Es quien me ayudó a encontrar a Niklaus en Florencia.

—Creía que había dicho que había venido solo.

—Yo no he dicho tal cosa.

—¿Ese socio suyo también es sacerdote?

—No.

—¿Es del servicio de espionaje del Vaticano?

Donati estuvo tentado de decirle que la Santa Sede no tenía ningún servicio de espionaje, que eso era un bulo inventado por los enemigos del catolicismo y que el verdadero aparato de recogida de información del Vaticano era la propia Iglesia Universal, con su red global de parroquias, colegios, universidades, hospitales, organizaciones benéficas y nuncios repartidos por capitales de todo el orbe. Le ahorró ese discurso, al menos de momento. Sentía curiosidad por saber por qué había hecho esa pregunta, pero decidió esperar a que su *socio* se les uniera para continuar la conversación.

El siguiente pueblo era Rechthalten. Donati reconoció el nombre. Era el pueblo en el que había nacido y se había criado Niklaus Janson. Sus habitantes eran en su inmensa mayoría católicos. Buena

97

parte de ellos trabajaba en lo que las estadísticas gubernamentales denominaban el sector primario, una forma amable de decir que labraban la tierra. Unos cuantos, como Stefani Hoffmann, iban a trabajar a diario a Friburgo. Stefani se había independizado hacía un año, le dijo, y ahora vivía sola en una casita de campo, en el extremo este del pueblo.

La casa tenía forma de A, con una terraza pequeña en el piso de arriba. Stefani tomó el caminito de entrada, que estaba sin asfaltar, y apagó el motor. Gabriel llegó segundos después y se presentó en alemán como Heinrich Kiever, el nombre que figuraba en el pasaporte alemán falso que había enseñado esa tarde en el aeropuerto de Ginebra.

—¿Seguro que no es usted sacerdote? —preguntó Stefani Hoffman al estrechar la mano que él le ofrecía—. Tiene más pinta de cura que el arzobispo.

Los condujo al interior de la casa, cuya planta baja había sido reconvertida en estudio de pintura. Donati recordó de repente que Stefani Hoffmann era pintora. La obra en la que estaba trabajando descansaba en un caballete, en el centro de la habitación. El hombre al que ella conocía como Heinrich Kiever se detuvo delante y contempló el cuadro ladeando ligeramente la cabeza, con la mano en la barbilla.

—Es bastante bueno.

—¿Pinta usted?

—Solo alguna que otra acuarela cuando estoy de vacaciones.

Stefani Hoffmann no lo creyó, evidentemente. Se quitó el abrigo y la bufanda y miró a Donati mientras caían lágrimas de sus ojos azules.

—¿Puedo ofrecerles algo de beber?

Los cacharros del desayuno seguían sobre la mesa de la cocinita. Stefani los recogió y llenó la tetera eléctrica con agua embotellada. Mientras echaba café en la cafetera francesa, se disculpó por el desorden en que se hallaba la casita y por su modestia. Era lo único que podía permitirse, se lamentó, con su sueldo del restaurante y el poco dinero que ganaba vendiendo sus cuadros.

—No todos somos banqueros, ¿saben?

Se dirigía a ellos en alemán. No en el dialecto suizo que se hablaba en el pueblo, sino en auténtico alto alemán, la lengua de sus vecinos germanos del norte. Lo había aprendido en el colegio, explicó, desde los seis años. Niklaus Janson y ella habían sido compañeros de clase. Él era un chaval torpón, delgaducho y tímido, con gafas, pero a los diecisiete años, como por arte de magia, se había transformado en un objeto de asombrosa belleza. La primera vez que hicieron el amor, él se empeñó en quitarse el crucifijo que llevaba. Y después se confesó con el padre Erich, el cura del pueblo.

—Niklaus era un chico muy religioso. Era una de las cosas que me gustaban de él. Me dijo que no habló de mí en el confesionario, pero el padre Erich me lanzó una mirada rara cuando comulgué el domingo siguiente.

Tras acabar la educación secundaria en la *kantonsschule* local, ella estudió bellas artes en la Universidad de Friburgo y Niklaus, cuyo padre era carpintero, se alistó en el ejército como voluntario. Al acabar el servicio militar, regresó a Rechthalten y empezó a buscar trabajo. Fue el padre Erich quien le sugirió que ingresara en la Guardia Suiza, que en aquella época andaba escasa de personal y buscaba urgentemente reclutas. Stefani se opuso con vehemencia.

—¿Por qué? —preguntó Donati.

—Temía perderlo.

—¿Perderlo por qué?

—Por la Iglesia.

—¿Pensaba que podía hacerse cura?

—Hablaba de eso todo el tiempo, incluso después de dejar el ejército.

No comprobaron sus antecedentes ni le hicieron entrevista formal. Bastó con que el padre Erich afirmara que era un católico practicante y de costumbres intachables. La noche antes de que se marchara a Roma, Niklaus le regaló a Stefani un anillo de pedida con un pequeño diamante. Ella lo llevaba puesto unos meses después, cuando asistió a la ceremonia solemne, celebrada en el patio de San Dámaso, en la que Niklaus juró dar su vida, si era necesario, por defender el Vaticano y al santo padre. Estaba orgullosísimo de su uniforme de gala y de su casco de estilo medieval adornado con un penacho rojo, pero a ella la parecía que tenía un aspecto bastante ridículo, como un soldadito de juguete del ejército más pequeño del mundo. Después de la ceremonia, él llevó a sus padres a conocer a su santidad. Stefani no pudo acompañarlos.

—Solo las esposas y las madres podían saludar al santo padre. Las novias no están bien vistas en la Guardia.

Veía a Niklaus cada dos meses, pero procuraban mantener viva su relación con videollamadas diarias y mensajes de texto. El trabajo de los guardias suizos era agotador y terriblemente aburrido, casi siempre. Niklaus solía recitar el rosario durante sus turnos de tres horas de guardia, con los pies apuntando hacia fuera en ángulo de sesenta grados, como mandaba el reglamento. Pasaba casi todo su tiempo libre en el cuartel, situado cerca de la puerta de Santa Ana. Como la mayoría de los suizos, opinaba que Roma era un lugar caótico y mugriento.

Al año de ingresar en la Guardia comenzó a trabajar dentro del Palacio Apostólico, donde tenía oportunidad de observar las idas y venidas de los grandes príncipes de la Iglesia: Gaubert, el secretario de Estado; Albanese, el custodio del Archivo Secreto; y Navarro, el guardián de la fe. Pero el alto cargo del Vaticano al que más admiraba Niklaus no llevaba el solideo rojo. Era el secretario personal del santo padre, el arzobispo Luigi Donati.

—Solía decir que, si la Iglesia tuviera un poco de sentido común, el próximo papa sería él.

Stefani logró esbozar una sonrisa que se desvaneció cuando comenzó a describir la espiral en la que cayó posteriormente Niklaus, sumiéndose en la depresión y el alcoholismo. Donati no había percibido ningún indicio del estado de trastorno emocional en que se hallaba el joven. Había otro sacerdote, en cambio, que sí lo notó. Un sacerdote que trabajaba en una sección relativamente insignificante de la curia romana, algo relacionado con el diálogo entre la Iglesia y los no creyentes.

—¿El Consejo Pontificio de la Cultura, podría ser? —preguntó Donati con suavidad.

—Sí, eso es.

—¿Y el nombre de ese sacerdote?

—Padre Markus Graf.

La mirada que Donati lanzó a su compañero dejaba claro que Graf no era trigo limpio. Stefani Hoffmann explicó por qué mientras echaba el agua caliente en la cafetera de émbolo.

—Es miembro de una orden muy reaccionaria. Y secreta, además.

—La Orden de Santa Helena —dijo Donati, dirigiéndose a Gabriel.

—¿Lo conoce?

Donati dejó ver un destello de su antigua arrogancia.

—El padre Graf y yo nos movemos en círculos muy distintos.

—Yo coincidí con él una vez. Es escurridizo como una anguila, pero es bastante carismático. Seductor, incluso. Niklaus estaba encantado con él. La Guardia tiene su capellán propio, pero Niklaus eligió al padre Graf como confesor y guía espiritual. También empezaron a pasar mucho tiempo juntos en otros contextos.

—¿En otros contextos?

—El padre Graf tenía coche y solía llevar a Niklaus a las montañas para que no echara de menos esto. Los Apeninos no son los Alpes precisamente, pero a Niklaus le gustaba salir de la ciudad.

—Niklaus tuvo dos amonestaciones por llegar tarde al cuartel.

—Seguro que el padre Graf tuvo algo que ver.

—¿Su relación se limitaba a eso?

—¿Me está preguntando si Niklaus y el padre Graf eran amantes?

—Supongo que sí.

—Se me pasó por la cabeza, sobre todo después de cómo se comportó la última vez que estuve en Roma.

—¿Qué pasó?

—No quiso que nos acostáramos.

—¿Le dio algún motivo?

—El padre Graf le había aconsejado que no mantuviera relaciones sexuales fuera del matrimonio.

—¿Cómo reaccionó usted?

—Le dije que deberíamos casarnos enseguida. Él estuvo de acuerdo, pero con una condición.

—Que ingresara usted en la Orden de Santa Helena como miembro seglar.

—Sí.

—Imagino que él ya era miembro de la Orden.

—Prestó el juramento de obediencia al padre Richter en el *palazzo* de la Orden en la colina del Janículo. Y me dijo que el obispo Richter tenía ciertas reservas sobre determinados aspectos de mi carácter, pero que aun así había accedido a que ingresara en la Orden.

—¿De qué la conocía el padre Richter?

—Por el padre Erich, que también es miembro de la Orden.

—¿Qué hizo usted?

—Tiré mi anillo de pedida al Tíber y volví a Suiza.

—¿Recuerda la fecha?

—¿Cómo iba a olvidarla? Fue el 9 de octubre. —Sirvió tres tazas de café y puso una delante del hombre al que conocía por el nombre de Heinrich Kiever—. ¿Él no va a hacerme ninguna pregunta?

—*Herr* Kiever es hombre de pocas palabras.

—Igual que Niklaus. —Stefani se sentó a la mesa—. Cuando me negué a ingresar en la Orden, cortó todo contacto conmigo. El martes fue la primera vez que hablé con él desde hacía semanas.

—¿Y está segura de que fue la mañana del entierro del santo padre?

Ella asintió con un gesto.

—Parecía muy trastornado. Por un momento pensé que no era él. Cuando le pregunté qué le pasaba, se echó a llorar.

—¿Qué hizo usted entonces?

—Volví a preguntarle.

—¿Y?

Stefani se llevó la taza a los labios.

—Me lo contó todo.

18

RECHTHALTEN, SUIZA

Niklaus ya había hecho dos turnos de guardia ese día. En el Arco de las Campanas por la mañana y en la puerta de Bronce por la tarde. Cuando llegó a los apartamentos papales a las nueve de la noche, le temblaban las piernas de cansancio. La primera persona a la que vio fue al secretario de personal del santo padre, que se marchaba en ese momento.

—¿Sabía Niklaus adónde iba yo?

—A cenar con una amiga, extramuros.

—¿Sabía el nombre de esa amiga?

—Era una mujer muy rica que vivía cerca de Villa Borghese. Su marido murió al caer de la cúpula de la basílica. Niklaus me contó que usted estaba allí cuando pasó.

—¿Quién le dijo eso?

—¿Quién cree usted?

—¿El padre Graf?

Stefani hizo un gesto de asentimiento. Sostenía la taza de café con las dos manos y un nimbo de vapor caracoleaba alrededor de su rostro de facciones impecables.

—¿Qué pasó después de que me marchara?

—El cardenal Albanese llegó en torno a las nueve y media.

—A mí me dijo que no había llegado hasta las diez.

—Esa fue su *segunda* visita —puntualizó Stefani Hoffmann—. No la primera.

El cardenal Albanese no le había dicho a Donati que hubiera visitado previamente el *appartamento* del papa esa noche. Tampoco había incluido esa primera visita en la cronología oficial del Vaticano. Esa sola incoherencia, si llegaba a hacerse pública, bastaría para sumir a la Iglesia en un nuevo escándalo.

—¿Le dijo Albanese a Niklaus qué hacía allí?

—No, pero llevaba un maletín con el escudo del Archivo.

—¿Cuánto tiempo se quedó?

—Solo unos minutos.

—¿Llevaba el maletín cuando se marchó?

Stefani volvió a asentir.

—¿Y cuando regresó a las diez? —preguntó Donati.

—Le dijo a Niklaus que el santo padre le había invitado a rezar con él en la capilla privada.

—¿Quién llegó después?

—Tres cardenales. Navarro, Gaubert y Francona.

—¿A qué hora?

—A las diez y cuarto.

—¿Cuándo llegó el *dottore* Gallo?

—A las once. El coronel Metzler y un policía del Vaticano llegaron unos minutos después. —Bajó la voz—. Luego llegó usted, arzobispo Donati. Fue el último.

—¿Sabía Niklaus lo que pasaba dentro?

—Se hizo una idea, pero no estuvo seguro hasta que llegó el personal de la ambulancia con la camilla.

Unos minutos después de que el personal médico entrara en el apartamento —prosiguió Stefani—, salió Metzler y le confirmó lo que ya sospechaba: el santo padre había muerto. Le advirtió, además, de que no hablara con nadie, nunca, de lo que había visto esa noche. Ni con sus compañeros de la Guardia ni con sus familiares y amigos, y menos aún con la prensa. Luego le ordenó que siguiera de guardia hasta que el cadáver del santo padre fuera trasladado y se sellara el apartamento. El camarlengo ofició el ritual a las dos y media de la madrugada.

—¿Sacó el cardenal Albanese algo del apartamento cuando se marchó?

—Una cosa. Dijo que quería llevarse algo que le recordara la santidad del papa. Algo que él hubiera tocado.

—¿Qué era?

—Un libro.

A Donati el corazón le martilleaba en las costillas.

—¿Qué tipo de libro?

—Una novela policiaca inglesa. —Stefani Hoffmann meneó la cabeza—. ¿Se imaginan?

A la hora en que Niklaus salió del Palacio Apostólico, la oficina de prensa del Vaticano ya había informado del fallecimiento del santo padre. La plaza de San Pedro estaba iluminada por el resplandor espectral de los equipos de televisión, y en los claustros y patios del Vaticano se habían reunido grupitos de monjas y sacerdotes para rezar y llorar por la muerte del pontífice. Niklaus también lloraba. Solo en su habitación del cuartel, se puso ropa de civil y metió unas cuantas cosas en una bolsa de viaje. Salió del Vaticano a hurtadillas en torno a las cinco y media de la mañana.

—¿Por qué se fue a Florencia en vez de volver a Suiza?

—Le daba miedo que lo encontraran.

—¿La Guardia, quiere decir?

—La Orden.

—¿Y no tuvieron más contacto que esa llamada telefónica? ¿Ni mensajes de textos ni correos electrónicos?

—Solo el paquete. Llegó al día siguiente de hablar con él.

—¿Qué era?

—Una lámina horrenda de Jesús en el huerto de Getsemaní. No entiendo por qué me mandó esa cosa.

—¿Había algo más en el paquete?

—Su rosario. —Hizo una pausa y luego añadió—: y una carta.

—¿Una carta?

Stefani asintió.

—¿A quién iba dirigida?

—A mí. ¿A quién, si no?

—¿Qué decía?

—Me pedía perdón por haber ingresado en la Orden de Santa Helena y por haber roto nuestro compromiso. Decía que había sido un terrible error. Y que eran malvados. Sobre todo, el obispo Richter.

—¿Podría leerla?

—No —contestó ella—. Algunos pasajes son muy íntimos.

Donati no insistió. De momento.

—El coronel Metzler me dijo que había hablado con usted.

—Me llamó al día siguiente de morir el santo padre. Dijo que Niklaus se había marchado del cuartel sin permiso y me preguntó si había hablado con él. Le dije que no, lo que era verdad en ese momento.

—¿Fue Metzler la única persona que se puso en contacto con usted?

—No. Al día siguiente vino a verme otra persona.

—¿Quién?

—*Herr* Bauer, el del servicio de espionaje del Vaticano.

Ya estaban otra vez, pensó Donati. «El servicio de espionaje del Vaticano...».

—¿*Herr* Bauer le enseñó alguna identificación?

Ella negó con un gesto.

—¿Dijo a qué división del servicio de espionaje del Vaticano pertenecía?

—A seguridad papal.

—¿Y su nombre de pila?

—Maximilian.

—¿Suizo?

—Alemán. De Baviera, seguramente, por el acento.

—¿La llamó por teléfono?

—No. Se presentó en el restaurante de repente, como usted y *herr* Kiever.

—¿Qué quería?

—Lo mismo que Metzler. Saber dónde estaba Niklaus.

—¿Y cuando le dijo que no lo sabía?

—No estoy segura de que me creyera.

—Descríbanoslo, por favor.

Fue Gabriel quien hizo la pregunta. Stefani Hoffmann fijó los ojos en el techo.

—Alto, bien vestido, cuarenta y pico años, puede que cincuenta y pocos.

La expresión de Gabriel evidenciaba su decepción.

—Venga ya, Stefani. Usted puede hacerlo mejor. Es pintora, a fin de cuentas.

—Soy una pintora contemporánea que adora a Rothko y a Pollock. El retrato no es mi especialidad.

—Pero seguro que podría hacer uno en un periquete.

—Uno bueno, no. Y menos de memoria.

—Quizá yo pueda serle de ayuda.

—¿Cómo?

—Tráigame su bloc de dibujo y una caja de lápices de colores y se lo enseñaré.

Trabajaron sin descanso casi una hora, codo con codo en la mesa de la cocina, mientras Donati los observaba, nervioso, por encima del hombro. Como sospechaba Gabriel, el recuerdo que guardaba Stefani Hoffmann del hombre al que conocía como Maximilian Bauer era mucho más preciso de lo que ella imaginaba. Solo hizo falta que le hiciera las preguntas adecuadas un dibujante experto y estudioso de la fisionomía humana: un talentoso restaurador capaz de imitar las pinceladas de Bellini, Tiziano y Tintoretto, un sanador que había curado el rostro agrietado de María y la mano lacerada de Cristo en la cruz.

El rostro que le describió era un rostro de facciones nobles. Pómulos altos, nariz airosa, barbilla elegante y una boca de labios finos que no sonreía con facilidad, todo ello rematado por una abundante mata de cabello rubio entreverado de canas. Un rival digno, se dijo Gabriel. Un hombre al que convenía no tratar a la ligera. Y que jamás perdía en los juegos de azar.

—Conque alguna acuarela cuando está de vacaciones, ¿eh? —dijo Stefani Hoffmann—. Está claro que se dedica profesionalmente a esto. Aunque me temo que los ojos los ha hecho mal.

—Los he dibujado como me los ha descrito.

—No, qué va.

Cogió el bloc y en una hoja en blanco dibujó unos ojos desprovistos de sentido del humor y rehundidos bajo la cornisa de unas cejas prominentes. Gabriel dibujó luego el resto de la cara alrededor de aquellos ojos.

—Ese es. Ese es el hombre que vino a verme.

Gabriel miró a Donati.

—¿Le reconoces?

—No, lo siento.

Stefani Hoffmann cogió el bosquejo y remarcó las arrugas que rodeaban la boca.

—Ahora está perfecto —dijo—. Pero ¿qué va a hacer con esto?

—Voy a averiguar quién es en realidad ese hombre.

Ella levantó la mirada del bloc de dibujo.

—¿Y usted? ¿Quién es?

—Soy un socio del arzobispo.

—¿Es cura?

—No —contestó Gabriel—. Soy un especialista.

Así pues, ya solo quedaba la carta. La carta en la que Niklaus Janson tachaba de malvada a la Orden de Santa Helena. Tres veces pidió verla Donati. Y tres veces se negó Stefani Hoffmann. La carta era de índole extremadamente personal y la había escrito un hombre acongojado al que ella conocía desde la infancia. Un hombre que había muerto asesinado en medio de una multitud, en el puente más famoso de Italia. No se la enseñaría ni a su mejor amiga y confidente, aseguró, y mucho menos a un arzobispo católico.

—En ese caso —insistió Donati—, ¿me permite al menos ver la lámina?

—¿La de Jesús en el huerto de Getsemaní? ¿No ha visto ya suficientes en el Vaticano?

—Tengo mis motivos.

La lámina estaba metida aún en una caja de cartón fina apoyada contra la pared, detrás de la silla de Stefani Hoffmann. Donati leyó el albarán de entrega. Era de una oficina de DHS Express situada cerca de la estación Termini de Roma. Niklaus debía de haber enviado el paquete antes de subir al tren con destino a Florencia.

El arzobispo sacó la lámina de la caja y le quitó el envoltorio de burbujas. Medía unos treinta y cinco centímetros por treinta. La ilustración, bastante gastada, mostraba a Jesucristo la víspera de su tortura y ejecución a manos de los romanos. El marco, el cristal y el paspartú eran de gran calidad.

—El obispo Richter se la regaló el día que prestó juramento de lealtad a la Orden —explicó Stefani—. Si le dan la vuelta, verán grabado el escudo de la Orden.

Donati seguía mirando la imagen de Jesús.

—No me diga que le gusta.

—No es precisamente un Miguel Ángel —repuso él—, pero se parece muchísimo a un cuadro que tenían mis padres en su dormitorio, en la casita de Umbría donde me crie.

Donati no le contó a Stefani Hoffmann que, tras morir su madre, encontró varios miles de euros escondidos detrás del cuadro. Su madre desconfiaba de los bancos italianos, justificadamente.

Dio la vuelta al cuadro. El escudo de la Orden de Santa Helena estaba grabado en el cartón de detrás del paspartú, sujeto con cuatro pestañas metálicas. Una de ellas estaba suelta. Donati aflojó las otras tres y trató de retirar el cartón y el paspartú, pero no lo consiguió.

Entonces dio la vuelta al cuadro y dejó que el peso del cristal hiciera el trabajo por él.

El cristal cayó sobre la mesa sin romperse. Al separar el paspartú de la lámina, Donati encontró un sobre de color crema, también de gran calidad, adornado con un escudo de armas: el emblema pontificio de su santidad el papa Pablo VII.

Donati levantó la solapa del sobre. Dentro había tres hojas de papel, un papel tan lujoso que casi parecía de finísimo lino. Leyó las primeras líneas. Luego devolvió la carta al sobre y la empujó hacia Gabriel.

—Discúlpame —dijo—. Creo que esto es para ti.

19

LES ARMURES, GINEBRA

Eran casi las nueve cuando Gabriel y Donati llegaron a Ginebra, demasiado tarde para tomar el último vuelo a Roma. Se registraron en habitaciones contiguas de un hotelito cercano a la catedral de Saint Pierre y desde allí fueron a pie a Les Armures, un restaurante del casco antiguo con las paredes revestidas de madera. Después de pedir, Gabriel llamó a un amigo que trabajaba en el NDB, el pequeño pero capaz servicio nacional de seguridad interior y espionaje de Suiza. Su amigo, Christoph Bittel, el jefe de la brigada antiterrorista, contestó con cierta reserva. Gabriel tenía un largo y distinguido historial en Suiza. Bittel todavía estaba tratando de reparar los daños causados por su última visita.

—¿Dónde estás?

Gabriel le dijo la verdad.

—Yo que tú pediría el entrecot de ternera.

—Acabo de pedirlo.

—¿Cuánto tiempo llevas en el país?

—Unas horas.

—Imagino que no habrás llegado con pasaporte válido.

—Depende de lo que entiendas por válido.

Bittel suspiró antes de preguntar por el motivo de su llamada.

—Quisiera poner a una ciudadana suiza bajo vigilancia, con escolta.

—Qué raro. ¿Y cómo se llama esa ciudadana suiza?

Gabriel se lo dijo, y le dio a continuación la dirección de la casa y el trabajo de Stefani Hoffmann.

—¿Es una terrorista del ISIS? ¿Una asesina rusa?

—No, Bittel. Es pintora.

—¿Te preocupa alguien en concreto?

—Voy a mandarte un retrato robot, pero, por favor, no le encargues el trabajo a ese chaval que se encargó de cubrirme las espaldas en Berna hace un par de años.

—Es uno de mis mejores hombres.

—También es un ex guardia suizo.

—¿Esto tiene algo que ver con Florencia?

—¿Por qué lo preguntas?

—La Polizia di Stato acaba de hacer público el nombre de la víctima del tiroteo de anoche. Era un guardia suizo. Y, ahora que lo pienso, también era de Rechthalten.

Gabriel cortó la llamada y echó un vistazo a la página web del *Corriere della Sera*, el principal periódico italiano. Donati consultó directamente la cuenta de Twitter de la oficina de prensa del Vaticano. Había un breve *bollettino* emitido cinco minutos antes. Expresaba el horror y la consternación de la Santa Sede por el absurdo tiroteo indiscriminado que había acabado con la vida del soldado Niklaus Janson, de la Guardia Pontificia Suiza. No aludía, en cambio, al hecho de que Janson estuviera de guardia en la puerta de los apartamentos papales la noche del fallecimiento del santo padre, ni explicaba qué hacía en Florencia mientras sus compañeros de filas hacían turnos extra debido a los preparativos del cónclave.

—Es un ejemplo sobresaliente de astucia curial —comentó Donati—. A primera vista, el comunicado es exacto en todos sus puntos, pero miente clamorosamente por omisión. Está claro que el cardenal Albanese no tiene intención de permitir que el asesinato de Niklaus retrase la apertura del cónclave.

—Quizá podamos convencerlo de que se lo piense mejor.

—¿Cómo? ¿Con una historia sórdida de sexo y órdenes religiosas secretas, contada por una mujer amargada porque su compromiso con un guapo guardia suizo se había ido al garete?

—¿No crees lo que nos ha contado?

—Lo creo hasta la última palabra, pero eso no cambia el hecho de que son puras especulaciones, y de que cada uno de los elementos de la historia puede negarse.

—Salvo este. —Gabriel sacó el lujoso sobre de color crema, grabado con el blasón de su santidad el papa Pablo VII—. ¿De verdad esperas que crea que no sabías lo que contenía esta carta?

—No lo sabía.

Gabriel sacó las tres hojas del sobre. La carta estaba escrita en tinta azul clara. Comenzaba con un saludo informal, solo el nombre de pila: *Querido Gabriel.* No había prolegómenos ni fórmulas de cortesía innecesarias.

Mientras investigaba en el Archivo Secreto Vaticano, he tropezado con un libro de lo más interesante...

El libro, proseguía el papa, se lo había dado un miembro del personal del archivo sin que lo supiera el *prefetto*. Estaba guardado en la *collezione*, un archivo secreto dentro del Archivo Secreto, situado en el piso inferior del depósito de manuscritos. Los materiales de la *collezione* eran extremadamente sensibles. Algunos libros y legajos eran de índole política y administrativa. Otros eran doctrinales. Ninguno de ellos aparecía referenciado en el millar de directorios y catálogos que albergaba la sala de índices. De hecho, en ningún lugar del Archivo Secreto había constancia escrita de su existencia. Ese conocimiento se había transmitido oralmente a través de los siglos, de *prefetto* a *prefetto*.

La carta no identificaba el libro en cuestión, solo decía que la Iglesia lo había prohibido en la Edad Media y que había circulado en secreto hasta el Renacimiento, cuando por fin se consiguió su erradicación. Se creía que la copia del Archivo Secreto era, de hecho, la última existente. El santo padre había llegado a la conclusión de que era auténtica y exacta en su descripción de un acontecimiento histórico importante, y quería entregarle el libro a Gabriel lo antes posible. Gabriel, por su parte, podría hacer con él lo que considerara oportuno. Su santidad solo le pedía que tratara el material con la máxima delicadeza, porque el libro causaría gran revuelo en todo el mundo. Su desvelamiento habría de hacerse con sumo cuidado. De lo contrario, advertía el santo padre, sería tachado de montaje.

La carta estaba inacabada. La última frase se interrumpía, con la última palabra a medio escribir: *Archi...* Gabriel opinaba que el santo padre se había visto interrumpido por la aparición de su asesino. Donati no estaba de acuerdo. Su principal sospechoso era el cardenal camarlengo Domenico Albanese, *prefetto* del Archivo Secreto Vaticano. Gabriel le informó amablemente de que se equivocaba.

—Entonces, ¿por qué me mintió Albanese? ¿Por qué no me dijo que ya había estado antes en el *appartamento*?

—No digo que no esté implicado en la muerte del santo padre. Pero no lo mató él. Albanese solo es un mandado. —Gabriel levantó la carta—. ¿Estamos de acuerdo en que el hecho de que esta carta estuviera en casa de Stefani Hoffmann demuestra que Niklaus Janson no le contó todo lo que pasó esa noche?

—Sí, estamos de acuerdo.

Gabriel bajó la carta.

—Cuando Albanese llegó a las nueve y media, el santo padre ya estaba muerto. Fue entonces cuando sacó el libro del despacho. Volvió a los apartamentos papales a las diez y trasladó el cuerpo del santo padre del despacho al dormitorio.

—Pero ¿por qué no se llevó la carta cuando cogió el libro?

—Porque no estaba allí. Estaba en el bolsillo de Niklaus Janson, que la cogió antes de que llegara Albanese a las nueve y media.

—¿Por qué?

—Me figuro que Niklaus se sentía culpable por haber dejado entrar al asesino en los apartamentos papales. Cuando el asesino se marchó, él entró a investigar. Fue entonces cuando encontró al santo padre muerto y una carta sin terminar encima del escritorio.

—Pero ¿por qué dejaría entrar al asesino en los apartamentos papales? Niklaus quería mucho al santo padre.

—Eso es fácil de adivinar. Conocía al asesino. Era alguien en quien confiaba. —Gabriel hizo una pausa—. Alguien a quien había jurado obediencia.

Donati no contestó.

—¿Te dijo Veronica que Janson y el padre Graf mantenían relaciones sexuales?

El arzobispo vaciló. Luego asintió con un gesto.

—¿Por qué no me lo dijiste?

—Porque creía que no era cierto. —Donati se quedó callado un momento—. Hasta esta noche.

—¿Quiénes son, Luigi?

—¿La Orden de Santa Helena?

—Sí.

—Mala gente —dijo Donati—. Gente de la peor calaña. Mala a más no poder.

20

LES ARMURES, GINEBRA

La Orden de Santa Helena, añadió Donati, había sido un problema desde su fundación en el año del Señor de 1928, en el periodo de entreguerras, una época de gran turbulencia social y política e incertidumbre sobre el futuro. En el estado alemán de Baviera, al sur del país, un oscuro sacerdote llamado Ulrich Schiller se convenció de que solo el catolicismo romano, con la ayuda de monarcas y líderes políticos de extrema derecha, podía salvar a Europa del ateísmo bolchevique. Fundó su primer seminario en la localidad de Bergen, en la Alta Baviera, y allí comenzó a reclutar secretamente a políticos y empresarios afines a sus ideas con los que fundó una red que se extendía desde España y Portugal, por el oeste, hasta el umbral mismo de la Unión Soviética, por el este. Los miembros seglares de la Orden superaron muy pronto en número a los eclesiásticos y se convirtieron en su verdadera fuente de poder e influencia. Sus nombres se guardaban en secreto. Dentro de la Orden, solo el padre Schiller tenía acceso al directorio.

—Era un libro de cuentas encuadernado en piel —explicó Donati—. Bastante bonito, por lo visto. El padre Schiller en persona anotaba los nombres, junto con la información de contacto, que era secreta. A cada nuevo miembro se le asignaba un número, y prestaban juramento no a la Iglesia, sino a la Orden. Era todo muy político, casi marcial. A la Orden no le interesaban especialmente las cuestiones doctrinales durante esos primeros años. Sus miembros se veían a sí mismos, sobre todo, como guerreros sagrados, dispuestos a luchar contra los enemigos de Cristo y del catolicismo romano.

—¿De dónde proviene el nombre?

—El padre Schiller fue en peregrinación a Jerusalén a principios de los años veinte. Rezó horas y horas en el huerto de Getsemaní y la iglesia del Santo Sepulcro, que está construida sobre el lugar donde se cuenta que Helena, la madre de Constantino, encontró el lugar exacto donde se crucificó y se enterró a Jesucristo.

—Sí, lo sé —confirmó Gabriel—. Casualmente, vivo no muy lejos de allí.

—Disculpa —contestó Donati.

El padre Schiller, continuó el arzobispo, estaba obsesionado con la crucifixión. Se flagelaba a diario y durante la Cuaresma se perforaba las palmas de las manos con un clavo y dormía con una corona de espinas. Su devoción por el calvario y la muerte de Cristo iba de la mano con el odio que sentía por los judíos, a los que veía como los asesinos del Señor.

—No hablo de un antijudaísmo doctrinal. El padre Schiller era un antisemita furibundo. Ya en los primeros tiempos del movimientos sionista le aterraba la posibilidad de que los judíos controlaran algún día los santos lugares de Jerusalén.

Era natural, añadió Donati, que un hombre como él se aliara con el cabo de origen austriaco que se hizo con el poder en Alemania en 1933. El padre Schiller no era un miembro cualquiera del Partido Nazi; lucía una de las codiciadas insignias doradas de la organización. En su libro de 1936 *La doctrina del nacionalsocialismo*, afirmaba que Adolf Hitler y los nazis eran la única vía segura para preservar el cristianismo en Europa. Hitler admiraba enormemente el libro, del que guardaba un ejemplar en su retiro de montaña en Obersalzberg, cerca de Berchtesgaden. Durante una reunión conflictiva con el arzobispo de Múnich, citó el panfleto del padre Schiller como prueba de que católicos y nazis debían unir fuerzas para defender Alemania contra bolcheviques y judíos.

—Hitler le comentó una vez al padre Schiller que, en lo tocante a los judíos, se estaba limitando a poner en práctica la misma política que había adoptado la Iglesia quince siglos antes. El padre Schiller no contradijo su interpretación de la historia del catolicismo.

—¿Tengo que preguntar cómo actuó la Orden durante la guerra?

—Me temo que se mantuvo leal a Hitler incluso cuando quedó claro que estaba dispuesto a exterminar a todos los judíos europeos, hasta el último. Sacerdotes de la Orden acompañaban a los Einsatzgruppen de las SS en los países bálticos y Ucrania y cada noche, después de la matanza, los absolvían por sus asesinatos. Los miembros franceses de la Orden se pusieron del lado de Vichy, y en Italia apoyaron a Mussolini hasta el final. La Orden también tenía lazos con los fascistas clericales de Eslovaquia y Croacia. La conducta de esos dos regímenes es una mancha indeleble en la historia de la Iglesia.

—¿Y cuando acabó la guerra?

—Comenzó otra. Una pugna mundial entre Occidente y el ateísmo de la Unión Soviética. El padre Schiller y la Orden se pusieron de pronto de moda.

Con la aprobación tácita del papa Pío XII, Schiller ayudó a decenas de criminales de guerra alemanes y croatas a escapar a Sudamérica, la región del mundo que la Orden consideraba el siguiente campo de batalla en la guerra entre la cristiandad y el comunismo. Financiada por el Vaticano, creó una red de seminarios y colegios a lo largo y ancho de América Latina y reclutó a miles de seglares; principalmente, terratenientes ricos, militares y policías pertenecientes a los servicios secretos. Durante las guerras sucias de los años setenta y ochenta, la Orden volvió a ponerse del lado de los asesinos, no del de las víctimas.

—En 1987, el año que murió el padre Schiller, la Orden estaba en el apogeo de su poder. Tenía cincuenta mil miembros seglares, como mínimo, un millar de sacerdotes ordenados y otro millar de diáconos que formaban lo que se denominaba la Sociedad Sacerdotal de la Orden de Santa Helena. Cuando Lucchesi y yo nos instalamos en el Palacio Apostólico, eran una de las fuerzas más influyentes de la Iglesia.

—¿Qué hicisteis?

—Les cortamos las alas.

—¿Cómo reaccionaron?

—Como cabía esperar. El obispo Hans Richter detestaba a mi jefe. Casi tanto como me detesta a mí.

—¿Richter es alemán?

—Austriaco, en realidad. Igual que el padre Graf. Graf es el secretario privado del obispo Richter, su acólito y su escolta personal. Siempre lleva una pistola en las apariciones públicas del obispo. Según me han dicho, sabe usarla.

—Procuraré recordarlo. —Gabriel le enseñó la fotografía que había hecho mientras comían en el Piperno, en Roma.

—Es él. Debió de seguirme desde la Curia Jesuita.

—¿Dónde puedo encontrarlo?

—No debes acercarte a él. Ni al obispo Richter.

—Imaginemos que lo hago —contestó Gabriel.

—Richter divide su tiempo entre su *palazzo* de la colina del Janículo y la sede central de la Orden en el pueblo de Menzingen, en el cantón de Zug. La Orden se instaló allí en los años ochenta. Por si te lo estás preguntando, el obispo no viaja en aviones comerciales. La Orden de Santa Helena es extraordinariamente rica. Richter tiene un avión privado a su disposición las veinticuatro horas del día.

—¿De quién es el avión?

—De un benefactor secreto. Del hombre de detrás de la cortina. Por lo menos, eso se rumorea. —Donati cogió la carta del santo padre—. Ojalá mi jefe te hubiera dicho cómo se titula el libro.

—¿Conoces bien la *collezione*?

El arzobispo asintió despacio.

—¿Serías capaz de encontrarlo?

—Para eso tendría que acceder al depósito de manuscritos, lo que no es cosa fácil. Por algo se llama Archivo Secreto. —Donati miró el retrato robot del hombre que había interrogado a Stefani Hoffmann—. ¿Sabes, Gabriel?, deberías pensar seriamente en dedicarte a la pintura como medio de vida.

—¿Es un miembro de la Orden?

—Si lo es, no es sacerdote.

—¿Por qué lo sabes?

—Porque la Orden jamás mandaría a uno de sus curas a interrogar a alguien como Stefani Hoffmann.

—¿A quién mandaría?

—A un profesional.

21

ROMA – OBERSALZBERG, BAVIERA

A las cinco de la mañana del día siguiente, el obispo Hans Richter se despertó al oír que llamaban suavemente a su puerta. Un momento después, un joven seminarista entró en la habitación llevando una bandeja con café y un montón de periódicos. El chico dejó la bandeja al borde de la cama y, al no recibir ninguna otra orden, se retiró. Richter se incorporó y se sirvió una taza de café de la jarra de plata labrada. Le puso azúcar y leche espumosa, y cogió los periódicos. Se puso de mal humor al abrir *La Repubblica*. La noticia sobre lo ocurrido en Florencia ocupaba la primera plana. Era evidente que el difuso comunicado emitido por la Sala Stampa no había convencido a nadie, y menos aún a Alessandro Ricci, el principal periodista de investigación del periódico y autor de un libro superventas sobre la Orden. Ricci veía indicios de conspiración. Claro que eso era lo normal, tratándose de él. Aun así, no había duda de que la muerte de Niklaus Janson era un desastre que podía poner en peligro las ambiciones de Richter en el cónclave.

Richter pasó a los periódicos alemanes, en los que abundaban las fotografías y los artículos sobre el atentado en el mercado de Hamburgo. La canciller alemana, asediada desde todos los frentes, había ordenado a la policía antiterrorista montar guardia en las principales estaciones ferroviarias, aeropuertos, edificios ministeriales y embajadas extranjeras del país. Con todo, el ministro de Interior había augurado que probablemente habría otro atentado en los próximos días. Los sondeos de opinión mostraban un ascenso repentino de la popularidad de Axel Brünner y los nacionaldemócratas xenófobos. Brünner y la canciller se hallaban de momento empatados en las estadísticas.

Richter dejó a un lado los periódicos y se levantó de su cama Biedermeier con dosel. Su residencia tenía tres mil metros cuadrados: era mayor que cualquiera de los alojamientos vaticanos ocupados por los grandes jerarcas de la Iglesia. El resto del lujoso mobiliario de la habitación —la cómoda, el ropero, el escritorio, varias mesas y espejos enmarcados— eran también hermosísimas antigüedades de estilo Biedermeier. Los cuadros eran todos de maestros antiguos italianos y holandeses, como Tiziano, Veronés, Rembrandt, Van Eyck y Van der Weyden. Constituían una pequeña parte de la colección de la Orden, que era inmensa y en su mayoría se había adquirido con fines inversionistas. La colección se hallaba escondida en una cámara acorazada bajo la Paradeplatz, en el centro de Zúrich, junto con buena parte de la enorme fortuna personal del obispo Richter.

El obispo entró en el cuarto de baño, grande y suntuoso. Tenía una ducha con cuatro cabezales, un *jacuzzi* de tamaño grande, una sala de vapor, una sauna y un sistema de imagen y sonido empotrado en la pared. Acompañado por los *Conciertos de Brandeburgo* de Bach, Richter se duchó, se afeitó y alivió sus intestinos. Después se vistió, no con su sotana de costumbre, ribeteada en color magenta, sino con un traje hecho a mano. Se puso un abrigo y una bufanda y bajó.

El padre Graf esperaba fuera, en el patio delantero, junto a una elegante limusina Mercedes-Maybach. Era un sacerdote delgado y atlético de cuarenta y dos años, rostro anguloso, cabello rubio peinado con esmero y ojos de un azul brillante. Al igual que el obispo Richter, era austriaco de origen noble. De hecho, la sangre que corría por las venas de ambos era de un azul profundo. También Graf vestía traje en lugar de sotana. Apartó la mirada de su móvil al acercarse Richter y le dio los buenos días en alemán.

La puerta trasera del Maybach estaba abierta. Richter subió a la parte de atrás. El padre Graf se sentó a su lado. El coche cruzó la imponente entrada de seguridad de piedra y acero de la Orden y enfiló la calle. Los pinos piñoneros se recortaban, silueteados, en la primera luz anaranjada del amanecer. Richter pensó que era casi hermoso.

El padre Graf tenía de nuevo la vista fija en el móvil.

—¿Las noticias traen algo interesante esta mañana? —preguntó Richter.

—La Polizia di Stato ha hecho pública la identidad del joven muerto a tiros en Florencia.

—¿Alguien que conozcamos?

El sacerdote levantó los ojos.

—¿Sabe lo que habría ocurrido si Niklaus hubiera cruzado ese puente?

—Que le habría entregado la carta del Papa Accidental a Gabriel Allon. —Richter hizo una pausa—. Otra razón por la que tú deberías haberla sacado del despacho papal.

—Eso era cosa de Albanese, no mía.

Richter frunció el ceño.

—Albanese es cardenal y miembro de la Orden, Markus. Intenta al menos mostrarle un mínimo de respeto.

—Si no fuera por la Iglesia, sería un albañil.

Richter se miró en el espejo de cortesía del coche.

—El *bollettino* del albañil nos ha dado cierto respiro, lo que no es nada desdeñable. Pero solo es cuestión de tiempo que la prensa averigüe dónde estaba trabajando Niklaus la noche en que murió el santo padre y que era miembro de la Orden.

—Dentro de seis días, eso ya no importará.

—Seis días son una eternidad. Sobre todo, para un hombre como Gabriel Allon.

—Ahora mismo me preocupa más nuestro viejo amigo Alessandro Ricci.

—A mí también. Sus fuentes dentro de la curia son impecables. Puedes estar seguro de que nuestros enemigos le están contando cosas.

—Quizá convenga que tenga unas palabras con él.

—Todavía no, Markus. Pero, entretanto, mantenlo vigilado.

—Richter miró por la ventana y torció de nuevo el gesto—. Dios mío, esta ciudad es verdaderamente atroz.

—Será muy distinta cuando nosotros tomemos el poder, excelencia.

En efecto, pensó el obispo Richter. Muy distinta.

El Gulfstream G550 de la Orden esperaba en la pista, frente al edificio de Signature Flight Support en el aeropuerto de Ciampino. El avión privado llevó al obispo Richter y al padre Graf a Salzburgo, donde subieron a un helicóptero en el que cruzaron la frontera con Alemania. Andreas Estermann, el exagente de inteligencia alemán que dirigía el servicio de seguridad y operaciones de la Orden, los esperaba en el helipuerto del complejo situado a las afueras de Berchtesgaden. Su cabello rubio y canoso se agitaba, revuelto por el torbellino de los rotores. Estermann besó el anillo del obispo Richter cuando este le ofreció la mano derecha y señaló luego el Mercedes que esperaba su llegada.

—Debemos darnos prisa, excelencia. Me temo que es usted el último en llegar.

El coche los condujo suavemente a través del estrecho valle, hasta el chalé, una moderna ciudadela de piedra y cristal apoyada en la base de las montañas de altura vertiginosa. Una docena de vehículos flanqueaba la avenida, bajo la vigilancia de un pequeño batallón de guardias de seguridad armados. Vestían todos ellos chaquetas de esquí negras con el logotipo de Wolf Group, un conglomerado empresarial con sede en Múnich.

Estermann escoltó al obispo Richter y al padre Graf al interior del edificio. Subieron un tramo de escaleras. A la izquierda había una antesala llena de asistentes y escoltas vestidos de traje negro. El obispo Richter le entregó su abrigo al padre Graf y siguió a Estermann al gran salón.

La estancia medía dieciocho metros por quince y tenía un solo ventanal gigantesco que miraba al norte, con vistas al Obersalzberg. Las paredes estaban adornadas con tapices gobelinos y varios cuadros al óleo, entre ellos uno que parecía ser la *Venus y Cupido* de Bordone. Un busto de Richard Wagner miraba ceñudo a Richter desde lo alto de su pedestal. El reloj de pie, coronado por un águila heráldica de estilo romano, marcaba las nueve en punto. Richter, como de costumbre, había llegado justo a tiempo.

Observó a los demás con una mirada cargada de recelo. Eran, sin excepción, una panda despreciable de sinvergüenzas y estafadores, hasta el último de ellos. Pero también eran un mal necesario, un medio para alcanzar un fin. Los laboristas y los socialdemócratas laicos eran los causantes de la situación calamitosa en la que se hallaba Europa. Solo aquellos individuos estaban dispuestos a asumir el arduo trabajo necesario para deshacer el entuerto de setenta y cinco años de desatinos liberales que había traído consigo la posguerra.

Allí estaba, por ejemplo, Axel Brünner, que, pese a su traje elegante y sus gafas montadas al aire, no podía disimular que había sido un cabeza rapada y un matón callejero cuyo único mérito propio era un parentesco lejano con el célebre nazi que se encargó de acorralar y detener a los judíos de París. En esos momentos charlaba con Cécile Leclerc, su guapa homóloga francesa, que había heredado de su padre —un zote marsellés— el partido xenófobo que encabezaba.

Richter sintió una vaharada cálida con olor a café y, al volverse, se descubrió estrechando la mano grasienta del primer ministro italiano, Giuseppe Saviano. La siguiente mano que estrechó fue la de Peter van der Meer, el católico de Ámsterdam, de cabello rubio platino y piel gomosa que había prometido librar a su país de los musulmanes para 2025, una meta digna de elogio pero del todo inalcanzable. Jörg Kaufmann, el fotogénico canciller austriaco, saludó al obispo Richter como lo que era, un viejo amigo. Richter había oficiado su bautizo y su primera comunión, además de su reciente boda con la modelo más famosa de Austria, un enlace que Richter había aprobado con notable reticencia.

Presidiendo aquel zoo se hallaba Jonas Wolf, vestido con un grueso jersey de cuello vuelto y pantalones de franela. Llevaba la cabellera plateada retirada de la cara, que dominaba una nariz aguileña. El suyo era un rostro digno de estamparse en una moneda, se dijo Richter. Y tal vez así sería algún día, cuando los invasores musulmanes hubieran sido expulsados de Europa y la Iglesia católica romana se hallara de nuevo en auge.

A las nueve y cinco, Wolf ocupó su sitio a la cabecera de la mesa de reuniones, colocada junto al altísimo ventanal. Andreas Estermann se sentó a su derecha; el obispo Richter, a su izquierda. A petición del alemán, Richter dirigió a los concurrentes en la recitación del padrenuestro.

—Y concédenos fortaleza y determinación para llevar a cabo nuestra sagrada misión —dijo al concluir la oración—. Hacemos esto en Tu nombre y en el de Nuestro Señor Jesucristo, que vive y reina contigo en la unidad del Espíritu Santo, un solo Dios por los siglos de los siglos.

—Amén —respondieron los demás.

Jonas Wolf abrió una carpeta de cuero, dando comienzo a la conferencia.

Los picos de las montañas empezaban a desdibujarse en la oscuridad cuando Wolf dio por concluida la reunión. Se encendió el fuego y se sirvieron los cócteles. Richter, que solo bebía agua mineral del tiempo, se puso a conversar sin saber muy bien cómo con Cécile Leclerc, que insistía en dirigirse a él en su impenetrable alemán con acento francés. El obispo conseguía descifrar una palabra de cada cuatro o cinco que decía, lo que era una suerte porque, al igual que su padre, Cécile no era precisamente una intelectual. Aunque había logrado de algún modo licenciarse en Derecho en una exclusiva universidad de París, era fácil imaginársela atendiendo el mostrador de una *boucherie* de la Provenza, con un delantal ensangrentado alrededor de la ancha cintura.

Así pues, para Richter fue un alivio que Jonas Wolf, intuyendo quizá su incomodidad, los interrumpiera con la agilidad de un bailarín en un salón y le preguntara si podía hablar con él un momento en privado.

Seguidos por Andreas Estermann, cruzaron los salones desiertos del chalé hasta la capilla de Wolf, que tenía el tamaño de una parroquia mediana y en cuyas paredes colgaban cuadros de maestros antiguos alemanes y holandeses. Encima del altar había una magnífica *Crucifixión* de Lucas Cranach el Viejo.

Wolf hizo una genuflexión y se incorporó, tambaleándose un poco.

—Al final, ha sido una sesión muy productiva, ¿no le parece, excelencia?

—Tengo que reconocer que me ha distraído un poco el pelo de Van der Meer.

Wolf asintió, comprensivo.

—Ya he hablado con él al respecto. Insiste en que es parte de su *branding*.

—¿Su *branding*?

—Es una palabra moderna. Se refiere a la imagen que tiene uno en las redes sociales. —Wolf señaló a Estermann—. Andreas es nuestro experto en esos temas. Está convencido de que el pelo de Van der Meer es un activo político seguro.

—Pues a mí me recuerda a Kim Novak en *Vértigo*. ¡Y ese peinado ridículo! ¿Cómo rayos consigue domar todo ese pelo?

—Por lo visto, requiere mucho tiempo y esfuerzo. Compra la laca por cajas. Es el único holandés que no sale a la calle cuando llueve.

—Transmite una imagen de vanidad y de inseguridad profunda. Nuestros candidatos deben ser irreprochables.

—No todos pueden ser tan perfectos como Jörg Kauffman. Brünner también tiene problemas. Por suerte, los atentados de Berlín y Hamburgo han dado a su campaña el empujón que le hacía falta.

—Los sondeos recientes son alentadores. Pero ¿puede ganar?

—Si hay otro atentado —repuso Wolf—, su victoria está casi garantizada.

Se sentó en el primer banco. Richter tomó asiento a su lado. Siguió un silencio desprovisto de tensión. La chusma de la sala de reuniones podía haber desesperado a Richter; por Jonas Wolf sentía, en cambio, una admiración sincera. Era una de las pocas personas que pertenecía a la Orden desde antes que él. Era su seglar más importante, su homólogo en todos los sentidos, menos en el título. Richter y él llevaban más de una década embarcados en una cruzada secreta para transformar Europa Occidental y la Iglesia de Roma. A veces incluso a ellos les sorprendía la rapidez con la que avanzaban. Italia y Austria ya eran suyas, y ahora tenían al alcance de la mano la Cancillería Federal alemana y el Palacio Apostólico. La toma del poder casi se había completado. Hombres de menor talla servirían como sus abanderados públicamente, pero serían Jonas Wolf y el obispo Hans Richter, de la Orden de Santa Helena, quienes les susurraran al oído. Se veían a sí mismos en términos apocalípticos. La civilización occidental agonizaba. Solo ellos podían salvarla.

Andreas Estermann era el tercer miembro de su santa trinidad, el hombre indispensable del Proyecto. Estermann se encargaba de distribuir el dinero, trabajaba con los partidos locales para pulir su imagen pública y reclutar a candidatos presentables, y supervisaba la red de agentes de la Orden, extraídos de los servicios de espionaje y las fuerzas policiales de Europa Occidental. Había montado, en una nave industrial llena de ordenadores, a las afueras de Múnich, una unidad de desinformación que todos los días inundaba las redes sociales con noticias falsas o sesgadas acerca de la amenaza que suponían los inmigrantes musulmanes para Europa. La unidad digital de Estermann tenía, además, capacidad para hackear teléfonos y redes informáticas, lo que había producido una cantidad ingente de información comprometedora de incalculable valor.

En ese momento, Estermann se paseaba en silencio por el flanco derecho de la nave. El obispo Richter notó que algo le inquietaba. Fue Jonas Wolf quien se lo explicó. La noche anterior, el arzobispo Donati y Gabriel Allon habían viajado al cantón de Friburgo, donde se habían entrevistado con Stefani Hoffmann.

—Creía que le había dicho que no sabía nada.

—Tuve la clara impresión de que no decía la verdad —respondió Estermann.

—¿Ese muchacho, Janson, tenía la carta en su poder cuando murió?

—Nuestros amigos en la Polizia di Stato dicen que no. Lo que significa que seguramente está en manos del arzobispo Donati.

El obispo Richter exhaló un profundo suspiro.

—¿Es que nadie va a librarme de ese cura entrometido?

—Yo no lo aconsejaría —repuso Estermann—. No hay duda de que la muerte de Donati retrasaría el comienzo del cónclave.

—Entonces quizá debamos matar a su amigo.

Estermann se paró de repente.

—Eso es más fácil decirlo que hacerlo.

—¿Dónde están ahora?

—Han vuelto a Roma.

—¿Qué hacen allí?

—Somos buenos en nuestro oficio, obispo Richter. Pero no hasta ese extremo.

—¿Me permite un consejo?

—Desde luego, excelencia.

—Mejoren. Y dense prisa.

22

ROMA

La entrada principal del Archivo Secreto Vaticano estaba situada en el lado norte del patio del Belvedere. Solo historiadores e investigadores acreditados tenían acceso a ella, y únicamente tras pasar por una inspección exhaustiva, presidida nada menos que por el *prefetto*, el cardenal Domenico Albanese. Los visitantes tenían prohibido el paso más allá de la *sala di studio*, una sala de lectura amueblada con dos largas filas de mesas de madera antiguas, provistas desde hacía poco de enchufes para los ordenadores portátiles. Salvo contadas excepciones, solo los miembros del personal bajaban al depósito de manuscritos, al que se llegaba mediante un estrecho ascensor situado en la sala de índices. Ni siquiera Donati había estado allí. Por más que lo intentó, no se le ocurrió ninguna circunstancia, ningún pretexto plausible para que le permitieran vagar por el depósito a solas, y mucho menos en compañía del director general de los servicios de inteligencia israelíes, razón por la cual Gabriel y él se fueron directamente a la embajada israelí a su regreso a Roma.

Allí, bajaron a la sala de comunicaciones seguras conocida como el Sanctasantórum, donde Gabriel presidió una videoconferencia con Uzi Navot y Yuval Gershon, el director de la Unidad 8200. La operación que Gabriel tenía en mente dejó horrorizado a Navot. Gershon, en cambio, no cabía en sí de gozo. Tras introducirse en el sistema informático de la Guardia Suiza, ahora se le pedía que tomara temporalmente el control del sistema de seguridad y el suministro eléctrico del Archivo Secreto Vaticano. Para un cibercombatiente, era una misión de ensueño.

—¿Puede hacerse? —preguntó Gabriel.

—Será una broma, ¿no?

—¿Cuánto tiempo tardaréis?

—Cuarenta y ocho horas, tirando por lo alto.

—Puedo daros veinticuatro. Pero preferiría que fueran doce.

Estaba anocheciendo cuando Gabriel y Donati salieron por fin del complejo de la embajada en un coche diplomático. Tras dejar a Donati en la Curia Jesuita, el chófer llevó a Gabriel al piso franco, en las cercanías de la plaza de España. Agotado, Gabriel se metió en la cama sin hacer y cayó en un sueño profundo. Lo despertó el teléfono a las siete de la mañana siguiente. Era Yuval Gershon.

—Estaría más tranquilo si pudiéramos hacer un par de ensayos, pero estamos listos, cuando quieras.

Gabriel se duchó y se vistió, y luego fue andando hasta el Borgo Santo Spirito, en medio del frío de la mañana. Donati bajó a buscarlo a la entrada de la Curia Jesuita y lo acompañó a sus habitaciones.

Eran las ocho y media.

—Será una broma.

—¿Prefieres vestirte de monja?

Gabriel miró la ropa extendida sobre la cama: un traje clerical y una camisa negra con alzacuellos. Había usado muchos disfraces a lo largo de su larga carrera, pero nunca se había ocultado bajo el capisayo de un cura.

—¿Quién se supone que soy?

Donati le entregó un pase del Vaticano.

—¿El padre Franco Benedetti?

—Suena bien, ¿no crees?

—Porque es un apellido judío.

—Donati también.

Gabriel miró, ceñudo, la fotografía.

—No me parezco nada a él.

—Mejor para ti. Pero no te preocupes, los guardias suizos seguramente ni se molestarán en mirarlo.

Gabriel no le llevó la contraria. Mientras restauraba *El descendimiento de Cristo* de Caravaggio para los Museos Vaticanos, le dieron un pase que le permitía entrar en los laboratorios de conservación y restauración. El guardia suizo apostado en la puerta de Santa Ana apenas le echaba un vistazo antes de permitirle el paso a la ciudad-estado. La mayoría de los miembros de la extensa comunidad religiosa de Roma rara vez se molestaban en enseñar sus acreditaciones. Las visitas al Annona, el supermercado del Vaticano, funcionaban como un salvoconducto secreto.

Gabriel se acercó al cuerpo el traje de sacerdote.

—Stefani Hoffmann tenía razón —comentó Donati—. De verdad pareces un cura.

—Esperemos que nadie me pida la bendición.

Donati hizo un gesto descuidado.

—No tiene ningún misterio.

Gabriel entró en el cuarto de baño y se cambió. Cuando salió, Donati le enderezó el alzacuellos.

—¿Cómo te sientes?

Gabriel se metió la Beretta en la cinturilla del pantalón, a la altura de los riñones.

—Mucho mejor.

Donati cogió su maletín al salir y condujo a Gabriel a la calle. Fueron a pie hasta la columnata de Bernini y torcieron luego a la derecha. La Piazza Papa Pio XII estaba llena de unidades móviles y periodistas, entre ellos una corresponsal de la televisión francesa que pidió a Donati en tono perentorio alguna declaración sobre el cónclave que estaba a punto de inaugurarse. La periodista retrocedió ante la mirada airada del arzobispo.

—Impresionante —comentó Gabriel en voz baja.

—Tengo cierta reputación.

Cruzaron bajo el Passetto, el pasadizo elevado por el que huyó el papa Clemente VII en 1527 durante el Saco de Roma, y bordearon la fachada rosa del cuartel de la Guardia Suiza. Un alabardero vestido con un sencillo uniforme azul montaba guardia en la puerta de Santa Ana. Donati cruzó la frontera invisible sin aflojar el paso. Gabriel hizo lo mismo, enseñando su pase con ademán indiferente. Subieron juntos por Via Sant'Anna, hacia el Palacio Apostólico.

—¿Crees que ese jovencito suizo nos está vigilando?

—Como un halcón —murmuró Donati.

—¿Cuánto crees que tardará en informar a Metzler de que estás en Roma?

—Yo diría que ya lo ha hecho.

El cardenal Domenico Albanese, prefecto del Archivo Secreto Vaticano y camarlengo de la Santa Iglesia Romana, estaba haciendo un muestreo de la cobertura televisiva del cónclave inminente cuando de pronto se fue la luz en su apartamento, situado encima de la Galería Lapidaria. No era nada raro, al contrario. El Vaticano recibía casi toda su electricidad de la red de la ciudad de Roma, famosa por su volubilidad. De ahí que los integrantes de la curia pontificia pasaran gran parte del tiempo a oscuras, lo que seguramente no habría sorprendido a sus detractores.

La mayoría de los cardenales de la curia apenas se fijaba en los apagones periódicos. Domenico Albanese, sin embargo, era el gobernante de un imperio secreto, en gran parte subterráneo, cuyas condiciones de temperatura y humedad debían controlarse cuidadosamente. La electricidad era necesaria para la correcta administración de su reino. Como era domingo, el Archivo estaba cerrado oficialmente, lo que reducía las posibilidades de que algún tesoro pontificio de valor incalculable saliera por la puerta. Aun así, Albanese prefería pecar de precavido.

Levantó el teléfono fijo de su mesa y marcó el número de la sala de control del Archivo. Nadie respondió. De hecho, no se oía nada en absoluto. Albanese pulsó varias veces el interruptor. Solo entonces se dio cuenta de que el teléfono no daba señal. Al parecer, la red telefónica del Vaticano también se había caído.

Estaba aún en pijama, pero, por suerte, vivía justo encima del depósito. Un pasillo privado que daba al patio del Belvedere lo condujo al piso superior del Archivo Secreto. No había luz en ninguna parte. En la sala de control, un par de guardias de seguridad miraba un panel de monitores de televisión a oscuras. Todo el circuito de cámaras de seguridad parecía haberse congelado.

—¿Por qué no han encendido el generador? —preguntó Albanese.

—No funciona, eminencia.

—¿Hay alguien en el Archivo?

—La *sala di studio* y la sala de índices están vacías. Y el depósito de manuscritos también.

—Bajen a echar un vistazo, por si acaso.

—Enseguida, eminencia.

Convencido de que su reino no corría peligro, Albanese regresó a su apartamento y se dio su baño matinal, sin saber que dos hombres caminaban en ese momento por Via Sant'Anna, más allá de la entrada del Banco Vaticano. Uno de ellos ocultaba una pistola bajo el traje clerical, que le quedaba un poco grande, y llevaba un teléfono móvil extrañamente voluminoso pegado a la oreja. El teléfono estaba conectado a una sala de operaciones situada al norte de Tel Aviv, donde un equipo formado por algunos de los mejores *hackers* del mundo aguardaba órdenes. Ni que decir tiene que el reino de Albanese distaba mucho de estar a salvo. Al contrario: en ese preciso instante corría un peligro mortal.

Antes de llegar a la entrada del patio del Belvedere, Gabriel y Donati torcieron a la derecha y recorrieron los sinuosos recovecos de la zona de oficinas de la Ciudad del Vaticano hasta llegar a una puerta de servicio, en la planta baja del Museo Chiaramonti de antigüedades.

Al lado de la puerta había un grupo de bombas de calor industriales que controlaban la temperatura del depósito de manuscritos, situado bajo sus pies, a varios metros de profundidad.

Gabriel miró fijamente la lente de la cámara de seguridad.

—¿Me veis?

—Bonito disfraz —respondió Yuval Gershon.

—Tú limítate a abrir la puerta.

La cerradura de seguridad emitió un chasquido. Donati tiró del picaporte y condujo a Gabriel a un pequeño vestíbulo. Justo delante de ellos había otra puerta y otra cámara de seguridad. Gabriel dio la señal y Yuval Gershon abrió la puerta por control remoto.

Al otro lado había una escalera. Cuatro tramos más abajo, Gabriel y Donati se encontraron con otra puerta. Era el nivel uno del depósito de manuscritos. Bajaron otros cuatro tramos de escalera y llegaron al nivel dos y a otra puerta. Con un zumbido electrónico, se abrió la cerradura. Donati agarró el picaporte y entraron juntos.

23

ARCHIVO SECRETO VATICANO

La oscuridad era absoluta. Gabriel encendió la potente linterna de su móvil y lo que vio le decepcionó hasta cierto punto. A primera vista, el depósito de manuscritos era como el almacén subterráneo de cualquier biblioteca universitaria. Hasta había carritos llenos de libros. Alumbró el lomo de un volumen. Era un compendio de documentos diplomáticos y telegramas de la Secretaría de Estado en tiempos de guerra.

—Para la próxima vez —le prometió Donati.

Un pasillo desierto se extendía ante ellos, flanqueado a ambos lados por estanterías de color gris oscuro. Lo siguieron hasta un cruce y doblaron a la derecha. Pasados unos treinta metros se encontraron con un recinto de almacenaje delimitado por una malla metálica. Gabriel alumbró el interior con la linterna. Los libros que ocupaban las estanterías metálicas eran muy antiguos. Algunos tenían el tamaño corriente de una monografía. Otros eran más pequeños y estaban encuadernados en piel cuarteada. Todos, en cualquier caso, parecían hechos por una mano humana.

—Creo que es aquí.

Estaban en el extremo oeste del depósito, justo debajo del Cortile della Pigna. Donati condujo a Gabriel más allá de una hilera de compartimentos acotados, hasta una puerta metálica de color verde claro, vigilada por una cámara de seguridad. No había ningún cartel ni ninguna placa que indicara qué materiales se conservaban en la sala a la que daba acceso. Las cerraduras parecían recién instaladas. Había una para el cerrojo de seguridad y otra para el picaporte. El mecanismo de ambas parecía ser de cinco puntos.

Gabriel le pasó el teléfono a Donati, se sacó del bolsillo del traje una herramienta muy fina y la introdujo en el mecanismo del cerrojo.

—¿Hay algo que no sepas hacer? —preguntó Donati.

—Si no te callas, no podré abrir la cerradura.

—¿Cuánto vas a tardar?

—Depende de cuántas preguntas más pienses hacerme.

Donati alumbraba la cerradura con la linterna. Gabriel movió suavemente la herramienta dentro del mecanismo, buscando resistencia, atento al chasquido de los resbalones.

—No se molesten —dijo una voz tranquilamente—. No van a encontrar lo que buscan.

Gabriel se volvió, pero no vio nada en la oscuridad. Donati apuntó con la linterna hacia el vacío. Alumbró a un hombre vestido con sotana. No, pensó Gabriel. Con sotana, no. Con hábito de monje.

El desconocido se acercó sin hacer ruido. Calzaba sandalias y era idéntico a Gabriel en estatura y complexión: algo más de metro sesenta y unos setenta kilos. Tenía el pelo negro y rizado y la piel oscura. Su rostro parecía muy antiguo, como el de un icono al que hubieran insuflado vida.

Dio otro paso adelante. Llevaba un grueso vendaje en la mano izquierda. Y en la derecha también. Sostenía un sobre de color marrón.

—¿Quién es usted? —preguntó Donati.

El semblante del hombre no se alteró.

—¿No me conoce? Soy el padre Joshua, excelencia.

Hablaba un italiano fluido, el idioma del Vaticano, pero resultaba evidente que no era su lengua materna. Su nombre no pareció decirle nada a Donati.

El padre Joshua levantó los ojos al techo.

—No deben quedarse mucho tiempo. El cardenal Albanese ha ordenado a los guardias de seguridad que echen un vistazo al depósito. Vienen para acá.

—¿Cómo lo sabe?

Bajó los ojos hacia la puerta de color verde pálido.

—Me temo que el libro ya no está, excelencia.

—¿Sabe qué era?

—Aquí tiene todo lo que necesita saber. —El religioso le entregó el sobre a Donati. La solapa estaba cerrada con celofán transparente—. No lo abran hasta que salgan del Vaticano.

—¿Qué es? —preguntó Donati.

El religioso volvió a fijar los ojos en el techo.

—Es hora de que se marchen, excelencia. Ya vienen.

En ese instante, Gabriel comenzó a oír voces. Le quitó el teléfono a Donati y apagó la linterna. Se hizo una oscuridad total.

—Síganme —susurró el padre Joshua—. Conozco el camino.

Caminaron en fila india: el religioso delante y Gabriel detrás de Donati. Torcieron a la derecha y luego a la izquierda, y un momento después llegaron a la puerta por la que habían entrado en el depósito. El padre Joshua la abrió, levantó la mano a modo de despedida y volvió a desaparecer en la oscuridad.

Gabriel y Donati salieron a la escalera y subieron los ocho tramos de escalones. El móvil de Gabriel había perdido la conexión con la Unidad 8200. Cuando volvió a marcar, Yuval Gershon contestó al instante.

—Estaba empezando a preocuparme.

—¿Nos veis?

—Ahora sí.

Gershon abrió las dos puertas a la vez. Fuera, el sol hiriente de Roma los deslumbró. Donati guardó el sobre en su maletín y restableció la combinación de los cierres.

—Quizá debería llevarlo yo —dijo Gabriel cuando echaron a andar hacia Via Sant'Anna.

—Por rango, soy su superior, padre Benedetti.

—Cierto, excelencia. Pero el que va armado soy yo.

139

La luz volvió en ese preciso momento al apartamento del cardenal Albanese. Chorreando todavía, levantó el teléfono interno del Vaticano y oyó el grato pitido de la línea. El guardia de la sala de control del Archivo contestó de inmediato. Sí, le dijo, había vuelto la luz. La red informática se estaba reiniciando y las cámaras de seguridad y las puertas automáticas funcionaban otra vez con normalidad.

—¿Han visto algo sospechoso?

—Nada, eminencia.

Aliviado, Albanese devolvió suavemente el teléfono a su sitio y se detuvo un instante a contemplar el panorama desde la ventana de su despacho. Carecía de la grandiosidad de las vistas que se alcanzaban desde los apartamentos papales —no se veía la plaza de San Pedro, ni siquiera la cúpula de la basílica—, pero le permitía vigilar el trasiego de la puerta de Santa Ana.

En ese instante, por la Via Sant'Anna solo circulaban dos personas: un arzobispo alto y un sacerdote bajito, vestido con un traje clerical que le quedaba ligeramente grande. Se dirigían hacia la puerta a paso vivo. El sacerdote llevaba las manos vacías, pero el arzobispo llevaba en una mano un elegante maletín de cuero. Albanese reconoció el maletín. De hecho, había expresado más de una vez su admiración por él. También reconoció al arzobispo.

Pero ¿quién era el cura? Albanese dedujo que solo podía tratarse de una persona. Echó mano del teléfono e hizo una última llamada.

El coronel Alois Metzler, comandante de la Guardia Suiza Pontificia y católico de misa diaria, procuraba no ir a la oficina los domingos. Pero, como era el domingo previo al inicio del cónclave —un acontecimiento sacro del que miles de millones de personas en todo el mundo estarían pendientes—, esa mañana estaba en su despacho del cuartel cuando llamó el cardenal Albanese. El cardenal estaba *molto agitato.* En un italiano frenético —un idioma que Metzler hablaba bien aunque de mala gana—, le explicó que el arzobispo Luigi Donati y su amigo Gabriel Allon acababan de entrar sin autorización en el Archivo Secreto y se dirigían en ese momento a la puerta de Santa Ana. Bajo ningún concepto, gritó el cardenal, debía permitírseles salir de la Ciudad del Vaticano.

A decir verdad, a Metzler no le apetecía nada enzarzarse con individuos como Donati y su amigo el israelí, al que había visto en acción más de una vez. Pero, como la cátedra de San Pedro estaba vacía, no tenía más remedio que obedecer una orden directa del camarlengo.

Levantándose, atravesó a toda prisa el cuartel hasta el vestíbulo, donde el oficial de guardia estaba sentado detrás de un mostrador semicircular, con los ojos fijos en el panel de monitores de vídeo. En uno de ellos, Metzler vio a Donati caminando enérgicamente hacia la puerta de Santa Ana, con un cura a su lado.

—Santo Dios —murmuró Metzler.

El cura era Allon.

A través de la puerta abierta del cuartel, Metzler vio al joven alabardero que montaba guardia en Via Sant'Anna, con las manos unidas a la espalda. Le gritó al centinela que cortara el paso a la puerta, pero ya era demasiado tarde. Donati y Allon cruzaron la frontera invisible como un fugaz borrón negro y se perdieron de vista.

Metzler corrió tras ellos. Caminaban a paso rápido entre la muchedumbre de turistas de Via di Porta Angelica. Metzler llamó a Donati a gritos. El arzobispo se detuvo y se volvió. Allon siguió andando.

Donati le dedicó una sonrisa encantadora.

—¿Qué ocurre, coronel Metzler?

—El cardenal Albanese cree que ha entrado usted sin permiso en el Archivo Secreto.

—¿Y cómo iba a hacer eso? Hoy el Archivo está cerrado.

—El cardenal cree que su amigo lo ha ayudado a entrar.

—¿El padre Benedetti?

—Lo he visto en el monitor, excelencia. Sé quién es.

—Se equivoca usted, coronel Metzler. Y el cardenal Albanese también. Ahora, si me disculpa, llego tarde a una cita.

Donati dio media vuelta sin decir nada más y echó a andar hacia la plaza de San Pedro.

—Su pase ya no es válido, excelencia —dijo Metzler a su espalda—. De ahora en adelante, tiene que pasarse por el mostrador de admisión, como todo el mundo.

El arzobispo se dio por enterado levantando una mano y siguió caminando. Metzler regresó a su despacho y llamó de inmediato a Albanese.

El camarlengo estaba *molto agitato*.

Gabriel esperó a Donati casi al final de la columnata. Regresaron juntos a la Curia Jesuita. Arriba, en sus habitaciones, Donati sacó el sobre del maletín y abrió la solapa. Dentro, en un portafolios de plástico transparente, había una sola hoja escrita a mano. El borde izquierdo de la hoja era recto; el derecho, en cambio, estaba deshilachado y roto. El alfabeto era romano. El idioma, latín.

A Donati le temblaron las manos cuando empezó a leer.

Evangelium secundum Pilati...

El Evangelio según Poncio Pilatos.

SEGUNDA PARTE

ECCE HOMO

24

CURIA JESUITA, ROMA

Hasta su nombre —el nombre que le dieron sus padres el día que, recién nacido, lo presentaron a los dioses y le colgaron del cuello la *bulla*, un amuleto de oro, para protegerlo de los malos espíritus— se había perdido en las brumas del tiempo. Más adelante respondería a su *cognomen*, el tercer nombre de los ciudadanos romanos, una etiqueta hereditaria que servía para distinguir las distintas ramas de una familia. El suyo tenía tres sílabas y se parecía poco a las versiones que circularon después, a lo largo de siglos de infamia.

Se desconocen el año y el lugar de su nacimiento. Algunos estudiosos afirman que era oriundo de Hispania; puede que de Tarragona, en la costa catalana, o de Sevilla, donde todavía hoy, cerca de la antigua plaza de Argüelles, se alza un hermoso palacio conocido como Casa de Pilatos. Otra teoría, dominante en la Edad Media, lo imaginaba como hijo ilegítimo de un rey alemán llamado Tiro y una concubina de nombre Pila. Según cuenta la leyenda, Pila ignoraba quién era el hombre que la dejó embarazada, de ahí que decidiera combinar el suyo y el de su padre y llamar al niño Pilatus.

Lo más probable, sin embargo, es que naciera en Roma y que fuera de origen samnita, una tribu itálica que habitaba las escarpadas colinas situadas al sur de la ciudad. Su segundo nombre, Poncius, sugiere que descendía de los Pontii, un clan que dio varios militares de renombre a Roma. Su *cognomen*, Pilatus, significaba «diestro con la jabalina». Cabe la posibilidad de que Poncio Pilatos se ganara ese sobrenombre a lo largo de su carrera militar. La explicación más plausible es que fuera hijo de un caballero o équite, un miembro de la orden ecuestre, el segundo estamento de la nobleza romana después de la clase senatorial.

De ser así, sin duda disfrutó de una infancia acomodada. La casa familiar tendría un atrio y un jardín delimitado por un pórtico con columnas, agua corriente y baño privado. Su segunda residencia, una villa en el campo, tendría vistas al mar. El joven Poncio recorrería las calles de Roma no a pie, sino en una silla de manos sostenida por esclavos. A diferencia de la mayoría de los niños en los albores del primer milenio, no conocería el hambre. No le faltaría de nada.

Su educación sería rigurosa: varias horas de instrucción diaria ejercitándose en la lectura, la escritura, las matemáticas y, ya con algunos años más, en el arte del pensamiento crítico y el debate, dos habilidades que le serían de gran provecho más adelante. Puliría su físico levantando pesas cotidianamente y se recuperaría del esfuerzo con una visita a los baños. Para divertirse asistiría a los juegos, con sus espectáculos sangrientos. Es improbable que llegara a conocer el anfiteatro Flavio, el gigantesco coliseo circular construido en una vaguada entre las colinas de Celio, Esquilino y Palatino. Las obras se costearon gracias al espolio del Templo de Jerusalén, que, en cambio, Pilatos tuvo que conocer como la palma de su mano. Y aunque probablemente no fue testigo de la destrucción del templo, acaecida en el año 70 d. C., sin duda era consciente de que tenía los días contados.

La nueva y turbulenta provincia de Judea se hallaba a más de dos mil kilómetros de Roma: un viaje de tres semanas o más por mar. Poncio Pilatos llegó allí en el año 26 d. C., tras servir varios años como oficial del ejército romano. No era un destino codiciado. Siria, al norte, y Egipto, al suroeste, eran mucho más importantes. Pero lo que a Judea le faltaba en importancia, lo compensaba con su carácter levantisco. La población autóctona se consideraba elegida por su dios y superior a sus conquistadores, paganos politeístas. Jerusalén, su ciudad santa, era el único lugar del Imperio cuyos vecinos nativos no tenían que postrarse ante una efigie del emperador. Si quería salir bien parado, Pilatos tendría que manejarlos con sumo cuidado.

Sin duda había visto a aquellas gentes en Roma. Eran los barbudos circuncidados que moraban en la Regio XIV, el populoso barrio de la orilla oeste del Tíber que andando el tiempo se conocería como el Trastévere. Había cuatro millones y medio, aproximadamente, diseminados por todo el Imperio. Habían prosperado bajo el dominio romano, aprovechando la libertad de comercio y movimientos que les garantizaba la administración imperial. Allí donde se establecían, se enriquecían y eran objeto de admiración por ser un pueblo temeroso de dios que amaba a sus hijos, respetaba la vida humana y cuidaba de los pobres, los enfermos, las viudas y los huérfanos. Julio César, que los tenía en alta estima, les concedió importantes derechos de asociación que les permitieron rendir culto a su dios, en vez de a los dioses de Roma.

Los que vivían en su patria ancestral, en Judea, Samaria y Galilea, eran menos cosmopolitas. Violentamente contrarios a Roma, se dividían en distintas sectas, cuyo número llegaba quizá a veinticuatro. Entre ellas, la secta puritana de los esenios, que no reconocía la autoridad del Templo, un enorme recinto situado en lo alto del monte Moriah de Jerusalén y controlado por los aristócratas saduceos, que obtenían pingües beneficios de su asociación con los ocupantes y colaboraban estrechamente con el prefecto romano para asegurar la estabilidad de la región.

Pilatos fue el quinto prefecto de Judea. Tenía su sede en Cesarea, un enclave romano de refulgente mármol blanco, en la costa mediterránea, con una sinuosa avenida junto al mar por la que podía pasear cuando hacía buen tiempo y templos romanos en los que hacer sacrificios a sus dioses, no a la deidad de los nativos. Si quería, incluso podía imaginar que se hallaba todavía en Roma.

Su tarea no consistía en rehacer a los moradores de la provincia —los judíos, como se los conocería posteriormente— a imagen y semejanza de Roma. Pilatos se dedicaba a recaudar impuestos, facilitar el comercio y escribir incontables informes al emperador Tiberio que sellaba con lacre y estampaba con el anillo que lucía en el dedo meñique de la mano izquierda. Roma, por lo general, no se inmiscuía en todas las facetas de la cultura y la sociedad de los territorios que ocupaba. Sus leyes permanecían en letargo durante las épocas de paz y despertaban únicamente cuando el orden se veía amenazado.

Los alborotadores solían recibir un aviso. Si persistían neciamente en su actitud, se los eliminaba sin contemplaciones. El predecesor de Pilatos, Valerio Grato, mandó ajusticiar a doscientos judíos de una vez mediante el método de ejecución preferido por Roma: la crucifixión. Tras una revuelta, el año 4 a. C., otros dos mil fueron crucificados a las afueras de Jerusalén. Tan firme era su fe en su dios que marcharon sin miedo a la cruz.

Como prefecto, Pilatos era el principal magistrado de Judea; al mismo tiempo jurado y juez. Aun así, los judíos se encargaban de gran parte de la administración civil y judicial en la provincia a través del sanedrín, el tribunal rabínico que se reunía a diario —salvo el *sabbat* y durante las festividades religiosas— en el Salón de las Piedras Talladas, en el lado norte del recinto del Templo. Pilatos tenía orden del emperador Tiberio de permitir a los judíos amplia autonomía en la administración de sus asuntos, sobre todo en materia de religión. El prefecto debía permanecer en segundo plano siempre que fuera posible: ser la mano escondida, el hombre invisible de Roma.

Pilatos, sin embargo, era un hombre vengativo e iracundo que pronto ganó fama por su crueldad y su avaricia. Ordenó un sinfín de ejecuciones y se dedicó a provocar innecesariamente a los judíos, como aquella vez que mandó colocar estandartes militares con la efigie del emperador en los muros de la fortaleza Antonia, justo enfrente del Templo. Los judíos, como era de esperar, reaccionaron con indignación. Varios miles rodearon el palacio de Pilatos en Cesarea, que asediaron durante una semana. Cuando los judíos dejaron claro que estaban dispuestos a morir si no se cumplían sus exigencias, Pilatos dio marcha atrás y ordenó retirar los estandartes.

Mandó construir, además, un impresionante acueducto que costeó, al menos en parte, con corbán, ofrendas sagradas robadas del tesoro del Templo. De nuevo, un gran gentío le plantó cara, esta vez en la Gabata, la explanada elevada que había a las puertas del palacio de Herodes, la residencia de Pilatos en Jerusalén. Arrellanado en su silla curul, soportó impasible los insultos de la muchedumbre durante un tiempo. Cuando se cansó, ordenó a sus soldados desenfundar la espada. Algunos judíos fueron despedazados, pese a no llevar armas. Otros murieron pisoteados en medio del tumulto.

Por último, Pilatos ordenó colgar escudos dorados dedicados a Tiberio en su residencia de Jerusalén. Los judíos exigieron su retirada y, cuando Pilatos se negó, enviaron una carta de protesta al emperador. Tiberio recibió la misiva estando de vacaciones en Capri, o eso cuenta el filósofo Filón de Alejandría. Enfurecido por la absurda metedura de pata de su prefecto, Tiberio le ordenó retirar los escudos inmediatamente.

Pilatos iba a Jerusalén lo menos posible, normalmente para controlar que nada se desmandase durante las festividades hebreas. La Pascua, la fiesta con la que los judíos celebraban su liberación de la esclavitud en Egipto, estaba cargada de implicaciones tanto religiosas como políticas. Cientos de miles de judíos de todo el Imperio —en algunos casos, aldeas enteras— llegaban a la ciudad. Las calles de Jerusalén se llenaban de peregrinos y de ovejas —hasta doscientas cincuenta mil— que balaban a la espera del sacrificio ritual. Agazapados entre las sombras estaban los sicarios, fanáticos judíos embozados que mataban a soldados romanos con sus puñales característicos y desaparecían luego entre el gentío.

El Templo se hallaba en el centro de aquel pandemonio. Los soldados romanos vigilaban los festejos desde su guarnición en la fortaleza Antonia; Pilatos, desde sus espléndidos aposentos privados en el palacio de Herodes. Cualquier asomo de agitación —cualquier gesto de desafío al dominio romano o a las autoridades colaboracionistas del Templo— se atajaba brutalmente, para que la situación no se desbocase. Una sola chispa, un solo agitador, y Jerusalén podía estallar en llamas.

Fue a aquella ciudad turbulenta y explosiva —puede que en el año 33 d. C. o, en todo caso, entre el 27 y el 36— adonde llegó un sanador galileo, obrador de milagros y predicador de parábolas, que avisaba de que el reino de los cielos se hallaba al alcance de la mano. Llegó, como estaba profetizado, a lomos de un burro. Es posible que Pilatos ya hubiera oído hablar de ese galileo e incluso que presenciara su tumultuosa entrada en Jerusalén. Había muchas figuras mesiánicas por el estilo en la Judea del siglo I, hombres que se consideraban «ungidos» y prometían reconstruir el reino de David. Pilatos veía a estos predicadores como una amenaza directa al dominio romano y los aniquilaba sin piedad. Sus seguidores corrían, invariablemente, la misma suerte.

Los historiadores no se ponen de acuerdo acerca del incidente que desembocó en la muerte terrenal del galileo. Coinciden casi todos ellos en que hubo de cometerse algún delito: una agresión física contra los cambistas del pórtico real, quizá; o una diatriba contra los jerarcas del Templo. Es posible que algunos soldados romanos presenciaran el alboroto y prendieran al galileo en ese mismo momento. La tradición sostiene, sin embargo, que lo detuvo un destacamento mixto, romano y judío, en el Monte de los Olivos tras compartir una última cena de Pésaj con sus discípulos.

Lo que sucedió después está aún menos claro. Incluso los relatos tradicionales están llenos de incoherencias. Sugieren que en algún momento, después de la medianoche, el galileo fue conducido a casa del sumo sacerdote, José ben Caifás, donde parte del sanedrín lo sometió a un interrogatorio brutal. Los historiadores modernos, no obstante, dudan de esta versión de los hechos. A fin de cuentas era Pascua y víspera de *sabbat*, y Jerusalén estaba abarrotada de judíos llegados de todo el mundo conocido. Es poco probable que Caifás, que habría pasado todo el día en el Templo, recibiera de buen grado aquella inoportuna visita nocturna. La ley mosaica prohibía estrictamente, además, celebrar un juicio tal y como aparece descrito el del galileo en las crónicas: en el patio, al raso y a la luz de una hoguera. El juicio, por tanto, no pudo darse en esas circunstancias.

Fuera como fuese, el galileo acabó en manos de Poncio Pilatos, el prefecto romano y magistrado en jefe de la provincia. La tradición afirma que presidió un tribunal público, pero no se conservan registros oficiales de tal procedimiento. Un hecho es indiscutible, sin embargo: el galileo fue condenado a morir crucificado —el método de ejecución que Roma reservaba para los insurrectos—, seguramente frente a los muros de la ciudad, de modo que su castigo sirviera de escarmiento. Puede que Pilatos presenciara su calvario desde sus aposentos en el palacio de Herodes, pero con toda probabilidad, dada su temible reputación, olvidó pronto aquel suceso, distraído por algún nuevo conflicto. A fin de cuentas, era un hombre muy ocupado.

Es posible, sin embargo, que el prefecto se acordara de aquel reo mucho después de ordenar su ejecución; sobre todo, durante sus últimos años de gobierno en Judea, cuando los seguidores del galileo, al que llamaban Jesús de Nazaret, dieron los primeros pasos, todavía vacilantes, para la creación de una nueva fe. Traumatizados por lo que habían presenciado, se reconfortaban entre sí contándose relatos sobre los hechos y enseñanzas del galileo, relatos que con el tiempo se pusieron por escrito formando libros, panfletos edificantes conocidos como evangelios que circulaban entre las comunidades de cristianos primitivos.

Fue allí donde el arzobispo Luigi Donati, en sus habitaciones de la Curia Jesuita, en el Borgo Santo Spirito de Roma, retomó el hilo de la historia.

25

CURIA JESUITA, ROMA

El primero fue el de Marcos, no el de Mateo. Se escribió en griego koiné vulgar en algún momento entre el 66 y el 75 d. C., más de treinta años después de la muerte de Jesús: una eternidad para el mundo antiguo. El evangelio circuló anónimamente durante varias décadas, hasta que los padres de la Iglesia le adjudicaron su autoría a un compañero del apóstol Pedro, conclusión esta que rechazan la mayoría de los estudiosos actuales de la Biblia, para los que la identidad de su autor sigue siendo un misterio.

Su público era una comunidad de cristianos gentiles que vivían en Roma, bajo dominio directo del emperador. Es improbable que el autor del primer evangelio hablara el idioma de Jesús y sus discípulos, y seguramente tenía una idea muy vaga de la geografía y las costumbres del país en el que estaba ambientada la historia. Cuando tomó la pluma y comenzó a escribir, casi todos los testigos presenciales habían muerto ya, de muerte natural o ajusticiados. Su relato se inspiró en la tradición oral y, quizá, en algunos fragmentos escritos sueltos. En el capítulo quince aparece retratado Pilatos como un juez benevolente y sin tacha que se inclina ante las exigencias de una muchedumbre de judíos al condenar a muerte a Jesús. Las versiones más tempranas del Evangelio de Marcos concluían abruptamente con el descubrimiento de que la tumba de Jesús estaba vacía, un final que muchos cristianos primitivos consideraron decepcionante e insatisfactorio. En versiones posteriores aparecían dos finales alternativos. En el llamado «final largo», Jesús resucitado se aparecía bajo distintas formas a sus discípulos.

—El autor original no compuso el final alternativo —explicó Donati—. Probablemente se escribió siglos después de su muerte. De hecho, el *Codex Vaticanus* del siglo IV, la copia más antigua del Nuevo Testamento que se conoce, contiene el final original, con el descubrimiento del sepulcro vacío.

El Evangelio de Mateo, prosiguió Donati, es posterior; se compuso seguramente entre el año 80 y el 90 de la era cristiana, pero puede que no se redactara hasta el año 110, mucho después de la primera y catastrófica guerra judeo-romana y la destrucción del Templo de Jerusalén. Mateo, que escribía para una comunidad de judíos cristianos establecida en la Siria ocupada por los romanos, se basó principalmente en Marcos, de quien tomó prestados seiscientos versículos. Aun así, los estudiosos creen que amplió la obra de su predecesor con ayuda de la Fuente Q, una presunta colección de dichos y hechos de Jesús. Su obra refleja la profunda división entre los judíos cristianos que aceptaban a Jesús como mesías y aquellos que no lo aceptaban. El relato de la aparición de Jesús ante Pilatos es muy similar al de Marcos, pero contiene un detalle nuevo y crucial.

—Pilatos, el implacable prefecto romano, se lava las manos delante de la muchedumbre de judíos reunida en la Gabata y se declara inocente del derramamiento de la sangre de Cristo, a lo que el gentío contesta «Caiga su sangre sobre nosotros y sobre nuestros hijos». Es la frase de consecuencias más aciagas jamás escrita. Dos mil años de persecución y matanzas de judíos a manos de los cristianos tienen su origen en esas nueve palabras funestas.

—¿Por qué las escribieron? —preguntó Gabriel.

—Como prelado católico y persona de profunda fe personal, creo que Dios inspiró los Evangelios. Dicho esto, los redactaron seres humanos mucho después de que tuvieran lugar los hechos y se basaban en las historias sobre la vida y el ministerio de Cristo que contaban sus primeros seguidores. Si hubo, en efecto, un juicio público, Pilatos sin duda dijo muy pocas o ninguna de las palabras que le atribuyen los autores de los Evangelios. Lo mismo puede decirse, claro está, de las que pronunció el gentío, si es que dijo algo. «¿Caiga su sangre sobre nosotros y sobre nuestros hijos?». ¿De veras gritaron una frase tan poco natural, tan estrafalaria? ¿Y a coro? ¿Dónde estaban los seguidores de Cristo que fueron con él a Jerusalén desde Galilea? ¿Dónde estaban los disidentes? —Donati sacudió la cabeza—. Ese pasaje fue un error. Un error divino, pero un error, a fin de cuentas.

—Pero ¿fue un error inocente?

—Un profesor que tuve en la Gregoriana solía decir que era la mentira más larga de la historia. En privado, por supuesto. De haberlo dicho públicamente, habría tenido que comparecer ante la Congregación para la Doctrina de la Fe y lo habrían expulsado de la Iglesia.

—Entonces, ¿la escena del Evangelio de Mateo es mentira?

—Su autor te diría que escribió el relato tal y como lo oyó y tal y como creía que había ocurrido. En todo caso, no hay duda de que su evangelio, como el de Marcos, desplazó la culpa de la muerte de Cristo de los romanos a los judíos.

—¿Por qué?

—Porque a los pocos años de la crucifixión el movimiento cristiano corrió grave peligro de ser reabsorbido por el judaísmo. Su futuro, si tenía alguno, eran los gentiles que vivían bajo dominio romano. Los evangelistas y los padres de la Iglesia tenían que conseguir que la nueva religión fuera aceptable para el Imperio. No podían cambiar el hecho de que Jesús hubiera muerto a manos de tropas romanas, pero si daban a entender que los judíos habían obligado a Pilatos a condenarlo a muerte...

—Problema resuelto.

Donati asintió.

—Y me temo que la cosa empeora en los Evangelios posteriores. Lucas sugiere que fueron los judíos, no los romanos, quienes clavaron a Cristo en la cruz. Juan los acusa directamente. Para mí es inconcebible que los judíos crucificaran a uno de los suyos. Podrían haberlo lapidado por blasfemia, pero ¿crucificarlo? Imposible.

—Entonces, ¿por qué está incluido ese pasaje en el canon cristiano?

—Hay que recordar que los Evangelios no se concibieron como crónicas de los hechos. Eran teología, no historia, documentos proselitistas que pusieron los cimientos de una nueva religión, una religión que a finales del siglo I se encontraba en pugna con aquella de la que se había desgajado. Tres siglos después, cuando los obispos de la Iglesia primitiva se reunieron en el Concilio de Hipona, circulaban muchos evangelios distintos y otros textos entre las comunidades cristianas del norte de África y el Mediterráneo oriental. Los obispos canonizaron solo cuatro, a pesar de que sabían que contenían numerosos contrasentidos e incoherencias. Por ejemplo, cada uno de los cuatro Evangelios canónicos da una versión ligeramente distinta de los tres días previos a la ejecución de Cristo.

—¿Sabían también los obispos que estaban plantando la semilla de dos mil años de sufrimiento para el pueblo judío?

—Buena pregunta.

—¿Cuál es la respuesta?

—A finales del siglo IV, la suerte estaba echada. La Iglesia primitiva consideraba una amenaza mortal que los judíos se negaran a aceptar a Jesús como su salvador. ¿Cómo podía ser Cristo el único camino hacia la salvación si su propio pueblo, el pueblo ante el que había predicado su mensaje, seguía aferrándose a su fe ancestral? Los primeros teólogos cristianos debatieron la cuestión de si se debía permitir que los judíos siguieran existiendo. San Juan Crisóstomo de Antioquía predicaba que las sinagogas eran burdeles y antros de ladrones, que los judíos eran poco menos que puercos y cabras, que se ponían gordos de tanto comer y que había que destinarlos al matadero. Como era de esperar, los judíos de Antioquía sufrieron numerosas agresiones, y su sinagoga fue arrasada. En 414 se aniquiló a los judíos de Alejandría. Y, por desgracia, eso fue solo el principio.

Vestido aún con el traje clerical prestado, Gabriel se acercó a la ventana y, entornando los postigos, se asomó al Borgo Santo Spirito.

Donati estaba sentado a su mesa. Delante de él, todavía en su funda de plástico, estaba la página del libro.

Evangelium secundum Pilati...

—Que conste —dijo pasado un momento— que el Credo Niceno, escrito en el Primer Concilio de Nicea, afirma inequívocamente que Jesús sufrió martirio bajo Poncio Pilatos. Es más, la Iglesia afirmó en 1965, en la declaración *Nostra Aetate*, que el pueblo judío no era responsable, colectivamente, de la muerte de Jesucristo. Y treinta y tres años después, el papa Wojtyla publicó un documento titulado *Nosotros recordamos* en el que abordaba el tema de la Iglesia y el Holocausto.

—Sí, de eso me acuerdo. Se esforzaba mucho por dar a entender que, a pesar de haber pasado dos mil años enseñando que los judíos eran los asesinos de Cristo, la Iglesia católica no tenía absolutamente nada que ver con los nazis y la Solución Final. Fue un lavado de cara, excelencia. Pura palabrería vaticana.

—Precisamente por eso mi jefe subió hasta la bimá de la Gran Sinagoga de Roma y pidió perdón a los judíos. —Donati hizo una pausa—. De eso también te acuerdas, ¿verdad? Estabas allí, si no recuerdo mal.

Gabriel sacó un ejemplar de la Biblia de la estantería del arzobispo y lo abrió por el capítulo 27 de Mateo.

—¿Y qué me dices de esto? —Señaló el pasaje que le interesaba—. ¿Soy yo, personalmente, culpable de la muerte de Cristo, o son los autores de los cuatro Evangelios responsables de la mayor matanza de la historia?

—La Iglesia ha declarado que no eres culpable.

—Y yo le agradezco que lo haya dejado claro, aunque sea tarde. —Gabriel dio unos toques con el dedo en la página—. Pero el libro sigue afirmando que lo soy.

—Las Escrituras no pueden cambiarse.

—La existencia del *Codex Vaticanus* sugiere lo contrario. —Gabriel dejó la Biblia en su sitio y siguió observando la calle—. ¿Y los otros evangelios? ¿Los que descartaron los obispos del Concilio de Hipona?

—Se consideraron apócrifos. Eran en su mayor parte elaboraciones literarias basadas en los cuatro Evangelios canónicos. *Fan fiction* de la Antigüedad, si quieres verlo así. Había libros como el Evangelio de Tomás, que se centraba en la infancia de Cristo, y evangelios gnósticos, evangelios judeocristianos, un Evangelio de María y hasta uno de Judas... Había también un corpus importante de apócrifos sobre la pasión, relatos dedicados al calvario y la muerte de Cristo. Había uno titulado el Evangelio de Pedro. No lo escribió Pedro, claro. Es un pseudógrafo, un texto atribuido falsamente al apóstol. Lo mismo puede decirse del Evangelio de Nicodemo, conocido también como *Acta Pilati*.

Gabriel se apartó de la ventana.

—¿Los *Hechos de Pilatos*?

Donati hizo un gesto afirmativo.

—Nicodemo era un miembro del sanedrín que vivía en una gran hacienda a las afueras de Jerusalén. Se cuenta que era discípulo secreto de Jesús y confidente de Pilatos. Aparece retratado en *El descendimiento de Cristo* de Caravaggio, es la figura vestida con un sayo de color ocre que agarra las piernas de Jesús. Caravaggio le puso la cara de Miguel Ángel, por cierto.

—¿En serio? —preguntó Gabriel con sorna—. No lo sabía.

Donati no le hizo caso.

—Es difícil datar los *Hechos de Pilatos*, pero la mayoría de los estudiosos está de acuerdo en que probablemente se escribieron a finales del siglo IV. El texto afirma contener material redactado por el propio Pilatos mientras estaba en Jerusalén. Tuvo bastante popularidad aquí, en Italia, en los siglos XV y XVI. De hecho, se imprimió veintiocho veces en ese periodo. —El arzobispo levantó su móvil—. Para leerlo ahora, solo hace falta uno de estos.

—¿Había otros libros de Pilatos?

—Sí, varios.

—¿Cuáles, por ejemplo?

—La *Gesta de Pilatos*, el *Martirio de Pilatos* y la *Relación de Pilatos*, por citar solo unos cuantos. La *Rendición de Pilatos* narra su aparición ante el emperador Tiberio cuando fue llamado a Roma. Da igual que Tiberio ya hubiera muerto cuando llegó Pilatos. También están la *Carta de Pilatos a Claudio*, la *Carta de Pilatos a Herodes*, la *Carta de Herodes a Pilatos*, la *Carta de Tiberio a Pilatos*... —Donati se interrumpió—. En fin, puedes hacerte una idea.

—¿Y el Evangelio de Pilatos?

—No conozco ningún apócrifo que lleve ese título.

—¿Alguno de esos otros libros se considera creíble?

—No —contestó Donati—. Son todos falsificaciones. Y todos tratan de exculpar a Pilatos de la muerte de Jesús y de incriminar a los judíos.

—Igual que los Evangelios canónicos. —Las campanas de la basílica de San Pedro dieron las doce del mediodía—. ¿Qué crees que está pasando detrás de los muros del Vaticano?

—Yo diría que el cardenal Albanese está buscando desesperadamente al padre Joshua. Temo lo que ocurrirá si lo encuentra. Albanese es el camarlengo, tiene una autoridad enorme. En estos momentos, la Orden de Santa Helena dirige prácticamente la Iglesia católica. La cuestión es si piensa renunciar a su poder o si tiene un plan para conservarlo.

—Aún no podemos demostrar que la Orden matara a Lucchesi.

—Aún no, pero tenemos cinco días para encontrar pruebas. —Donati hizo una pausa—. Y el Evangelio de Pilatos, claro.

—¿Por dónde empezamos?

—Por el padre Robert Jordan.

—¿Quién es?

—Mi profesor de la Gregoriana.

—¿Sigue en Roma?

Donati meneó la cabeza.

—Ingresó en un monasterio hace unos años. No tiene móvil ni correo electrónico. Tendremos que ir hasta allí, y nada nos garantiza que vaya a recibirnos. Es un hombre brillante, pero también difícil de tratar, me temo.

—¿Dónde está el monasterio?

—En un pueblecito de considerable importancia religiosa en las laderas del monte Subasio, en Umbría. Seguro que has oído hablar de él. De hecho, creo que Chiara y tú vivisteis cerca de allí.

Gabriel se permitió esbozar una sonrisa. Hacía mucho tiempo que no visitaba Asís.

26

ROMA – ASÍS

Como Transporte necesitaba cuatro horas, mínimo, para hacerse con un coche imposible de rastrear, Gabriel, tras cambiarse de ropa, se acercó a un establecimiento de Hertz próximo a las murallas del Vaticano y alquiló un Opel Corsa de cinco puertas. Lo siguió hasta allí, chapuceramente, un individuo en una motocicleta. Pantalones negros, zapatos negros, chaqueta de nailon negra y casco negro con el visor tintado. El mismo motorista lo siguió de vuelta a la Curia Jesuita, donde Gabriel recogió a Donati.

—Es él —dijo el arzobispo mirando por el espejo retrovisor—. Es el padre Graf, no hay duda.

—Creo que voy a parar a charlar un rato con él.

—Quizá deberías despistarlo sin más.

Graf resultó ser un hueso duro de roer, sobre todo en las calles atestadas de tráfico del centro de Roma, pero cuando llegaron a la *autostrada* Gabriel confiaba en haberlo despistado. La tarde se había puesto nubosa y fría, igual que su humor. Apoyó la cabeza contra la ventanilla y siguió conduciendo con la mano posada sobre el volante.

—¿He dicho algo que te ha molestado? —preguntó Donati por fin.

—¿Por qué lo preguntas?

—Hace diez minutos que no dices ni una palabra.

—Estaba disfrutando de la extraordinaria belleza de la campiña italiana.

—Venga ya.

—Estaba pensando en mi madre. Y en el número que tenía tatuado en el brazo. Y en las velas que ardían día y noche en la casita donde me crie, en Israel. Eran para mis abuelos, que murieron en la cámara de gas al llegar a Auschwitz y ardieron en el crematorio. No tenían tumba, solo esas velas. Eran cenizas al viento. —Gabriel se quedó callado un momento—. En eso estaba pensando, Luigi. En lo distinta que habría sido la historia de los judíos si la Iglesia no nos hubiera declarado la guerra en los Evangelios.

—Esa conclusión es injusta.

—¿Sabes cuántos judíos debería haber en el mundo? Doscientos millones. Podríamos tener más población que Alemania y Francia juntas, pero nos aniquilaron una y otra vez, para culminar con el pogromo que debía poner fin a todos los pogromos. Todo por culpa de esas nueve palabras —concluyó en voz baja.

—Hay que decir que a lo largo de la Edad Media la Iglesia intervino en incontables ocasiones para proteger a los judíos europeos.

—Sí, pero ¿por qué había que protegerlos? Por culpa de las enseñanzas de la Iglesia —dijo Gabriel contestando a su propia pregunta—. Y también hay que decir, excelencia, que mucho después de su emancipación en Europa Occidental los judíos permanecieron recluidos en un gueto en la ciudad controlada por el papado. ¿De dónde sacaron los nazis la idea de que los judíos llevaran la estrella de David? De Roma, ni más ni menos.

—Es necesario distinguir entre el antijudaísmo religioso y el antisemitismo racial.

—Esa distinción carece de sentido. A los judíos se los odiaba porque eran comerciantes y prestamistas. ¿Y sabes por qué eran comerciantes y prestamistas? Porque durante más de mil años tuvieron prohibido dedicarse a otra cosa. Y sin embargo aún ahora, después de los horrores del Holocausto, después de todas las películas y los libros y los monumentos y los intentos de cambiar las mentalidades, ese odio, el más largo de todos, persiste. Alemania reconoce que no puede proteger a sus ciudadanos judíos de sufrir agresiones. Los judíos franceses se están marchando a Israel en mayor número que nunca para escapar del antisemitismo. En Estados Unidos los nazis se manifiestan tranquilamente mientras a los judíos se les dispara y se los mata en las sinagogas. ¿De dónde parte todo ese odio irracional? ¿Es posible que se deba a que, durante casi dos mil años, la Iglesia ha enseñado que los judíos éramos responsables colectivamente de un deicidio, que nosotros éramos los asesinos de Cristo?

—Sí —reconoció Donati—. Pero ¿qué podemos hacer al respecto?

—Encontrar el Evangelio de Pilatos.

Al sur del Orvieto, dejaron la *autrostrada* y siguieron viaje entre los cerros sinuosos y las espesas arboledas de Umbría, la región natal de Donati. Cuando llegaron a Perugia, el sol había abierto un boquete entre las nubes. Al este, al pie del monte Subasio, refulgía el mármol rojo distintivo de Asís.

—Ahí está la abadía de San Pedro. —Donati señaló el campanario situado en el extremo norte de la ciudad—. Está habitada por un pequeño grupo de monjes de la Congregación Casinense. Viven según la regla de san Benito. *Ora et labora*, reza y trabaja.

—Eso me suena; es lo que hace el jefe de la Oficina.

Donati se rio.

—Los monjes apoyan a varias organizaciones de la zona, entre ellas un hospital y un orfanato. Aceptaron dar alojamiento al padre Jordan en la abadía cuando se jubiló y dejó su puesto en la Gregoriana.

—¿Por qué eligió Asís?

—Después de pasar cuarenta años dedicándose a la escritura y a la docencia en un centro jesuita, quería llevar una vida más contemplativa. Pero seguro que saca tiempo para seguir investigando y escribiendo. Es una de las mayores autoridades mundiales en los evangelios apócrifos.

—¿Y si se niega a recibirnos?

—Seguro que se te ocurrirá algo —repuso Donati.

Gabriel dejó el Opel en un aparcamiento, fuera de las murallas de la ciudad, y siguió a Donati por el arco de Porta San Pietro. La abadía estaba a pocos pasos de allí siguiendo una calle en sombra, detrás de una tapia de piedra roja. La puerta exterior estaba cerrada. Donati llamó al timbre. No hubo respuesta.

Miró la hora.

—Estarán rezando. Vamos a dar un paseo.

Echaron a andar en dirección contraria a un torrente de turistas que salía de la ciudad. Gabriel, vestido con pantalones oscuros y chaqueta de cuero; Donati, con su sotana con ribetes de color magenta. El arzobispo apenas llamaba la atención. La abadía de San Pedro no era el único monasterio o convento de Asís. La ciudad estaba llena de religiosos.

Se hizo cristiana, explicó Donati, unos doscientos años después de la crucifixión. San Francisco nació en Asís a finales del siglo XII. Conocido por sus ricos ropajes y su acaudalado círculo de amistades, una tarde se topó con un mendigo en el mercado y se sintió tan conmovido que le dio al hombre todo lo que llevaba en los bolsillos. Unos años después, él también vivía como un mendigo. Cuidó de leprosos en un lazareto, trabajó como sirviente en un monasterio y en 1209 fundó una orden religiosa que exigía a sus miembros abrazar una vida de total y absoluta pobreza.

—Francisco es uno de los santos más queridos de la Iglesia, pero la idea de cuidar de los pobres no fue invención suya. Estaba integrada en el cristianismo desde el principio. Y ahora, dos mil años después, miles de católicos en todo el mundo hacen lo mismo, cada hora del día. Yo creo que eso merece la pena conservarlo, ¿no te parece?

—Una vez le dije a Lucchesi que no querría vivir en un mundo en el que no existiera la Iglesia católica romana.

—¿Sí? Nunca me lo mencionó. —Llegaron a la basílica—. ¿Entramos a ver los cuadros?

—La próxima vez —repuso Gabriel.

Eran las tres y cuarto. Volvieron sobre sus pasos hasta la abadía y Donati llamó de nuevo al timbre. Pasaron unos instantes antes de que contestara una voz de hombre. Hablaba italiano con claro acento británico.

—Buenas tardes. ¿Qué desean?

—Vengo a ver al padre Jordan.

—Lo siento, pero no recibe visitas.

—Creo que en mi caso hará una excepción.

—¿Su nombre?

—Arzobispo Luigi Donati. —Soltó el botón y miró a Gabriel de reojo—. Uno tiene sus privilegios.

La puerta se abrió con un chasquido. Un benedictino calvo, de hábito negro, esperaba entre las sombras del patio interior.

—Discúlpeme, excelencia. Ojalá nos hubieran avisado de que iba a venir. —Le tendió una mano blanda y pálida—. Soy Simón, por cierto. Síganme, por favor.

Entraron en la iglesia de San Pietro por una puerta lateral, cruzaron la nave y salieron a otro patio interior. La puerta siguiente comunicaba con la abadía propiamente dicha. El monje los condujo hasta una sala común modestamente amueblada que daba a un huerto muy verde. Era, de hecho, más bien una pequeña explotación agrícola, pensó Gabriel. Rodeada por altas tapias, era invisible al mundo exterior.

El benedictino los invitó a ponerse cómodos y se retiró. Transcurrieron diez minutos antes de que volviera. Venía solo.

—Lo siento, excelencia, pero el padre Jordan está rezando y no quiere que se le moleste.

Donati abrió su maletín y sacó el sobre de color marrón.

—Enséñele esto.

—Pero...

—Ahora, fray Simón.

Gabriel sonrió mientras el monje abandonaba a toda prisa la sala.

—Parece que tu reputación te precede.

—Dudo que el padre Jordan se deje impresionar tan fácilmente.

Pasaron otros quince minutos hasta que regresó el benedictino. Esta vez lo acompañaba un hombrecillo moreno, con el rostro curtido y un alborotada mata de cabello blanco. El padre Robert Jordan vestía una sotana corriente, en lugar del hábito negro de los benedictinos. Llevaba el sobre en la mano derecha.

—Vine aquí para alejarme de Roma y parece que Roma ha venido a mí. —Fijó la mirada en Gabriel—. El señor Allon, supongo.

Él no contestó.

El padre Jordan sacó la hoja del sobre y la sostuvo a la luz de la tarde que entraba a raudales por la ventana.

—Es papel, no vitela. Parece del siglo XV o XVI.

—Si usted lo dice, le creo —contestó Donati.

El padre Jordan bajó la hoja.

—Llevo más de treinta años investigando para dar con esto. ¿Puede saberse dónde lo ha encontrado?

—Me lo dio un sacerdote que trabaja en el Archivo Secreto.

—¿Cómo se llama ese sacerdote?

—Padre Joshua.

—¿Está seguro?

—¿Por qué?

—Porque creo conocer a todas las personas que trabajan en el archivo y nunca había oído ese nombre. —El padre Jordan volvió a mirar la página—. ¿Dónde está el resto?

—Se lo llevaron del despacho del papa la noche en que murió el santo padre.

—¿Quién se lo llevó?

—El cardenal Albanese.

El padre Jordan levantó la vista bruscamente.

—¿Antes o después de que muriera su santidad?

Donati titubeó. Luego dijo:

—Después.

—Dios bendito —musitó el padre Jordan—. Temía que dijera eso.

27

ABADÍA DE SAN PEDRO DE ASÍS

El monje regresó con una jarra de cerámica llena de agua, una hogaza de pan basto de la tahona del monasterio y un cuenco de aceite de oliva de la cooperativa que apadrinaba la abadía. El padre Jordan contó que había trabajado en la cooperativa el verano anterior para intentar reparar los estragos físicos causados por tantos años de estudio y docencia. Saltaba a la vista que últimamente pasaba mucho tiempo al aire libre; su piel había adquirido el color de la terracota. Hablaba un italiano tan vivaz e impecable que, de no ser por su nombre y por su inglés con acento americano, Gabriel habría dado por sentado que Robert Jordan había vivido siempre en los cerros y los valles de Umbría.

En realidad, se había criado en Brookline, un cómodo municipio residencial de las afueras de Boston. A lo largo de su brillante carrera académica dentro de la orden jesuita, había sido profesor en Fordham y Georgetown y, por último, en la Pontificia Universidad Gregoriana, donde enseñaba Historia y Teología. Sus investigaciones particulares se centraban, no obstante, en los evangelios apócrifos. Le interesaban especialmente los apócrifos de la pasión de Cristo y, entre ellos, los evangelios y cartas que tenían a Poncio Pilatos como protagonista. Eran, afirmaba, una lectura deprimente porque parecían tener un único propósito: exonerar a Pilatos de la muerte de Jesús y atribuir toda la responsabilidad a los judíos y sus descendientes. El padre Jordan creía que, con intención o sin ella, los autores de los Evangelios habían errado en su descripción del juicio y la ejecución de Cristo, un error que habían agravado las enseñanzas incendiarias de los padres de la Iglesia, de Orígenes a Agustín de Hipona.

A mediados de la década de 1980 había descubierto que no era el único que pensaba así. Sin que lo supieran ni el general de los jesuitas ni el rector de la Gregoriana, el padre Jordan se unió al Grupo de Trabajo Jesucristo, un equipo de estudiosos cristianos que trataban de crear un retrato preciso del Jesús histórico. Publicaron sus hallazgos en un libro muy controvertido en el que afirmaban, por ejemplo, que Jesús era un sabio itinerante y un sanador por la fe que ni caminaba sobre las aguas ni alimentaba milagrosamente a las multitudes con cinco hogazas de pan y dos peces; que los romanos lo condenaron a muerte porque alteraba el orden público, no por desafiar a las autoridades del Templo, y que no resucitó físicamente de entre los muertos. El concepto de la resurrección, concluyó el equipo de trabajo, tenía su origen en las visiones y sueños que experimentaron los seguidores más cercanos de Jesús, una opinión que ya defendió en 1835 el teólogo protestante alemán David Friedrich Strauss.

—El libro se publicó sin que mi nombre apareciera entre los autores. Aun así, me aterraba que se supiera que había participado en él. Temía que en cualquier momento, de madrugada, llamara a mi puerta el Santo Oficio.

Donati le recordó al padre Jordan que el Santo Oficio se llamaba ahora Congregación para la Doctrina de la Fe.

—Eso no cambia nada, padre Donati.

—Soy arzobispo, Robert.

El padre Jordan sonrió. Su participación en el grupo de trabajo, prosiguió, no debilitó su creencia en la divinidad de Jesús ni en la doctrina cristiana. Al contrario, reforzó su fe. Nunca había creído que las cosas que narraba el Nuevo Testamento —y el Antiguo— hubieran sucedido tal y como estaban descritas, y aun así creía con todo su corazón en las verdades esenciales de la Biblia. Por eso había ido a Asís, para estar más cerca de Dios, para llevar la vida que había llevado Jesucristo, sin el lastre de la propiedad y las posesiones.

Seguían preocupándole profundamente, sin embargo, los relatos evangélicos de la crucifixión porque habían dado pie a un sinfín de muertes y al sufrimiento inenarrable del pueblo hebreo. El padre Jordan había consagrado su vida a descubrir qué sucedió de verdad aquel día en Jerusalén. Estaba convencido de que en algún lugar tenía que haber una crónica de primera mano, no un documento apócrifo, sino un relato fehaciente redactado por un testigo presencial que hubiera participado en el proceso de Cristo.

—¿Poncio Pilatos? —preguntó Donati.

El padre Jordan hizo un gesto afirmativo.

—No soy el único que cree que Pilatos escribió sobre la crucifixión. Tertuliano, el mismísimo fundador del cristianismo latino, el primer teólogo que empleó el término «Trinidad», estaba convencido de que Pilatos mandó un informe detallado al emperador Tiberio. Y Justino Mártir, nada menos, compartía su opinión.

—Con el debido respeto por Tertuliano y Justino, es imposible que supieran si eso era cierto.

—Estoy de acuerdo. De hecho, creo que se equivocaban al menos en un punto clave.

—¿Cuál?

—Pilatos no escribió sobre la crucifixión hasta mucho después de la muerte de Tiberio. —El padre Jordan miró de nuevo la página—. Pero creo que me estoy adelantando. Para comprender qué ocurrió, es necesario remontarse en el tiempo.

—¿Hasta cuándo? —preguntó Donati.

—Hasta el año 36 después de Cristo. Tres años después de la muerte de Jesús.

Fecha a partir de la cual el padre Robert Jordan retomó el hilo de la historia en la sala común de la abadía de San Pedro, en la santa ciudad de Asís.

28

ABADÍA DE SAN PEDRO DE ASÍS

Fueron los samaritanos quienes finalmente propiciaron la caída de Pilatos. Tenían un monte sagrado propio, el monte Gerizim, donde se decía que Moisés depositó el Arca de la Alianza tras la llegada de los judíos a la Tierra Prometida. Los rebeldes judíos habían infligido una derrota humillante a los romanos en aquel monte ochenta años atrás. Pilatos, en un último acto de brutalidad, igualó el marcador. Murieron infinidad de samaritanos, masacrados en combate o crucificados, pero los pocos que sobrevivieron informaron al gobernador romano de Siria de las atrocidades cometidas por Pilatos, y el gobernador, a su vez, informó a Tiberio, que ordenó a Pilatos regresar a Roma inmediatamente. Su mandato de diez años como prefecto de Judea tocó así a su fin.

Se le dieron tres meses para poner sus asuntos en orden, despedirse y pasar el relevo a su sucesor. Sin duda destruyó parte de sus archivos personales, pero seguramente llevó consigo algunos documentos a Roma, donde Tiberio lo aguardaba para juzgar su actuación. Aquel prometía ser un encuentro desagradable. Le esperaba, en el mejor de los casos, el exilio y, en el peor, la muerte a manos del emperador o de las suyas propias. No tenía, desde luego, ninguna prisa por llegar a Roma.

En diciembre del año 36 d. C., estaba al fin listo para partir. Como no era posible hacer el viaje por mar en pleno invierno —la estación de los temporales—, viajó a Roma por tierra. La fortuna, no obstante, le sonrió. Cuando llegó a Roma, Tiberio había muerto.

—Es posible que Pilatos compareciera ante el sucesor de Tiberio —explicó el padre Jordan—, pero si así fue no han quedado registros documentales del encuentro. Además, el nuevo emperador estaría seguramente demasiado atareado consolidando su poder como para perder el tiempo con un prefecto de una provincia lejana caído en desgracia. Puede que hayan oído hablar de él. Se llamaba Calígula.

Es en ese punto, añadió el padre Jordan, donde Poncio Pilatos desaparece de las páginas de la historia para entrar en la esfera de la leyenda y el mito. Durante la Edad Media circularon por Europa numerosos relatos y leyendas sobre Pilatos, además de las crónicas ficticias de los evangelios apócrifos. Según la *Leyenda áurea*, una colección de vidas de santos compilada en el siglo XIII, Pilatos vivió exiliado en la Galia hasta el final de sus días, en relativa tranquilidad. El autor de una popular novela de caballerías del siglo XIV no estaba de acuerdo. Pilatos, afirmaba, fue arrojado por sus enemigos a un pozo cerca de Lausana, donde pasó doce años solo y a oscuras, llorando inconsolablemente.

El folclore lo retrataba, la mayoría de las veces, como un desalmado condenado a vagar por el campo para toda la eternidad, con las manos manchadas por la sangre de Cristo. Según una leyenda, vivía en lo alto de un monte, cerca de Lucerna. Era una historia tan persistente que en el siglo XIV el monte cambió de nombre y pasó a llamarse Pilatus. Se decía que el día de Viernes Santo podía verse a Pilatos sentado en la silla del tribunal, en medio de un estanque hediondo. Otras veces se lo veía escribiendo encaramado a una roca. Richard Wagner subió al monte en 1859 para verlo por sí mismo. Nueve años después hizo lo mismo la reina Victoria, acompañada por su séquito.

—Yo también subí una vez —confesó Donati.

—¿Vio a Pilatos?

—No.

—Porque en realidad nunca estuvo allí.

170

—¿Dónde estaba?

—Los padres de la Iglesia creían en su mayoría que se suicidó poco después de su regreso a Roma, pero Orígenes, el primer gran teólogo y filósofo de la Iglesia primitiva, estaba convencido de que se le permitió vivir en paz hasta que murió por causas naturales. En eso, al menos, estoy de acuerdo con Orígenes. Dicho lo cual, sospecho que disentiríamos en lo que respecta a cómo pasó su retiro.

—¿Cree usted que se dedicó a escribir?

—No, Luigi. *Sé* que Poncio Pilatos escribió una relación detallada de sus tumultuosos años como prefecto de la provincia romana de Judea, incluyendo el papel que desempeñó en la ejecución más famosa de la historia de la humanidad. —El padre Jordan dio unos golpecitos con la mano en la página enfundada en plástico—. Y esa relación fue la fuente original del evangelio pseudoepigráfico que lleva su nombre.

—¿Quién fue su verdadero autor?

—Si tuviera que aventurar una hipótesis, yo diría que fue un romano ilustrado que manejaba con soltura el latín y el griego y tenía un conocimiento profundo de la historia hebrea y la ley mosaica.

—¿Era gentil o judío?

—Gentil, seguramente. Pero lo importante es que era un cristiano de profundas convicciones.

—¿Sugiere usted que Pilatos también se convirtió al cristianismo?

—¿Pilatos? Santo cielo, no. Eso son tonterías apócrifas. No me cabe duda de que persistió en el paganismo hasta su último aliento. El Evangelio de Pilatos es una crónica histórica, más que un obra religiosa. A diferencia de los autores de los Evangelios canónicos, Pilatos había visto a Jesús con sus propios ojos. Sabía qué aspecto tenía y cómo hablaba. Y, lo que es más importante, sabía exactamente por qué se le condenó a muerte. A fin de cuentas, fue él quien lo mandó crucificar.

—¿Por qué escribió sobre ello? —preguntó Gabriel.

—Buena pregunta, señor Allon. ¿Por qué razón escribe un funcionario público o un político sobre su papel en un acontecimiento importante?

—Para ganar dinero —contestó Gabriel con mordacidad.

—En el siglo I, no. —El padre Jordan sonrió—. Además, Pilatos no necesitaba dinero. Se había servido de su posición como prefecto para enriquecerse.

—En tal caso, supongo que querría contar su versión de la historia.

—Exacto. Recuerden que Pilatos era solo unos años mayor que Jesús. Si sobrevivió quince años después de la crucifixión, tuvo que saber que los seguidores del hombre al que mandó ejecutar en Jerusalén estaban empezando a formar una nueva religión. Puede que incluso asistiera al surgimiento de la Iglesia primitiva en Roma, si vivió hasta los setenta años, lo que no era inaudito en el siglo I.

—¿Cuándo cree que escribió Pilatos esa relación? —preguntó Donati.

—Es imposible saberlo, pero creo que el libro que posteriormente se conoció como el Evangelio de Pilatos tuvo que escribirse aproximadamente en la misma época que el de Marcos.

—¿El autor de Marcos conocería su existencia?

—Posiblemente. También es posible que el autor del Evangelio de Pilatos supiera de la existencia del de Marcos. Pero lo que de verdad importa es por qué se canonizó el de Marcos y el de Pilatos, en cambio, se retiró de la circulación sin contemplaciones.

—¿Y por qué fue así?

—Porque el Evangelio de Pilatos ofrece una relato completamente distinto de los días postreros de Jesús en Jerusalén, un relato que contradice la doctrina y el dogma de la Iglesia. —El padre Jordan hizo una pausa—. Ahora hágame la pregunta obvia, Luigi.

—Si la Iglesia suprimió el Evangelio de Pilatos, ¿cómo sabe usted que existe?

—Ah, sí —dijo el americano—. Esa es la parte verdaderamente interesante de la historia.

29

ABADÍA DE SAN PEDRO DE ASÍS

Para contarles cómo había sabido de la existencia del Evangelio de Pilatos, el padre Jordan tenía que explicarles primero cómo se difundió el libro y cómo se suprimió. Se escribió, les dijo Jordan, del mismo modo que los Evangelios canónicos, sobre papiro, aunque no en lengua griega, sino en latín, y posiblemente se copió y volvió a copiar cien veces en ese soporte frágil e inestable y así circuló entre aquellos miembros de la Iglesia primitiva que sabían leer latín. En los albores del segundo milenio apareció por primera vez en forma de libro, casi con toda seguridad en un monasterio de la península itálica. Al igual que el *Acta Pilati*, el Evangelio de Pilatos tuvo amplia difusión durante el Renacimiento.

—El *Acta* se tradujo a varias lenguas y circuló por todo el orbe cristiano. El Evangelio de Pilatos, en cambio, nunca se tradujo del latín en que estaba escrito. De ahí que su público fuera mucho más elitista.

—¿Por ejemplo? —preguntó Donati.

—Artistas, intelectuales, nobles y algún que otro monje o sacerdote dispuesto a arrostrar la ira de Roma.

Antes de que Donati tuviera tiempo de formular otra pregunta, un tintineo de su teléfono anunció la llegada de un mensaje. El padre Jordan lo miró con reproche.

—Esos chismes no están permitidos aquí.

—Discúlpeme, Robert, pero me temo que yo vivo en el mundo real. —Donati leyó el mensaje sin inmutarse. Luego apagó el teléfono y le preguntó al padre Jordan cuándo suprimió la Iglesia el Evangelio de Pilatos.

—No pudo ser antes del siglo xiii, cuando el papa Gregorio IX creó la Inquisición. Le preocupaba más la amenaza para la ortodoxia que suponían los cátaros y los valdenses, pero el Evangelio de Pilatos ocupaba uno de los primeros puestos de su lista de herejías. He encontrado tres referencias al libro en los archivos de la Inquisición. Nadie parece haber reparado en ellas, excepto yo.

—Imagino que su santidad le encargó esa tarea a los dominicos.

—¿A quién, si no?

—¿Guardaron alguna copia, por casualidad?

—Lo pregunté, créame.

—¿Y?

El padre Jordan apoyó la mano sobre la página.

—Con toda probabilidad, esta es la última. Pero estoy convencido de que en aquella época tenía que haber otra copia por ahí, en alguna parte, seguramente escondida en la biblioteca o en los archivos de alguna familia noble. Recorrí durante años Italia, a lo largo y a lo ancho, llamando a la puerta de *palazzi* ruinosos y bebiendo *espresso* y vino con condes y condesas venidos a menos, incluso con algún que otro príncipe o princesa. Y entonces, una tarde, en el sótano lleno de goteras de un palacio del Trastévere que antaño fue espléndido, lo encontré por fin.

—¿El libro?

—Una carta. Su autor, un tal Tedeschi, hablaba con gran detalle de un libro interesante que acababa de leer, un libro titulado Evangelio de Pilatos. La carta incluía citas literales, entre ellas un pasaje relacionado con la decisión de ejecutar a un hombre al que llamaban Jesús de Nazaret, un galileo alborotador que había provocado un tumulto en el pórtico real del Templo durante la Pascua judía.

—¿Los dueños dejaron que se quedara con la carta?

—No me molesté en preguntárselo.

⌐Robert...

El padre Jordan esbozó una sonrisa malévola.

—¿Dónde está ahora?

—¿La carta? En lugar seguro, se lo garantizo.

—La quiero.

—No puedo dársela. Además, ya les he dicho todo lo que necesitan saber. El Evangelio de Pilatos cuestiona el relato del Nuevo Testamento sobre el hecho fundacional del cristianismo. De ahí que sea un libro extremadamente peligroso.

El monje benedictino apareció en la puerta.

—Me temo que esta noche tengo turno en la cocina —dijo el padre Jordan.

—¿Qué hay de cenar?

—Sopa de piedras, creo.

Donati sonrió.

—Mi preferida.

—Es la especialidad de la casa. Pueden acompañarnos, si quieren.

—Puede que en otra ocasión.

El padre Jordan se levantó.

—Ha sido estupendo volver a verlo, Luigi. Si alguna vez quiere huir de todo eso, intercederé por usted ante el abad.

—Mi lugar está ahí fuera, Robert.

El americano sonrió.

—Habla usted como un verdadero teólogo de la liberación.

Donati esperó a estar fuera de los muros de la abadía para encender su móvil. En la pantalla aparecieron varios mensajes sin leer. Eran todos de la misma persona: Alessandro Ricci, el corresponsal de *La Repubblica* en el Vaticano.

—Es quien me ha escrito antes, cuando estábamos hablando con el padre Jordan.

—¿Qué quería?

—No lo decía, pero al parecer es urgente. Seguramente conviene que oigamos lo que tiene que decir. Ricci sabe más sobre los entresijos de la Iglesia que cualquier otro periodista del mundo.

—¿Olvidas que soy el director general del servicio de inteligencia israelí?

Donati no respondió. Estaba escribiendo a toda velocidad en el móvil.

—Te ha mentido, ¿sabes? —añadió Gabriel.

—¿Quién? ¿Alessandro Ricci? —preguntó Donati distraídamente.

—El padre Jordan. Sabe más sobre el Evangelio de Pilatos de lo que nos ha dicho.

—¿Notas cuando alguien miente?

—Siempre.

—¿Y cómo puedes vivir así?

—No es fácil.

—Al menos sobre una cosa nos ha dicho la verdad.

—¿Sobre cuál?

El arzobispo apartó la mirada del móvil.

—En el Archivo Secreto no trabaja ningún padre Joshua.

30

VIA DELLA PAGLIA, ROMA

Alessandro Ricci vivía en el extremo más tranquilo de Via della Paglia, en un pequeño edificio de fachada rosa. Su nombre no aparecía en el panel del portero automático. Ricci se había granjeado, debido a su trabajo, una larga lista de enemigos, algunos de los cuales preferirían verlo muerto.

Donati pulsó el botón correcto y la puerta del portal se abrió al instante. Ricci los esperaba en el rellano del segundo piso, vestido de negro riguroso. También eran negras sus elegantes gafas de pasta, que llevaba apoyadas en la calva lisa y brillante.

Ricci clavó la mirada no en el hombre alto y guapo vestido con sotana de arzobispo, sino en su acompañante: un individuo de estatura media, tirando a bajo, que vestía chaqueta de cuero.

—¡Santo Dios, si es usted! El gran Gabriel Allon, salvador de *Il Papa*.

Los hizo entrar en su piso. Era, a todas luces, el piso de un escritor divorciado; nadie lo habría tomado por otra cosa. No había ni una sola superficie plana que no estuviera cubierta de libros y papeles. Ricci se disculpó por el desorden. Había pasado casi todo el día en la BBC, donde su elegante acento inglés era muy apreciado, y dos horas después tenía que estar de vuelta en el Vaticano para una conexión en directo con la CNN. No tenía mucho tiempo para hablar.

—Es una lástima —añadió mirando a Gabriel—. Hay unas cuantas preguntas que me gustaría hacerle.

Despejó un par de sillas y al instante se sacó del bolsillo de la pechera de la chaqueta un paquete arrugado de Marlboro. Donati, por su parte, sacó su elegante pitillera de oro. Siguió el ceremonial típico de los adictos al tabaco: el chasquido del encendedor, el ofrecimiento de fuego, unos instantes de conversación intrascendente. Ricci dio el pésame a Donati por la muerte del papa, y el arzobispo le preguntó por su madre, que estaba enferma.

—La carta del santo padre fue una alegría enorme para ella, excelencia.

—Pero no impidió que publicara usted un artículo tirando a desagradable sobre la cantidad de dinero que estaba gastando el Vaticano en la reforma de los apartamentos de ciertos cardenales de la curia.

—¿Algún dato era erróneo?

—Ninguno.

La conversación giró hacia el cónclave que estaba a punto de inaugurarse. Ricci intentó sonsacarle a Donati algún dato de interés, algo de lo que informar a la audiencia norteamericana esa noche. No tenía por qué ser impactante, dijo. Bastaría con un cotilleo jugoso. Donati no entró al trapo. Había estado muy atareado poniendo en orden sus asuntos, dijo; tanto, que apenas había prestado atención a la elección del sucesor de Lucchesi. Ricci esbozó una sonrisa al oírle. Era la sonrisa de un periodista que sabía algo.

—¿Por eso fue a Florencia el jueves pasado en busca del guardia suizo desaparecido?

Donati no se molestó en negarlo.

—¿Cómo lo sabe?

—La Polizia tiene fotos en las que aparece usted en el Ponte Vecchio. —Ricci miró a Gabriel—. Y usted también.

—¿Por qué no se han puesto en contacto conmigo? —preguntó Donati.

—Porque el Vaticano les pidió que no lo hicieran. Y, por la razón que sea, la Polizia ha decidido mantenerlo a usted al margen.

Donati apagó su cigarrillo.

—¿Qué más sabe?

—Sé que estaba cenando con Veronica Marchese la noche que falleció el santo padre.

—¿Quién le ha dicho eso?

—Vamos, arzobispo Donati. Usted sabe que no puedo divulgar...

—¿Quién se lo ha dicho? —le interrumpió Donati con firmeza.

—Alguien cercano al camarlengo.

—O sea, el propio Albanese.

El periodista no dijo nada, lo que confirmaba las sospechas de Donati.

—¿Por qué no ha publicado la historia? —preguntó.

—La tengo escrita, pero quería darle la oportunidad de hacer declaraciones antes de pulsar el botón de envío.

—¿Sobre qué exactamente?

—Sobre por qué estaba cenando con la viuda de un conocido mafioso la noche en que murió su santidad. Y por qué se encontraba a escasos metros de Niklaus Janson cuando lo asesinaron en el Ponte Vecchio.

—Lo siento, pero no puedo ayudarlo, Alessandro.

—Entonces, permítame que lo ayude yo, excelencia.

—¿Cómo? —preguntó Donati con cautela.

—Dígame qué ocurrió de verdad esa noche en el Palacio Apostólico y yo me aseguraré de que nadie se entere de dónde estaba usted.

—¿Me está chantajeando?

—Ni se me ocurriría.

—Un anciano murió en su cama —contestó Donati al cabo de un momento—. Eso es lo único que pasó.

—A Lucchesi lo asesinaron y usted lo sabe. Por eso ha venido aquí esta noche.

El arzobispo se levantó lentamente.

—Debería usted darse cuenta de que le están utilizando.

—Soy periodista, estoy acostumbrado.

Donati indicó con un gesto a Gabriel que era hora de irse.

—Antes de que se marchen —dijo Ricci—, hay algo más que quiero saber. Hace un par de horas, le dije a mi audiencia que pensaba que el cardenal José María Navarro será el siguiente sumo pontífice de la Iglesia católica romana.

—Muy atrevido por su parte.

—No estaba diciendo la verdad, excelencia.

—Seguro que no ha sido la primera vez. —Donati se arrepintió inmediatamente de sus palabras—. Perdóneme, Alessandro. Ha sido un día muy largo. No se moleste en levantarse. Sabemos dónde está la salida.

—¿No va a preguntarme el nombre del próximo papa, excelencia?

—Es imposible que...

—Es el cardenal Franz von Emmerich, arzobispo de Viena.

Donati arrugó el ceño.

—¿Emmerich? No está en la lista de favoritos.

—En la única lista que importa, sí.

—¿Qué lista es esa?

—La que lleva en el bolsillo el obispo Hans Richter.

—¿Planea apoderarse del papado? ¿Es eso lo que me está diciendo?

Ricci asintió en silencio.

—¿Cómo?

—Con dinero, excelencia. ¿Cómo, si no? El dinero hace girar el mundo. Y la Orden de Santa Helena, también.

31

VIA DELLA PAGLIA, TRASTÉVERE

Alessandro Ricci comenzó por recordarle a Donati que durante el último año de papado de Wojtyla había publicado un libro sobre la Orden de Santa Helena que, pese a lo que pudiera parecer por el estado de su piso, le había hecho rico. No millonario, se apresuró a añadir, pero sí lo bastante rico como para cuidar de su madre y de un hermano que no había trabajado ni un solo día en su vida. Al polaco no le gustó el libro. Ni tampoco al obispo Hans Richter, que había accedido a dejarse entrevistar. Desde entonces, no había vuelto a someterse al interrogatorio de un periodista.

Donati se permitió el lujo de sonreír a expensas del obispo Richter.

—Fue muy malo con él.

—¿Leyó usted el libro?

El arzobispo sacó parsimoniosamente otro cigarrillo de su pitillera.

—Continúe.

El libro, explicó Ricci, arrojaba una luz poco halagüeña sobre la estrecha colaboración que mantuvo la Orden con Hitler y los nazis durante la Segunda Guerra Mundial e indagaba en las finanzas de la Orden, que no siempre había sido tan rica. De hecho, durante la depresión de los años treinta su fundador, el padre Ulrich Schiller, se vio obligado a recorrer Europa gorra en mano, pidiendo donativos a personas acaudaladas. Cuando el continente derivó hacia la guerra, Schiller adoptó, sin embargo, un método mucho más lucrativo para llenar sus arcas. Comenzó a extorsionar a judíos ricos exigiéndoles dinero y bienes a cambio de su presunta protección.

—Una de sus víctimas vivía aquí, en el Trastévere. Tenía fábricas en el norte. Pagó a la Orden cientos de miles de liras en metálico, además de varios cuadros de maestros antiguos italianos y una colección de libros raros, a cambio de partidas de bautismo falsas para él y su familia.

—¿No recordará su nombre, por casualidad? —preguntó Gabriel.

—¿Por qué quiere saberlo? —repuso Ricci haciendo gala de su fino oído de periodista veterano.

—Es simple curiosidad, nada más. Las historias relacionadas con el arte me interesan.

—Está todo en mi libro.

—No tendrá un ejemplar por aquí, ¿verdad?

Ricci señaló con la cabeza un pared forrada de libros.

—Se titula *La Orden*.

—Muy pegadizo. —Gabriel se acercó a la estantería y ladeó el cuello.

—Segundo estante, casi al final.

Gabriel sacó el libro y volvió a sentarse.

—Capítulo cuatro —dijo Ricci—. O puede que cinco.

—¿Cuál de los dos?

—El cinco. Sí, el cinco.

Gabriel se puso a hojear el libro mientras su autor seguía hablando de las finanzas de la Orden de Santa Helena. Al acabar la guerra, dijo, la Orden había agotado sus reservas de efectivo. Su suerte cambió con la llegada de la Guerra Fría, cuando el papa Pío XII, embarcado en su cruzada contra el comunismo, colmó de dinero al padre Schiller y a sus sacerdotes ultraderechistas. Juan XXIII, en cambio, les recortó drásticamente el presupuesto. Aun así, a principios de la década de 1980 la Orden no solo gozaba de independencia económica, sino que era fabulosamente rica. Alessandro Ricci no había podido descubrir a qué se debía este cambio en su situación financiera o, al menos, no había podido demostrarlo a gusto de su editor que, temiendo una demanda, había preferido no correr ningún riesgo. Ahora estaba seguro de conocer la identidad del principal benefactor de la Orden. Se trataba de un multimillonario alemán llamado Jonas Wolf.

—Wolf es un católico tradicionalista en cuya capilla privada se celebra a diario la misa tridentina en latín. Es, además, el dueño de un conglomerado empresarial alemán, el Wolf Group, una compañía bastante opaca, por decirlo suavemente. En mi opinión, es ni más ni menos que la Orden de Santa Helena Sociedad Anónima. Es Jonas Wolf quien ha puesto el dinero para comprar el papado.

—¿Y está seguro de que el elegido es Emmerich? —preguntó Donati.

—Lo sé de buena tinta. El sábado por la noche, como muy tarde, Franz von Emmerich se asomará al balcón de San Pedro vestido de blanco. El verdadero papa, sin embargo, será el obispo Richter. —Ricci meneó la cabeza, apesadumbrado—. Parece que la Iglesia no ha cambiado tanto, a fin de cuentas. Refrésqueme la memoria, excelencia. ¿Cuánto pagó Rodrigo Borgia a los Sforza para asegurarse el pontificado en 1492?

—Si no me falla la memoria, fueron cuatro mulas cargadas de plata.

—Eso es una miseria comparado con lo que han pagado Wolf y Richter.

Donati cerró los ojos y se apretó el puente de la nariz.

—¿Cuánto ha costado?

—Los italianos ricos no han sido baratos, precisamente. Los prelados pobres del Tercer Mundo se han llevado un par de cientos de miles cada uno. La mayoría ha aceptado encantada el dinero de la Orden. Pero a algunos ha habido que chantajearlos para que pasaran por el aro.

—¿Chantajearlos? ¿Cómo?

—Como *prefetto* del Archivo Secreto, el cardenal Albanese tiene acceso a gran cantidad de trapos sucios, la mayoría de índole sexual. Tengo entendido que el obispo Richter se ha servido de ellos sin contemplaciones.

—¿Cómo se han pagado los sobornos?

—Para la Orden son donaciones, excelencia, no sobornos. Algo perfectamente admisible, por lo que respecta a la Iglesia. De hecho, sucede constantemente. ¿Se acuerda de ese cardenal estadounidense que estaba implicado en el escándalo de los abusos sexuales? Ha repartido dinero por la curia como si fuera alpiste para intentar salvar su carrera. No era dinero suyo, claro. Eran donaciones de los feligreses de su archidiócesis.

—¿Quién es su fuente? —preguntó Donati—. Y no me venga con zarandajas de presunta integridad periodística.

—Digamos simplemente que mi fuente tiene conocimiento de primera mano de los tejemanejes de Richter.

—¿También a él ha intentado sobornarlo?

Ricci asintió en silencio.

—¿Le ha enseñado alguna prueba? —insistió Donati.

—Fue un ofrecimiento de palabra.

—Eso explica que no haya ido ya a imprenta.

—¿A imprenta? Qué antigualla, excelencia.

—Trabajo para la institución más antigua del planeta. —Donati apagó el cigarrillo como si hubiera jurado no volver a fumar nunca más—. ¿Y ahora cree que voy a decirle todo lo que sé para que pueda escribir su artículo y poner el cónclave patas arriba?

—Si no publico lo que sé, el obispo Richter y su amigo Jonas Wolf van a adueñarse de la Iglesia. ¿Eso es lo que quiere?

—¿Es usted católico practicante, siquiera?

—Hace veinte años que no voy a misa.

—Entonces, por favor, ahórrese esa santurronería. —Donati echó mano de nuevo a la pitillera, pero se detuvo—. Deme hasta el jueves por la noche.

—No puedo esperar tanto. Tengo que publicarlo mañana, como muy tarde.

—Si lo hace, cometerá el mayor error de su carrera.

Ricci miró su reloj.

—Tengo que volver al Vaticano para la conexión con la CNN. ¿Seguro que no tiene nada para mí?

—El Espíritu Santo decidirá quién va a ser el nuevo pontífice de Roma.

—Lo dudo mucho. —Ricci se volvió hacia Gabriel, que seguía con la vista fija en el libro—. ¿Ha encontrado lo que buscaba, señor Allon?

—Sí. Creo que sí. —Gabriel levantó el libro—. ¿Le importa que me lo quede?

—Lo siento, es el último ejemplar que tengo. Pero todavía está a la venta.

—Es una suerte para usted —dijo Gabriel devolviéndole el libro—. Tengo la sensación de que va a volver a convertirse en un *bestseller*.

32

TRASTÉVERE, ROMA

Después de salir del piso de Alessandro Ricci, Gabriel y Donati pasaron largo rato deambulando por las calles del Trastévere —la Regio XIV, como la conocería Pilatos—, aparentemente sin rumbo ni dirección. Donati estaba de un humor tan negro como su sotana. Aquel era el Luigi Donati que había hecho tantos enemigos dentro de la curia romana, pensó Gabriel. El cancerbero implacable del papa, el domador vestido de negro, con su silla y su látigo. Pero también era un hombre de inmensa fe religiosa sobre el que —como le ocurría a Gabriel— pesaba la maldición de un sentido inflexible del bien y el mal. No le asustaba ensuciarse las manos, ni tenía por costumbre ofrecer la otra mejilla. Al contrario: si se le presentaba la ocasión, prefería, por lo general, el contraataque.

Una *piazza* rectangular se abría ante ellos. A un lado había una *gelateria*. Al otro se alzaba la iglesia de Santa Maria della Scala. A pesar de lo tarde que era, las puertas del templo estaban abiertas. Varios jóvenes romanos, hombres y mujeres de veintitantos años, estaban sentados en los escalones, riendo. Al verlos, el humor de Donati pareció mejorar fugazmente.

—Tengo que hacer una cosa.

Entraron en la iglesia. La nave estaba iluminada por la luz de las velas y llena de cerca de un centenar de jóvenes católicos, muchos de ellos inmersos en animadas conversaciones. Dos cantantes folk tocaban la guitarra al pie del altar y en los pasillos laterales media docena de curas se sentaba en sillas plegables, dispuestos a ofrecer guía espiritual y a oír a los fieles en confesión.

Donati contempló la escena con visible satisfacción.

—Es un programa que creamos Lucchesi y yo hace unos años. Una o dos veces por semana, abrimos una de las iglesias históricas del centro para ofrecer a los jóvenes un lugar en el que pasar unas horas alejados de las distracciones del mundo exterior. Como verás, no hay muchas normas. Encender una vela, rezar una plegaria, hacer nuevos amigos. Personas a las que les interesen otras cosas, aparte de colgar fotografías suyas en las redes sociales. Y que conste que no los desanimamos a compartir sus experiencias en Internet, si se sienten inclinados a hacerlo. —Bajó la voz—. Hasta la Iglesia tiene que adaptarse a los nuevos tiempos.

—Es estupendo.

—No estamos tan muertos como quieren pensar nuestros detractores. Esta es mi Iglesia en acción. Es la Iglesia del futuro. —Donati señaló un banco vacío—. Ponte cómodo. No tardo nada.

—¿Adónde vas?

—Cuando perdí a Lucchesi, perdí también a mi confesor.

Se acercó al pasillo lateral y se sentó frente a un cura joven, que se sobresaltó visiblemente al verlo. Cuando se hubo disipado su apuro por hallarse ante el arzobispo, el joven sacerdote adoptó una expresión muy seria y escuchó cómo el exsecretario privado del papa descargaba su alma. Gabriel no tuvo más remedio que preguntarse qué faltas podía haber cometido su viejo amigo estando enclaustrado en el Palacio Apostólico. Siempre le había dado cierta envidia el sacramento católico de la confesión. Era mucho menos engorroso que el calvario de un día de ayuno y expiación que se habían impuesto a sí mismos los judíos.

Donati tenía los codos apoyados en las rodillas y se había inclinado hacia delante. Gabriel miró en línea recta, hacia la pequeña cruz de oro —el instrumento de la brutalidad romana— que remataba el baldaquino. El emperador Constantino decía haber visto el símbolo de la cruz en el cielo, sobre el puente Milvio, y la había convertido en el símbolo de la nueva fe. Para los judíos de la Europa medieval, sin embargo, la cruz era un símbolo de terror. Los cruzados que masacraron a los antepasados de Gabriel en Renania de camino a Jerusalén la llevaban estampada en rojo en la túnica. Muchos de los asesinos que arrojaron a millones de personas a las llamas en Treblinka, Sobibor, Chelmno, Belzec, Majdanek y Birkenau llevaban una cruz colgada del cuello, y nunca recibieron una sola palabra de reproche de su líder espiritual en Roma.

«Caiga su sangre sobre nosotros y sobre nuestros hijos»...

Tras recibir la absolución del joven sacerdote, Donati cruzó la nave, se arrodilló al lado de Gabriel y agachó la cabeza en oración. Pasado un rato, se persignó y se sentó en el banco.

—He rezado también por ti. Supongo que no te vendrá mal.

—Me alegra saber que conservas tu sentido del humor.

—Pende de un hilo, te lo aseguro. —Donati miró a los dos cantantes de las guitarras—. ¿Qué canción es la que están tocando?

—¿Y me lo preguntas a mí?

Donati se rio quedamente.

—¿Sabes? —dijo Gabriel—, se supone que estoy de vacaciones con mi mujer y mis hijos.

—Unas vacaciones puedes tomártelas en cualquier momento.

—No, la verdad es que no.

Donati no contestó.

—Hay una salida relativamente fácil para resolver esto —afirmó Gabriel—. Puedes convertirte en la segunda fuente del reportaje de Ricci. Contárselo todo. Dejar que se haga público, que estalle el escándalo. En esas circunstancias, la Orden de Santa Helena no se atreverá a seguir adelante con su plan.

—Subestimas al obispo Richter. —Donati paseó la mirada por la nave—. ¿Y qué hay de esto? ¿Qué opinarán estos jóvenes de su Iglesia en ese caso?

—Vale más un escándalo temporal que tener por papa a Emmerich.

—Puede ser. Pero eso nos privaría de una oportunidad valiosa de asegurarnos de que el próximo papa concluya la tarea que inició mi jefe. —Donati le miró de soslayo—. No creerás de verdad esa tontería de que es el Espíritu Santo el que elige al papa, ¿verdad?

—Ni siquiera sé qué es el Espíritu Santo.

—Descuida, no eres el único.

—¿Tienes algún candidato en mente? —preguntó Gabriel.

—Mi jefe y yo concedimos el solideo rojo a varios hombres que serían papas excelentes. Solo necesito hablar con los cardenales electores antes de que entren en la Capilla Sixtina para la primera votación.

—¿El viernes por la tarde?

Donati negó con la cabeza.

—Entonces será ya muy tarde. Tendría que ser el jueves por la noche, como mucho. Cuando los cardenales estén encerrados en la Casa Santa Marta.

—¿No están recluidos?

—En teoría sí, pero en realidad su encierro es bastante poroso. Por otra parte, no hay ninguna garantía de que el decano del Colegio Sagrado vaya a permitirme hablar con ellos. A no ser que tenga pruebas irrefutables de que la Orden trama una conspiración. —Donati palmeó suavemente el hombro de Gabriel—. No creo que eso sea muy difícil para un hombre en tu posición.

—Dijiste lo mismo sobre Niklaus Janson.

—¿Sí? —Donati sonrió—. También me gustaría que me trajeras pruebas de que la Orden mató a mi jefe. Y el libro, claro. No nos olvidemos del Evangelio de Pilatos.

Gabriel se quedó mirando la cruz dorada del baldaquino.

—Tranquilo, excelencia. No nos olvidamos.

33

EMBAJADA DE ISRAEL EN ROMA

Gabriel dejó a Donati en la Curia Jesuita y se fue a la embajada israelí. Guardó la primera página del Evangelio de Pilatos en una caja fuerte de la Oficina, en el sótano, y llamó a Yuval Gershon, de la Unidad 8200, a través del teléfono seguro del Sanctasanctórum. Era más de medianoche en Tel Aviv. Gershon estaba ya acostado.

—¿Qué pasa ahora? —preguntó con fastidio.

—Un conglomerado empresarial alemán llamado Wolf Group.

—¿Alguien en concreto?

—*Herr* Wolf.

—¿Profundidad?

—Proctológica.

Gershon exhaló un suspiro sobre el micrófono del aparato.

—Y yo que creía que ibas a pedirme un imposible.

—A eso voy ahora.

—¿Buscas algo en concreto?

Gabriel mencionó varios nombres y palabras clave. Uno de los nombres era el suyo. Otro, el del militar romano que ostentó el cargo de prefecto de Judea desde aproximadamente el año 26 d. C. a diciembre del 36.

—¿Ese Poncio Pilatos? —preguntó Gershon.

—¿Cuántos Poncios Pilatos conoces, Yuval?

—Imagino que esto tiene algo que ver con nuestra visita al Archivo Secreto.

Gabriel contestó que sí y le insinuó que, durante su incursión en el Archivo, alguien le había dado la primera página de un documento muy interesante.

—¿Quién?

—Un religioso, el padre Joshua.

—Qué raro.

—¿Por qué?

—Porque el arzobispo Donati y tú erais las únicas personas que había en el depósito de manuscritos.

—Hablamos con él.

—Si tú lo dices. ¿Qué más?

—El Instituto para las Obras de Religión, más conocido como Banco Vaticano. Acabo de mandarte por correo electrónico una lista de nombres. Quiero saber si alguno ha recibido pagos importantes últimamente.

—Define «importantes».

—De seis cifras o más.

—¿De cuántos nombres hablamos?

—Ciento dieciséis.

Gershon masculló un improperio.

—¿Olvidas que tengo fotos tuyas vestido de cura?

—Te lo compensaré, Yuval.

—¿Quiénes son estos tipos?

—Los cardenales que van a elegir al nuevo papa.

Gabriel cortó la conexión y marcó el número de Yossi Gavish, el jefe de la división de análisis de la Oficina. Nacido en Golders Green y educado en Oxford, Gavish hablaba hebreo con marcado acento británico.

—El padre Gabriel, supongo.

—Revisa tu bandeja de entrada, hijo mío.

Pasó un momento.

—Me encanta, jefe. Pero ¿quién es?

—Un miembro seglar de algo llamado la Orden de Santa Helena, aunque tengo la sensación de que puede ser uno de los nuestros. Enseña la foto por allí y mándala a la delegación de Berlín.

—¿Por qué a Berlín?

—Porque habla alemán con acento bávaro.

—Temía que dijeras eso.

Gabriel colgó e hizo una llamada más. Chiara contestó con voz de dormida.

—¿Dónde estás? —preguntó.

—En un sitio seguro.

—¿Cuándo vuelves?

—Pronto.

—¿Qué significa eso?

—Significa que primero tengo que encontrar una cosa.

—¿Algo bueno?

—¿Te acuerdas de cuando Eli y yo encontramos las ruinas del Templo de Salomón?

—¿Cómo voy a olvidarlo?

—Pues puede que esto sea mejor.

—¿Puedo hacer algo por ayudar?

—Cierra los ojos —dijo Gabriel—. Deja que te oiga dormir.

Pasó la noche en un catre de la delegación y a las siete y media de la mañana llamó al general Cesare Ferrari y le informó de que necesitaba que el fabuloso laboratorio de la Brigada Arte analizara un documento. No le dijo, en cambio, qué documento era ni dónde lo había encontrado.

—¿Por qué necesitas nuestros laboratorios? Los vuestros son los mejores del mundo.

—No tengo tiempo de mandarlo a Israel.

—¿De qué tipo de pruebas hablamos?

—Análisis del papel y la tinta. También me gustaría que determinarais la antigüedad.

—¿Es un documento antiguo?

—De hace unos siglos —contestó Gabriel.

—¿Seguro que es papel, no vitela?

—Eso me han dicho.

—Tengo una reunión de personal en el *palazzo* a las diez y media. —El *palazzo* era la elegante sede de color crema de la Brigada Arte en la Piazza di Sant'Ignazio—. Pero si te pasas por la sala del fondo del Caffé Greco a las nueve y cuarto, quizá me encuentres disfrutando de un capuchino y un *cornetto*. Y, por cierto —añadió Ferrari antes de colgar—, yo también tengo que enseñarte una cosa.

Gabriel llegó con unos minutos de antelación. El general Ferrari tenía la sala para él solo. Sacó de su viejo maletín de piel un portafolios de color marrón y, del sobre, ocho fotografías grandes que colocó en fila sobre la mesa. En la última aparecía Gabriel sacándole la cartera del bolsillo a Niklaus Janson.

—¿Desde cuándo el comandante de la Brigada Arte ve las fotos de vigilancia de una investigación por asesinato?

—El jefe de la Polizia quería que les echaras una ojeada. Confiaba en que pudieras identificar al asesino.

El general puso otra fotografía encima de la mesa. Un hombre con casco de motorista y chaqueta de cuero, el brazo derecho tieso y una pistola en la mano. Cerca de él, una mujer que había visto la pistola abría la boca para gritar. Gabriel lamentó no haberla visto él también. Quizá, si la hubiera visto, Niklaus Janson seguiría vivo.

Examinó la ropa del pistolero.

—Imagino que no tienes ninguna sin el casco.

—Me temo que no. —Ferrari devolvió las fotografías al portafolios—. Quizá deberías enseñarme ese documento tuyo.

El documento estaba guardado dentro de un maletín de acero inoxidable. Gabriel lo sacó y se lo pasó sin decir palabra. El general lo observó a través de la funda protectora de plástico.

—¿El Evangelio de Pilatos? —Miró a Gabriel—. ¿De dónde has sacado esto?

—Del Archivo Secreto Vaticano.

—¿Te lo dieron ellos?

—No exactamente.

—¿Qué quieres decir con eso?

—Que Luigi y yo entramos en el Archivo y nos lo llevamos.

El general Ferrari volvió a mirar el documento.

—Supongo que está relacionado con la muerte del santo padre.

—Con el asesinato del santo padre —puntualizó Gabriel en voz baja.

El general Ferrari no se inmutó.

—No pareces muy sorprendido, Cesare —comentó Gabriel.

—Deduje que el arzobispo Donati sospechaba de las circunstancias en que se había producido la muerte del santo padre en cuanto me pidió que contactara contigo en Venecia.

—¿Te habló también de un guardia suizo desaparecido?

—Es posible. Y de una carta perdida, además. —El general sostuvo en alto la página—. ¿Este documento es lo que Lucchesi quería que vieras?

Gabriel asintió.

—En ese caso, no hay razón para hacerlo analizar. El santo padre no habría intentado hacértelo llegar si no fuera auténtico.

—Me quedaría más tranquilo si supiera cuándo se escribió y de dónde proceden el papel y la tinta.

El general lo examinó a la luz de la lámpara del techo.

—Tienes razón, es papel, no hay duda.

—¿Qué antigüedad podría tener?

—Los primeros molinos de papel italianos se establecieron en Fabriano a fines del siglo XIII, y durante el siglo XV el papel fue sustituyendo poco a poco al pergamino en la fabricación de libros. Había molinos en Florencia, Treviso, Milán, Bolonia, Parma y tu amada Venecia. Creo que podremos determinar si este se fabricó en alguno de ellos. Pero las pruebas llevan su tiempo.

—¿Cuánto tardaréis?

—Para hacerlo bien... varias semanas.

—Voy a necesitar los resultados un pelín antes.

El general suspiró.

—Si no fuera por ti —añadió Gabriel—, a estas horas estaría en Venecia con mi familia.

—¿Por mí? —El general meneó la cabeza—. Yo solo hice de mensajero. Fue Pietro Lucchesi quien te mandó llamar. —Miró el portafolios de color marrón—. Puedes quedarte con las fotos. Un pequeño recuerdo de tu visita relámpago a nuestro país. No te preocupes por la Polizia. Ya se me ocurrirá algo que decirles. Siempre se me ocurre.

El general se marchó sin añadir nada más. Gabriel miró su móvil y vio que tenía un mensaje de Christoph Bittel, su amigo del servicio de seguridad suizo.

Llámame lo antes posible. Es importante.

Marcó. Bittel contestó al instante.

—Por Dios santo, ¿por qué has tardado tanto?

—Por favor, dime que está bien.

—¿Stefani Hoffmann? Sí, está bien. Te llamo por lo del hombre de tu boceto.

—¿Qué pasa con él?

—Es mejor que no lo hablemos por teléfono. ¿Cuándo puedes estar en Zúrich?

34

CAPILLA SIXTINA

De la Capilla Sixtina llegaba el estruendo profano de los martillazos. El cardenal Domenico Albanese subió los dos peldaños y entró. Una rampa de madera recién instalada conducía a la puerta de la *trasenna*, la celosía de mármol que dividía en dos la capilla. Más allá, una tarima temporal, forrada con moqueta de color beis, cubría el suelo. Bordeaban la capilla doce largas mesas dispuestas en dos filas de tres a cada lado y cubiertas con tapete marrón claro y faldas plisadas en tono magenta.

En el centro había una mesita labrada con patas curvas y finas. De momento, la mesa estaba vacía, pero el viernes por la tarde, cuando los cardenales electores entraran en procesión en la capilla para dar inicio al cónclave, habría encima de ella una Biblia abierta por la primera página del Evangelio de Mateo. Todos los cardenales, incluido Albanese, pondrían la mano sobre la Biblia y jurarían guardar en secreto las deliberaciones del cónclave y no conspirar con «ningún individuo o grupo de personas» que intentara interferir en la elección del siguiente romano pontífice. Incumplir un juramento tan sagrado sería un pecado muy grave. Un pecado capital, pensó Albanese.

El ruido de los martillazos le hizo salir de su ensimismamiento. Los obreros estaban levantando una plataforma para las cámaras cerca de las estufas. La primera hora del cónclave —la procesión de apertura, el canto del *Veni Creator Spiritus* y la ceremonia de juramento— se emitiría por televisión. Después, el cardenal maestro de ceremonias proclamaría el *Extra omnes* y las puertas se cerrarían con llave por fuera.

Dentro se efectuaría una primera votación, aunque solo fuera para sondear el ambiente. Los escrutadores y revisores desempeñarían su labor comprobando y revisando el recuento de votos. Si había que hacerle caso a la rumorología previa al cónclave, el cardenal José María Navarro se pondría en cabeza en esta primera ronda. A continuación, se quemarían las papeletas en la más antigua de las dos estufas. La otra expelería al mismo tiempo una fumata cuyo color negro se lograba mediante aditivos químicos. De ese modo, los fieles reunidos en la plaza de San Pedro —y los infieles que estarían pendientes de sus portátiles en el centro de prensa del Vaticano— sabrían que la Iglesia de Roma aún no tenía sumo pontífice.

La ventaja del cardenal Navarro se reduciría en la segunda votación. Y de la tercera saldría otro nombre, el del cardenal Franz von Emmerich, arzobispo de Viena y miembro secreto de la Orden de Santa Helena. A la quinta ronda de votaciones, Emmerich sería imparable. A la sexta, se haría con el papado. No, pensó Albanese de repente. La Orden se haría con el papado.

No creían que fuera a costarles mucho tiempo deshacer las modestas reformas introducidas por Lucchesi y Donati. Todo el poder estaría centralizado en el Palacio Apostólico y toda disidencia se sofocaría implacablemente. No volvería a hablarse del sacerdocio femenino ni de que los sacerdotes pudieran casarse. Se acabarían las encíclicas sentimentaloides sobre el cambio climático, la pobreza, los derechos de trabajadores e inmigrantes y el peligro que representaba el ascenso de la extrema derecha en Europa Occidental. De hecho, el nuevo secretario de Estado forjaría estrechos lazos de colaboración entre la Santa Sede y los líderes autoritarios de Italia, Alemania, Austria y Francia, todos ellos católicos doctrinarios que servirían como baluarte contra la secularización de la sociedad, el socialismo democrático y, cómo no, el islam.

Albanese se acercó al altar. Detrás estaba el *Juicio final* de Miguel Ángel, con su torbellino de almas que se elevaban hacia el cielo o se precipitaban a las profundidades del infierno. El fresco siempre removía algo dentro de Albanese. Por ese motivo se había hecho cura, por el miedo a penar para toda la eternidad en el vacío del averno. Ese temor había vuelto a agitarse en su interior tras muchos años de yacer aletargado. Sí, el obispo Richter le había dado la absolución por su papel en el asesinato de Pietro Lucchesi. Pero en su fuero interno Albanese no creía que un pecado mortal de esa gravedad pudiera perdonarse. Era el padre Graf quien había perpetrado el hecho, ciertamente, pero él había actuado como cómplice tanto antes como después del asesinato. Había desempeñado su papel impecablemente, con una sola salvedad: no había logrado encontrar la carta, la carta que Lucchesi le estaba escribiendo a Gabriel Allon acerca del libro que había descubierto en el Archivo Secreto. La única explicación era que aquel chico, Janson, se la hubiera llevado. El padre Graf también había matado a Janson. Dos asesinatos. Dos máculas negras en el alma de Albanese.

Razón de más para que el cónclave saliera exactamente como estaba planeado. Le correspondía a él asegurarse de que los cardenales electores que habían aceptado el dinero de la Orden votaran por Emmerich en el momento oportuno. Si el austriaco se ponía en cabeza repentinamente, habría sospechas de tongo. El apoyo a Emmerich debía ir creciendo gradualmente, voto a voto, de tal modo que todo pareciera natural. En cuanto el austriaco se vistiera de blanco, la Orden no tendría que temer que se descubriera su maniobra. El Vaticano era una de las últimas monarquías absolutas del mundo, una dictadura religiosa. No habría investigación ni se exhumaría el cadáver del pontífice muerto. Sería casi como si aquello nunca hubiera ocurrido.

A menos, pensó Albanese, que la situación diera un vuelco inesperado, como había ocurrido la mañana anterior en el Archivo Secreto. Gabriel Allon y el arzobispo Donati habían descubierto algo, no había duda. Albanese ignoraba qué era. Solo sabía que, al salir del

Archivo, habían viajado a Asís para entrevistarse con el padre Robert Jordan, el mayor experto de la Iglesia católica en los evangelios apócrifos. Después habían vuelto a Roma, donde se habían reunido con Alessandro Ricci, el mayor experto del mundo en la Orden de Santa Helena. No era buena señal, desde luego.

—Verdaderamente magnífico, ¿verdad?

Albanese se volvió, sobresaltado.

—Disculpe —dijo el obispo Richter—, no quería molestarle.

El cardenal se dirigió a su superior general con una formalidad distante y fría.

—Buenos días, excelencia. ¿Qué le trae por la Sixtina?

—Me han dicho que encontraría aquí al camarlengo.

—¿Hay algún problema?

—En absoluto. De hecho, tengo buenas noticias.

—¿Cuáles?

Richter sonrió.

—Gabriel Allon acaba de marcharse de Roma.

35

ZÚRICH

Eran las cuatro y media cuando Gabriel llegó a Zúrich. Cogió un taxi para ir a Paradeplatz, la plaza de San Pedro de la banca suiza, y siguió luego a pie por la señorial Bahnhofstrasse, hasta llegar al extremo norte del Zürichsee. Un BMW se detuvo a su lado en el General-Guisan-Quai. Sentado al volante iba Christoph Bittel. Calvo y con gafas, Bittel parecía un gnomo más de los muchos que a esa hora regresaban a casa, a los barrios residenciales situados a orillas del lago, tras pasar una larga jornada contabilizando las riquezas ocultas de jeques árabes y oligarcas rusos.

Gabriel se dejó caer en el asiento del copiloto.

—¿Por dónde íbamos?

—Por el tipo del retrato. —Bittel se incorporó al intenso tráfico de esa hora de la tarde—. Siento haber tardado tanto en darme cuenta. Hacía unos años que no lo veía.

—¿Cómo se llama?

—Estermann —contestó Bittel—. Andreas Estermann.

Como sospechaba Gabriel, Estermann era un profesional. Había trabajado treinta años en el BfV, el servicio de seguridad interior de Alemania. Lógicamente, el BfV tenía estrechos vínculos con el NDB, el servicio secreto suizo. En los primeros tiempos de su carrera, Bittel había viajado en una ocasión a Colonia para informar a sus homólogos alemanes acerca de la actividad del espionaje soviético en Berna y Ginebra. Estermann era su contacto.

—Cuando acabó la reunión, me invitó a una copa, lo que era raro.

—¿Por qué?

—Estermann no prueba el alcohol.

—¿Es que tiene algún problema?

—Tiene muchos, pero el alcohol no es uno de ellos.

Durante los años que siguieron a ese primer encuentro, Bittel y el alemán siguieron coincidiendo de tanto en tanto, como suele ocurrir entre quienes se dedican al espionaje. Ninguno de los dos era lo que se dice un hombre de acción. Eran, más que agentes operativos, burócratas policiales. Llevaban a cabo investigaciones, redactaban informes y asistían a incontables reuniones en las que lo más difícil de todo era mantenerse despierto. Cada vez que sus caminos se cruzaban, comían o cenaban juntos. Estermann solía hacerle llegar información a Bittel prescindiendo de los canales habituales y el suizo le devolvía el favor cuando le era posible, aunque siempre con la autorización de sus superiores, que consideraban a Estermann un contacto interesante.

—Y entonces se estrellaron los aviones contra las Torres Gemelas y todo cambió. Sobre todo, Estermann.

—¿Y eso?

—Se pasó de contraespionaje a contraterrorismo un par de años antes del Once de Septiembre, igual que yo. Decía que había tenido enfilada a la célula de Hamburgo desde el principio. Que podría haber atajado el complot si sus superiores le hubieran dejado hacer su trabajo como es debido.

—¿Y era verdad?

—¿Que él solo podría haber impedido el peor atentado terrorista de la historia? —Bittel negó con la cabeza—. Quizá Gabriel Allon hubiera podido. Pero Andreas Estermann, no.

—¿En qué sentido cambió?

—Se volvió increíblemente intransigente.

—¿Contra quién?

—Contra los musulmanes.

—¿Al Qaeda?

—No solo Al Qaeda. Detestaba a todos los musulmanes; sobre todo, a los que vivían en Alemania. Era incapaz de distinguir entre un yihadista acérrimo y un marroquí pobre o un turco que vienen a Europa buscando una vida mejor. La cosa empeoró después del atentado del Vaticano. Perdió toda perspectiva. Se me hacía difícil soportar su compañía.

—Pero ¿mantuvisteis el contacto?

—Somos un servicio pequeño y Estermann era un multiplicador de fuerza. Igual que tú, Allon —contestó el suizo con una sonrisa.

Entró en el aparcamiento de un puerto deportivo, en la ribera oeste del lago. Al final del espigón había una cafetería. Se sentaron en la terraza a pesar de que la tarde estaba ventosa. Bittel pidió dos cervezas y contestó a varios mensajes que había recibido durante el trayecto en coche desde el centro de Zúrich.

—Perdona. Estamos un poco nerviosos estos días.

—¿Por qué?

—Por los atentados en Alemania. —Bittel lo miró por encima de su móvil—. No sabrás por casualidad quién está detrás, ¿no?

—Mis analistas opinan que se trata de una red nueva.

—Lo que nos hacía falta.

Llegó la camarera con sus cervezas. Era una mujer morena, de unos veinticinco años, muy guapa, una refugiada siria o iraquí, quizá. Cuando le puso la botella delante a Gabriel, él le dio las gracias en árabe. Siguió una breve conversación de cortesía. Luego, sonriendo, la mujer se retiró.

—¿De qué hablabais? —preguntó Bittel.

—Le ha extrañado que nos hayamos sentado aquí fuera con este frío, en vez de dentro.

—¿Qué le has dicho?

—Que somos agentes de espionaje y que no nos gusta hablar en habitaciones poco seguras.

Bittel hizo una mueca y dio un trago a su cerveza.

—Por suerte para ti Estermann no te ha visto hablando con ella así. No entiende que se trate con respeto a los inmigrantes musulmanes. Ni que se hable su idioma.

—¿Qué opina de los judíos?

Bittel se puso a pellizcar la etiqueta de su botella de cerveza.

—Adelante, Bittel. No vas a herir mis sentimientos.

—Es un poquito antisemita.

—Menuda sorpresa.

—Suelen ir de la mano.

—¿El qué?

—La islamofobia y el antisemitismo.

—¿Estermann y tú hablasteis de religión alguna vez?

—Continuamente. Sobre todo, después del atentado del Vaticano. Es un católico devoto.

—¿Y tú?

—Yo soy del cantón de Nidwalden. Me crie en una familia católica, me casé con una chica católica en una ceremonia oficiada por la Iglesia y mis tres hijos están bautizados.

—¿Pero?

—No he vuelto a misa desde que se destapó el escándalo de los abusos sexuales.

—¿Sigues las enseñanzas del Vaticano?

—¿Por qué voy a seguirlas si no las siguen ni ellos?

—Imagino que Estermann no estaba de acuerdo contigo.

Bittel asintió.

—Es miembro seglar de una orden ultraconservadora que tiene su sede aquí, en Suiza.

—La Orden de Santa Helena.

Bittel entornó los ojos.

—¿Cómo lo sabes?

Gabriel contestó con una evasiva.

—Supongo que Estermann intentó que te unieras a la Orden.

—Era una especie de evangelista. Decía que podía ser miembro secreto, que nadie lo sabría, aparte de su obispo. También dijo que había un montón de gente como nosotros en la Orden.

—¿Como nosotros?

—Agentes de inteligencia y de cuerpos de seguridad. Y también políticos y empresarios importantes. Me contó que la Orden haría maravillas por mí cuando dejara el NDB.

—¿Cómo reaccionaste?

—Le dije que no me interesaba y cambié de tema.

—¿Cuándo fue la última vez que hablaste con él?

—Hace cinco años, como mínimo. Seis, seguramente.

—¿Cuál fue el motivo de la conversación?

—La jubilación de Estermann del BfV. Quería darme sus nuevos datos de contacto. Por lo visto, se ha hecho de oro. Trabaja para una gran empresa alemana con sede en Múnich.

—¿El Wolf Group?

—¿Cómo lo...?

—Pura casualidad —contestó Gabriel.

—Estermann me dijo que lo llamara cuando quisiera dejar el NDB. El Wolf Group tiene oficinas aquí, en Zúrich. Me aseguró que saldría ganando.

—¿Por casualidad no tendrás su número de móvil?

—Claro. ¿Por qué?

—Me gustaría que le tomaras la palabra. Dile que vas a estar en Múnich el miércoles por la noche. Que quieres hablar con él sobre tu futuro.

—Pero no puedo ir a Múnich el miércoles.

—Eso no tiene por qué saberlo.

—¿Qué propones exactamente?

—Que quedéis para tomar una copa en algún sitio tranquilo.

—Ya te he dicho que no bebe. Solo Coca-Cola Light. Siempre Coca-Cola Light. —Bittel dio unas palmaditas en la mesa, pensativo—. Hay un sitio en Beethovenplatz, el Café Adagio. Muy elegante. Y discreto. La cuestión es qué va a pasar cuando llegue allí.

—Voy a hacerle unas preguntas.

—¿Sobre qué?

—Sobre la Orden de Santa Helena.

—¿Por qué te interesa la Orden?

—Han matado a un amigo mío.

—¿A quién?

—A su santidad el papa Pablo VII.

El semblante de Bittel no reveló ninguna emoción, y mucho menos sorpresa.

—Ahora entiendo por qué querías que vigilara a esa tal Hoffmann.

—Manda el mensaje, Bittel.

Los pulgares del suizo permanecieron inmóviles sobre el teléfono.

—¿Sabes qué pasará si me vinculan con esto de la manera que sea?

—Que la Oficina perderá un socio valioso. Y yo perderé un amigo.

—No estoy seguro de querer ser tu amigo, Allon. Todos tus amigos acaban muertos, o eso parece, al menos. —Bittel escribió el mensaje y tocó la tecla de enviar. Pasaron cinco largos minutos antes de que un tintineo anunciara la llegada de una respuesta—. Ya está. El miércoles a las seis de la tarde en el Café Adagio. Estermann dice que le apetece mucho.

Gabriel contempló las aguas negras del lago.

—Ya somos dos.

36

MÚNICH

Salvo durante unos pocos días en septiembre de 1972, a la Oficina nunca le había interesado mucho Múnich. A pesar de ello, y aunque solo fuera por razones sentimentales, Intendencia seguía teniendo un chalé de buen tamaño en el barrio bohemio de Schwabing, no muy lejos del Englischer Garten. Al llegar, a las diez y cuarto de la mañana siguiente, Eli Lavon contempló malhumorado los muebles aparatosos y antiguos del salón.

—No me puedo creer que estemos aquí otra vez. —Miró a Gabriel con el ceño fruncido—. Se suponía que estabas de vacaciones.

—Sí, lo sé.

—¿Qué ha pasado?

—Una muerte en la familia.

—Cuánto lo siento.

Lavon tiró su bolsa de viaje al sofá. Tenía el pelo revuelto, fino y escaso y una cara tan anodina y fácil de olvidar que hasta al retratista más dotado le habría costado plasmarla en óleo sobre lienzo. Parecía un pobre diablo pero era, en realidad, un depredador nato capaz de seguir a un espía bien entrenado o a un terrorista veterano por cualquier calle del mundo sin despertar la menor sospecha. Ahora dirigía la división de la Oficina conocida como Neviot, entre cuyos agentes había expertos en vigilancia, carteristas, ladrones y especialistas en colocar cámaras ocultas y dispositivos de escucha detrás de cualquier puerta cerrada.

—El otro día vi una foto tuya muy interesante. Ibas vestido de cura y estabas entrando en el Archivo Secreto Vaticano con tu amigo Luigi Donati. Me dio rabia no estar allí. —Lavon sonrió—. ¿Encontraste algo interesante?

—Podría decirse así.

Lavon levantó una de sus manitas.

—Venga, cuenta.

—Deberíamos esperar a que lleguen los demás.

—Ya están de camino. Todos. —Lavon encendió su mechero—. Imagino que estamos aquí por el trágico fallecimiento de su santidad el papa Pablo VII.

Gabriel asintió en silencio.

—Deduzco que su santidad no murió por causas naturales —añadió Lavon.

—No. No murió por causas naturales.

—¿Tenemos algún sospechoso?

—Una orden católica con sede en el cantón de Zug.

Lavon se quedó mirándolo entre una nube de humo.

—¿La Orden de Santa Helena?

—¿La conoces?

—Por desgracia tuve que vérmelas con la Orden en una vida anterior.

Durante un largo paréntesis lejos de la Oficina, Lavon había dirigido una pequeña agencia de investigación en Viena llamada Reclamaciones y Pesquisas de Guerra. A pesar de lo ajustado de su presupuesto, había logrado dar con la pista de bienes expoliados por los nazis durante el Holocausto por valor de varios millones de dólares. Abandonó Viena después de que una bomba destruyera su oficina y matara a dos jóvenes empleadas suyas. El autor del atentado, un exoficial de las SS llamado Erich Radek, había muerto en una cárcel israelí gracias a Gabriel, que consiguió detenerlo.

—Fue un caso relacionado con una familia vienesa apellidada Feldman —explicó Lavon—. El patriarca, Samuel Feldman, se dedicaba a la exportación de tejidos de lujo y estaba muy bien situado. En otoño de 1937, cuando los nubarrones de tormenta ya se cernían sobre Austria, dos curas de la Orden se presentaron en el piso donde vivían los Feldman, en el Primer Distrito. Uno de ellos era el fundador de la Orden, el padre Ulrich Schiller.

—¿Y qué quería el padre Schiller de Samuel Feldman?

—Dinero. ¿Qué iba a querer?

—¿Qué le ofreció a cambio?

—Partidas de bautismo. Feldman estaba desesperado y le entregó una suma importante de dinero en metálico y otros bienes, incluyendo varios cuadros.

—¿Y cuando los nazis entraron en Viena en marzo de 1938?

—No aparecieron ni el padre Schiller, ni las partidas de bautismo que les había prometido. Feldman fue deportado junto con casi toda su familia al distrito de Lublin, en Polonia, donde los asesinaron los Einsatzgruppen. Isabel, una de sus hijas, que era pequeña todavía, sobrevivió a la guerra escondida en Viena. Vino a verme cuando estalló el escándalo de la banca suiza y me contó la historia de la familia.

—¿Qué hiciste?

—Pedí cita para ver al obispo Hans Richter, el superior general de la Orden de Santa Helena. Nos reunimos en su monasterio medieval, en Menzingen. Un tipo de cuidado, el obispo. Hubo momentos en que tuve que recordarme que estaba hablando con un sacerdote católico. Ni que decir tiene que salí con las manos vacías.

—¿Lo dejaste correr?

—¿Yo? Claro que no. Y en menos de un año descubrí otros cuatro casos en los que la Orden había pedido donaciones a judíos prometiéndoles a cambio protección. El obispo Richter no quiso volver a recibirme, así que le entregué todo el material a un periodista de investigación italiano, un tal Alessandro Ricci. Encontró unos cuantos casos más, entre ellos el de un judío romano muy rico que entregó a la Orden varios cuadros y libros raros muy valiosos en 1938. No recuerdo su nombre, lo siento.

—Emanuele Giordano.

Lavon lo miró por encima del ascua de su cigarrillo.

—¿Cómo es posible que sepas su nombre?

—Hablé con Alessandro Ricci ayer tarde, en Roma. Me contó que la Orden de Santa Helena planea hacerse con el cónclave y elegir como papa a uno de sus miembros.

—Conociendo a la Orden, habrá dinero de por medio.

—Sí.

—¿Por eso mataron al papa?

—No —contestó Gabriel—. Lo mataron porque quería darme un libro.

—¿Un libro? ¿Qué libro?

—¿Te acuerdas de cuando encontramos las ruinas del Templo de Salomón?

Lavon se rascó el pecho distraídamente.

—¿Cómo voy a olvidarlo?

Gabriel sonrió.

—Pues esto es mejor.

La Oficina, al igual que la Iglesia católica romana, se regía por una doctrina dogmática muy antigua. Sagrada e inviolable, dicha doctrina dictaba que los miembros de un equipo operativo numeroso viajaran a su destino siguiendo itinerarios distintos. Las circunstancias del caso, sin embargo, exigieron que los ocho miembros del equipo llegaran a Múnich en el mismo vuelo de El Al. Aun así, se presentaron escalonadamente en el piso franco, aunque solo fuera por no llamar la atención de los vecinos.

El primero en llegar fue Yossi Gavish, el estirado jefe de Investigación de origen británico. Luego llegaron Mordecai y Oded —dos agentes que servían para todo— y un chaval llamado Ilan que sabía hacer funcionar los ordenadores. Los siguientes fueron Yaakov Rossman y Dina Sarid. Yaakov era el jefe de Operaciones Especiales, y Dina una base de datos humana sobre terrorismo palestino e islámico, con un talento asombroso para descubrir conexiones donde otros no veían nada. Los dos hablaban un alemán fluido.

Mijail Abramov llegó a mediodía. Alto y desgarbado, con la piel tan pálida que parecía exangüe y ojos de un azul glacial, había emigrado a Israel desde Rusia siendo un adolescente y se había alistado en el Sayeret Matkal, la unidad de operaciones especiales de las Fuerzas Armadas israelíes. Se le describía a menudo como un Gabriel sin conciencia y había asesinado personalmente a varios de los principales cerebros terroristas de Hamás y la Yihad Islámica Palestina. Ahora llevaba a cabo misiones parecidas en nombre de la Oficina, aunque su extraordinario talento no se limitaba al manejo de la pistola. Un año antes, había dirigido a un equipo de agentes que se infiltró en Teherán y consiguió robar los archivos nucleares iraníes en su totalidad.

Lo acompañaba Natalie Mizrahi, que casualmente también era su esposa. Nacida y educada en Francia, hablaba a la perfección el dialecto árabe argelino y había cambiado una carrera prometedora como médica por la peligrosa existencia de una agente encubierta de la Oficina. Su primera misión la llevó a Raqqa, la capital del efímero califato del Estado Islámico, donde se infiltró en la red terrorista del ISIS. De no ser por Gabriel y Mijail, aquella habría sido su primera y última operación.

Como el resto de los miembros del equipo, Natalie tenía una idea muy vaga de qué iba a hacer en Múnich. Ahora, a la media luz del salón de la casa, escuchó atentamente mientras Gabriel les contaba la historia de unas merecidas vacaciones familiares que habían quedado truncadas. A través del arzobispo Luigi Donati, había sabido que el papa Pablo VII —un hombre que se había esforzado por deshacer el horrendo legado de antisemitismo de la Iglesia católica— había muerto en circunstancias sospechosas. Aunque escéptico al principio, Gabriel había accedido a servirse de los recursos de la Oficina para emprender una investigación oficiosa. Sus pesquisas lo habían llevado a Florencia, donde había presenciado el brutal asesinato de un guardia suizo desaparecido, y posteriormente a una casita a las afueras de Friburgo donde descubrió una carta inconclusa detrás de una lámina enmarcada de Cristo en el huerto de Getsemaní.

La carta aludía a un libro que su santidad había descubierto en el Archivo Secreto Vaticano. Un libro basado presuntamente en las memorias del prefecto romano de Judea que condenó a Jesús a morir en la cruz. Un libro que contradecía el relato que de la muerte de Cristo se hacía en los Evangelios canónicos, en el que se hallaba el germen de dos mil años de antisemitismo en ocasiones homicida.

El libro había desaparecido, pero los hombres que lo tenían en su poder se escondían a plena vista. Formaban parte de una orden católica secreta y reaccionaria fundada en el sur de Alemania por un sacerdote admirador de la doctrina política de la ultraderecha europea, y especialmente del nacionalsocialismo. Los herederos intelectuales de ese sacerdote, cuyo nombre era Ulrich Schiller, planeaban adueñarse del cónclave pontificio para elegir a uno de los suyos como sumo pontífice de la Iglesia católica romana. Como jefe de la Oficina, Gabriel había llegado a la conclusión de que tal giro de los acontecimientos iría en detrimento de los intereses del estado de Israel y del millón y medio de judíos que vivían en Europa. Así pues, tenía intención de ayudar a su amigo Luigi Donati a recuperar el cónclave arrancándolo de las manos de la Orden.

Para ello, necesitaban pruebas irrefutables del complot. El tiempo era esencial. Necesitaba la información no más tarde del jueves por la noche, víspera del cónclave. Por suerte, ya había identificado a dos miembros seglares de la Orden implicados en la conspiración. Uno era un industrial alemán llamado Jonas Wolf que llevaba una vida muy retirada. El otro era un exagente del BfV: Andreas Estermann.

Estermann estaría en el Café Adagio de la Beethovenplatz de Múnich a las seis de la tarde del miércoles. Esperaba reunirse allí con un agente del servicio secreto suizo llamado Christoph Bittel. Se encontraría, en cambio, con la Oficina. Tras su secuestro, lo trasladarían de inmediato al piso franco de Múnich para interrogarlo. El interrogatorio, decretó Gabriel, no seguiría los cauces habituales. Estermann se limitaría a firmar una declaración que el equipo ya tendría lista, una relación detallada del complot de la Orden para adueñarse del cónclave. Dado que era un profesional retirado, no daría su brazo a torcer fácilmente. Iban a necesitar un punto de presión eficaz. El equipo tenía que encargarse de encontrarlo. Todo ello en el plazo de treinta horas escasas.

Los miembros del equipo no rechistaron ni formularon preguntas. Abrieron sus portátiles, establecieron enlaces seguros con Tel Aviv y se pusieron manos a la obra. Dos horas más tarde, mientras una suave nevada blanqueaba los prados del Englischer Garten, hicieron el primer disparo.

37

MÚNICH

El correo electrónico que recibió el móvil de Andreas Estermann segundos después lo enviaba, presuntamente, Christoph Bittel. En realidad, lo mandó un *hacker* de la Unidad 8200 —un chaval de veintidós años, exalumno del MIT— desde Tel Aviv. Pasaron casi veinte minutos sin que Estermann lo abriera, el tiempo justo para que Gabriel empezara a preocuparse. Por fin, Estermann abrió el correo y clicó en el adjunto, una fotografía de hacía diez años en la que se veía a un suizo alemán en compañía de diversos espías en Berna. Al hacerlo, activó un sofisticado ataque de *malware* que al instante se apoderó del sistema operativo del teléfono. A los pocos minutos, el *malware* estaba exportando correos, mensajes de texto, datos de GPS, metadatos del teléfono y el historial de navegación del año anterior sin que Estermann se enterase. La Unidad reenvió todo el material de forma segura de Tel Aviv al piso franco, junto con una conexión directa a la cámara y el micrófono del móvil. Incluso las anotaciones del calendario, pasado y futuro, de Estermann estaban a su disposición para inspeccionarlas a su antojo. El miércoles por la tarde solo tenía una cita: en el Café Adagio, a las seis.

Entre los contactos de Estermann encontraron el número de móvil privado del obispo Hans Richter y de su secretario personal, el padre Markus Graf. Los dos sucumbieron a ataques de *malware* lanzados por la Unidad 8200, al igual que el cardenal camarlengo Domenico

Albanese y el cardenal Franz von Emmerich, arzobispo de Viena, al que la Orden había elegido como nuevo papa.

Hurgando entre los contactos de Estermann, el equipo encontró también pruebas del extraordinario alcance de la Orden. Fue como si les cayera del cielo una versión electrónica del libro de cuentas del padre Schiller. Estaban el número privado y la dirección de correo electrónico del canciller austriaco Jörg Kaufmann, del primer ministro italiano Giuseppe Saviano, de Cécile Leclerc, del Frente Popular francés, de Peter van der Meer, del Partido Liberal holandés y, cómo no, de Axel Brünner, del Partido Nacional Demócrata alemán. El análisis de los metadatos reveló que Estermann y Brünner habían hablado cinco veces solo durante la semana anterior, un periodo que coincidía con la repentina subida de Brünner en los sondeos de opinión en Alemania.

Por suerte para el equipo, Estermann gestionaba casi todos sus asuntos personales y profesionales mediante mensajes de texto. Para las comunicaciones más delicadas utilizaba un servicio que prometía cifrado de punto a punto y privacidad absoluta, una promesa que la Unidad 8200 había invalidado hacía mucho tiempo. No solo podían ver los mensajes que escribiera a tiempo real, sino que podían, además, leer sus mensajes borrados.

El nombre de Gabriel aparecía en lugar destacado en varias conversaciones y lo mismo podía decirse del de Luigi Donati. De hecho, el nombre del arzobispo había aparecido en el sistema de avisos de la Orden a las pocas horas de morir el santo padre. La Orden había sabido de la llegada de Gabriel a Roma y de su paso por Florencia. Se había enterado de su visita a Suiza por el padre Erich, el cura párroco de Rechthalten. El teléfono les reveló que Estermann también había visitado Suiza. Los datos del GPS confirmaron que había pasado cuarenta y nueve minutos en el Café du Gothard de Friburgo el sábado posterior al fallecimiento del papa. Después fue en coche a Bonn, donde tuvo el móvil apagado durante dos horas y cincuenta y siete minutos.

Estermann, por otro lado, parecía llevar una vida privada sin tacha. El equipo no encontró ninguna prueba de que tuviera amantes o fuera aficionado a la pornografía. Consumía noticias de medios muy diversos, aunque con un decidido sesgo derechista. Varias de las páginas web alemanas que visitaba a diario traficaban con noticias falsas o engañosas que fomentaban el odio hacia los musulmanes y a la izquierda política. Por lo demás, no tenía hábitos de búsqueda reprobables.

Pero ningún hombre es perfecto, y son muy pocos los que tienen una sola debilidad. La de Estermann resultó ser el dinero. El análisis de sus mensajes cifrados reveló que mantenía contacto regular con cierto *herr* Hassler, propietario de un banco privado del principado de Liechtenstein. La revisión de los registros electrónicos de *herr* Hassler, llevada a cabo sin su consentimiento, destapó la existencia de una cuenta a nombre de Estermann. El equipo había encontrado numerosas cuentas semejantes desperdigadas por todo el mundo, pero la de Liechtenstein era distinta.

—La beneficiaria es Johanna, la mujer de Estermann —informó Dina Sarid.

—¿Qué saldo tiene la cuenta? —preguntó Gabriel.

—Algo más de millón y medio.

—¿Cuándo se abrió?

—Hace unos tres meses. Estermann ha hecho dieciséis depósitos. Todos ellos de cien mil euros. En mi opinión, está quedándose con parte de los pagos que hace a los cardenales.

—¿Qué hay del Banco Vaticano?

—Las cuentas de doce de los cardenales electores demuestran que han recibido transferencias importantes en el último mes y medio. En cuatro de los casos, de más de un millón de euros. El resto, de unos ochocientos mil. Todas las transferencias pueden vincularse con Estermann.

El origen último del dinero se hallaba, sin embargo, en el conglomerado secreto con sede en Múnich que Alessandro Ricci llamaba Orden de Santa Helena Sociedad Anónima. Eli Lavon, el investigador financiero con más experiencia del equipo, se encargó de abrir una brecha en las defensas de la empresa, que eran imponentes, como cabía esperar. Eli ya se había medido con la Orden tiempo atrás. Hacía veinte años, estaba en desventaja. Ahora, en cambio, tenía el apoyo de la Unidad 8200, y a Jonas Wolf.

El empresario alemán resultó ser tan escurridizo como la empresa que llevaba su nombre, empezando por los datos básicos de su biografía. Hasta donde Lavon consiguió averiguar, Wolf había nacido en algún lugar de Alemania durante la guerra. Estudió en la Universidad de Heidelberg —de eso estaba seguro— y se doctoró en Matemática Aplicada. Compró su primera empresa, una pequeña firma de ingeniería química, en 1970 con dinero que le prestó un amigo. Diez años después había ampliado sus negocios al sector naviero e industrial y a la construcción. A mediados de los años ochenta era ya extraordinariamente rico.

Se compró una casa antigua y elegante en el barrio muniqués de Maxvorstadt y un valle en lo alto del Obersalzberg, al noreste de Berchtesgaden, donde tenía intención de crear un refugio solariego para sus hijos y descendientes. Pero cuando en 1988 su esposa y sus dos hijos murieron al estrellarse el avión privado en el que viajaban, el retiro montañés de Wolf se convirtió en su lugar de reclusión. Una o dos veces por semana, cuando el tiempo lo permitía, viajaba en helicóptero a la sede del Wolf Group al norte de Múnich. El resto del tiempo lo pasaba en el Obersalzberg, rodeado por un pequeño ejército de guardaespaldas. Hacía más de veinte años que no concedía una entrevista, desde la publicación de una biografía no autorizada que lo acusaba de haber tramado el accidente de avión en el que murió su familia. Los periodistas que habían intentado forzar las cámaras secretas de su pasado afrontaron la ruina económica o, en el caso de una periodista de investigación británica especialmente entrometida, una muerte violenta. Pese a los muchos rumores que circulaban, nunca había podido demostrarse la implicación de Wolf en la muerte de la periodista, a la que atropelló un conductor que se dio a la fuga mientras montaba en bici por el campo, cerca de Devon.

A Eli Lavon, la historia del espectacular ascenso de Jonas Wolf le sonaba a filfa. Estaba, para empezar, lo del préstamo que le dieron para comprar su primera empresa. Lavon tenía la corazonada, basada en su larga experiencia, de que quien le prestó el dinero fue una entidad conocida como la Orden de Santa Helena, radicada en el cantón de Zug. Opinaba, además —aunque no fuera más que una conjetura de experto—, que el Wolf Group era mucho más grande de lo que parecía.

Dado que era una empresa completamente privada y no había recibido ni un solo préstamo de ningún banco alemán, las posibilidades que tenía Lavon de investigar sus financias mediante los métodos tradicionales eran muy limitadas. El móvil de Estermann, sin embargo, les abrió numerosas puertas dentro de la red informática de la empresa que de otro modo habrían permanecido cerradas incluso para los cibersabuesos de la Unidad 8200. Poco después de las ocho, esa misma tarde, se introdujeron en la base de datos personal de Jonas Wolf y encontraron las llaves de su reino: un documento de doscientas páginas con un listado detallado de las filiales de la empresa en todo el mundo y los vertiginosos ingresos que generaban.

—Dos mil quinientos millones de beneficio neto solo el año pasado —anunció Lavon—. ¿Y adónde creéis que va a parar todo ese dinero?

Esa noche, el equipo se tomó un descanso para cenar todos juntos, en familia. Faltaban, sin embargo, Mijail Abramov y Natalie Mizrahi, que cenaron en el Café Adagio de Beethovenplatz. El local estaba ubicado en el sótano de un edificio de color amarillo, en el flanco noroeste de la plaza. De día, servía menús; de noche, era uno de los bares más concurridos del barrio. Mijail y Natalie concluyeron que la comida era mediocre, pero que la probabilidad de secuestrar con éxito a un cliente era bastante alta.

—Tres estrellas en la escala Michelin —bromeó Mijail cuando regresaron al piso franco—. Si Estermann va solo al café, seguro que sale de allí en la parte de atrás de una furgoneta.

El equipo recibió el vehículo en cuestión —una furgoneta Mercedes— a las nueve de la mañana siguiente, junto con dos Audi A8, dos motos BMW de pequeña cilindrada, un juego de matrículas alemanas falsas, cuatro pistolas Jericho del calibre 45, una ametralladora Uzi Pro y una Beretta de 9 milímetros con empuñadura de madera de nogal.

Desde ese momento, la tensión en el piso franco aumentó palpablemente. Como solía ocurrir, el humor de Gabriel se fue ensombreciendo a medida que se acercaba la hora cero. Mijail le recordó que un año antes, en una nave industrial de un barrio anodino de Teherán, un equipo de dieciséis personas había abierto a golpe de soplete treinta y dos cajas fuertes y extraído de ellas varios centenares de discos duros y millones de páginas de documentos. Después, cargaron el material en un camión y se fueron hasta la costa del mar Caspio, donde los esperaba un barco. La operación había conmocionado al mundo y demostrado una vez más que la Oficina podía atacar a voluntad incluso en la capital de su enemigo más implacable.

—¿Y a cuántos iraníes tuvisteis que matar para salir vivos del país?

—Eso son minucias —contestó Mijail desdeñosamente—. El caso es que esto podemos hacerlo con los ojos cerrados.

—Prefiero que lo hagáis con los ojos abiertos. Aumentará considerablemente nuestras posibilidades de éxito.

A mediodía, Gabriel había logrado convencerse de que iban a fracasar y de que pasaría el resto de su vida en una prisión alemana acusado de un sinfín de delitos: un final indigno para una carrera sin parangón. Eli Lavon, que sufría el mismo mal, acertó al diagnosticar el origen de su angustia. Era Múnich, se dijo. Múnich y el libro.

El libro les rondaba continuamente por la cabeza; sobre todo, a él. No había ni un solo miembro del equipo cuya vida no se hubiera visto alterada por culpa de aquel odio ancestral. Casi todos habían perdido a familiares en los fuegos del Holocausto. Algunos de ellos habían nacido gracias únicamente a que un miembro de una familia encontró fuerzas para sobrevivir. Como Isabel Feldman, la única hija superviviente de Samuel Feldman, cuyo padre entregó a la Orden de Santa Helena una pequeña fortuna en dinero y bienes a cambio de falsas promesas de seguridad y partidas de bautismo también falsas que nunca llegó a recibir.

Otro caso parecido era el de Irene Frankel. Nacida en Berlín, la deportaron a Auschwitz en el otoño de 1942. Sus padres murieron en la cámara de gas al llegar, pero Irene salió de Auschwitz en enero de 1945, con las marchas de la muerte. Llegó al recién fundado Estado de Israel en 1948. Allí conoció a un escritor e intelectual muniqués que había escapado a Palestina antes de la guerra. En Alemania se apellidaba Greenberg, pero al llegar a Israel adoptó el apellido Allon. Al casarse decidieron tener seis hijos, uno por cada millón de judíos exterminados. Solo pudieron tener uno, sin embargo. Irene lo llamó Gabriel, por el arcángel mensajero de Dios e intérprete de las visiones de Daniel.

A las dos de la tarde, los miembros del equipo cayeron en la cuenta de que hacía unos minutos que nadie veía a Gabriel ni oía su voz. Registraron rápidamente la casa sin encontrar rastro de él y al llamar a su móvil no obtuvieron respuesta. La Unidad 8200 les confirmó que tenía el teléfono encendido y que en esos momentos iba atravesando el Englischer Garten a paso vivo. Eli Lavon dedujo adónde se dirigía. El hijo de Irene Frankel quería ver el lugar donde había sucedido. Lavon no se lo reprochaba. Él sufría del mismo mal.

38

MÚNICH

En 1935, dos años y medio después de hacerse con el poder en Alemania mediante las urnas, Adolf Hitler nombró a Múnich «capital del Movimiento». Los lazos de la ciudad con el nacionalsocialismo eran innegables. El Partido Nazi se formó en Múnich durante los años turbulentos que siguieron a la derrota de Alemania en la Primera Guerra Mundial. Y fue en Múnich, en otoño de 1923, donde Hitler llevó a cabo el *Putsch* de la Cervecería, la intentona golpista que condujo a su breve encarcelamiento en la prisión de Landsberg. Allí, en la cárcel, escribió el primer tomo de *Mein Kampf*, el manifiesto, confuso y deshilvanado, en el que describía a los judíos como gérmenes a los que había que erradicar. Durante su primer año como canciller —el año en el que convirtió a Alemania en una dictadura totalitaria—, se vendieron más de un millón de copias del libro.

A lo largo de los quince años catastróficos que duró la era nazi, Hitler visitó Múnich con frecuencia. Mantenía un piso espacioso, lleno de obras de arte, en el número 16 de Prinzregentenplatz y encargó la construcción de un edificio de oficinas para su uso personal con vistas a Königsplatz. El edificio, conocido como Führerbau, albergaba apartamentos privados para Hitler y su mano derecha, Rudolf Hess, y un gran vestíbulo con una escalera de piedra que conducía a una sala de reuniones. Fue allí donde el primer ministro británico Neville Chamberlain firmó los Acuerdos de Múnich el 30 de septiembre de 1938. A su regreso a Londres, Chamberlain auguró que el tratado aseguraba «la paz de nuestra época». Un año después, la Wehrmacht invadió Polonia sumiendo al mundo en la guerra y poniendo en marcha una serie de acontecimientos que propiciaron el exterminio de los judíos europeos.

En abril de 1944, dos bombardeos aliados arrasaron gran parte del centro de Múnich. El Führerbau, sin embargo, sobrevivió. Inmediatamente después de la guerra, los aliados lo utilizaron como almacén de obras de arte expoliadas por los nazis. Ahora era la sede de una afamada escuela de música y artes escénicas en la que pianistas, chelistas, violinistas y actores perfeccionaban su oficio en salas antaño transitadas por asesinos. Había una fila de bicicletas aparcadas frente a la plomiza fachada del edificio, y al pie de la escalinata montaban guardia dos policías de aspecto aburrido. Ninguno de los dos prestó atención al hombre de estatura y complexión medias que se detuvo un momento a leer el programa de recitales públicos de la escuela.

Gabriel siguió adelante, pasó frente a la Alte Pinakothek, el célebre museo de Múnich, y torció luego a la izquierda, hacia la Hessstrasse. Diez minutos después, atisbó por fin la moderna torre que se alzaba sobre el Parque Olímpico. La antigua Villa Olímpica quedaba al norte, no muy lejos de las oficinas de BMW y de las de un lucrativo conglomerado empresarial conocido como Wolf Group. Buscó Connollystrasse y siguió la calle hasta el edificio de pisos de tres plantas señalado con el número treinta y uno.

El edificio era desde hacía tiempo una residencia de estudiantes, pero a principios de septiembre de 1972 lo ocupaban los miembros del equipo olímpico de Israel. El 5 de septiembre a las cuatro y media de la madrugada, ocho terroristas palestinos saltaron una valla en la que nadie montaba guardia. Portaban bolsas de deporte llenas de fusiles Kalashnikov, pistolas semiautomáticas Tokarev y granadas de mano de fabricación soviética. Sirviéndose de una llave robada, abrieron la puerta del apartamento uno. Dos israelíes —el entrenador de lucha libre Moshe Weinberg y el levantador de pesas Yossef Romano— fueron asesinados durante los primeros instantes del asedio. Otros nueve deportistas fueron tomados como rehenes.

Durante el resto del día, mientras espectadores de todo el mundo miraban horrorizados sus televisores, las autoridades alemanas negociaron con dos terroristas disfrazados —conocidos como Issa y Tony— mientras al otro lado de la calle las Olimpiadas seguían su curso. Por fin, a las diez de la noche, los rehenes fueron trasladados en helicóptero a la base aérea de Fürstenfeldbruck, donde la policía alemana había montado una chapucera operación de rescate que se saldó con la muerte de los nueve israelíes.

Pocas horas después de la masacre, la primera ministra israelí, Golda Meir, ordenó a Ari Shamron, un agente legendario de la Oficina, «mandar a los chicos». La operación recibió el nombre en clave de Ira de Dios, que Shamron escogió para dar a su tarea la pátina de la sanción divina. Uno de aquellos «chicos» era un joven y talentoso pintor de la Academia Bezalel de Arte y Diseño: Gabriel Allon. Otro era Eli Lavon, un arqueólogo bíblico cuya carrera empezaba a despuntar. En la jerga hebrea del equipo, Lavon era un *ayin*, un rastreador, y Gabriel un *aleph*, un asesino. Durante tres años, persiguieron a sus presas a lo largo y ancho de Europa Occidental y Oriente Medio, matando de noche y a plena luz del día, y conviviendo con el miedo a que las autoridades locales los detuvieron en cualquier momento y los procesaran por asesinato. En total, mataron a doce hombres. Gabriel eliminó personalmente a seis de los terroristas con una pistola Beretta del calibre 22. Siempre que le era posible, disparaba a sus víctimas once veces, una por cada judío asesinado en Múnich. Cuando por fin regresó a Israel, tenía canas en las sienes. Lavon, por su parte, sufría numerosos trastornos causados por el estrés, entre ellos un malestar de estómago que todavía le atormentaba.

Lavon se acercó a Gabriel sigilosamente y se reunió con él ante el número 31 de Connollystrasse.

—Yo que tú no haría eso, Eli. Tienes suerte de que no te haya pegado un tiro.

—He intentado hacer un poco de ruido.

—Pues esfuérzate más la próxima vez.

Lavon miró el balcón del apartamento uno.

—¿Vienes aquí a menudo?

—La verdad es que hacía mucho tiempo que no venía.

—¿Cuánto?

—Un siglo —contestó Gabriel con aire ausente.

—Yo me paso por aquí cada vez que vengo a Múnich. Y siempre pienso lo mismo.

—¿Qué, Eli?

—Que no debieron asignarle este edificio a nuestro equipo olímpico. Estaba demasiado aislado. Se lo advertimos a los alemanes un par de semanas antes de que empezaran los juegos, pero nos aseguraron que nuestros deportistas no corrían ningún peligro. Por desgracia, no se les ocurrió decirnos que sus servicios de inteligencia ya sabían por un informante palestino que se estaba tramando algo contra el equipo israelí.

—Se les debió de pasar.

—¿Por qué no nos avisaron? ¿Por qué no tomaron medidas para proteger a nuestros deportistas?

—Dímelo tú.

—No nos lo dijeron —dijo Lavon—, porque no querían que nada estropeara su gran celebración de posguerra, y menos aún una amenaza terrorista contra los descendientes del mismo pueblo al que habían tratado de exterminar apenas treinta años antes. Recordemos que los servicios de inteligencia y seguridad alemanes los fundaron hombres como Reinhard Gehlen. Hombres que habían trabajado para Hitler y los nazis. Ultraderechistas que odiaban el comunismo y a los judíos en igual medida. No me extraña que hicieran buenas migas con alguien como Andreas Estermann. —Se volvió hacia Gabriel—. ¿Te has fijado en el último puesto que ocupó antes de jubilarse?

—Jefe del Departamento Dos, la división de lucha contra el extremismo.

—Entonces, ¿por qué pasa tanto tiempo hablando por teléfono con un tipo como Axel Brünner? ¿Y por qué tiene el número privado de todos los líderes ultraderechistas de Europa? —Lavon hizo una pausa—. ¿Y por qué tuvo tres horas apagado el teléfono la otra noche en Bonn?

—Puede que tenga novia allí.

—¿Estermann? Es un monaguillo.

—Un monaguillo dogmático.

Lavon volvió a contemplar la fachada del edificio. Una luz brillaba en la ventana del apartamento uno.

—¿Te imaginas lo distintas que serían nuestras vidas si no hubiera pasado?

—¿Lo de Múnich?

—No, todo. Dos mil años de odio y persecución. Seríamos tan numerosos como las estrellas del cielo y la arena de la playa, como Dios le prometió a Abraham. Yo viviría en un piso estupendo en el primer distrito de Viena, sería una eminencia en mi campo de estudio, un hombre distinguido. Pasaría las tardes tomando café y comiendo *strudel* en el Café Sacher y por las noches escucharía a Mozart y Haydn. De vez en cuando iría una galería de arte a ver obras de un famoso pintor berlinés llamado Gabriel Frankel, hijo de Irene Frankel y nieto de Viktor Frankel, puede que el mayor pintor alemán del siglo xx. ¿Quién sabe? Tal vez tendría tanto dinero que podría permitirme comprar una o dos obras suyas.

—Me temo que no es así como funciona la vida, Eli.

—Supongo que no. Pero ¿es demasiado pedir que dejen de odiarnos? ¿Por qué está otra vez en auge el antisemitismo en Europa? ¿Por qué es peligroso ser judío en este país? ¿Por qué se ha disipado la vergüenza del Holocausto? ¿Por qué no se acaba esto de una vez?

—Por nueve palabras —dijo Gabriel.

Se hizo un silencio entre ellos. Fue Lavon quien lo rompió.

—¿Dónde crees que está?

—¿El Evangelio de Pilatos?

Lavon asintió.

—Se habrá esfumado por alguna chimenea.

—Qué apropiado —repuso Lavon en un tono de amargura impropio de él. Fue a encender un cigarrillo, pero se detuvo—. No hace falta decir que fueron los nazis los que aniquilaron a los judíos europeos, pero no habrían podido llevar a cabo la Solución Final si el cristianismo no les hubiera allanado el terreno. Los verdugos hitlerianos estaban condicionados por siglos de discurso católico sobre la maldad de los judíos. Entre los trabajadores de los campos de exterminio había una cantidad desproporcionada de católicos austriacos, y la tasa de supervivencia de los judíos fue mucho más baja en países de mayoría católica.

—Pero miles de católicos arriesgaron la vida para protegernos.

—En efecto, así fue. Prefirieron actuar por propia iniciativa a esperar a que el papa los animara a hacer algo. Fueron ellos los que salvaron a la Iglesia del abismo moral. —Lavon buscó con la mirada la antigua Villa Olímpica—. Deberíamos volver al piso franco. Está oscureciendo.

—Ya ha oscurecido —repuso Gabriel.

Lavon encendió por fin el cigarrillo.

—¿Por qué crees que tuvo el teléfono apagado tres horas la otra noche?

—¿Estermann?

Lavon asintió.

—No lo sé —contestó Gabriel—. Pero pienso preguntárselo.

—Quizá también deberías preguntarle por el Evangelio de Pilatos.

—Descuida, Eli. Lo haré.

Cuando Gabriel y Lavon volvieron al piso franco, los miembros del equipo estaban reunidos en el cuarto de estar, vestidos para ir a tomar algo a un bar de moda en Beethovenplatz. El único indicio de nerviosismo era el golpeteo incesante del dedo índice de Mijail contra el brazo de su silla. Estaba concentrado escuchando la voz de Andreas Estermann, que en esos momentos se dirigía a sus ayudantes haciendo hincapié en la necesidad de aumentar las medidas de seguridad en todas las instalaciones del Wolf Group, y en particular en las plantas químicas. Al parecer, había recibido un aviso de un contacto suyo en el BfV, un aviso que el equipo también había oído. El sistema, por lo visto, estaba en alerta roja.

A las cinco y cuarto, la alerta roja se había extendido también al piso franco. Los miembros del equipo salieron del mismo modo que habían llegado: escalonadamente, solos o por parejas, para no llamar la atención de los vecinos. A las seis menos cuarto estaban todos en sus puestos.

El objetivo salió de las oficinas del Wolf Group diecisiete minutos después. Gabriel vigiló su avance desde un ordenador portátil: una lucecita azul intermitente que se movía por un plano del centro de Múnich gracias al teléfono intervenido. El teléfono ya le había revelado casi todo lo que necesitaba saber para impedir que la Orden de Santa Helena decidiera el resultado del cónclave, pero aún quedaban dos o tres cuestiones que Andreas Estermann tenía que aclararles. Si tenía un poco de sentido común, no ofrecería resistencia. Gabriel estaba de pésimo humor. A fin de cuentas, estaban en Múnich. La capital del Movimiento. Una ciudad antaño transitada por asesinos.

39

BEETHOVENPLATZ, MÚNICH

Justo al norte de la estación central de tren de Múnich, el tráfico se paró de golpe. Otro control policial. Había unos cuantos por la ciudad, sobre todo cerca de los intercambiadores y en las plazas y mercados en los que se congregaba gran número de viandantes. El país entero estaba en estado de alerta, preparándose para el siguiente atentado. Hasta el BfV, el servicio para el que había trabajado Andreas Estermann, estaba convencido de que era inevitable otro ataque terrorista. Estermann era de la misma opinión. De hecho, tenía motivos para creer que el siguiente atentado se produciría a la mañana siguiente, posiblemente en Colonia. Si tenía éxito, los daños materiales y el número de víctimas desgarrarían el alma misma del país tocando un nervio atávico. Sería el Once de Septiembre alemán. Nada volvería a ser igual.

Estermann comprobó la hora en su iPhone y masculló un juramento. Al instante, le pidió perdón a Dios. Las normas de la Orden prohibían las blasfemias de cualquier tipo, no solo las que incluían el nombre del Señor. Estermann no fumaba ni bebía alcohol, el ayuno regular y el ejercicio lo ayudaban a mantenerse en forma, a pesar de su debilidad por la gastronomía tradicional alemana. Su esposa, Johanna, también era miembro de la Orden. Igual que sus seis hijos. La suya era una familia extraordinariamente numerosa en la Alemania moderna, donde la tasa de natalidad había caído por debajo del nivel de reemplazo.

Miró de nuevo la hora. Las seis y cuatro minutos. Marcó el número de Christoph Bittel pero no recibió respuesta. Mandó entonces un mensaje explicando que había salido de la oficina más tarde de lo que esperaba y estaba en un atasco. Bittel contestó al instante. Por lo visto, también llegaba tarde, lo que era raro en él. Bittel era tan puntual como un reloj suizo.

Por fin, el tráfico comenzó a moverse lentamente. Estermann vio cuál era el motivo del embotellamiento. La policía estaba registrando una furgoneta de reparto frente a la entrada de la estación. Los pasajeros, dos hombres jóvenes, árabes o turcos, estaban tumbados en la acera, despatarrados y con los brazos en cruz. Estermann se llevó una pequeña alegría al verlos en aquel apuro. Cuando era pequeño, en Múnich, pocas veces veía extranjeros, y menos aún de piel morena o negra. Eso cambió en los años ochenta, cuando se abrieron las compuertas. Ahora vivían en Alemania doce millones de inmigrantes, el quince por ciento de la población. La inmensa mayoría eran musulmanes. A no ser que se revirtieran las tendencias demográficas actuales, los nativos alemanes serían pronto minoría en su propio país.

Estermann tomó Goethestrasse, una calle tranquila bordeada por elegantes edificios de pisos, y aparcó junto a la acera cuando pasaban diez minutos de las seis. Perdió otros tres minutos sacando un tique de aparcamiento y otros dos yendo a pie hasta el Café Adagio. El café era un local tenuemente iluminado, con unas cuantas mesas dispuestas en torno a una tarima en la que más tarde tocaría un trío de *jazz* americano. A Estermann no le gustaba el *jazz*. Tampoco le gustaba mucho la clientela del Adagio. En un rincón en sombras, dos mujeres —o eso parecían, al menos— se besaban, sentadas a una mesa. Un par de mesas más allá había dos hombres. Uno tenía facciones duras y la cara picada de viruela. El otro era flaco como un junco. Parecían del este de Europa; judíos, quizá. Pero por lo menos no eran homosexuales. Estermann odiaba a los maricas aún más que a los judíos y los musulmanes.

Bittel no estaba por allí. Estermann se sentó a una mesa lo más alejada posible de los otros clientes. Pasado un rato, se le acercó una

228

chica tatuada y con el cabello de color lila que se lo quedó mirando como si esperara que le diera una contraseña secreta.

—Coca-Cola Light.

La camarera se retiró. Estermann miró su teléfono. ¿Dónde demonios se había metido Bittel? ¿Y cómo se le había ocurrido a él elegir un sitio así para que se vieran?

El malestar de Andreas Estermann era tan palpable que Gabriel esperó otros diez minutos antes de informarle de que, debido a una emergencia de trabajo, Christoph Bittel no podría acudir a la cita. La cara del alemán, vista a través de la cámara de su teléfono, se torció en una mueca de enfado. Contestó en tono cortante, dejó un billete de cinco euros en la mesa y salió a la calle bruscamente. Rezongando para sus adentros, enfiló la acera de Goethestrasse y, al llegar a su coche, su furia se desbordó.

Había un individuo sentado en el capó. Apoyaba las botas en el paragolpes y tenía a una chica entre las piernas. Su piel pálida parecía brillar a la luz de las farolas. La chica era muy morena, árabe quizá. Tenía las manos apoyadas sobre los muslos de él y lo besaba en la boca.

Estermann solo guardaría después un recuerdo limitado de lo que sucedió a continuación. Tuvieron unas palabras y enseguida pasaron a las manos. Estermann lanzó un solo puñetazo y recibió a cambio varios rodillazos y codazos asestados con fuerza y precisión.

Cayó a la acera, incapacitado. De pronto apareció una furgoneta. Lo metieron en la parte de atrás como si fuera un soldado muerto en combate. Notó un pinchazo en el cuello y enseguida empezó a nublársele la vista. Lo último que recordaba, antes de quedar inconsciente, era la cara de una mujer. Era árabe, estaba seguro de ello. Él odiaba a los árabes. Casi tanto como a los judíos.

40

MÚNICH

Los agentes secretos suelen decir que en su oficio no hay operación perfecta. Un planificador cuidadoso puede, como máximo, reducir las probabilidades de que algo se tuerza o de que el asunto se destape. O, peor aún, de que sus agentes acaben detenidos y procesados. A veces, el cerebro del plan acepta a sabiendas cierto riesgo si hay vidas en juego o si su causa es justa. Y a veces se resigna a que una carambola o la intervención de la providencia decidan si su barco llega a puerto a salvo o se hace añicos contra las rocas.

Gabriel hizo ese pacto con los dioses de su gremio esa noche en Múnich. Sí, había conseguido que Andreas Estermann se presentara en el Café Adagio pensando que iba a encontrarse con un viejo conocido. Pero era Estermann, no Gabriel ni su equipo, quien había escogido el lugar donde se efectuaría su secuestro. Por suerte, eligió bien. No había cámaras de tráfico que grabaran su desaparición, ni testigo alguno, aparte de un perro salchicha que miraba por una ventana de un edificio cercano.

Hora y media después, tras una breve parada en el campo, al oeste de Múnich, para cambiar las matrículas, la furgoneta regresó al chalé cercano al Englischer Garten. Atado y con los ojos vendados, Estermann fue trasladado a una celda improvisada en el sótano. Normalmente Gabriel lo habría dejado allí uno o dos días para que sopesara su suerte, privado de luz, sonido y sueño. Esta vez, en cambio, pidió a Natalie que acelerara su despertar y, a las diez y media, ella le inyectó un estimulante suave, aderezado con otra sustancia que facilitara un poco las cosas. Algo que distorsionara su sentido de la realidad y le aflojara la lengua.

De ahí que Estermann no ofreciera resistencia cuando Mordecai y Oded lo ataron a una silla metálica, fuera de la celda. Enfrente se sentó Gabriel, flanqueado por Yaakov Rossman y Eli Lavon. Detrás de él había un teléfono Solaris montado en un trípode. Estermann, que tenía aún los ojos vendados, no era consciente de nada de esto. Solo sabía que estaba metido en un aprieto muy grave. El asunto, al parecer, tenía fácil solución. Lo único que se le pedía era que firmara un documento. Un listado de nombres y números.

A las 10:34 de la noche, el inquisidor de Estermann habló por primera vez. La cámara captó la expresión de la parte de su cara que no tapaba la venda. Más tarde, los especialistas de King Saul Boulevard analizarían la grabación. Todos estuvieron de acuerdo en una cosa: aquella expresión era de profundo alivio.

Aunque pesaba sobre él la maldición de poseer una memoria impecable, a Gabriel a veces le costaba recordar con precisión la cara de su madre. Dos autorretratos suyos colgaban en su dormitorio de Jerusalén. Cada noche, antes de quedarse dormido, la veía tal y como ella se había visto a sí misma: una figura atormentada, plasmada al estilo de los expresionistas alemanes.

Como muchas jóvenes que sobrevivieron al Holocausto, se le hizo muy cuesta arriba cuidar de un niño pequeño, con todo lo que ello comportaba. Era proclive a accesos de melancolía y a violentos cambios de humor. No podía mostrarse alegre cuando la ocasión lo requería, ni disfrutar de la buena comida y la bebida. Llevaba siempre una tirita en el brazo izquierdo para tapar los números de su tatuaje descolorido. *29395*. El estigma de la debilidad judía, los llamaba. Su emblema de la vergüenza.

Pintar, como ejercer de madre, era un calvario para ella. Gabriel solía sentarse en el suelo, a sus pies, a hacer garabatos en un cuaderno mientras su madre se afanaba en el caballete. Para distraerse, solía contar historias de su infancia en Berlín. Le hablaba a Gabriel en alemán, con su denso acento berlinés. Aquel fue el primer idioma que aprendió Gabriel, y aún ahora era la lengua de sus sueños. Su italiano, aunque fluido, tenía un rastro leve pero inconfundible de entonación extranjera. Su alemán, no. Allá donde viajara dentro del país, todo el mundo pensaba que el alemán era su lengua materna y que se había criado en el centro de Berlín.

Andreas Estermann también dio por sentado que así era. De ahí su expresión de alivio, que se disipó al instante, en cuanto Gabriel le explicó el motivo de su secuestro. Gabriel no se identificó, pero dio a entender que era un miembro secreto de la Orden de Santa Helena al que *herr* Wolf y el obispo Richter habían encargado investigar ciertas irregularidades financieras que habían salido a la luz hacía poco. Dichas irregularidades estaban relacionadas con la existencia de una cuenta bancaria en el principado de Liechtenstein. Gabriel recitó de carrerilla el saldo de la cuenta y las fechas de los ingresos que había efectuado su titular. A continuación, leyó en voz alta los mensajes que habían intercambiado Estermann y su banquero privado, *herr* Hassler, por si acaso el alemán tenía alguna esperanza de poder escurrir el bulto.

Luego, pasó al tema de la procedencia del dinero que Estermann había desfalcado a la Orden. Ese dinero, afirmó, tenía como destinatarios a los cardenales electores que habían accedido a votar por el candidato de la Orden en el cónclave. Al oír el nombre del candidato, Estermann se sobresaltó y habló por vez primera. Con una sola objeción, confirmó tanto la existencia del complot como el nombre del cardenal al que había elegido la Orden para ser el nuevo pontífice.

—¿Cómo sabe que es Emmerich?

—¿Por qué lo pregunta? —preguntó Gabriel.

—Solo unos pocos sabemos lo del cónclave.

—Yo soy uno de esos pocos.

—Pero entonces yo sabría quién es.

—¿Por qué da eso por sentado?

—Conozco el nombre de todos los miembros secretos de la Orden.

—Evidentemente, no es así —replicó Gabriel.

Estermann no contestó, y Gabriel volvió al tema de los pagos. Al parecer, varios prelados habían informado al cardenal Albanese de que la suma convenida no había llegado a sus cuentas bancarias.

—¡Pero eso es imposible! El padre Graf me dijo la semana pasada que todos los cardenales habían recibido el dinero.

—El padre Graf trabaja conmigo en este asunto. Le mintió a petición mía.

—Cabrón.

—La Orden prohíbe ese lenguaje, *herr* Estermann. Sobre todo, dirigido a un sacerdote.

—Por favor, no se lo diga al obispo Richter.

—Tranquilo, quedará entre nosotros. —Gabriel hizo una pausa—. Pero solo si me dice qué ha hecho con el dinero que tenía que entregar a los cardenales electores.

—Lo transferí a sus cuentas, como me indicaron *herr* Wolf y el obispo Richter. No he robado ni un euro.

—¿Por qué iban a mentir los cardenales?

—¿No es evidente? Tratan de extorsionarnos para que les paguemos más.

—¿Y la cuenta de Liechtenstein?

—Es una cuenta para operaciones de la Orden.

—¿Por qué es su mujer la beneficiaria?

Estermann se quedó callado un momento.

—¿*Herr* Wolf y el obispo Richter saben lo de la cuenta?

—Todavía no —contestó Gabriel—. Y si hace usted lo que le diga, nunca lo sabrán.

—¿Qué es lo que quiere?

—Quiero que llame a *herr* Hassler a primera hora de la mañana y le diga que me transfiera a mí ese dinero.

—Sí, claro. ¿Qué más?

Gabriel se lo dijo.

—¿Los cuarenta y dos nombres? Nos llevará toda la noche.

—¿Tiene alguna otra cita?

—Mi esposa me espera para cenar.

—Me temo que se perdió usted la cena hace rato.

—¿Puede al menos quitarme la venda de los ojos y desatarme?

—Los nombres, *herr* Estermann. Ya.

—¿Los quiere en algún orden en particular?

—¿Qué tal por orden alfabético?

—Me vendría bien tener mi teléfono.

—Es usted un profesional. No necesita el teléfono.

Estermann levantó la cabeza hacia el techo y respiró hondo.

—El cardenal Azevedo.

—¿De Tegucigalpa?

—Solo hay un Azevedo en el Colegio Cardenalicio.

—¿Cuánto le pagó?

—Un millón.

—¿Dónde está el dinero?

—En el Banco de Panamá.

—Siguiente.

Estermann ladeó la cabeza.

—Ballantine, de Filadelfia.

—¿Cuánto?

—Un millón.

—¿Dónde esté el dinero?

—En el Banco Vaticano.

—Siguiente.

El último nombre de la lista de Estermann era el del cardenal Péter Zikov, arzobispo de Esztergom-Budapest, un millón de euros ingresados en su cuenta personal del Banco Popolare de Hungría. En total, cuarenta y dos de los ciento dieciséis cardenales electores que elegirían al sucesor de Pablo VII habían recibido dinero a cambio de sus votos. El coste total de la operación se acercaba a los cincuenta millones de euros. Hasta el último céntimo de ese dinero procedía de las arcas del Wolf Group, el conglomerado empresarial conocido también como Orden de Santa Helena Sociedad Anónima.

—¿Esos son todos los nombres? —insistió Gabriel—. ¿Seguro que no se ha dejado ninguno en el tintero?

Estermann negó vigorosamente con la cabeza.

—Los otros dieciocho cardenales que van a votar por Emmerich son miembros de la Orden. No han recibido ningún pago, aparte de su estipendio mensual. —Hizo una pausa—. Luego está el arzobispo Donati, claro. Dos millones de euros. Deposité el dinero después de que el israelí y él entraran en el Archivo Secreto.

Gabriel lanzó una mirada a Eli Lavon.

—¿Y seguro que no ingresó ese dinero en una cuenta de la que yo no sé nada?

—No —le aseguró Estermann—. Lo ingresé en la cuenta personal de Donati en el Banco Vaticano.

Gabriel pasó una hoja de su cuaderno, a pesar de que no se había molestado en anotar ni un solo nombre ni una cifra.

—Vamos a repasarlo otra vez, ¿de acuerdo? Solo para asegurarnos de que no se ha olvidado de nadie.

—Por favor —le suplicó Estermann—. Me duele muchísimo la cabeza por las drogas que me han dado.

Gabriel miró a Mordecai y Oded y les ordenó en alemán que llevaran a Estermann de vuelta a la celda. Arriba, en el salón, Lavon y él vieron la grabación del interrogatorio en el ordenador portátil.

—Ese traje de cura que te pusiste para entrar en el archivo el otro día debe de imprimir carácter, porque por un momento hasta yo he pensado que eras miembro de la Orden.

Gabriel adelantó la grabación y pulsó el *play*.

«Dos millones de euros. Deposité el dinero después de que el israelí y él entraran en el Archivo Secreto...».

Detuvo el vídeo.

—Muy astuto por su parte, ¿no te parece?

—Está claro que no piensan darse por vencidos.

—Yo tampoco.

—¿En qué estás pensando?

—Voy a volver a hablar con él. —Gabriel hizo una pausa—. Cara a cara.

—Ya tienes todo lo que necesitas —repuso Lavon—. Vámonos de aquí antes de que algún amable agente de policía alemán llame a la puerta y pregunte si sabemos algo sobre un ejecutivo del Wolf Group desaparecido misteriosamente.

—No podemos soltar a Estermann hasta que salga humo blanco de la chimenea de la Capilla Sixtina.

—Bueno, pues lo atamos a un árbol en los Alpes, de camino a Roma. Con un poco de suerte, no lo encontrarán hasta que se derritan los glaciares.

Gabriel negó con un gesto.

—Quiero saber por qué tiene el número privado de los líderes de los principales partidos de ultraderecha de Europa Occidental. Y quiero ese libro.

—Se esfumó por una chimenea, tú mismo lo dijiste.

—Igual que mis abuelos.

Gabriel dio media vuelta sin añadir nada más y bajó al sótano. Ordenó a Mordecai y Oded que sacaran a Estermann de la celda. El alemán tampoco se resistió esta vez cuando le ataron a la silla. A las 12:42 de la noche, le quitaron la venda de los ojos. La cámara del Solaris captó la expresión de la cara de Estermann. Más tarde, en King Saul Boulevard, todos los analistas estarían de acuerdo en un punto: aquel fue uno de los momentos estelares de Allon.

41

MÚNICH

Natalie dio a Estermann unas pastillas de ibuprofeno para el dolor de cabeza y un plato de comida turca que habían pedido y les había sobrado. El alemán engulló los calmantes con ansia pero arrugó la nariz al ver la comida. Tampoco quiso la copa de vino de Burdeos que Natalie le puso delante.

—Parece árabe —dijo cuando Natalie se hubo marchado.

—Es francesa, en realidad. Tuvo que emigrar con sus padres a Israel para escapar del antisemitismo.

—Tengo entendido que hay mucho allí.

—Casi tanto como en Alemania.

—Son los inmigrantes los que dan problemas, no los alemanes racializados.

—Qué idea tan reconfortante. —Gabriel miró la copa de vino, que seguía intacta—. Tome un trago. Le sentará bien.

—La Orden prohíbe el consumo de alcohol. —Estermann arrugó el ceño—. Pensaba que lo sabría. —Miró el plato con desgana—. ¿No tendrá comida alemana como Dios manda, por casualidad?

—Sería difícil, teniendo en cuenta que ya no estamos en Alemania.

Estermann sonrió con superioridad.

—Llevo casi toda mi vida viviendo en Múnich. Sé cómo huele, cómo suena. Yo diría que estamos en el centro, bastante cerca del Englischer Garten.

—Cómase la comida, Estermann. Va a necesitar fuerzas.

Estermann envolvió dos trozos de cordero asado en una tortilla de *bazlama* y le dio un bocado, indeciso.

—¿Verdad que no está tan mal?

—¿Dónde lo han comprado?

—En un puesto cerca de la Hauptbahnhof.

—Ahí es donde viven todos los turcos, ¿sabe?

—Que yo sepa, ese suele ser el mejor sitio para comprar comida turca.

Estermann se comió una dolma.

—Está bastante rico, la verdad. Pero sigue sin ser lo que yo habría elegido para mi última cena.

—¿A qué viene ese pesimismo, Estermann?

—Los dos sabemos cómo va a acabar esto.

—El final aún no está escrito —repuso Gabriel.

—¿Y qué debo hacer para sobrevivir a esta noche?

—Responder a todas las preguntas que le haga.

—¿Y si no?

—Me sentiré tentado de malgastar una bala con usted.

Estermann bajó la voz.

—Tengo hijos, Allon.

—Seis —dijo Gabriel—. Un número muy judío.

—¿De veras? No lo sabía. —Estermann miró la copa de vino.

—Tome un trago —insistió Gabriel—. Seguro que le sienta bien.

—Está prohibido.

—Viva un poco, Estermann.

El alemán cogió la copa.

—Eso espero, vivir un poco.

La historia de Andreas Estermann empezaba nada menos que con la masacre de Múnich. Su padre también había sido policía. Un policía de verdad, puntualizó. No un agente secreto. La mañana del 5 de septiembre de 1972, despertó con la noticia de que unos milicianos palestinos habían secuestrado a un grupo de deportistas israelíes en la Villa Olímpica. Estuvo en el puesto de mando durante el día entero que duraron las negociaciones y presenció el intento de rescate en Fürstenfeldbruck. A pesar de que la operación fracasó, él recibió la más alta condecoración del cuerpo por la labor que desempeñó ese día. Luego guardó la medalla en un cajón y no volvió a mirarla.

—¿Por qué?

—En su opinión, aquello era un desastre.

—¿Un desastre para quién?

—Para Alemania, claro.

—¿Qué hay de los israelíes inocentes que murieron esa noche?

Estermann se encogió de hombros.

—Imagino que su padre opinaba que ellos se lo habían buscado.

—Imagino que sí.

—¿Apoyaba a los palestinos?

—No, en absoluto.

Su padre, prosiguió Estermann, era miembro de la Orden de Santa Helena, al igual que el cura de su parroquia. Estermann, por su parte, ingresó en la Orden cuando estudiaba en la Universidad Ludwig Maximilian de Múnich. Tres años después, durante una época particularmente gélida de la Guerra Fría, entró a trabajar en el BfV. Su trayectoria dentro del cuerpo había sido objetivamente excelente, pese a que no hubiera podido desmantelar la célula terrorista de Hamburgo. En 2008 abandonó la brigada antiterrorista para hacerse cargo del Departamento Dos, que se encargaba de vigilar a las organizaciones neonazis y otros grupos de extrema derecha.

—Es un poco como poner al zorro a guardar el gallinero, ¿no le parece?

—Un poco sí —reconoció Estermann con una sonrisa burlona.

Mantenía vigilados a los más fanáticos, explicó, y ayudó a los fiscales federales a meter en la cárcel a un par de ellos. Pero principalmente se dedicó a promover el avance de la ultraderecha protegiendo a determinados partidos y grupos políticos ultras del escrutinio de las autoridades, sobre todo en lo relativo a su financiación. En general, su mandato como director del Departamento Dos fue un gran éxito. La extrema derecha alemana prosperó, tanto en tamaño como en influencia, mientras él desempeñó ese puesto. Se retiró del BfV en 2014, tres años antes de lo previsto, y al día siguiente empezó a trabajar como jefe de seguridad del Wolf Group.

—La Orden de Santa Helena Sociedad Anónima.

—Veo que ha leído el libro de Alessandro Ricci.

—¿Por qué dejó el BfV antes de lo previsto?

—Ya había hecho todo lo que podía hacer desde dentro. Además, en 2014 estábamos cerca de conseguir nuestros objetivos, y el obispo Richter y *herr* Wolf decidieron que el Proyecto requería toda mi atención.

—¿El Proyecto?

Estermann asintió.

—¿Qué Proyecto era ese?

—Una respuesta a un hecho acaecido en el Vaticano en otoño de 2016. Puede que lo recuerde. Es más, si no recuerdo mal estaba usted allí ese día.

Aunque no hacía ninguna falta, le recordó a Gabriel los horrendos detalles del caso. El atentado tuvo lugar pocos minutos después del mediodía, durante la audiencia general de los miércoles en la plaza de San Pedro. Tres terroristas suicidas armados con tres lanzacohetes RPG-7: una ofensa calculada al dogma cristiano de la Trinidad, que el islam consideraba politeísmo o *shirk*. Murieron más de setecientas personas, el peor atentado terrorista desde el Once de Septiembre. Entre las víctimas mortales estaban el comandante de la Guardia Suiza, cuatro cardenales de la curia, ocho obispos y tres monseñores. El propio papa habría muerto si Gabriel no lo hubiera protegido de los cascotes que caían sobre él.

—¿Y qué hicieron Lucchesi y Donati? —preguntó Estermann—. Llamar al diálogo y la reconciliación.

—Imagino que la Orden tenía una idea mejor.

—El terrorismo islámico acababa de atacar el corazón mismo de la cristiandad. Su meta era convertir Europa Occidental en una colonia del califato. Digamos que el obispo Richter y Jonas Wolf no estaban de humor para negociar los términos de la rendición del cristianismo. De hecho, al debatir su plan de actuación, se inspiraron en un famoso lema judío.

—¿En cuál?

—Nunca más.

—Qué halagador —dijo Gabriel—. ¿Y cuál era el plan?

—El islam radical había declarado la guerra a la Iglesia y a la civilización occidental. Si la Iglesia y la civilización occidental no conseguían reunir fuerzas para contraatacar, la Orden lo haría por ellas.

Fue Jonas Wolf, prosiguió Estermann, quien decidió llamar a la operación «el Proyecto». El obispo Richter habría preferido un nombre de inspiración bíblica, con más empaque y más reminiscencias históricas. Pero Wolf insistió en dar prioridad al pragmatismo sobre la grandilocuencia. Quería que el nombre sonara inofensivo, que pudiera emplearse en un correo electrónico o una conversación telefónica sin levantar sospechas.

—¿En qué consistía el Proyecto? —preguntó Gabriel.

—Sería una versión moderna de la Reconquista.

—Pero imagino que sus aspiraciones no se limitaban a la península ibérica.

—No —contestó Estermann—. Nuestro objetivo era erradicar la presencia musulmana en Europa Occidental y restablecer a la Iglesia en el puesto de poder que le corresponde por derecho.

—¿Cómo?

—Del mismo modo que nuestro fundador, el padre Schiller, luchó contra el comunismo.

—¿Aliándose con los fascistas, quiere decir?

—Apoyando la elección de políticos ultraconservadores en el corazón mayoritariamente católico de Europa Occidental. —Sus palabras tenían la aridez de un documento ministerial—. Políticos que tomaran las medidas necesarias, por difíciles que fueran, para revertir las tendencias demográficas actuales.

—¿Medidas de qué tipo?

—Use su imaginación.

—Eso intento. Y solo veo vagones para ganado y chimeneas industriales.

—Nadie habla de eso.

—Ha sido usted quien ha empleado el verbo «erradicar», Estermann, no yo.

—¿Sabe cuántos inmigrantes musulmanes hay en Europa? Dentro de una generación, de dos como mucho, Alemania será un país islámico. Y Francia y los Países Bajos también. ¿Se imagina lo que supondrá eso para los judíos?

—¿Por qué no dejamos a los judíos al margen y me explica cómo piensan librarse de veinticinco millones de musulmanes?

—Incentivándolos para que se marchen.

—¿Y si no se van?

—Habrá que deportarlos.

—¿A todos?

—Hasta el último.

—¿Cuál es su papel en todo esto? ¿El de Adolf Eichmann o el de Heinrich Himmler?

—Yo soy el jefe de operaciones. Me encargo de que el dinero de la Orden llegue a las organizaciones políticas que nos interesan y dirijo nuestro servicio de seguridad e inteligencia.

—Supongo que tienen una unidad informática.

—Y muy buena. Entre la Orden y los rusos, muy poco de lo que se lee, de media, en Europa Occidental actualmente es verdad.

—¿Colaboran con ellos?

—¿Con los rusos? —Estermann negó con la cabeza—. Pero nuestros intereses van a menudo a la par.

—El canciller alemán le tiene mucha simpatía al Kremlin.

—¿Jörg Kaufmann? Es nuestra gran estrella. Hasta el presidente americano lo adora, y eso que le cae mal todo el mundo.

—¿Qué hay de Giuseppe Saviano?

—Gracias a la Orden, ganó las últimas elecciones a pesar de que hasta entonces era un don nadie.

—¿Y Cécile Leclerc?

—Toda una guerrera. Me ha dicho alguna vez que piensa construir un puente entre Marsella y el Magreb. Ni que decir tiene que el tráfico tendrá una sola dirección.

—Ya solo queda Axel Brünner.

—Los atentados le han dado un buen empujón en las encuestas.

—No sabrá nada de los atentados, imagino.

—Mis contactos en el BfV están convencidos de que la célula tiene su base en Hamburgo. Es un auténtico caos, Hamburgo. Hay mezquitas radicales a montones. Brünner se encargará de hacer limpieza cuando llegue al poder.

Gabriel sonrió.

—Gracias a usted, Brünner solo llegará a ver la cancillería federal por dentro si consigue trabajo como conserje.

Estermann se quedó callado.

—Estaban a punto de conseguir todo lo que querían. Y aun así lo arriesgaron todo asesinando a un anciano que tenía problemas de corazón. ¿Por qué matar al papa? ¿Por qué no esperar sencillamente a que se muriera?

—Ese era el plan.

—¿Qué pasó, entonces?

—Que el anciano encontró un libro en el Archivo Secreto —contestó Estermann—. Y que intentó dárselo a usted.

42

MÚNICH

La Orden se dio cuenta de que tenía un problema a principios de octubre, cuando su santidad volvió de pasar unos días en Castel Gandolfo. Achacoso, presintiendo quizá que se acercaba el fin, el papa se había propuesto revisar los documentos más sensibles del Vaticano; en particular, los relativos a la Iglesia primitiva y los Evangelios. Le interesaban especialmente los evangelios apócrifos, los libros que los padres de la Iglesia excluyeron del Nuevo Testamento.

El cardenal Domenico Albanese, *prefetto* del Archivo Secreto, vigilaba atentamente la lista de lecturas del santo padre, escondiendo material que no quería que viera el pontífice. Un día, por casualidad, mientras estaba en el despacho papal junto con varios cardenales de la curia, se fijó en un librito antiguo, de varios siglos de antigüedad, con las tapas de piel agrietadas, que había encima de la mesa, al lado del escritorio del santo padre. Era un apócrifo del cristianismo primitivo que supuestamente estaba guardado en la *collezione*. Cuando Albanese preguntó al santo padre cómo había llegado a sus manos el libro, su santidad contestó que se lo había dado un religioso, el padre Joshua. Albanese no reconoció aquel nombre.

Alarmado, informó de inmediato a su superior general, el obispo Hans Richter, que a su vez se puso en contacto con el jefe de seguridad y espionaje de la Orden, Andreas Estermann. Unas semanas después, a mediados de noviembre, Estermann supo que el santo padre estaba redactando una carta y que pensaba entregarle esa carta al hombre que le había salvado la vida durante el atentado del Vaticano.

—Y así se selló su destino —dijo Estermann.

—¿Cómo descubrió lo de la carta?

—Hace años que tenía instalado un transmisor en el despacho del papa. Oí al santo padre decirle a Donati que le estaba escribiendo a usted.

—Pero Lucchesi no le dijo a Donati por qué me estaba escribiendo.

—Oí que el papa se lo contaba a otra persona, aunque no conseguí descubrir con quién hablaba. De hecho, no llegué a oír la voz de su interlocutor.

—¿Por qué le preocupaba tanto a la Orden que Lucchesi me diera el libro?

—¿Cómo se lo explicaría yo?

—Les daba miedo que pusiera en cuestión la exactitud histórica de los Evangelios.

—Evidentemente.

—Pero también les preocupaba la procedencia del libro. Se lo entregó a la Orden en 1938 un judío romano muy rico, Emanuele Giordano, junto con una importante suma de dinero en metálico y varias obras de arte. Pero el donativo del *signore* Giordano no se debió a un simple acto de generosidad. La Orden tenía montada toda una maquinaria de extorsión en la década de 1930. Su objetivo eran los judíos ricos, a los que prometía protección y partidas de bautismo falsas a cambio de dinero y bienes. Con ese capital se fundó el Wolf Group. —Gabriel hizo una pausa—. Y yo habría sacado a la luz todos esos trapos sucios si Lucchesi hubiera puesto el libro en mis manos.

—No está mal, Allon. Siempre he oído decir que era muy bueno en lo suyo.

—¿Cómo acabó el Evangelio de Pilatos en el Archivo Secreto?

—El padre Schiller se lo entregó a Pío XII en 1954. Su santidad debería haberlo quemado. Pero no lo hizo, lo escondió en el Archivo.

245

Si el padre Joshua no lo hubiera encontrado, Lucchesi aún estaría vivo.

—¿Cómo lo mató el padre Graf?

La pregunta sorprendió a Estermann. Tras un momento de duda, estiró dos dedos de la mano derecha y movió el pulgar como si apretara el émbolo de una jeringa.

—¿Qué le inyectó?

—Fentanilo. Por lo visto, el viejo se resistió con uñas y dientes. El padre Graf le pinchó a través de la sotana y le tapó la boca con la mano mientras se moría. Una de las tareas del camarlengo es supervisar el amortajamiento del cadáver del santo padre. Albanese se aseguró de que nadie notara que tenía un agujerito en el muslo derecho.

—Estoy pensando que yo también voy a abrirle un agujerito al padre Graf la próxima vez que lo vea. —Gabriel puso una fotografía encima de la mesa. Un hombre con casco de motorista en el Ponte Vecchio de Florencia, con el brazo extendido y una pistola en la mano—. Tiene buena puntería.

—Le entrené yo mismo.

—¿Niklaus lo dejó entrar en los aposentos papales la noche del asesinato?

Estermann asintió.

—¿Sabía lo que pensaba hacer el padre Graf? —insistió Gabriel.

—¿Santa Claus? —Estermann negó con un gesto—. Sentía adoración por el santo padre y por Donati. El padre Graf lo engatusó para que le abriera la puerta. Oí entrar a Niklaus en el despacho unos minutos después de que se fuera el padre Graf. Fue entonces cuando cogió la carta del escritorio.

Gabriel puso la carta sobre la mesa, junto a la fotografía.

—¿Dónde la ha encontrado? —preguntó Estermann.

—Niklaus la tenía en el bolsillo cuando murió.

—¿Qué dice?

—Dice que será mejor que me cuente qué fue del Evangelio de Pilatos después de que Albanese lo sacara del despacho.

—Se lo dio al obispo Richter.

—¿Y qué hizo el obispo Richter con él?

—Lo que el padre Schiller y Pío XII debieron hacer hace mucho tiempo.

—¿Lo destruyó?

El alemán hizo un gesto de asentimiento.

Gabriel sacó la Beretta que llevaba en la cinturilla del pantalón, a la espalda.

—¿Cómo quiere que termine la historia?

—Quiero volver a ver a mis hijos.

—Respuesta correcta. Así que vamos a intentarlo otra vez. —Gabriel le apuntó a la cabeza—. ¿Dónde está el libro?

Hubo una discusión acalorada, pero esa era la tónica general en las operaciones de la Oficina, donde nunca faltaban las discusiones acaloradas. Yaakov Rossman se instituyó en portavoz de la oposición. El equipo, argumentó, ya había logrado casi lo imposible. Se habían reunido a toda prisa en una ciudad en estado de alerta máxima y habían conseguido hacer desaparecer sin dejar rastro a un exagente de inteligencia alemán que, al ser interrogado con la debida destreza, les había dado la información necesaria para impedir que la Iglesia católica cayera en manos de una orden reaccionaria y maligna que mantenía estrechos vínculos con la ultraderecha europea. Y, por si eso fuera poco, el árbol proverbial había caído sin hacer ningún ruido en el bosque del espionaje. Más les valía no tentar a la suerte arriesgándose a un último gambito, afirmó Yaakov. Lo mejor sería poner a Estermann en hielo y marcharse tranquilamente al aeropuerto.

—No pienso marcharme sin ese libro —replicó Gabriel—. Y Estermann va a conseguírmelo.

—¿Por qué crees que va a acceder a eso?

—Porque la alternativa es mucho peor para él.

—¿Y si está mintiendo? —repuso Yaakov—. ¿Y si solo intenta ganar tiempo?

—No, nada de eso. Además, es muy fácil comprobar su historia.

—¿Cómo?

—Por el teléfono.

El teléfono al que se refería Gabriel era el del padre Markus Graf. Ordenó a la Unidad 8200 —que tenía intervenido el dispositivo desde que sabían su número— que comprobara los datos de GPS almacenados en el sistema operativo. Poco después de las cinco de la mañana, hora de Múnich, Yuval Gershon llamó para informarlos de lo que habían averiguado. Los datos del GPS corroboraban la versión de Estermann.

En ese instante se zanjó el debate. Quedaba, sin embargo, un pequeño problema logístico por resolver.

—Si se tuercen allí las cosas —dijo Eli Lavon—, no podréis volver a Roma esta noche.

—Sin un avión privado, no —reconoció Gabriel.

—¿De dónde vamos a sacar un avión?

—Podríamos robar uno, supongo.

—Sería muy engorroso.

—En ese caso —concluyó Gabriel—, lo cogeremos prestado.

Martin Landesmann, el financiero y filántropo suizo, solo dormía tres horas por la noche, o eso se decía. De ahí que, cuando contestó al teléfono a las cinco y cuarto de la madrugada, pareciera completamente despierto y rebosante de vitalidad emprendedora. Sí, dijo, los negocios le iban bien. Bastante bien, de hecho. No, contestó con una risa desganada, no estaba vendiéndoles otra vez componentes nucleares a los iraníes. Gracias a Gabriel, eso era agua pasada.

—¿Y tú? —preguntó, muy serio—. ¿Qué tal va tu negocio en estos tiempos?

—El caos internacional es un sector en expansión.

—Yo siempre ando buscando oportunidades de inversión.

—No tengo problemas de financiación, Martin. Pero necesito un avión.

—Esta mañana tengo que ir a Londres en el Boeing Business Jet, pero el Gulfstream está libre.

—Tendré que apañármelas con eso, supongo.

—¿Dónde y a qué hora?

Gabriel se lo dijo.

—¿Destino?

—Tel Aviv, con una escala corta en Ciampino, en Roma.

—¿A quién le mando la factura?

—Ponla en mi cuenta.

Gabriel colgó y llamó a Donati a Roma.

—Empezaba a creer que no me llamarías nunca —dijo el arzobispo.

—No te preocupes, tengo todo lo que necesitas.

—¿Cómo es de grave la cosa?

—De doce en la escala del obispo Richter. Pero me temo que ha surgido una complicación relacionada con alguien muy cercano al difunto papa. Preferiría no hablarlo por teléfono.

—¿A qué hora llegas?

—Necesito atar un par de cabos sueltos antes de salir de aquí. Y no se te ocurra salir de la Curia Jesuita hasta que llegue yo —añadió Gabriel antes de colgar.

—Dime una cosa —dijo Lavon—. ¿Cómo es ser tú?

—Agotador.

—¿Por qué no duermes un par de horas mientras nosotros recogemos el equipo?

—Me encantaría, pero tengo que hacerle una pregunta más a nuestro nuevo colaborador.

—¿Cuál?

Gabriel se lo dijo.

—Eso son dos preguntas, no una —puntualizó Lavon.

Sonriendo, Gabriel se llevó el teléfono de Estermann al sótano. El alemán estaba tomando café en la mesa de interrogatorio, vigilado por Mijail y Oded. Estaba sin afeitar y tenía un moratón en la mejilla derecha. Con un afeitado y un poco de maquillaje, quedaría como nuevo.

Miró con recelo a Gabriel cuando se sentó frente a él.

—¿Qué pasa ahora?

—Vamos a adecentarlo un poco. Y luego iremos a dar una vuelta.

—¿Adónde?

Gabriel se quedó mirándolo inexpresivamente.

—Es imposible que los guardias del puesto de control le dejen pasar —arguyó el alemán.

—No me dejarán pasar a mí, sino a usted.

—No va a funcionar.

—Más vale que funcione, por su bien. Pero antes de marcharnos, quiero hacerle otra pregunta. —Gabriel puso el móvil de Estermann sobre la mesa—. ¿Por qué fue a Bonn después de hablar con Stefani Hoffman? ¿Y por qué tuvo el teléfono apagado dos horas y cincuenta y siete minutos?

—No fui a Bonn.

—Según su teléfono, sí. —Gabriel tocó la pantalla—. Al parecer salió del Café du Gothard a las dos y treinta y cuatro de la tarde y llegó a las afueras de Bonn en torno a las siete y cuarto. Un buen promedio, lo reconozco. En ese momento, apagó el teléfono. Quiero saber por qué.

—Ya le he dicho que no fui a Bonn.

—¿Dónde estuvo, entonces?

El alemán vaciló.

—Estuve en Grosshau. Un pueblecito, unos kilómetros al oeste de Bonn.

—¿Qué hay en Grosshau?

—Una casa en el bosque.

—¿Quién vive allí?

—Un tal Hamid Fawzi.

—¿Quién es?

—Es una creación de mi unidad informática.

—¿Es quizá el responsable de que esté habiendo atentados en Alemania?

—No —contestó Estermann—. El responsable soy yo.

43

COLONIA, ALEMANIA

Gerhardt Schmidt no tenía por costumbre hacer horas extra. Normalmente llegaba a la sede del BfV en Colonia unos minutos antes de la reunión de personal de las diez de la mañana y, a no ser que surgiera una emergencia, a las cinco, como máximo, estaba otra vez en el asiento trasero de su coche oficial. Casi todas las noches paraba en algún bar selecto del centro a tomar una copa. Pero solo una. Todo con moderación, ese era su lema personal. Quería que lo grabaran en su tumba.

Los atentados de Berlín y Hamburgo habían alterado esta rutina diaria tan saludable. Esa mañana Schmidt estaba ya en la oficina a las ocho en punto, una hora intempestiva a la que normalmente estaba todavía en la cama con el café y los periódicos. Por ese motivo estaba allí para contestar cuando a las ocho y cuarto recibió una llamada de Tel Aviv por la línea segura de su despacho.

Esperaba oír la voz de Gabriel Allon, el legendario director general del servicio secreto israelí, pero fue Uzi Navot, su mano derecha, quien le deseó buenos días en perfecto alemán. Schmidt admiraba a regañadientes a Allon, pero Navot lo sacaba de quicio. El israelí había trabajado muchos años como espía en Europa, coordinando redes operativas y reclutando agentes; entre ellos, tres que trabajaban para el BfV.

A los pocos segundos, sin embargo, Schmidt se arrepintió profundamente de haber hablado mal alguna vez de Navot (al que, de hecho, le había deseado la muerte en ocasiones). Al parecer, los israelíes, como tenían por costumbre, habían dado con un filón de oro para un espía; esta vez, relacionado con la nueva célula terrorista que tenía a Alemania en vilo. Navot, como cabía esperar, no quiso entrar en detalles acerca de cómo había conseguido la información. Era un mosaico, dijo; una mezcla de fuentes humanas y maniobras electrónicas. Había vidas en juego. El tiempo volaba.

Fuera cual fuese su procedencia, la información era muy concreta. Hacía referencia a una finca en Grosshau, un pueblecito agrícola situado en las lindes del macizo boscoso de Hürtgenwald. La finca era propiedad de una empresa llamada OSH Holdings, con sede en Hamburgo. Había dos edificaciones: una casa de labor tradicional alemana y una caseta de chapa corrugada. La casa estaba prácticamente vacía. En la caseta, en cambio, había una camioneta Mitsubishi con diez años de antigüedad, cargada con una veintena de barriles de fertilizante de nitrato de amonio, nitrometano y Tovex, los componentes necesarios para fabricar una bomba ANNM.

La camioneta estaba registrada a nombre de Hamid Fawzi, un refugiado originario de Damasco que se había establecido en Fráncfort tras el estallido de la guerra civil en Siria. O eso afirmaban, al menos, sus redes sociales, que se actualizaban con frecuencia. Ingeniero de formación, Fawzi trabajaba como especialista en inteligencia artificial para una consultoría alemana que también era propiedad de OSH Holdings. Su esposa, Asma, llevaba un velo que le cubría toda la cara cuando salía de casa. Tenían dos hijos: una niña, Salma, y un niño, Mohammad.

Según los datos que tenía Navot, esa mañana a las diez llegaría a la finca un solo individuo. Navot no sabía si sería Hamid Fawzi. Estaba seguro, en cambio, de cuál era el objetivo del atentado: el muy concurrido mercado navideño de Colonia instalado junto a la catedral.

Gerhardt Schmidt tenía una larga lista de preguntas que quería hacerle a Navot, pero solo pudo expresarle su profunda gratitud, no había tiempo para más. Nada más colgar, llamó al ministro de Interior, que a su vez llamó a la canciller y al homólogo de Schmidt en la

Bundespolizei. Los primeros agentes de policía llegaron a la casa a las ocho y media. Poco después de las nueve se les unieron cuatro equipos del GSG9, la unidad táctica de lucha antiterrorista de Alemania.

Los agentes no hicieron intento de entrar en la caseta, cuya puerta estaba protegida por una cerradura de seguridad. Se escondieron en la arboleda cercana y esperaron. A las diez en punto, un Volkswagen Passat familiar avanzó zarandeándose por el camino lleno de baches que daba acceso a la finca. El conductor llevaba gafas oscuras, gorro de lana y guantes.

Aparcó el Volkswagen frente a la casa y se acercó a la caseta. Los agentes del GSG9 esperaron a que abriera la puerta. Entonces salieron de la arboleda. Sobresaltado, el individuo se llevó la mano a la chaqueta, presuntamente para sacar un arma, pero tuvo la prudencia de no intentarlo al ver el tamaño de los efectivos desplegados para detenerlo. A los agentes del GSG9 les sorprendió que no lo hiciera. Por su entrenamiento, siempre esperaban que un terrorista yihadista luchara hasta la muerte.

Se llevaron otra sorpresa cuando, tras esposarle, le quitaron las gafas de sol y el gorro de lana. Rubio y de ojos azules, parecía salido de un cartel de propaganda nazi. Al cachearlo, los agentes descubrieron que portaba una pistola Glock de 9 milímetros, tres teléfonos móviles, varios miles de euros en billetes y un pasaporte austriaco a nombre de Klaus Jäger. La Bundespolizei contactó de inmediato con sus colegas de Viena, que conocían bien a Jäger. Era un expolicía austriaco al que habían expulsado del cuerpo por colaborar activamente con conocidos neonazis.

En aquel momento, a las diez y media de la mañana, la página web de *Die Welt*, la revista de actualidad más respetada de Alemania, publicó la noticia. Citando fuentes anónimas, afirmaba que la Bundespolizei había detenido, gracias a las informaciones proporcionadas por Gerhardt Schmidt, jefe del BfV, a uno de los responsables de los atentados terroristas de Berlín y Hamburgo. No se trataba de un partidario del Estado Islámico, como se sospechaba hasta entonces, sino de un conocido neonazi vinculado a Axel Brünner y a los ultraderechistas del Partido Nacional Demócrata. Los atentados, informaba *Die Welt*, formaban parte de una conspiración para hacer subir a Brünner en las encuestas antes de las elecciones generales.

A los pocos minutos se desató una tormenta política en Alemania. La popularidad de Gerhardt Schmidt, sin embargo, subió como la espuma. Tras hablar con la canciller, llamó a Uzi Navot a Tel Aviv.

—*Mazel tov*, Gerhardt. Acabo de ver las noticias.

—No sé cómo agradecéroslo.

—Seguro que se te ocurrirá algo.

—Solo hay un problema —dijo Schmidt—. Necesito saber el nombre de tu fuente.

—No voy a dártelo, pero yo que tú le haría un buen repaso a OSH Holdings. Sospecho que encontrarás muchas cosas interesantes.

—¿Qué cosas?

—No quiero chafarte la sorpresa.

—¿Sabíais Allon y tú que Brünner y la ultraderecha estaban detrás de los atentados?

—¿La ultraderecha? —preguntó Navot con fingida incredulidad—. ¿Quién hubiera imaginado tal cosa?

44

BAVIERA, ALEMANIA

El confidente del que procedía aquella información tan precisa abandonó Múnich a las diez y cuarto de la mañana en el maletero de un Audi. Permaneció allí, atado y amordazado, hasta que el coche llegó a la localidad bávara de Irschenberg, cuando le permitieron sentarse en el asiento trasero del coche, junto a Gabriel. Escucharon juntos las noticias en la ARD mientras el auto iniciaba el ascenso hacia el Obersalzberg.

—Algo me dice que Brünner acaba de venirse abajo en las encuestas. —Gabriel echó un vistazo al teléfono de Estermann, que estaba vibrando—. Hablando del rey de Roma... Es la tercera vez que llama.

—Seguramente cree que soy yo quien le ha filtrado la noticia a *Die Welt*.

—¿Por qué iba a creer eso?

—La operación de los atentados era de alto secreto. Yo era una de las cuatro personas que sabían que los atentados formaban parte de la estrategia de la Orden para ayudarlo a ganar las elecciones generales.

—Para que luego hablen de *fake news* —comentó Gabriel.

—Es usted quien ha filtrado esa información a *Die Welt*.

—Pero todo lo que les dije es cierto.

En el asiento del copiloto, Eli Lavon se rio por lo bajo antes de encender un cigarrillo. Mijail, que hablaba poco alemán, siguió concentrado en la conducción.

—¿No podría apagar el cigarrillo su compañero? —protestó Estermann—. Y el otro ¿por qué no deja de tamborilear así con los dedos? Es muy molesto.

—¿Preferiría que usara su cabeza como tambor?

—Ya lo hizo bastante anoche. —Estermann movió la mandíbula de un lado a otro—. Wolf se estará preguntando por qué no ha tenido noticias mías.

—Las tendrá dentro de una hora, más o menos. Creo que se alegrará de verlo.

—Yo no estaría tan seguro.

—¿Cuántos guardias habrá en la barrera de control?

—Ya se lo he dicho.

—Sí, lo sé. Pero dígamelo otra vez.

—Dos —contestó Estermann—. Los dos armados.

—Recuérdeme qué ocurre cuando llega alguien.

—El guardia llama a Karl Weber, el jefe de seguridad. Si esperan visita, Weber da luz verde al coche. Si es alguien que no está en la lista de invitados, consulta con Wolf. De día, Wolf suele estar en su despacho, en la segunda planta del chalé. El evangelio está en la caja fuerte.

—¿Cuál es la combinación?

—Ochenta y siete, noventa y cuatro, noventa y ocho.

—No es muy difícil de recordar, ¿no?

—Wolf pidió que fuera esa.

—¿Por razones sentimentales?

—Ni idea. *Herr* Wolf es muy reservado en lo que respecta a su vida privada. —Estermann señaló hacia los Alpes—. Precioso, ¿verdad? No hay montañas así en Israel.

—Cierto —reconoció Gabriel—. Pero tampoco hay gente como usted.

* * *

Desde hace un tiempo, es práctica común entre los políticos de todo pelaje ideológico llenarse los bolsillos escribiendo un libro, o contratando a alguien para que lo escriba. Algunos de esos libros son memorias; otros son llamamientos a la acción para resolver problemas que interesan especialmente al político en cuestión. Los ejemplares que no se venden al por mayor a sus partidarios suelen acabar acumulando polvo en almacenes, o en el cuarto de estar de periodistas a los que la editorial envía ejemplares de cortesía con la esperanza de que mascullen algo a favor del libro en una tertulia televisiva o en sus redes sociales. El único que sale ganando en esta farsa es el político, que suele cobrar un sustancioso anticipo, convencido de que se lo merece por el enorme sacrificio económico y personal que hizo mientras desempeñaba labores de gobierno.

Adolf Hitler escribió el libro que le hizo rico una década antes de subir al poder. Invirtió parte de los beneficios en comprar Haus Wachenfeld, un modesto chalé de veraneo en las montañas que rodean Berchtesgaden. En 1935 encargó una reforma general de la casa, basada en un boceto que dibujó en una pizarra que le prestó Albert Speer, su ministro de Armamento y Producción de Guerra. El resultado fue Berghof, una residencia de la que el propio Speer dijo que era «de lo más incómoda para recibir visitas oficiales».

A medida que aumentaban el poder y la paranoia de Hitler, también aumentaba la impronta de los nazis en el Obersalzberg. Encaramado en la cima del monte Kehlstein estaba el Nido del Águila, un chalé que usaban los jerarcas del partido para reuniones y saraos varios; y a escasa distancia del Berghof se hallaba el lujoso salón de té en el que Hitler pasabas tardes enteras con Eva Braun y Blondi, su querida perra alsaciana. El 25 de abril de 1945 varios centenares de bombarderos Lancaster de la RAF atacaron el complejo. El Berghof resultó muy dañado en el bombardeo. El Gobierno alemán mandó demoler el salón de té en los años cincuenta, pero el Nido del Águila hoy en día sigue siendo una atracción turística, igual que la localidad de Berchtesgaden.

Andreas Estermann contempló la nieve que caía en las limpias calles empedradas.

—Es la primera nevada de este año.

—El cambio climático —contestó Gabriel.

—No creerá de verdad en esa mamarrachada, ¿no? Es un ciclo climático natural, nada más.

—Quizá debería usted leer de vez en cuando algo que no sea el *Der Stürmer*.

Estermann arrugó el ceño y señaló las tiendas y cafeterías del pueblo, dignas de una postal.

—Yo creo que esto merece la pena defenderlo, ¿usted no? ¿Se imagina qué aspecto tendría este pueblo con un minarete?

—¿O con una sinagoga?

La ironía de Gabriel no pareció hacer mella en Estermann.

—Aquí, en el Obersalzberg, no hay judíos, Allon.

—Ya no.

Gabriel volvió la cabeza. Detrás de ellos iba el otro Audi. Conducía Yaakov, y Yossi y Oded iban detrás. Dina y Natalie los seguían en la furgoneta Mercedes. Gabriel llamó a Natalie y le dijo que esperaran en el pueblo.

—¿Por qué no podemos ir con vosotros?

—Porque puede que la cosa se ponga fea.

—Y, claro, nosotras nunca nos hemos visto en una de esas.

—Podéis presentar una queja en Personal mañana mismo.

Gabriel colgó y ordenó a Mijail que torcieran a la izquierda al final de la calle. Ellos siguieron adelante, bordeando la orilla de un río de color granito, entre hotelitos y casas de veraneo.

—Faltan menos de tres kilómetros —dijo Estermann.

—¿Recuerda lo que pasará si intenta avisarle?

—Que me arrojará a un pozo muy hondo.

Gabriel le devolvió su móvil.

—Ponga el manos libres.

Estermann marcó. El teléfono sonó sin que nadie contestara.

—No lo coge.

—Le sugiero una cosa.

—¿Cuál?

—Vuelva a marcar.

45

OBERSALZBERG, BAVIERA

Jonas Wolf no solía ver la televisión. La consideraba el verdadero opio de las masas y la causa de la deriva de Occidente hacia el hedonismo, la secularización y el relativismo moral. Esa mañana, no obstante, había puesto las noticias en su cómodo despacho a las once y cuarto esperando ver los primeros informes de un atentado terrorista de grandes proporciones acaecido junto a la catedral de Colonia. En vez de eso, se había enterado de que la policía había descubierto una camioneta cargada de explosivos en una finca rural del oeste de Alemania y había detenido a un expolicía austriaco vinculado con la extrema derecha. Según *Die Welt*, el detenido estaba relacionado con los atentados de Berlín y Hamburgo y, lo que era peor aún, con Axel Brünner y el Partido Nacional Demócrata. Al parecer, los atentados formaban parte de una brutal operación orquestada por Brünner y los ultraderechistas para soliviantar al electorado alemán en vísperas de las elecciones generales.

De momento, al menos, no había salido a relucir el nombre de Wolf en las noticias relacionadas con el escándalo. Wolf dudaba, sin embargo, de que pudiera escapar mucho más tiempo al escrutinio de las autoridades. Pero ¿cómo había descubierto la Bundespolizei lo de aquella finca en Grosshau? ¿Y cómo había podido el periodista de *Die Welt* vincular tan rápidamente los atentados con la campaña de Brünner?

Wolf tenía un único sospechoso: Gabriel Allon.

Por eso no contestó a la primera llamada que recibió del iPhone de Andreas Estermann. No era el momento más indicado, pensó, para hablar con un cómplice que llamaba desde un dispositivo móvil. Aun así, cuando Estermann volvió a llamar, Wolf se llevó de mala gana el teléfono al oído.

La voz de Estermann sonaba una octava más aguda de lo normal. Era la voz de un hombre sometido a un estrés intenso, se dijo Wolf. Al parecer, un miembro de la Orden que todavía trabajaba para el BfV había avisado a Estermann de que Wolf y él estaban a punto de ser detenidos en relación con los atentados. Estermann iba para allá acompañado por varios de sus hombres. Quería que Wolf estuviera esperándolo abajo cuando llegara. Ya había dado orden a Platinum Flight Services, la operadora del aeropuerto de Salzburgo, de que tuviera un Gulfstream listo para despegar con destino a Moscú. Estarían en el aire en menos de una hora. Wolf solo debía llevar su pasaporte y todo el dinero en metálico que pudiera meter en una maleta.

—Y el evangelio, *herr* Wolf. Por lo que más quiera, no se lo deje.

La llamada se cortó. Wolf colgó el teléfono y subió el volumen del televisor. Una manada de periodistas había acorralado a Brünner frente a la sede de su partido en Berlín. Su desmentido tenía la credibilidad de un asesino que proclamara su inocencia con el cuchillo ensangrentado todavía en la mano.

Wolf quitó el volumen. Volvió a coger el teléfono y llamó a Otto Kessler, el director general de Platinum Flight Support. Tras intercambiar las cortesías de rigor, Wolf preguntó si su avión estaba listo para despegar.

—¿Qué avión, *herr* Wolf?

—Uno de mis empleados tendría que haberlo llamado.

Kessler le aseguró que nadie se había puesto en contacto con él.

—Pero no habrá problema para que despegue. Esta tarde solo sale un vuelo privado.

—¿De quién? —preguntó Wolf con indiferencia.

—De Martin Landesmann.

—¿Ese Martin Landesmann?

—El avión es suyo, pero no estoy seguro de que él vaya a estar a bordo. Estaba vacío cuando llegó.

—¿Adónde se dirige el avión?

—A Tel Aviv, con una escala corta en Roma.

«Gabriel Allon...».

—¿Y a qué hora está previsto que despegue? —preguntó Wolf.

—A las dos, si el tiempo lo permite. El pronóstico del tiempo es peor para esta tarde, parece que va a seguir nevando. Nos han avisado de que desde las cuatro aproximadamente será imposible que despegue ningún vuelo.

Wolf colgó y llamó seguidamente al obispo Richter al *palazzo* de la Orden en la colina del Janículo de Roma.

—Imagino que ha visto las noticias, excelencia.

—Es un giro preocupante de los acontecimientos —contestó Richter con su templanza habitual.

—Me temo que la cosa va a empeorar.

—¿Cuánto?

—Debemos dar Alemania por perdida. Por lo menos, de momento. Pero seguimos teniendo a nuestro alcance el papado. Tiene que hacer todo lo que esté en su mano para procurar que nuestro amigo de la Compañía de Jesús no se acerque a los cardenales.

—Tiene dos millones de motivos para mantener la boca cerrada.

—Dos millones de motivos y uno más —repuso Wolf.

Colgó y se quedó mirando el cuadro —un paisaje con río— que colgaba de la pared de su despacho. Pintado por Jan van Goyen, un maestro antiguo holandés, había pertenecido en tiempos a un rico empresario judío de Viena, un tal Samuel Feldman, que se lo entregó al padre Schiller, el fundador de la Orden, a cambio de partidas de bautismo falsas para su familia y para él. Por desgracia, las partidas de bautismo no llegaron a tiempo de evitar la deportación de Feldman y los suyos a la región de Lublin, en la Polonia ocupada por los alemanes, donde fueron asesinados.

Oculta detrás del cuadro estaba su caja fuerte. Wolf marcó la combinación —ochenta y siete, noventa y cuatro, noventa y ocho — y abrió la gruesa puerta de acero. Dentro había dos millones de euros en efectivo, cincuenta lingotes de oro, una pistola Luger de hacía setenta años y un libro: la última copia existente del Evangelio de Pilatos. Wolf sacó solo el libro. Lo puso encima de la mesa y lo abrió por el pasaje en el que el prefecto romano narraba el arresto y la ejecución de un alborotador galileo al que llamaban Jesús de Nazaret. Haciendo caso omiso de los consejos del obispo Richter, Wolf había leído el pasaje la noche misma en que el padre Graf trajo el libro de Roma. Para bochorno suyo, había vuelto a leerlo muchas veces desde entonces. Por suerte, los suyos serían los últimos ojos que lo verían jamás.

Llevó el libro a la ventana del despacho que daba a la fachada delantera del chalé y a la larga carretera que recorría su valle particular. A lo lejos, apenas visible entre la nieve que caía, se erguía el Untersberg, el monte en el que según la leyenda Federico Barbarroja esperó la llamada para alzarse y restaurar la gloria de Alemania. Wolf había oído la misma llamada. Su patria estaba perdida. Al menos, por ahora. Pero quizá aún pudieran salvar su Iglesia.

«El pronóstico del tiempo es peor para esta tarde, parece que va a seguir nevando. Nos han avisado de que desde las cuatro aproximadamente será imposible que despegue ningún vuelo».

Wolf miró la hora. Luego, llamó a Karl Weber, su jefe de seguridad. Weber, como siempre, contestó al primer pitido.

—¿Sí, *herr* Wolf?

—Andreas Estermann llegará en cualquier momento. Cree que voy a estar esperándolo abajo, pero me temo que ha habido un cambio de planes.

Mijail tomó la carretera particular de Wolf y avanzó a velocidad constante entre el espeso bosque de piceas y abedules. Pasado un rato, los árboles se despejaron y ante ellos se abrió un valle cercado de altísimas montañas por tres de sus lados. Los picos más altos estaban cubiertos de nubes.

Estermann dio un respingo involuntario cuando Gabriel sacó su Beretta.

—Tranquilo, no voy a dispararle. A no ser, claro, que me dé el más mínimo motivo.

—La caseta de los guardias está a la derecha de la carretera.

—¿Y?

—Voy sentado a la derecha. Si hay un tiroteo, puedo quedar atrapado en el fuego cruzado.

—Lo que aumenta mis probabilidades de sobrevivir.

Detrás de ellos, Yaakov encendió y apagó varias veces los faros del coche.

—¿Qué le pasa? —preguntó Mijail.

—Imagino que quiere adelantarnos antes de que lleguemos a la barrera de seguridad.

—¿Qué quieres que haga, jefe?

—¿Puedes disparar y conducir al mismo tiempo?

—¿Es católico el papa?

—Ahora mismo no hay papa, Mijail. Por eso va a haber un cónclave.

La caseta apareció ante ellos, velada por la nieve. Dos guardias de seguridad con chaqueta de esquí negra estaban apostados en medio de la carretera, cada uno con un subfusil HK MP5. No parecieron alarmarse al ver que los dos coches se acercaban a gran velocidad. Tampoco dieron muestras de ir a quitarse de en medio.

—¿Me los llevo por delante? —preguntó Mijail.

—Vale.

Mijail bajó las dos ventanillas del lado derecho del coche y pisó a fondo el acelerador. Los dos guardias se metieron en la caseta. Uno de ellos saludó cordialmente cuando pasaron los coches.

—Parece que su estratagema ha dado resultado, Allon. Tienen orden de parar a todos los coches que se acerquen.

Mijail subió las ventanillas. A su izquierda, al otro lado de un prado cubierto de nieve, un helicóptero Airbus descansaba en su helipuerto, triste como un juguete abandonado. El chalé de Wolf apareció un momento después. A la entrada se erguía una sola figura. Su chaqueta de esquí era idéntica a la de los guardias de la entrada. Tenía las manos vacías.

—Ese es Weber —dijo Estermann—. Lleva una nueve milímetros debajo de la chaqueta.

—¿Es diestro o zurdo?

—¿Qué más da eso?

—Puede que de eso dependa el que dentro de treinta segundos siga vivo.

Estermann frunció el ceño.

—Creo que es diestro.

Mijail detuvo el coche de un frenazo y salió con el Uzi Pro en la mano. Detrás de ellos, Yaakov y Oded, armados con pistolas Jericho, se bajaron de un salto del segundo coche.

Gabriel esperó a que despojaran a Weber del arma. Luego, se acercó con calma y le habló en el alemán con acento berlinés que había aprendido de su madre.

—*Herr* Wolf tenía que estar esperándonos. Es urgente que salgamos para el aeropuerto.

—*Herr* Wolf me ha pedido que le acompañe dentro.

—¿Dónde está?

—Arriba —dijo Weber—. En el salón.

46

OBERSALZBERG, BAVIERA

La escalera, ancha y recta, estaba tapizada por una alfombra de un rojo vivo. Weber los precedió con las manos en alto, mientras Mijail le apuntaba a los riñones. Gabriel iba flanqueado por Eli Lavon y Estermann. El alemán parecía inquieto.

—¿Le preocupa algo, Estermann?

—Lo verá dentro de un momento.

—Quizá debería decírmelo ya. No soy partidario de las sorpresas.

—*Herr* Wolf no suele recibir visitas en el salón.

Al llegar a lo alto de la escalera, Weber torció a la izquierda y los condujo a una antesala. Se detuvo delante de unas puertas de madera labrada.

—Yo no puedo ir más allá. *Herr* Wolf los espera dentro.

—¿Él y quién más? —preguntó Gabriel.

—Solo *herr* Wolf.

Gabriel le apuntó con la Beretta a la cabeza.

—¿Está seguro?

Weber asintió.

Gabriel le indicó un sillón con la pistola.

—Siéntese.

—No se me permite sentarme.

—Ahora sí.

El alemán se sentó. Oded se dejó caer en la silla de enfrente, con la Jericho apuntando a sus rodillas.

Gabriel miró a Estermann.

—¿A qué espera?

Estermann abrió las puertas y entró.

Era una habitación enorme, de unos quince metros por dieciocho. Una de las paredes estaba ocupada casi en su totalidad por un ventanal panorámico. En las otras tres colgaban tapices gobelinos y cuadros de maestros antiguos. Había una vitrina monumental de estilo clasicista, un reloj de pie enorme coronado por un águila y un busto de Wagner que parecía obra de Arno Breker, el escultor y arquitecto alemán predilecto de Hitler y de las élites nazis.

Había dos zonas de asientos, una cerca del ventanal y otra delante de la chimenea. Gabriel cruzó el salón para reunirse con Jonas Wolf delante del fuego, que despedía un calor abrasador. Encima de las ascuas había un libro. De él solo quedaban las tapas de cuero.

—Imagino que para la gente como usted quemar libros es un gesto espontáneo.

Wolf no contestó.

—No está armado, ¿verdad, Wolf?

—Tengo una pistola.

—¿Le importaría dármela?

Wolf metió la mano bajo su chaqueta de cachemira.

—Despacio —le advirtió Gabriel.

El alemán sacó el arma. Era una Luger antigua.

—Hágame el favor de tirarla a ese sillón de allí.

Wolf obedeció. Gabriel miró los restos ennegrecidos del libro.

—¿Es el Evangelio de Pilatos?

—No, Allon. Lo era.

Gabriel apoyó el cañón de la Beretta contra su nuca. De algún modo consiguió dominarse para no apretar el gatillo.

—¿Le importa que le eche un vistazo?

—Adelante.

—¿Puede traérmelo, por favor?

Wolf no se movió. Gabriel ladeó el cañón de la pistola.

—No me haga pedírselo dos veces.

Wolf echó mano de las herramientas de la chimenea.

—No —dijo Gabriel.

El alemán se agachó y acercó la mano al fuego. Gabriel solo tuvo que apoyarle un pie en la espalda para lanzarlo de bruces al fuego. Cuando logró apartarse, su cabellera canosa era cosa del pasado.

Gabriel se fingió indiferente a sus gritos de dolor.

—¿Qué decía, Wolf?

—No lo he leído —respondió gimiendo el alemán.

—Me cuesta creerlo.

—¡Era una herejía!

—¿Cómo lo sabe si no lo ha leído?

Gabriel se acercó a uno de los cuadros, una mujer reclinada, desnuda, a la manera de Tiziano. Al lado había otro desnudo, este de Bordone, uno de los discípulos de Tiziano. También había un paisaje de Spitzweg y unas ruinas romanas de Panini. Ninguno era auténtico, sin embargo. Eran copias del siglo XX.

—¿Quién los pintó?

—Un restaurador alemán, Gunther Haas.

—Es un aficionado.

—Me cobró una fortuna.

—¿Sabía dónde estuvieron estos cuadros durante la guerra?

—Nunca hablamos de eso.

—Dudo que a Gunther le hubiera importado. Siempre fue un poquito nazi.

Gabriel miró a Eli Lavon, que parecía estar sosteniéndole la mirada al busto de Wagner. Pasado un momento, apoyó la mano en el aparador de madera sobre el que descansaba el busto.

—Aquí es donde estaban escondidos los altavoces del proyector —dijo, y señaló la pared de enfrente—. Y la pantalla estaba detrás de ese tapiz. Cuando quería ponerles una película a sus invitados, lo levantaba.

Gabriel pasó junto a una larga mesa rectangular y se detuvo junto al ventanal.

—Y esto podía bajarse, ¿verdad, Eli? Lamentablemente, cuando dibujó los planes del Berghof, puso el garaje justo debajo del salón y cuando soplaba el viento de determinada manera el olor a gasolina era insoportable. —Gabriel miró a Wolf—. Imagino que usted no cometió el mismo error.

—Tengo el garaje separado del resto de la casa —contestó Wolf con petulancia.

—¿Dónde está el botón de la ventana?

—En la pared, a la derecha.

Gabriel pulsó el interruptor y el cristal se desplazó sin hacer ruido. Una ráfaga de nieve entró en la habitación. Nevaba ahora con más fuerza. Gabriel vio elevarse un avión lentamente sobre Salzburgo. Luego miró a hurtadillas su reloj de pulsera.

—Debería irse, Allon. El Gulfstream que le ha prestado Martin Landesmann sale para Roma a las dos. —Wolf esbozó una sonrisa arrogante—. Se tardan cuarenta minutos en llegar al aeropuerto, como mínimo.

—La verdad es que estaba pensando en quedarme a ver cómo le pone las esposas la Bundespolizei. La ultraderecha alemana jamás se recuperará de este golpe, Wolf. Se acabó.

—Lo mismo dijeron después de la guerra y ahora estamos por todas partes. En la policía, en los servicios de inteligencia y seguridad, en los tribunales...

—Pero no en la cancillería federal. Ni en el Palacio Apostólico.

—Ese cónclave es mío.

—Ya no. —Gabriel se apartó de la ventana abierta y paseó la mirada por la habitación. Empezaba a asquearlo—. Esto habrá requerido mucho trabajo.

—Lo más difícil fueron los muebles. Hubo que hacerlos a mano, basándose en fotografías antiguas. La habitación es exactamente como era entonces, a excepción de la mesa. Solía haber un jarrón con flores en el centro. Yo, en cambio, la tengo llena de fotografías.

Las fotografías, enmarcadas en plata, estaban perfectamente ordenadas. Wolf, con su esposa, una mujer muy guapa. Wolf con sus dos hijos. Wolf al timón de un velero. Wolf cortando la cinta en la ceremonia de inauguración de una fábrica. Wolf besando el anillo del obispo Hans Richter, superior general de la ponzoñosa Orden de Santa Helena.

Una de las fotografías destacaba por ser más grande que las otras y tener un marco más labrado. En ella aparecía Adolf Hitler sentado a la mesa original del salón con un niño de dos o tres años sobre sus rodillas. La ventana corredera estaba abierta. Hitler estaba gris y macilento. El niño parecía asustado. Solo el hombre que aparecía a su lado, vestido con el uniforme de los oficiales de las SS, parecía complacido. Sonreía, de pie, con los brazos en jarras y la cabeza echada hacia atrás en un gesto de alegría.

—Supongo que reconoce al Führer —dijo Wolf.

—También reconozco al oficial de las SS. —Gabriel miró un momento a Wolf—. El parecido es asombroso.

Dejó la fotografía en la mesa. Otro avión se elevaba despacio sobre Salzburgo. Miró su reloj. Era casi la una. Tiempo suficiente, se dijo, para un último relato.

47

OBERSALZBERG, BAVIERA

Eli Lavon también reconoció al padre de Wolf. Era Rudolf Fromm, uno de los burócratas asesinos de la Sección IVB4 de la Oficina Central de Seguridad del Reich, el departamento de las SS que llevó a cabo la Solución Final. Fromm era austriaco de nacimiento y católico, igual que su mujer, Ingrid. Procedían de Linz, la ciudad a orillas del Danubio donde nació Hitler. Wolf era su único hijo. En realidad se llamaba Peter: Peter Wolfgang Fromm. La fotografía se tomó en 1945, durante la última visita de Hitler al Berghof. En ese momento la madre de Wolf charlaba con Eva Braun, fuera de encuadre. Agotado, con un temblor incontrolable en las manos, Hitler se negó a posar para otra fotografía.

Un mes después de aquella visita, mientras el Ejército Rojo avanzaba hacia Berlín, Rudolf Fromm se quitó el uniforme de las SS y se escondió. Logró escapar y en 1948, con ayuda de un sacerdote de la Orden de Santa Helena, llegó a Roma. Después, provisto de una tarjeta que lo identificaba como miembro de la Cruz Roja, embarcó en Génova con destino a Buenos Aires. Su hijo se quedó en Berlín con la madre hasta 1950, cuando ella se ahorcó en su mísero apartamento de una sola habitación. El niño se quedó solo en el mundo, y el mismo sacerdote de la Orden que había ayudado a su padre se prestó a acogerlo.

Ingresó en el seminario de la Orden en Bergen para formarse como sacerdote. A los dieciocho años, sin embargo, el padre Schiller fue a visitarlo y le informó de que Dios tenía otros planes para aquel joven brillante y guapo, hijo de un criminal de guerra nazi. El chico abandonó el seminario provisto de una nueva identidad y se matriculó en la Universidad de Heidelberg, donde estudió matemáticas. El padre Schiller le dio el dinero para comprar su primera empresa en 1964, y a los pocos años era uno de los hombres más ricos del país, la personificación misma del milagro económico alemán de posguerra.

—¿Cuánto dinero le dio el padre Schiller?

—Creo que fueron cinco millones de marcos. —Wolf se sentó en un sillón, cerca del fuego—. O puede que fueran diez. Si les digo la verdad, no me acuerdo. Fue hace mucho tiempo.

—¿Le dijo de dónde procedía ese dinero? ¿Que la Orden se lo había robado a judíos atemorizados como Samuel Feldman en Viena o Emanuele Giordano en Roma? —Gabriel se quedó callado un momento—. No me dirá ahora que no ha oído hablar de ellos.

—¿Para qué iba a molestarme en decírselo?

—Imagino que parte de ese dinero se usó para ayudar a escapar a individuos como su padre.

—Resulta bastante paradójico, ¿no le parece? —Wolf sonrió—. Mi padre se encargó personalmente del caso Feldman. Pero se le escapó un miembro de la familia. Una hija, creo. Muchos años después de la guerra, le contó su triste historia a un investigador privado en Viena. No me acuerdo de su nombre.

—Eli Lavon, creo que era.

—Sí, eso es. Intentó chantajear al obispo Richter. —Wolf soltó una risa amarga—. Menuda ocurrencia. Él también recibió su merecido.

—Supongo que se refiere a la bomba que destruyó su oficina en Viena.

Wolf asintió con un gesto.

—Murieron dos empleadas suyas. Judías las dos, claro.

Gabriel miró a su viejo amigo. Nunca lo había visto cometer un acto de violencia. En ese momento, sin embargo, estaba seguro de que, si le hubieran dado una pistola cargada, la habría usado para matar a Jonas Wolf.

El alemán se estaba mirando las quemaduras de la mano derecha.

—Era un tipo muy obstinado, ese tal Lavon. El típico judío terco como una mula. Pasó varios años tratando de localizar a mi padre. No lo encontró, claro. Vivía muy cómodamente en Bariloche. Yo iba a visitarlo cada dos o tres años. Como no teníamos el mismo apellido, nadie sospechaba que éramos familia. Se volvió muy beato en la vejez. Estaba muy satisfecho.

—¿No tenía remordimientos?

—¿Por qué? —Wolf meneó la cabeza—. Mi padre estaba orgulloso de lo que hizo.

—Supongo que usted también lo estaba.

—Mucho, sí —reconoció Wolf.

Gabriel se sintió como si le hubieran clavado un cuchillo en el corazón, pero consiguió calmarse antes de volver a tomar la palabra.

—Sé por experiencia que los hijos de criminales de guerra nazis no suelen compartir el fanatismo de sus padres. No les tienen simpatía a los judíos, claro, pero tampoco sueñan con acabar la tarea que emprendieron sus padres.

—Evidentemente, tiene usted que salir un poco más, Allon. Ese sueño está vivito y coleando. Ya no es solo un lema vacío en alguna protesta propalestina. Hay que estar ciego para no ver adónde conduce todo esto.

—Lo veo perfectamente, Wolf.

—Pero ni siquiera el gran Gabriel Allon puede impedirlo. No hay ni un solo país en Europa Occidental en el que los judíos estén a salvo. Ya ni siquiera son bienvenidos en Estados Unidos, la otra patria judía. Los nacionalistas blancos americanos se oponen a la inmigración y a la disolución de su poder político, pero, sobre todo, odian a los judíos. Como ese tipo que abrió fuego en una sinagoga de Pennsylvania o esos chicos estupendos que se pasearon por esa ciudad universitaria de Virginia llevando antorchas encendidas.

¿A quién cree usted que emulan con sus cortes de pelo y sus saludos nazis?

—Sobre gustos no hay nada escrito.

—Su sentido del humor judío es quizá su rasgo de carácter menos atractivo.

—Ahora mismo, es lo único que me impide volarle la tapa de los sesos. —Gabriel regresó a la zona de asientos delante del fuego. Del libro no quedaba casi nada. Cogió el atizador y removió las brasas—. ¿Qué decía, Wolf?

—Cuánto le gustaría saberlo.

Gabriel se giró de repente y dejó caer con todas sus fuerzas el atizador de hierro sobre el codo izquierdo de Wolf. Se oyó el crujido del hueso al romperse.

Wolf se retorció de dolor.

—¡Cabrón!

—Vamos, Wolf. Puede hacerlo mejor.

—Yo estoy hecho de una pasta mucho más dura que Estermann. Puede molerme a palos con esa cosa, que nunca le diré lo que decía ese libro.

—¿De qué tiene tanto miedo?

—La Iglesia católica romana no puede equivocarse. Y menos aún puede equivocarse premeditadamente.

—Porque si la Iglesia se equivoca, su padre también estaría equivocado. Sus actos no tendrían justificación religiosa. Solo sería un maniaco genocida más.

Gabriel soltó el atizador. De pronto estaba agotado. Solo quería abandonar Alemania para no volver nunca. Tendría que hacerlo sin el Evangelio de Pilatos, pero resolvió que no se iría con las manos vacías.

Miró a Wolf, que se agarraba el codo roto.

—Puede que le cueste creerlo, pero las cosas están a punto de ponerse aún más negras para usted.

—¿No hay forma de que lleguemos a un acuerdo?

—Solo si me da el Evangelio de Pilatos.

—Lo he quemado, Allon. Ya no existe.

—En ese caso, creo que no hay acuerdo posible. Puede, sin embargo, que quiera usted hacer al menos una buena acción antes de que lo encierren. Considérelo un *mitzvah*.

—¿Qué, por ejemplo?

—No estaría bien que se lo propusiera yo. Tiene que salirle de dentro, Wolf.

El alemán cerró los ojos, dolorido.

—En mi despacho hay un paisaje fluvial bastante bueno, de unos cuarenta centímetros por sesenta. Lo pintó un maestro antiguo holandés de segunda fila llamado...

—Jan van Goyen.

Gabriel y Wolf se volvieron al oír aquella voz. Era la de Eli Lavon.

—¿Cómo lo sabe? —preguntó Wolf con sorpresa.

—Hace unos años, una mujer de Viena me contó una historia triste.

—¿Usted es...?

—Sí —contestó Lavon—. En efecto.

—¿Ella todavía vive?

—Creo que sí.

—Entonces, por favor, dele el cuadro. Detrás encontrarán mi caja de caudales. Cojan todo el dinero y el oro que puedan llevarse. La combinación es...

—Ochenta y siete, noventa y cuatro, noventa y ocho —concluyó Gabriel.

Wolf lanzó una mirada furiosa a Estermann.

—¿Hay algo que no le hayas dicho?

Fue Gabriel quien contestó.

—Estermann no sabía por qué eligió usted esos números en concreto. La única explicación es que fueran el número de afiliación a las SS de su padre. Ocho, siete, nueve, cuatro, nueve, ocho. Debió de ingresar en 1932, unos meses antes de que Hitler se hiciera con el poder.

—Mi padre sabía de dónde soplaba el viento.

—Qué gran orgullo debía de ser eso para usted.

—Quizá debería marcharse, Allon. —Wolf consiguió esbozar una sonrisa horrenda—. Dicen que la tormenta va a empeorar.

Gabriel le quitó el marco al lienzo mientras Eli Lavon guardaba los fajos de billetes y los relucientes lingotes de oro en una de las costosas maletas de titanio de Wolf. Cuando hubo vaciado la caja fuerte, metió dentro la Luger y la HK de 9 mm que le habían quitado a Karl Weber.

—Lástima que no podamos meter también ahí dentro a Wolf y a Estermann. —Lavon cerró la puerta de la caja y giró la rueda—. ¿Qué vamos a hacer con ellos?

—Supongo que podríamos llevarlos a Israel.

—Antes vuelvo andando a casa que compartir avión con un tipejo como Jonas Wolf.

—Por un momento he pensado que ibas a matarlo.

—¿Yo? —Lavon meneó la cabeza—. No sirvo para esas cosas. Pero reconozco que he disfrutado viéndote darle con el atizador.

El teléfono de Gabriel vibró. Era Uzi Navot desde King Saul Boulevard.

—¿Pensáis quedaros a cenar? —preguntó.

Gabriel se rio a su pesar.

—¿Podemos hablar luego? Ahora mismo estamos un poquito ocupados.

—Solo quería decirte que acabo de recibir una llamada de mi nuevo amigo del alma, Gerhardt Schmidt. La Bundespolizei va para allá para detener a Wolf. Convendría que salierais de ahí antes de que lleguen.

Gabriel colgó.

—Es hora de irse.

Lavon cerró la maleta y con ayuda de Gabriel la puso en posición vertical, apoyada en las ruedas.

—Menos mal que vamos en avión privado. Esto pesa setenta kilos, mínimo.

Entre los dos llevaron la maleta a la habitación contigua. Estermann y Karl Weber estaban atendiendo a Wolf, vigilados por Mijail y Oded. Yossi estaba inspeccionando uno de los tapices gobelinos. Yaakov se hallaba de pie delante de la ventana abierta, escuchando el sonido lejano de las sirenas.

—Se oyen cada vez más cerca —dijo.

—Porque vienen para acá. —Gabriel indicó con una seña a Mijail y Oded que era hora de marcharse y echó a andar hacia la puerta.

—¿Quién cree que será? —le gritó Wolf mientras cruzaba la sala.

Gabriel se detuvo.

—¿Qué, Wolf?

—El cónclave. ¿Quién va a ser el próximo papa?

—Dicen que Navarro ya ha encargado muebles nuevos para el *appartamento*.

—Sí —dijo Wolf sonriéndose—. Eso dicen.

TERCERA PARTE

EXTRA OMNES

48

CURIA JESUITA, ROMA

Luigi Donati tenía muchas virtudes y rasgos de carácter admirables, pero la paciencia no era uno de ellos. Era por temperamento proclive a pasearse de un lado a otro y a no dar descanso al bolígrafo cuando tenía uno entre los dedos, y no toleraba fácilmente ni la necedad ni los retrasos, por pequeños que fuesen. Roma ponía a prueba su paciencia a diario, igual que vivir detrás de los muros del Vaticano, donde casi cada encuentro con los arteros burócratas de la curia lo sacaba de sus casillas. En el Palacio Apostólico, todas las conversaciones eran un cúmulo de mensajes en clave, cautelosas, cargadas de ambiciones y de temor a cometer un error que diera al traste con una carrera por lo demás prometedora. Rara vez decía uno lo que pensaba, y nunca jamás lo ponía por escrito. Era demasiado peligroso. La curia romana no premiaba la creatividad ni la franqueza. Su suma aspiración era la inercia.

Pero al menos Donati nunca se había aburrido. Y excepción hecha de las seis semanas que había pasado en la clínica Gemelli recuperándose de una herida de bala, nunca se había sentido impotente. Ahora, en cambio, el aburrimiento y la impotencia habían hecho presa en él. Y combinados con su impaciencia formaban una mezcla explosiva.

La culpa la tenía su viejo amigo Gabriel Allon. Hacía tres días que se había marchado de Roma y en ese tiempo Donati solo había tenido noticias suyas una vez, esa madrugada, a las cinco y veinte. «Tengo todo lo que necesitas», le había asegurado Gabriel. Pero, por desgracia, no le había dicho lo que había descubierto, solo que era un doce en la escala del obispo Richter —un juego de palabras ingenioso, Donati tenía que reconocerlo— y que había surgido una complicación más relacionada con alguien muy cercano al difunto papa. Una complicación de la que no convenía hablar por teléfono.

Durante las once horas siguientes, Donati no tuvo noticias de su viejo amigo. Pasó un día horrible encerrado en la Curia Jesuita. Las noticias que llegaban de Alemania, aunque estremecedoras, al menos eran una distracción. Donati las vio con algunos compañeros en el televisor de la sala común. La policía alemana había impedido un atentado con coche bomba junto a la catedral de Colonia. Los presuntos terroristas no pertenecían al Estado Islámico, sino a una oscura organización neonazi vinculada con el político ultraderechista Axel Brünner. Habían detenido a un miembro de la célula, de nacionalidad austriaca, y al propio Brünner. A las cuatro y media, el ministro de Interior alemán anunció que otros dos individuos implicados en el escándalo habían sido hallados sin vida en un chalé del Obersalzberg. Al parecer, uno había matado al otro y luego se había suicidado, usando una sola pistola. El asesinado era un exagente de los servicios secretos alemanes llamado Andreas Estermann. El suicida era Jonas Wolf, un multimillonario que llevaba una vida muy retirada.

—Santo Dios —musitó Donati.

Justo en ese momento su Nokia recibió una llamada. Tocó la tecla de responder y se acercó el teléfono al oído.

—Perdona —le dijo Gabriel—. El tráfico es una pesadilla.

—¿Has visto las noticias de Alemania?

—Una maravilla, ¿eh?

—¿A eso te referías con que tenías que atar un par de cabos sueltos?

—Ya sabes lo que suele decirse: cuando el diablo no tiene nada que hacer...

—Por favor, dime que...

—Yo no apreté el gatillo, si te refieres a eso.

Donati suspiró aliviado.

—¿Dónde estás?

—Esperando a que me dejes entrar.

Gabriel estaba esperando en la puerta. Los últimos tres días le habían pasado factura visiblemente. Estaba, a decir verdad, hecho unos zorros. Donati lo condujo a su habitación y cerró la puerta echando la cadena. Miró la hora. Eran las 4:39 de la tarde.

—Dijiste algo de un doce en la escala del obispo Richter. Quizá ahora puedas ser un poco más concreto.

Gabriel le relató lo sucedido mientras observaba la calle por entre las lamas de la persiana. Su relato, apenas retocado, fue ágil y minucioso. Le describió con detalle el plan de la Orden para erradicar el islam de Europa Occidental, las circunstancias que rodearon el asesinato de su santidad el papa Pablo VII y el macabro salón en el que Jonas Wolf, hijo de un criminal de guerra nazi, había quemado la última copia existente del Evangelio de Pilatos. Las ambiciones políticas de la Orden, explicó, pasaban por el control del papado. Cuarenta y dos cardenales electores habían recibido dinero a cambio de su voto en el cónclave y otros dieciocho eran miembros secretos de la Orden que pensaban votar por el candidato del obispo Richter: el cardenal Franz von Emmerich, arzobispo de Viena.

—Y lo mejor es que lo tengo todo grabado en vídeo. —Gabriel miró hacia atrás—. ¿Te parece lo bastante concreto?

—Pero eso son solo sesenta votos. Necesitan setenta y dos para asegurarse el papado.

—Cuentan con que ese impulso baste para llevar a Emmerich hasta la cumbre.

—¿Sabes los nombres de esos cuarenta y dos cardenales?

—Puedo decírtelos en orden alfabético si quieres. También sé cuánto dinero recibió cada uno y dónde se depositó el dinero. —Gabriel soltó la persiana y se dio la vuelta—. Pero me temo que eso no es lo peor.

Tocó la pantalla de su móvil. Un momento después, se oyeron las voces de dos hombres que hablaban en alemán.

«Tiene dos millones de motivos para mantener la boca cerrada».

«Dos millones de motivos y uno más».

Detuvo la grabación.

—El obispo Richter y Jonas Wolf, supongo —dijo Donati.

Gabriel asintió con la cabeza.

—¿Cuáles son los dos millones de motivos por los que no debería informar al cónclave de lo que sé sobre el complot de la Orden?

—Es la cantidad de dinero que Wolf y Richter han ingresado en tu cuenta del Banco Vaticano.

—¿Quieren que parezca que soy tan corrupto como ellos?

—Obviamente.

—¿Y ese «uno más»?

—Todavía no lo tengo claro.

Los ojos de Donati brillaron de furia.

—Y pensar que han malgastado dos millones de dólares en una estratagema tan obvia.

—Quizá puedas darles buen uso.

—Descuida, lo haré.

Donati marcó el número de Angelo Francona, el decano del Colegio Cardenalicio. No obtuvo respuesta.

Volvió a mirar la hora. Las 4:45.

—Supongo que deberías darme los nombres.

—Azevedo, de Tegucigalpa —dijo Gabriel—. Un millón. Banco de Panamá.

—¿Siguiente?

—Ballantine, de Filadelfia. Un millón. Banco Vaticano.

—¿Siguiente?

* * *

En ese preciso instante el cardenal Angelo Francona estaba apostado como un centinela junto al mostrador de recepción de la Casa Santa Marta. A sus pies, en el suelo de mármol blanco, había una caja grande de aluminio con varias decenas de teléfonos móviles, tabletas y ordenadores portátiles extrafinos, todos ellos etiquetados con el nombre de su respectivo propietario. Por motivos de seguridad, la centralita de la residencia permanecía operativa, pero se habían retirado todos los teléfonos, televisores y radios que había en sus ciento veintiocho habitaciones y *suites*. Francona tenía su *telefonino* en el bolsillo de la sotana, silenciado pero encendido. Pensaba apagarlo en cuanto el último cardenal cruzara la puerta. Desde ese momento, los hombres que debían elegir al nuevo sumo romano pontífice quedarían, a todos los efectos, incomunicados del mundo exterior.

De momento, ciento doce de los ciento dieciséis cardenales papables y con derecho a voto se hallaban a salvo bajo el techo de la Casa Santa Marta. Varios de ellos pululaban por el vestíbulo, incluidos Navarro y Gaubert, los principales candidatos para suceder a Lucchesi. La última vez que Francona había hecho recuento, el cardenal camarlengo Domenico Albanese estaba arriba, en su *suite*. Tenía migraña, por lo visto. O eso decía.

Francona notaba también que le rondaba una jaqueca precónclave. Solo había tomado parte en una elección anterior, en el cónclave que dejó perplejo al mundo católico al elegir al patriarca de Venecia, un prelado diminuto en tamaño y poco conocido, para suceder a Wojtyla el Grande. Él pertenecía al sector liberal que había hecho que el cónclave se decantara por Lucchesi. Lamentablemente, el papado de Pablo VII se recordaría por el atentado terrorista en la basílica y por el escándalo de los abusos sexuales que había llevado a la Iglesia al borde del colapso moral y económico.

El cónclave que daría comienzo la tarde siguiente tenía que ser, por tanto, irreprochable. Y sin embargo pendía ya sobre él un nubarrón de sospecha, debido al asesinato de ese pobre guardia suizo en

Florencia. Un asunto muy turbio, en opinión de Francona. Su tarea consistía ahora en presidir un cónclave sin tacha del que saliera un pontífice capaz de restañar las heridas de la Iglesia, reconciliar a sus facciones y guiarla hacia el futuro. Quería que todo se hiciera con la mayor rapidez posible. Temía, en el fondo, que las cosas se desmandaran y ocurriera algo impensable.

La puerta de cristal de la residencia se abrió y el cardenal Franz von Emmerich, el arzobispo ultraconservador de Viena, entró en el vestíbulo como impulsado por una cinta mecánica. Arrastraba una maleta del tamaño de un baúl de barco. Se acercó al mostrador de recepción, pidió a las monjas la llave de su habitación y entregó de mala gana su iPhone a Francona.

—Supongo que no habré tenido la suerte de que me hayan asignado una *suite*.

—Me temo que no, cardenal Emmerich.

—Entonces espero que tardemos poco en decidirnos.

El austriaco se dirigió a los ascensores. Solo de nuevo, Francona echó un vistazo a su teléfono y vio con sorpresa que tenía tres llamadas perdidas. Todas de la misma persona. No había dejado ningún mensaje, y eso era raro en él.

Francona dudó con el dedo índice suspendido sobre la pantalla táctil. Era algo fuera de lo habitual, pero en rigor no constituía una violación de las reglas del cónclave tal y como estaban expuestas en *Universi Dominici Gregis*.

El cardenal vaciló todavía un momento, hasta que por fin marcó el número y se llevó el teléfono a la oreja. Unos segundos después cerró los ojos. Ya estaba, pensó, ya se había desmandado todo. Podía ocurrir cualquier cosa. *Cualquier cosa.*

La conversación duró tres minutos y cuarenta y siete segundos. Donati reveló solo lo que le pareció oportuno. De hecho, se centró únicamente en su preocupación más inmediata: el complot de la

Orden de Santa Helena para apoderarse del papado y arrastrar a Europa Occidental a la edad oscura de su pasado fascista.

—¿Emmerich? —preguntó Francona con incredulidad—. Pero fueron Lucchesi y usted quienes le dieron el solideo rojo.

—Un error, visto lo visto.

—¿Cuántos cardenales electores hay implicados?

Donati contestó.

—¡Santo cielo! ¿Puede demostrarlo?

—Doce de ellos pidieron a la Orden que les ingresaran el dinero del soborno en el Banco Vaticano.

—¿Ha estado espiando sus cuentas?

—Esa información me la ha dado otra persona.

—¿Su amigo el israelí?

—¡Angelo, por favor! No hay tiempo.

A Francona pareció faltarle el aliento de repente.

—¿Está usted bien, excelencia?

—Estoy un poco conmocionado por la noticia, solo eso.

—No es para menos. La cuestión es ¿qué vamos a hacer al respecto?

Se hizo un silencio. Por fin, Francona dijo:

—Deme los nombres de los cardenales. Hablaré con ellos en privado.

—Es usted un hombre bueno y honrado, cardenal Francona. —Donati hizo una pausa—. Demasiado honrado para algo así.

—¿Qué quiere decir?

—Déjeme hablar a mí con ellos. Con todos. Al mismo tiempo.

—La Casa Santa Marta está ya cerrada, menos para los cardenales electores y el personal de servicio.

—Creo que va a tener que hacer usted una excepción. De lo contrario, no tendré más remedio que acudir a un foro público.

—¿Se refiere a la prensa? No se atreverá.

—Espere y verá.

Donati casi oyó cómo Francona intentaba armarse de valor.

—Deme unos minutos para pensarlo. Lo llamaré en cuanto haya tomado una decisión.

Eran las 4:52 de la tarde cuando colgó. A las cinco y diez, el teléfono de Donati volvió a sonar por fin.

—He pedido a los cardenales que vayan a la capilla antes de la cena. Procure no excederse. Recuerde que ya no es el secretario privado del papa. No será más que un arzobispo titular en una sala llena de cardenales que no tienen ninguna obligación de escucharle. De hecho, estoy seguro de que va a encontrarse mucha hostilidad.

—¿A qué hora quiere que vaya?

—Saldré a buscarlo a la Piazza Santa Marta a las cinco y veinticinco. Si se retrasa aunque sea un minuto...

—¡Espere!

—¿Qué pasa ahora, Luigi?

—Ya no tengo pase para entrar en el Vaticano.

—Pues tendrá que encontrar la forma de burlar a los guardias suizos del Arco de las Campanas.

Francona colgó sin añadir nada más. Donati abrió su lista de contactos, buscó la letra M y marcó un número.

—Contesta —musitó—. Contesta, por Dios.

49

VILLA GIULIA, ROMA

Desde que dirigía el Museo Nazionale Etrusco, Veronica Marchese se había esforzado incansablemente para que aumentara el número de visitas que recibía el museo. En una ciudad como Roma, no era tarea fácil. Las hordas de turistas sudorosos que, mochila al hombro, se congregaban en torno al Coliseo y la Fontana di Trevi pocas veces llegaban a Villa Giulia, el elegante *palazzo* del siglo XVI situado al norte de los jardines de Villa Borghese que albergaba la mejor colección de arqueología y arte etruscos del mundo, incluidas varias piezas notables procedentes de la colección personal del difunto marido de su directora. Carlo había hecho también otras contribuciones póstumas al museo. Una pequeña parte de su fortuna —conseguida por medios ilícitos— se había invertido en financiar la remodelación de la página web del museo, que estaba muy anticuada. También procedía de él el dinero con el que se había pagado una carísima campaña publicitaria a nivel mundial, así como una gala ostentosa a la que asistieron numerosos deportistas y famosos del mundo del espectáculo. La estrella de la velada fue, no obstante, el arzobispo Luigi Donati, el guapísimo secretario privado del papa al que poco antes la revista *Vanity Fair* había dedicado un reportaje. Veronica lo saludó aquella noche como si fuera un extraño y fingió no darse cuenta de que había por allí jóvenes increíblemente bellas que parecían beber de sus palabras.

Si hubieran visto a Luigi Donati en 1992, cuando una tarde de primavera llegó a una excavación arqueológica en Umbría, alto, con barba y los vaqueros rotos, sandalias gastadas y una sudadera de la Universidad de Georgetown... Se ponía mucho aquella sudadera porque, aparte de una colección de libros de bolsillo muy manoseados, apenas tenía posesiones materiales. Los libros se apilaban en el suelo desnudo, junto a la cama que compartían en una casita de las colinas, cerca de Perugia. Durante unos meses de dicha absoluta, Donati había sido del todo suyo. Forjaron un plan. Él dejaría el sacerdocio y se haría abogado civil para luchar por causas perdidas, se casarían, tendrían muchos hijos... Todo eso cambió cuando conoció a Pietro Lucchesi. Veronica, rota de dolor, se entregó a Carlo Marchese, y así se completó la tragedia.

El que Carlo hubiera muerto al caer de la cúpula de San Pedro les había permitido retomar una pequeña parte de su relación. Veronica albergaba secretamente la esperanza de que, al fallecer Lucchesi, pudieran recuperar el resto. Ahora se daba cuenta de que era una fantasía absurda; una fantasía, además, impropia de una mujer de su edad y posición. El destino y las circunstancias habían conspirado para mantenerlos separados. Estaban condenados a cenar con perfecta urbanidad cada jueves por la noche, como personajes de una novela victoriana. Envejecerían, pero no juntos. Qué soledad, pensaba Veronica. Qué soledad y qué tristeza. Pero era el castigo que merecía por haberse enamorado de un cura. Luigi había hecho un juramento de fidelidad mucho antes de llegar a aquel yacimiento de Monte Cucco. La otra mujer de su vida era la novia de Cristo, la Iglesia católica romana.

Habían hablado solo una vez desde la noche que cenaron con Gabriel Allon y su esposa, Chiara. La conversación había tenido lugar a la mañana siguiente, mientras Veronica iba en el coche camino del trabajo. Luigi había hablado con su opacidad de siempre, tan típica de la curia vaticana. Aun así, lo que le había dicho la había dejado boquiabierta de asombro. Pietro Lucchesi había sido asesinado en los apartamentos papales, y la Orden de Santa Helena se hallaba detrás del asesinato. Pensaban hacerse con el control de la Iglesia en el próximo cónclave.

—¿Estabas en Florencia cuando...?

—Sí. Y tenías razón: Janson estaba liado con el padre Graf.

—Puede que así la próxima vez me hagas caso.

—*Mea culpa. Mea maxima culpa.*

—Imagino que no te veré esta noche.

—Lo siento, no, tengo planes.

—Tenga usted mucho cuidado, arzobispo Donati.

—Lo mismo digo, *signora* Marchese.

Como parte de su campaña para atraer visitantes al museo, Veronica había ampliado su horario de apertura. El Museo Nazionale Etrusco abría ahora hasta las ocho de la tarde, pero a las cinco de un jueves oscuro y frío de diciembre en sus salas de exposición reinaba un silencio sepulcral. El personal de oficinas y conservación ya se había marchado, al igual que su secretaria. Veronica tenía por única compañía a Maurizio Pollini: el segundo movimiento, sublime, de la *Sonata para piano en do menor* de Schubert. Luigi y ella solían escucharlo una y otra vez en aquella casita cerca de Perugia.

A las cinco y cuarto, recogió sus cosas y se puso el abrigo. Había quedado con una amiga en Via Veneto para tomar una copa. (Últimamente solo tenía amigas; no le quedaba ningún amigo). Después pensaban cenar en una *osteria* apartada —de esas que solo conocían los romanos— en la que servían los espaguetis *cacio e pepe* en la misma fuente en la que los preparaban. Veronica tenía intención de comerse hasta el último espagueti y rebañar luego el plato con un trozo de pan crujiente. Ojalá Luigi estuviera sentado al otro lado de la mesa...

En el piso de abajo se detuvo delante de la crátera de Eufronio, la principal atracción del museo, considerada una de las piezas artísticas más bellas de la historia. Gabriel, recordó Veronica, no estaba de acuerdo.

«¿No te gustan las vasijas griegas?».

«No creo que yo haya dicho eso».

Con razón Luigi le tenía tanta simpatía... Compartían ese mismo sentido del humor, tan fatalista.

Veronica dio las buenas noches a los guardias de seguridad, declinó su ofrecimiento de acompañarla hasta el coche y salió al frío nocturno. Tenía el vehículo aparcado a escasos metros de la entrada, en su plaza reservada: un llamativo Mercedes descapotable, gris metalizado. Algún día conseguiría convencer a Luigi de que montara en él y lo llevaría contra su voluntad a una casita de las colinas de los alrededores de Perugia. Se beberían una botella de vino entre los dos y escucharían a Schubert. O quizá el *Trío para piano número 1 en re menor* de Mendelssohn. *La clave de la pasión reprimida...* Aquel terrible anhelo palpitaba bajo la superficie, aletargado pero no extinto. Solo haría falta una caricia suya y serían jóvenes otra vez. El mismo plan, con treinta años de retraso. Luigi colgaría los hábitos y se casarían. Pero no tendrían hijos. Ella era ya demasiado mayor, y además no quería compartir a Luigi con nadie. Habría un escándalo, claro. La prensa arrastraría su nombre por el fango. No tendrían más remedio que esconderse y vivir recluidos una temporada. En una isla del Caribe, quizá. Gracias a Carlo, el dinero no era problema.

Aquello era impropio de una mujer de su edad, se recordó al pulsar el mando a distancia para abrir el coche. Pensar en ello, sin embargo, no hacía daño a nadie. A no ser, claro, que se distrajera fantaseando con esa idea hasta el punto de no reparar en que un hombre se acercaba a su coche. Tenía unos treinta y cinco años y era muy rubio. Veronica se relajó al ver que llevaba alzacuellos.

—¿*Signora* Marchese?

—¿Sí? —contestó ella automáticamente.

El desconocido sacó una pistola de debajo de la chaqueta y le dedicó una hermosa sonrisa. Con razón se había enamorado de él Niklaus Janson.

—¿Qué quiere? —preguntó Veronica.

—Quiero que suelte el bolso y me dé las llaves.

Ella vaciló y luego dejó caer el bolso.

—Muy bien. —La sonrisa del padre Graf desapareció—. Ahora, suba al coche.

50

PLAZA DE SAN PEDRO

El coronel Alois Metzler, comandante de la Guardia Suiza Pontificia, estaba esperándolos al pie del obelisco egipcio cuando Gabriel y Donati llegaron a la plaza de San Pedro. Habían cruzado a la carrera el Borgo Santo Spirito y estaban los dos sin aliento. Metzler, en cambio, parecía estar posando para su retrato oficial. Había llevado consigo a dos escoltas vestidos de paisano. Gabriel, que había colaborado con la Guardia Suiza en diversas ocasiones, incluida la visita del papa a Jerusalén, sabía que ambos iban armados con una Sig Sauer 226 de 9 mm. Y lo mismo podía decirse del propio Metzler.

—¿Qué ha pasado, padre Allon? ¿Ha colgado los hábitos? —preguntó el suizo con una sonrisa, clavando su mirada astuta en Gabriel, y añadió dirigiéndose a Donati—: ¿sabe lo que ocurrió después de que su amigo y usted montaran aquella escenita en el Archivo?

—Imagino que Albanese se pilló un buen cabreo.

—Me dijo que podía darme por despedido en cuanto acabara el cónclave.

—El camarlengo no tiene autoridad para despedir al comandante de la Guardia Suiza. Eso solo puede hacerlo el secretario de Estado. Con la aprobación del santo padre, claro.

—El cardenal me dio a entender que él va a ser el próximo secretario de Estado. Parecía completamente convencido de ello, de hecho.

—¿Y también le dijo quién iba a ser el próximo papa? —Al no

recibir respuesta, Donati señaló el Arco de las Campanas—. Por favor, coronel Metzler, el cardenal Francona me está esperando.

—Lo siento, excelencia, pero no puedo dejarle pasar.

—¿Por qué?

—Porque el cardenal Albanese me avisó de que esta noche intentaría usted entrar en zonas restringidas de la ciudad-estado. Y añadió que rodarían cabezas si conseguía usted pasar. O algo parecido.

—Pregúntese dos cosas, coronel Metzler. ¿Cómo sabía el cardenal Albanese que iba a venir? ¿Y de qué tiene tanto miedo?

Metzler exhaló un profundo suspiro.

—¿A qué hora le espera el cardenal Francona?

—Dentro de cuatro minutos.

—Entonces dispone de dos para contarme qué está pasando exactamente.

Como todos los cardenales electores que entraron en la Casa Santa Marta esa tarde, Domenico Albanese le había entregado su móvil al decano del Colegio Cardenalicio. No estaba incomunicado, sin embargo. Había ocultado otro teléfono móvil en su *suite* pocos días antes. Era un modelo barato, desechable. De prepago, pensó con una pizca de malicia.

En esos momentos lo tenía en la mano izquierda mientras con la derecha separaba el visillo de la ventana del cuarto de estar. Casualmente, la ventana daba a la pequeña *piazza* adoquinada que había delante de la residencia, por la que el cardenal Angelo Francona se paseaba de un lado a otro. Evidentemente, el decano esperaba a alguien. A alguien que sin duda en esos momentos estaría intentando convencer a los guardias suizos del Arco de las Campanas de que le dejaran pasar, se dijo Albanese.

A las 5:25, Francona miró su móvil y se dirigió a la puerta de la residencia, pero se paró en seco al ver que uno de los guardias de la entrada señalaba a tres hombres que venían corriendo por la *piazza*. Uno de ellos era su comandante, el coronel Alois Metzler. Iba acompañado de Gabriel Allon y el arzobispo Luigi Donati.

Albanese soltó el visillo y marcó.

—¿Qué hay? —preguntó el obispo Richter.

—Ha conseguido pasar.

La conexión se cortó. Un instante después, Albanese oyó que llamaban enérgicamente a su puerta. Sobresaltado, se guardó el teléfono en el bolsillo y fue a abrir. En el pasillo estaba el arzobispo Thomas Kerrigan de Boston, vicedecano del Colegio Cardenalicio.

—¿Pasa algo, eminencia?

—El decano le pide que acuda a la capilla.

—¿Por qué motivo?

—Ha invitado al arzobispo Donati a dirigir unas palabras a los cardenales electores.

—¿Por qué no se me ha avisado?

Kerrigan sonrió.

—Acabo de hacerlo.

Donati siguió al cardenal Francona al vestíbulo. La primera cara que vio fue la del cardenal Kevin Brady, de Los Ángeles. Aunque afín a sus ideas doctrinales, Brady pareció anonadado al ver a Donati. Se saludaron escuetamente con una inclinación de cabeza y Donati fijó la mirada en el suelo de mármol.

Francona lo agarró del brazo.

—¡Excelencia! No me puedo creer que haya traído eso aquí.

Donati no se había dado cuenta de que su teléfono estaba sonando. Se lo sacó del bolsillo de la sotana y le echó un vistazo. Al ver el nombre que aparecía en la pantalla se quedó de piedra.

Padre Brunetti.

Era el alias que Donati le había asignado a Veronica Marchese en sus contactos. Pero, conforme a las reglas de su relación, Veronica tenía prohibido telefonearle. Así que ¿por qué demonios lo llamaba?

Donati rechazó la llamada.

El teléfono volvió a sonar enseguida.

Padre Brunetti.

—Apáguelo, ¿quiere, Luigi?

—Claro, eminencia.

Donati puso el dedo en el botón de encendido, pero titubeó.

«Tiene dos millones de motivos para mantener la boca cerrada».

«Dos millones de motivos y uno más...».

Donati aceptó la llamada.

—¿Qué le ha hecho? —preguntó con calma.

—Nada, todavía —contestó el padre Markus Graf—. Pero si no da media vuelta y sale de ahí ahora mismo, la mataré. Lentamente, excelencia. Para que sufra todo lo posible.

Desde su ventana, Domenico Albanese vio salir bruscamente a Luigi Donati por la puerta de la Casa Santa Marta. El arzobispo llevaba en la mano su teléfono, con la pantalla encendida como una brasa por la llamada de Markus Graf. Frenético, Donati agarró a Allon por los hombros como si le pidiera ayuda. Luego dio media vuelta y miró las ventanas de los pisos superiores de la residencia. Lo sabe, pensó Albanese. Pero ¿qué haría? ¿Salvar a la mujer a la que había amado antaño? ¿O salvar a la Iglesia?

Pasaron quince segundos. Luego Albanese tuvo su respuesta.

Tocó la pantalla del teléfono de prepago. El obispo Richter contestó al instante.

—Me temo que se acabó, excelencia.

—Eso ya lo veremos.

La llamada se cortó. Albanese escondió el teléfono en el escritorio y salió al pasillo. Al igual que Luigi Donati cinco pisos más abajo, trataba de ordenar sus ideas separando lo verdadero de lo falso. Su santidad, se recordó, llevaba en vida el peso de la Iglesia sobre sus hombros. Pero muerto era ligero como una pluma.

51

VIA DELLA CONCILIAZIONE

—¿Por qué no acudieron a mí desde el principio? —preguntó Alois Metzler.

—¿Habría accedido a ayudarnos?

—¿En una investigación privada de la muerte del santo padre? Ni hablar.

Metzler conducía el Mercedes Clase E con matrícula del Vaticano. Torció hacia Via della Conciliazione y se dirigió al río a gran velocidad, con la sirena puesta en el techo.

—Que conste —puntualizó Gabriel— que yo solo me comprometí a localizar a Niklaus Janson.

—¿Fue usted quien borró su expediente personal de nuestra base de datos?

—No —respondió Gabriel—. Eso fue cosa de Andreas Estermann.

—¿Estermann? ¿El exagente del BfV?

—¿Lo conoce?

—Intentó convencerme hace unos años de que me uniera a la Orden de Santa Helena.

—No es el único al que intentó convencer. La verdad es que me escuece un poco que no me lo pidiera a mí también. Por cierto, fue al cantón de Friburgo a ver a Stefani Hoffmann un par de días después de que desapareciera Niklaus.

—¿Janson era miembro de la Orden?

—Un peón, más bien.

Metzler cruzó el Tíber a velocidad peligrosa mientras Gabriel comprobaba sus mensajes. Nada más salir de la Casa Santa Marta, había llamado a Yuval Gershon, de la Unidad 8200, para pedirle que localizara la ubicación del teléfono del padre Graf. Todavía no había tenido respuesta.

—¿Dónde quiere que vaya? —preguntó Metzler.

—Al Museo Nacional Etrusco. Está...

—Sé dónde está, Allon. Vivo aquí, ¿sabe?

—Creía que ustedes los helvéticos detestaban salir de su pulcrísimo reducto suizo de la Ciudad del Vaticano.

—Y así es. —Metzler señaló un montón de basura sin recoger—. Mire este sitio, Allon. Roma está hecha un asco.

—Pero se come de maravilla.

—Yo prefiero la comida suiza. No hay nada como una buena *raclette*.

—¿Patatas cocidas con *emmental* fundido por encima? ¿Esa es su idea de una buena gastronomía?

Metzler dobló a la derecha, hacia Viale delle Belle Arti.

—¿Se ha fijado en que cada vez que se acerca al Vaticano pasa algo malo?

—Yo estaba de vacaciones, supuestamente.

—¿Se acuerda de la visita del papa a Jerusalén?

—Como si fuera ayer.

—El santo padre lo quería mucho, Allon. No hay mucha gente que pueda decir que un papa le tenía cariño.

Villa Giulia apareció a su derecha. Metzler entró en el pequeño aparcamiento de personal. El maletín de Veronica estaba tirado en el suelo. Su llamativo Mercedes descapotable había desaparecido.

—Debía de estar esperándola cuando salió —comentó Metzler—. La cuestión es dónde la ha llevado.

El teléfono de Gabriel vibró al recibir un mensaje. Era de Yuval Gershon.

—No muy lejos, de hecho.

Recogió el bolso de Veronica y volvió a subir al coche.

—¿Por dónde? —preguntó Metzler.

Gabriel señaló a la derecha. El suizo enfiló el bulevar y pisó el acelerador.

—¿Es verdad lo que cuentan de ella y Donati? —preguntó.

—Son amigos desde hace mucho tiempo. Nada más.

—A los sacerdotes no se les permite tener amigas con el físico de Veronica Marchese. Traen problemas.

—Igual que el padre Graf.

—¿De verdad cree que puede matarla?

—No. No, si lo mato yo primero.

52

CASA SANTA MARTA

La capilla de Santa Marta estaba encajada en un minúsculo rincón triangular entre el flanco sur de la residencia y el muro exterior, de color marrón verdoso, del Vaticano. Era luminosa, moderna y bastante sosa. A Donati, su suelo de tarima bruñida le recordaba a un tablero de *backgammon*. Nunca antes había visto la capilla tan concurrida. No estaba seguro de que así fuera, pero daba la impresión de que se habían reunido allí los ciento dieciséis cardenales electores. Todas las sillas de madera barnizada estaban ocupadas y varios príncipes de la Iglesia —entre ellos el camarlengo, que había llegado tarde— no tuvieron más remedio que apiñarse al fondo como pasajeros varados en un aeropuerto.

El decano Francona ocupaba el púlpito. Tenía delante de sí una sola hoja de papel de la que iba leyendo diversos anuncios relativos a cuestiones logísticas y de seguridad, y al horario de los autobuses directos entre la residencia y la Sixtina. El micrófono estaba apagado. Su voz sonaba débil y le temblaban las manos. A Donati, también.

«La mataré. Lentamente, excelencia. Para que sufra todo lo posible».

¿Hablaba en serio Graf o era solo una estratagema? ¿Vivía aún Veronica o estaba ya muerta? ¿Había cometido él el peor error de su vida al meterse en aquel nido de víboras dejándola abandonada a su suerte? ¿O lo había cometido hacía mucho tiempo, el día que regresó al seno de la Iglesia en lugar de casarse con ella? Todavía no era demasiado tarde, se dijo. Todavía tenía tiempo de abandonar aquel barco que se hundía y escapar con ella. Habría un escándalo, claro. Vería su nombre arrastrado por el fango. No les quedaría más remedio que irse lejos, esconderse. En una isla del Caribe, quizá. O en una casita en las colinas cercanas a Perugia. Sonatas de piano de Schubert, algunos libros dispersos por el suelo de azulejos, Veronica vestida únicamente con su vieja sudadera de Georgetown... Durante unos meses colmados de dicha, había sido del todo suya.

La voz de Francona lo devolvió al presente. El decano no había explicado aún qué hacía Donati en la Casa Santa Marta en vísperas del cónclave. Era evidente, sin embargo, que los cardenales presentes no se preguntaban otra cosa. Cuarenta y dos de ellos habían aceptado sobornos de la Orden a cambio de su voto. Eso era un delito contra el cónclave, la sagrada cesión de las llaves de san Pedro de un papa al siguiente. De momento, al menos, el crimen no se había consumado.

«Lentamente, excelencia. Para que sufra todo lo posible».

No todos eran corruptos sin remisión posible, se dijo Donati. De hecho, muchos eran hombres devotos y reflexivos con capacidad más que de sobra para guiar a la Iglesia hacia el futuro. El cardenal Navarro, el favorito, sería un buen papa. Igual que Gaubert o Duarte, el arzobispo de Manila, aunque Donati no estaba seguro de que la Iglesia estuviera preparada para tener un sumo pontífice asiático.

Para uno norteamericano sí, en cambio. Kevin Brady, de Los Ángeles, era el candidato más obvio en ese aspecto. Joven y fotogénico, hablaba muy bien español y tenía la labia de los irlandeses. Se había equivocado con un par de curas que habían cometido abusos sexuales, pero en general había salido del escándalo más limpio que muchos.

Lo peor que podía hacer Donati era mostrar sus cartas. Sería como dar el beso de la muerte. Y ese beso lo tenía reservado para el cardenal Franz von Emmerich de Viena.

Francona dobló la hoja por la mitad dos veces, como si fuera una papeleta del cónclave. Donati cayó entonces en la cuenta de que no había pensado qué iba a decirles a los hombres reunidos ante él, a aquellos sumos sacerdotes de la Iglesia católica. Las homilías, era de todos sabido, no eran su fuerte. Él era un hombre de acción más que un orador, un cura de barrio, a pie de calle, un misionero.

«Un defensor de causas perdidas...».

Francona carraspeó ruidosamente.

—Y ahora un último asunto. El arzobispo Donati ha pedido permiso para dirigirse a ustedes acerca de una cuestión de la mayor importancia. Tras sopesarlo cuidadosamente, he accedido a...

—Decano Francona —lo interrumpió Domenico Albanese alzando la voz—, esto es sumamente irregular. Como camarlengo, tengo que protestar.

—La decisión de dejar hablar al arzobispo Donati es enteramente mía. Dicho esto, no tiene usted obligación de quedarse. Si piensa marcharse, por favor, hágalo ahora. A los demás, les digo lo mismo.

Nadie se movió, ni siquiera Albanese.

—¿Esto no constituye una interferencia en el desarrollo del cónclave, decano Francona?

—El cónclave no empieza hasta mañana por la tarde. Y en cuanto a si es o no una interferencia, de eso sabe usted más que yo, eminencia.

Albanese se alteró visiblemente, pero no dijo nada. Francona se apartó del púlpito e indicó a Donati con un gesto que ocupara su lugar. El arzobispo, sin embargo, avanzó despacio hacia la primera fila de sillas y se detuvo frente al cardenal Kevin Brady, de cara a la congregación.

—Buenas noches, hermanos míos en Cristo.

Nadie respondió a su saludo.

53

VILLA BORGHESE

Durante aquellos largos meses de soledad tras la vuelta de Luigi Donati al sacerdocio, Veronica Marchese soñaba a menudo con jóvenes guapos vestidos completamente de negro. De vez en cuando se le aparecían como amantes, pero casi siempre la sometían a toda clase de tormentos físicos y emocionales. Nunca, sin embargo, la llevaban a punta de pistola por los jardines de Villa Borghese. El padre Markus Graf superaba cualquier expectativa.

Veronica necesitaba ansiosamente un cigarrillo, pero su paquete de tabaco estaba en el bolso que había dejado tirado en el suelo del aparcamiento del museo, junto con su móvil, su cartera, su portátil y casi todo lo demás que se necesitaba para vivir en la sociedad moderna. En todo caso, poco importaba. Pronto estaría muerta. Había —supuso— sitios peores para morir que los jardines de Villa Borghese, pero hubiera preferido que el sacerdote que caminaba a su lado fuera Luigi Donati y no aquel neonazi de la Orden de Santa Helena vestido con hábito clerical.

Graf era bastante guapo, eso tenía que reconocerlo. La mayoría de los sacerdotes de la Orden lo eran. No le costaba imaginárselo con trece o catorce años de edad. Según se rumoreaba, el obispo Richter tenía por costumbre invitar a los novicios a sus habitaciones para instruirlos en privado. El asunto, sin embargo, nunca había salido a la luz. A la Orden se le daba bien guardar secretos, incluso mejor que a la propia Iglesia.

Veronica siguió andando a través de la oscuridad. Los pinos que bordeaban el camino de tierra se mecían al frío viento invernal. Los jardines cerraban al ponerse el sol. No había ni un alma a la vista.

—¿No tendrá un cigarrillo, por casualidad?

—Está prohibido fumar.

—¿Y mantener relaciones sexuales con un guardia suizo en el Palacio Apostólico no? ¿Eso no está prohibido? —Veronica lanzó una mirada hacia atrás—. No ha sido usted muy discreto, padre Graf. Le hablé al arzobispo de lo suyo con Janson, pero no me creyó.

—Habría hecho bien en escucharla.

—¿Cómo lo mató?

—Le disparé en un puente de Florencia. Tres veces. Una por el Padre, otra por el Hijo y otra por el Espíritu Santo. Su novio lo vio todo. Estaba con Allon y su mujer. Es aún más guapa que usted.

—Yo me refería al santo padre.

—Su santidad murió de un ataque al corazón mientras su secretario privado estaba en la cama con su amante.

—No somos amantes.

—¿Y cómo pasan la noche? ¿Leyendo las Escrituras? ¿O eso lo dejan para después de que el arzobispo se haya corrido?

Veronica apenas podía creer que esas palabras hubieran salido de la boca de un sacerdote. Decidió devolverle el favor.

—¿Y usted, padre Graf? ¿Cómo pasa la noche? ¿Él todavía manda a buscarlo o ahora prefiere...?

Sin previo aviso, Graf le asestó un golpe en la cabeza con la culata de la pistola. Un dolor insoportable le nubló la vista. Se tocó el cuero cabelludo con la punta del dedo. Lo notó húmedo y caliente.

—Parece que he puesto el dedo en la llaga.

—Siga hablando. Así me será más fácil matarla.

—Si Dios existiera, desataría sobre la Tierra una plaga que solo mataría a los miembros de la Orden de Santa Helena.

—Su marido era uno de los nuestros. ¿Lo sabía?

—No, pero no me sorprende. Carlo siempre fue un poquitín fascista. Ahora que lo pienso, era su rasgo más encantador.

Habían llegado a la Piazza di Siena. Construida a finales del siglo XVIII, llevaba el nombre de la ciudad de la que eran originarios los Borghese. Veronica, las pocas veces que sentía el impulso de hacer ejercicio, daba una o dos vueltas corriendo por la senda ovalada de la plaza; luego volvía en sí y encendía un cigarrillo. Como la mayoría de los italianos, no creía en los beneficios para la salud del ejercicio físico regular. Su rutina cotidiana consistía mayormente en darse un agradable paseo hasta el Doney para tomar un capuchino y un *cornetto*.

Empujándola con el cañón de la pistola, el padre Graf la hizo avanzar hacia el centro de la explanada. Los cipreses que flanqueaban el recinto de la plaza eran solo siluetas. Las estrellas ardían incandescentes. Sí, pensó Veronica otra vez. Había peores sitios para morir que la Piazza di Siena de los jardines de Villa Borghese. Pero ojalá estuviera allí Luigi. *Ojalá...*

El teléfono del padre Graf resonó como una campana de hierro. La pantalla iluminó su cara cuando leyó el mensaje.

—¿Se me ha concedido el indulto?

Sin decir nada, Graf volvió a guardarse el teléfono en el bolsillo de la chaqueta. Veronica levantó la mirada al cielo.

—Creo que estoy teniendo una visión.

—¿Y qué ve?

—A un hombre vestido de blanco.

—¿Quién es?

—El elegido de Dios para salvar a esa Iglesia de ustedes.

—También es su Iglesia.

—No, ya no.

—¿Cuándo fue la última vez que se confesó?

—Antes de que usted naciera.

—Entonces quizá debería confesarme sus pecados.

306

—¿Por qué?

—Para que pueda darle la absolución antes de matarla.

—Tengo una idea mejor, padre Graf.

—¿Cuál?

—Confiéseme usted los suyos.

54

CASA SANTA MARTA

Pietro Lucchesi le dio una vez un consejo valioso a Donati sobre el arte de hablar en público. Ante la duda, le dijo, lo mejor es empezar siempre con una cita de Jesús. El pasaje que escogió Donati estaba sacado del capítulo diecinueve del Evangelio de Mateo. «Y aun os digo más: es más fácil que pase un camello por el ojo de una aguja que el que entre un rico en el reino de los cielos». Las palabras apenas habían salido de su boca cuando Domenico Albanese volvió a protestar.

—Todos conocemos los Evangelios, excelencia. Quizá pueda ir al grano.

—Me estaba preguntando qué pensaría Jesús si estuviera esta noche entre nosotros.

—¡Está entre nosotros! —exclamó el cardenal Tardini de Palermo, un tradicionalista de setenta y nueve años que había recibido de Wojtyla el solideo rojo. La Orden de Santa Helena le había pagado un millón de euros por su voto en el cónclave. El dinero estaba depositado en su cuenta del Banco Vaticano—. Pero díganos, excelencia. ¿Qué piensa Jesús?

—Creo que no reconoce a esta Iglesia. Creo que le horroriza la opulencia de nuestros palacios y de las obras de arte que cuelgan de sus muros. Y creo que le dan tentaciones de volcar una o dos mesas.

—Hasta hace bien poco tiempo usted también vivía en un palacio. Igual que su superior.

—En efecto, porque la tradición así lo exigía. Pero también vivíamos con bastante sencillez. —Donati miró al cardenal Navarro—. ¿No es así, eminencia?

—Así es, excelencia.

—¿Qué opina usted, cardenal Gaubert?

El ex secretario de Estado, siempre tan diplomático, asintió una sola vez con la cabeza pero no dijo nada.

—¿Y usted? —le preguntó Donati al cardenal Albanese—. ¿Cómo describiría la vivienda del santo padre en el Palacio Apostólico?

—Modesta. Humilde, incluso.

—Y usted lo sabe de buena tinta. A fin de cuentas, fue la última persona que estuvo en los apartamentos papales la noche en que murió el papa.

—En efecto —contestó Albanese con la debida solemnidad.

—Estuvo allí dos veces esa noche, ¿verdad?

—Solo una, excelencia.

—¿Está seguro, Albanese?

Se elevó un murmullo que se apagó rápidamente.

—No olvidaría algo así —replicó Albanese con firmeza.

—Porque fue usted quien encontró el cadáver. —Donati hizo una pausa—. En el despacho del papa.

—En la capilla.

—Sí, claro. Me habrá fallado la memoria.

—Es lógico, excelencia. Usted no estaba allí esa noche. Estaba cenando con una vieja amiga, si no me equivoco. Omití ese dato en el *bollettino* para no avergonzarlo. Puede que fuera un error.

Duarte de Manila se levantó de pronto, indignado, igual que Lopes de Río de Janeiro. Ambos pidiendo simultáneamente a Francona en sus idiomas nativos que pusiera fin a aquel despropósito. El decano parecía paralizado por la indecisión.

Donati levantó la voz para hacerse oír.

—Dado que el cardenal Albanese ha aludido a mi paradero la noche del fallecimiento de mi señor el papa, me siento obligado a aclarar ese punto. Sí, estaba cenando con una amiga. Su nombre es Veronica Marchese. La conocí en una época en la que estaba atravesando una crisis de fe y me preparaba para abandonar el sacerdocio. La dejé cuando conocí a Pietro Lucchesi y retorné al seno de la Iglesia. Ahora somos buenos amigos. Nada más.

—Es la viuda de Carlo Marchese —dijo el camarlengo—. Y usted, excelencia, es un sacerdote católico.

—Yo tengo la conciencia limpia, Albanese. ¿Y usted?

Albanese apeló a Francona.

—¿Oye usted cómo me habla?

Francona miró a Donati.

—Por favor, continúe, excelencia. Se le agota el tiempo.

—Gracias a Dios —refunfuñó Tardini.

Donati miró su reloj. Era un regalo de Veronica, el único objeto de valor que poseía.

—He sabido —dijo pasado un momento— que algunos de ustedes pertenecen en secreto a la Orden de Santa Helena. —Miró al cardenal Esteban Velázquez de Buenos Aires y preguntó en español—: ¿No es así, eminencia?

—Y yo qué sé —replicó Velázquez en el mismo idioma.

Donati miró al arzobispo de Ciudad de México.

—¿Qué opina usted, cardenal Montoya? ¿Cuánto miembros secretos de la Orden hay aquí esta noche? ¿Diez? ¿Doce? —Hizo una pausa—. ¿O son dieciocho?

—Todos lo somos, diría yo —contestó Albanese—. Con la salvedad del cardenal Brady, por supuesto. —Dejó escapar una risa nerviosa—. Pertenecer a la Orden de Santa Helena no es ningún pecado, excelencia.

—Pero aceptar dinero a cambio de, digamos, un voto en el cónclave sí lo es.

—Un pecado atroz —convino Albanese—. Por lo tanto, uno ha de ser muy cauto a la hora de hacer semejante acusación. Y debería tener en cuenta, además, que demostrarlo sería casi imposible.

—No, si se tienen pruebas palmarias. En cuanto a la cautela, no tengo tiempo para eso. De modo que, en el poco tiempo del que dispongo, quisiera decirles lo que he descubierto y lo que pienso hacer si no se cumplen mis exigencias.

—¿Sus exigencias? —preguntó Tardini, incrédulo—. ¿Quién es usted para plantear exigencias? Su jefe ha muerto. Usted es un don nadie.

—Soy la persona que tiene su futuro en la palma de la mano —replicó Donati—. Sé cuánto dinero ha recibido, cuándo lo recibió y dónde está ese dinero.

Tardini se puso en pie con esfuerzo. Su cara se había vuelto del color del solideo cardenalicio.

—¡No pienso tolerar esto!

—Entonces, por favor, siéntese, no vaya a ser que se haga daño. Y escuche lo que tengo que decir.

Tardini se quedó en pie un momento. Luego volvió a dejarse caer en su silla con ayuda del arzobispo Colombo de Nápoles.

—Durante siglos —dijo Donati—, nuestra Iglesia ha visto peligros y enemigos allá donde miraba. La ciencia, la secularización, el humanismo, el pluralismo, el relativismo, el socialismo, el americanismo... —Hizo una pausa y luego añadió con calma—: Los judíos. Pero el verdadero enemigo, caballeros, está mucho más cerca. Está aquí, en esta misma capilla, esta noche. Y estará mañana por la tarde en la Sixtina cuando depositen su primer voto. Cuarenta y dos de ustedes han sucumbido a la tentación y han aceptado dinero a cambio de su voto. Doce de ustedes han tenido, además, la osadía, la desfachatez, de depositarlo en sus cuentas del Banco Vaticano. —Donati sonrió a Tardini—. ¿Me equivoco, eminencia?

Colombo salió en defensa del anciano cardenal.

—¡Le exijo que retire esa injuria de inmediato!

—Yo que usted tendría cuidado con dónde pisa, Colombo. También usted ha aceptado dinero, aunque su pago fue bastante menor que el de ese viejo truhan de Tardini.

Albanese avanzó por el pasillo central de la capilla.

—¿Y qué me dice de usted, arzobispo Donati? ¿Cuánto ha recibido?

—Dos millones de euros. —Donati esperó que remitiera el alboroto para continuar—. Por si se lo están preguntando, no pertenezco a la Orden de Santa Helena. De hecho, la Orden y yo estábamos en bandos opuestos cuando era misionero en la provincia de Morazán, en El Salvador. Ellos se pusieron del lado de la junta y los escuadrones de la muerte. Yo trabajaba con los pobres y los desposeídos. Además, no soy cardenal elector, ni papable. De modo que ese dinero que han ingresado en mi cuenta solo es un intento absurdo de comprometerme; es la única explicación.

—¡Usted mismo se comprometió cuando se metió en la cama con esa puta! —gritó Albanese.

—¿Eso que oigo sonar es su teléfono, Albanese? Será mejor que conteste. Seguro que el obispo Richter estará ansioso por saber qué está pasando en la capilla.

Albanese, furioso, contestó con una negativa rotunda, pero el tumulto de la sala ahogó su voz. La mayoría de los cardenales se habían puesto en pie. Donati levantó la mano tratando de calmarlos, sin resultado. Tuvo que gritar para hacerse oír.

—¡Y pensar a cuántos pobres podríamos haber alimentado y vestido con ese dinero! O a cuántos niños podríamos haber vacunado. O cuántas escuelas podríamos haber construido. Dios mío, con esa suma podría haber suplido las necesidades de mi pueblecito salvadoreño un año entero.

—Pues dóneselo, entonces —sugirió Albanese.

—Oh, pienso hacerlo. Voy a donarlo todo. —Donati miró a Tardini, que estaba temblando de furia—. ¿Y usted, eminencia? ¿Hará lo mismo?

Tardini lanzó un juramento en dialecto siciliano.

—¿Y usted, Colombo? ¿Se suma a nuestro compromiso de ayudar a los pobres y los enfermos? Espero que sí. De hecho, sospecho que este año las organizaciones caritativas católicas van a tener un año estupendo. Porque todos ustedes van a donar el dinero que han recibido de la Orden. Hasta el último céntimo. De lo contrario, acabaré con ustedes. —Donati clavó la mirada en Albanese—. Lentamente. Para que sufran todo lo posible.

—A mí nadie me ha pagado nada.

—Pero usted estaba allí esa noche. Fue usted quien encontró al santo padre muerto. —Donati volvió a hacer una pausa—. En el despacho.

El cardenal Duarte parecía al borde de las lágrimas.

—¿Qué está usted diciendo, arzobispo Donati?

Se hizo el silencio en la capilla. Un silencio —pensó Donati— semejante al de la cripta que había debajo del altar de la basílica de San Pedro en la que descansaban los restos mortales de Pietro Lucchesi dentro de tres ataúdes, con la marca de un pinchazo en el muslo derecho.

—Lo que digo es que mi señor el papa nos fue arrebatado antes de tiempo. Aún le quedaba mucho trabajo por hacer. Estaba lejos de ser perfecto, pero era un hombre devoto, honrado y bueno, un pastor que hizo todo lo que estuvo en su mano por guiar a la Iglesia en estos tiempos revueltos. Y si no eligen a alguien como él cuando entren en el cónclave, a alguien cuya elección ilusione a los católicos del primer y del tercer mundo, a alguien que conduzca a la Iglesia hacia el futuro en lugar de arrastrarla de vuelta al pasado... —Donati bajó la voz—. Destruiré este templo. Y cuando haya acabado, no quedará piedra sobre piedra.

—El diablo está entre nosotros —proclamó Tardini.

—Tiene usted razón, eminencia. Pero han sido usted y sus amigos de la Orden quienes le han abierto la puerta.

—¡Es usted quien amenaza con destruir la fe!

—La fe no, eminencia. Solo la Iglesia. Tranquilo, prefiero verla en ruinas que dejarla en las sucias manos de la Orden de Santa Helena.

—¿Y luego qué? —replicó Tardini—. ¿Qué haremos cuando nuestra Iglesia esté asolada?

—Empezar de nuevo, eminencia. Nos reuniremos en casas y compartiremos una comida sencilla, pan y vino. Recitaremos los Salmos y contaremos historias sobre las enseñanzas de Jesús, sobre su muerte y su resurrección. Edificaremos una nueva Iglesia. Una Iglesia que Él pueda reconocer. —Donati miró al cardenal Francona—. Gracias, decano. Creo que ya he dicho suficiente.

55

VILLA BORGHESE

El coche de Veronica estaba atravesado en la carretera de acceso, junto a la barrera que impedía el paso. La puerta del copiloto estaba entreabierta. Las llaves estaban en el suelo. Gabriel se las guardó en el bolsillo y sacó la Beretta.

—¿De verdad no hay otra solución? —preguntó Metzler.

—¿Qué propone usted? ¿Una negociación cortés?

—Es un sacerdote.

—Mató al santo padre. Yo en su caso...

—Yo no soy como usted, Allon. Prefiero que sea mi Dios quien juzgue al padre Graf.

—También es mi Dios. Pero esa discusión deberíamos dejarla para otro momento. —Gabriel miró su teléfono. El móvil del padre Graf estaba unos doscientos metros al este, en el centro de la Piazza di Siena—. Quédese aquí con el coche. Solo tardo un minuto.

Gabriel echó a andar al resguardo de los árboles. A los pocos pasos se encontró con la fachada de estilo Tudor del Globe Theatre Roma, la reproducción del legendario teatro londinense en el que Shakespeare estrenó muchas de sus obras más célebres. Rodeado de altos pinos piñoneros, parecía tan fuera de lugar como un iglú en el Negev.

El teatro estaba junto a la Piazza di Siena. Gabriel podría haber pintado la plaza de memoria, pero en medio de aquella oscuridad no distinguía casi nada. En algún lugar, allí cerca, había dos personas: una mujer perdidamente enamorada de un cura y un cura que había matado a un papa. ¡Y pensar que apenas cinco horas antes estaba en el salón de los horrores de Jonas Wolf en el Obersalzberg! A pesar de todo, se aseguró a sí mismo, era una persona normal.

De pronto se acordó de la pista oval. Tenía que atravesarla para llegar al centro de la *piazza*. Y estaba demostrado que un hombre —incluso de su complexión y agilidad— no podía caminar sobre grava sin hacer ruido. Dedujo que por eso el padre Graf había llevado allí a Veronica. Quizá fuera necesario negociar como caballeros, después de todo. No sería difícil establecer contacto. Tenía el número de teléfono de Graf.

La aplicación de mensajería instantánea que Gabriel tenía en su Solaris le permitía mandar mensajes anónimamente. Procurando tapar la pantalla, escribió un mensaje breve en italiano coloquial preguntando por una cena en el restaurante La Carbonara, en el Campo de Fiori. Luego pulsó el icono de enviar. Segundos después, se encendió una luz en el centro de la *piazza*. Era sorprendentemente brillante; tanto, que Gabriel pudo determinar la posición en que se hallaban y hacia dónde miraban. El padre Graf sostenía el teléfono en la mano izquierda, la más cercana a Gabriel. Veronica y él estaban frente a frente. El sacerdote, como la aguja de una brújula, apuntaba hacia el norte.

Gabriel avanzó en dirección contraria por un camino asfaltado. Luego viró hacia el este cruzando un grupo de pinos, hasta que estuvo aproximadamente a la altura de Veronica y el padre Graf.

Mandó otro mensaje anónimo al sacerdote.

Holaaaaaaaa...

De nuevo se encendió aquella luz en el centro de la plaza. Solo Gabriel había cambiado de posición. Ahora se hallaba justo detrás del padre Graf. Los separaban unos treinta metros de césped y la pista de arena y grava. El césped podría cruzarlo con el sigilo de un gato. La pista, en cambio, era como un dispositivo de alarma. Era demasiado ancha para atravesarla de un salto, a no ser que uno fuera un atleta olímpico, y no era su caso. Él era un hombre de edad ya avanzada que se había fracturado hacía poco dos vértebras lumbares.

Seguía siendo, no obstante, un excelente tirador. Sobre todo, con una Beretta 92 FS. Solo tenía que alumbrar el objetivo con otro mensaje de texto. Así el padre Markus Graf, el asesino del papa, dejaría de existir. Tal vez comparecería ante un tribunal celestial que lo condenaría por sus crímenes. Si era así, Gabriel confiaba en que Dios estuviera de un humor de perros cuando Graf subiera al banquillo de los acusados.

Escribió otro mensaje breve (*¿Dónde estás?*) y lo lanzó al éter. Esta vez, quizá porque había cambiado la dirección del viento, oyó el tintineo como de campanas del teléfono del padre Graf. Pasaron unos segundos antes de que un resplandor iluminara la escena que tenía lugar en el centro de la plaza. Lamentablemente, las dos figuras habían cambiado de posición. Ahora miraban los dos al norte. Veronica estaba arrodillada y el padre Graf le apuntaba con la pistola a la nuca.

El sacerdote se giró al oír el crujido de la grava a su espalda. Al instante se vio otro resplandor en el centro de la *piazza*. El fogonazo de una pistola. La bala recalentada hendió el aire, pasando a escasos centímetros del hombro izquierdo de Gabriel. Aun así, Gabriel corrió de frente hacia su objetivo, apuntando adelante con la Beretta. Había peores sitios para morir que la Piazza di Siena, se dijo. Solo esperaba que Dios estuviera de buen humor cuando le llegara su turno en el banquillo.

Donati esperó a salir de la Casa Santa Marta para encender su teléfono. No había recibido ni llamadas ni mensajes de texto mientras se dirigía a los cardenales. Probó a llamar al número de Veronica. No hubo respuesta. Hizo amago de marcar el de Gabriel, pero se contuvo. No era el momento.

Los dos guardias suizos apostados a la entrada de la residencia miraban distraídamente hacia la oscuridad, ajenos al caos que acababa de sembrar Donati. Dios mío, ¿qué había hecho? Había encendido la cerilla, pensó. Y ahora el cardenal Francona tendría que presidir un cónclave en llamas. Solo Dios sabía qué clase de papa saldría de él. En aquel momento, a Donati le traía sin cuidado quién saliera elegido, con tal de que no fuese un títere del obispo Hans Richter.

La fachada sur de la basílica estaba bañada de luz. Donati notó que una de las puertas laterales estaba entornada. Entró, cruzó el transepto izquierdo hasta el vertiginoso *baldacchino* de Bernini y cayó de rodillas en el suelo de mármol frío. Debajo de él, en la cripta, yacía su señor con la marca casi invisible de un pinchazo en el muslo derecho. Cerrando los ojos, Donati rezó con un fervor que no sentía desde hacía muchos años.

«Mátalo», pensaba. «Lentamente y con todo el dolor posible».

La noche se alió con Gabriel haciéndolo casi invisible. El padre Graf, en cambio, delató su posición exacta al no perder el dominio de sí mismo y apretar el gatillo. Gabriel no hizo ninguna maniobra evasiva, no cambió de dirección. Avanzó derecho hacia su objetivo tan rápidamente como le permitieron sus piernas, como le había enseñado Sharon en el otoño de 1972.

«Once veces, una por cada israelí muerto en Múnich...».

Ignoraba cuántos disparos había hecho el padre Graf. Confiaba en que él tampoco llevara la cuenta. A su Beretta le quedaban quince balas. Pero Gabriel solo necesitaba una: la que pensaba meterle entre ceja y ceja al sacerdote cuando estuviera seguro de que no daría a Veronica por error. Ella seguía arrodillada, tapándose los oídos con las manos. Tenía la boca abierta, pero Gabriel no oía otro sonido que los disparos de Graf. Debido a la acústica de la plaza, parecían llegar al mismo tiempo de todas direcciones.

Estaba ya a veinte metros de Graf, lo bastante cerca para verlo con claridad sin ayuda de los fogonazos del arma. Lo que significaba que Graf también lo veía a él. No podía esperar más, acercarse más. Un policía se habría parado y se habría puesto ligeramente de lado para ser menos visible. Un asesino de la Oficina entrenado por el gran Ari Shamron, no. Siguió avanzando implacablemente, como si tuviera intención de incrustarle el balazo de un golpe.

Por fin levantó el brazo y apuntó a la cara del padre Graf por la mira de la Beretta. Pero un instante antes de que apretara el gatillo, parte de la cara del sacerdote saltó por los aires y el padre Graf desapareció de su vista como si se hubiera abierto un agujero en la tierra.

Gabriel se detuvo, trastabillando, sin saber de dónde procedía aquel disparo. Un momento después, Alois Metzler salió de la oscuridad con una SIG Sauer 226 en la mano extendida. Bajó el arma y miró a Veronica.

—Más vale que la saque de aquí antes de que llegue la Polizia. Yo me encargo de esto.

—Ya lo ha hecho, diría yo.

Metzler contempló al sacerdote muerto.

—Tranquilo, Allon. Soy yo quien se ha manchado las manos con su sangre.

56

VIA GREGORIANA, ROMA

A la mañana siguiente, a las diez y cuarto, el ruido de una pelea que estaba teniendo lugar bajo su ventana despertó a Gabriel. Tardó un instante en recordar cuál era la calle y dónde estaba. Tampoco guardaba recuerdo de las circunstancias en las que había llegado a su lugar de descanso, un sofá pequeño y horriblemente incómodo.

Era el sofá del cuarto de estar del piso franco que la Oficina tenía cerca de la escalera de la plaza de España, recordó con lucidez repentina. Veronica Marchese se había ofrecido a dormir allí, pero, en un rasgo de caballerosidad poco sensato, él había insistido en que durmiera en la cama de la habitación. Habían estado levantados hasta las dos de la madrugada compartiendo una botella de vino tinto de la Toscana. El dolor de cabeza sordo que le había dado el vino era el complemento perfecto de su lumbalgia.

Su ropa estaba en el suelo, junto al sofá. Se vistió, entró en la cocina y llenó de agua el hervidor. Puso café en la cafetera francesa y entró en el aseo para mirarse al espejo. Si fuera un cuadro, pensó, podría borrar los daños. Pero, como no lo era, a lo más que podía aspirar era a adecentarse un poco antes de que llegara Chiara. Por sugerencia suya, los niños y ella estarían en Roma para cuando empezara el cónclave. Donati los había invitado a ver la ceremonia de apertura en la tele, en la Curia Jesuita. También había invitado a Veronica. La tarde prometía ser interesante.

Gabriel llenó de agua la cafetera y leyó la prensa italiana en el móvil mientras esperaba a que estuviera listo el café. Los impactantes acontecimientos ocurridos en Alemania tenían escaso interés para los editores de Milán y Roma. Solo importaba el cónclave. Los *vaticanisti* seguían convencidos de que Navarro tenía el papado en el bolsillo. Uno auguraba que Pietro Lucchesi sería el último pontífice italiano. Ningún medio aludía a la muerte de un sacerdote perteneciente a una orden católica reaccionaria, ni a un tiroteo en los jardines de Villa Borghese en el que se había visto implicada la directora de un museo italiano importante. Alois Metzler se las había ingeniado de algún modo para echar tierra sobre el asunto. De momento, al menos.

Se llevó el café al cuarto de estar y encendió la tele. Quince mil católicos, entre religiosos y seglares, abarrotaban la basílica de San Pedro para asistir a la misa *Pro eligendo Romano Pontifice*, previa al cónclave. Otros doscientos mil la veían en las grandes pantallas instaladas en la plaza. Oficiaba el decano Angelo Francona. Sentados ante él en cuatro filas semicirculares se hallaban todos los miembros del Colegio Cardenalicio, incluidos los cardenales que eran demasiado ancianos para participar en el cónclave que empezaría unas horas después. Donati estaba sentado justo detrás. Ataviado con su hábito coral, parecía de la cabeza a los pies un prelado católico. Tenía un semblante serio y decidido. Gabriel no habría querido ser el blanco de aquella mirada inflexible.

—¿Qué crees que está pensando?

Gabriel apartó la vista de la pantalla y la fijó en Veronica Marchese. Iba vestida con un pijama de algodón viejo de Chiara. Tenía una mano apoyada en la cadera y con la otra se tiraba de la oreja derecha.

—Sigo sin oír nada —dijo.

—Estuviste expuesta a un tiroteo sin protección. Vas a tardar un par de días en recuperar el oído.

Veronica se palpó la parte de atrás de la cabeza.

—¿Cómo te sientes?

—Me vendría bien un poco de cafeína. —Miró el café de Gabriel con deseo—. ¿Hay para mí?

Él entró en la cocina y le sirvió una taza. Veronica bebió un sorbo e hizo una mueca.

—¿Tan malo está?

—A lo mejor luego podemos ir al Caffè Greco. —Miró el televisor—. Saben disimular y montar un buen espectáculo, ¿eh? Cualquiera diría que no ha pasado nada sospechoso.

—Mejor así.

—Sobre eso tengo mis dudas.

—¿Quieres que todo el mundo se entere de lo que pasó en la Piazza di Siena anoche?

—¿Viene algo en la prensa?

—No, nada.

—¿Cuánto tiempo seguirá siendo un secreto?

—Supongo que eso dependerá de quién sea el nuevo papa.

La cámara volvió a enfocar a Donati.

—Donati el Conquistador —comentó Veronica—. Se enfadó mucho por ese artículo de *Vanity Fair*, pero la verdad es que lo convirtió en una estrella dentro de la Iglesia.

—Deberías haber visto a los camareros del Piperno.

—Qué suerte tienes, Gabriel. ¡Cuánto me gustaría poder comer en público con él aunque solo fuera una vez, una de esas tardes perfectas de Roma...! —Le lanzó una mirada de reojo—. ¿Alguna vez habla de mí?

—Constantemente.

—¿En serio? ¿Y qué dice?

—Que sois buenos amigos.

—¿Y tú te lo crees?

—No —contestó Gabriel—. Creo que estás locamente enamorada de él.

—¿Tanto se nota? —Ella sonrió con tristeza—. ¿Y qué me dices de Luigi? ¿Qué siente por mí?

—Eso tendrías que preguntárselo a él.

—¿Preguntarle qué, exactamente? ¿Sigue usted enamorado de mí, arzobispo? ¿Está dispuesto a renunciar a sus votos y a casarse conmigo antes de que sea demasiado tarde?

—¿Nunca se lo has preguntado?

Veronica negó con un gesto.

—¿Por qué?

—Porque me da miedo la respuesta. Si dice que no, se me romperá el corazón. Y si dice que sí...

—Sentirás que eres la peor.

—Eres muy perspicaz.

—Salvo en cuestiones del corazón.

—Tienes un matrimonio perfecto.

—Estoy casado con una mujer perfecta, que no es lo mismo.

—¿Y si estuvieras en mi lugar?

—Le diría a Luigi lo que siento. Cuanto antes, mejor.

—¿Cuándo?

—¿Qué tal esta misma tarde?

—¿En la Curia Jesuita? No se me ocurre un sitio peor. Todos esos curas... —repuso Veronica—. Y estarán todos mirándome boquiabiertos.

—Eso lo dudo, la verdad.

Ella fingió reflexionar un momento.

—¿Cómo se viste una para un cónclave?

—De blanco, creo.

—Sí. Creo que tienes razón.

Al acabar la misa, los cardenales electores salieron en procesión de la basílica y regresaron a la Casa Santa Marta para almorzar. Alois Metzler telefoneó a Gabriel desde el vestíbulo lleno de gente. El padre Graf, le dijo, estaba metido en hielo en un depósito de cadáveres de Roma y allí se quedaría hasta que acabara el cónclave, cuando se descubriría su cuerpo sin vida en algún cerro de las afueras de Roma. La causa presunta de la muerte sería el suicidio, y el nombre de Veronica Marchese no saldría a relucir en ningún informe, al igual que el de Gabriel.

—No está mal, Metzler.

—Soy un ciudadano suizo que trabaja para el Vaticano. Ocultar la verdad es de lo más natural para mí.

—¿Alguna noticia del obispo Richter?

—Se marchó de Roma anoche en su avión privado. Por lo visto, se ha escondido en el convento de la Orden en el cantón de Zug.

—¿Cómo están los ánimos en la Casa Santa Marta?

—Si acaba el cónclave sin que haya más muertos, será un milagro —respondió Metzler antes de colgar.

Eran casi las doce y media. El llamativo descapotable de Veronica estaba aparcado en la calle, frente al edificio de pisos. Gabriel la llevó a su *palazzo* cerca de Via Veneto y esperó abajo mientras se duchaba y se cambiaba de ropa. Cuando reapareció, llevaba un elegante traje pantalón de color crema y un collar de oro trenzado.

—Error —dijo Gabriel—. Ahora sí que te van a mirar boquiabiertos en la Curia Jesuita.

Ella sonrió.

—No podemos llegar con las manos vacías.

—Luigi me ha pedido que llevemos vino.

Veronica entró en la cocina y volvió con cuatro botellas de *pinot grigio* bien frío. Tardaron cinco minutos en llegar en coche a la estación de Roma Termini. Estaban esperando fuera, en el aparcamiento de recogida de viajeros, cuando Chiara y los niños salieron de la estación.

—Tienes razón —dijo Veronica—. Estás casado con la mujer perfecta.

—Sí —respondió Gabriel—. Soy un tío con suerte.

57

CURIA JESUITA, ROMA

Había dos televisores de pantalla plana grandes en el comedor de la Curia Jesuita, uno en cada extremo de la sala. Entre ambos había cerca de cien sacerdotes vestidos con sotana negra o traje clerical, y un grupo de estudiantes de la Pontificia Universidad Gregoriana. La algarabía de voces graves remitió momentáneamente cuando un grupo de invitados laicos —dos niños pequeños, dos mujeres muy bellas y el jefe del servicio secreto israelí— entró en el comedor.

Donati se había quitado su hábito coral y llevaba de nuevo el equivalente vaticano a un traje de negocios. Estaba enfrascado en una conversación aparentemente muy seria con un hombre de pelo cano al que Veronica identificó como el superior de la Compañía de Jesús.

—El Papa Negro —dijo ella.

—Así llamaban antes a Donati.

—Solo sus enemigos se atrevían a llamarlo así. El padre Aguilar es el verdadero Papa Negro. Es venezolano; sociólogo de formación y de izquierdas, hasta cierto punto. Un periodista de una revista estadounidense de derechas lo tachó una vez de marxista, y él se lo tomó como un cumplido. También es propalestino.

—¿Sabe algo de tu relación con Donati?

—Cuando Luigi se convirtió en secretario privado de Lucchesi, se borraron de su expediente todas las referencias a nuestra aventura amorosa. En lo que respecta a los jesuitas, nunca existió. —Veronica señaló con la cabeza una mesa cubierta de refrescos y botellas de vino blanco y tinto—. ¿Te importa? No sé si voy a poder aguantar sobria aquí.

Gabriel dejó en la mesa las cuatro botellas de *pinot grigio* y sirvió tres copas de una botella abierta de Frascati tibio mientras Chiara servía pasta a los niños de las grandes fuentes de acero inoxidable del bufé. Encontraron una mesa vacía cerca de uno de los televisores. Los cardenales electores habían salido de la Casa Santa Marta y se habían congregado en la capilla Paulina, el último alto antes de entrar en la Sixtina para dar comienzo al cónclave.

Veronica probó el vino con poca convicción.

—¿Hay algo peor que el Frascati del tiempo?

—Se me ocurren un par de cosas —respondió Gabriel.

Donati se acercó a la mesa acompañado por el padre Agular, que sonreía de oreja a oreja. Gabriel se levantó y tendió la mano al presidente de los jesuitas; luego le presentó a Chiara y a los niños.

—Y esta es nuestra querida amiga Veronica Marchese —añadió en un tono extrañamente jovial en él—. La *dottora* Marchese es la directora del Museo Nazionale Etrusco.

—Es un honor, *dottora*. —El padre Agular miró a Gabriel—. Sigo muy de cerca la actualidad de Oriente Medio. Me gustaría charlar un rato con usted antes de que se marche.

—Por supuesto, padre Agular.

El jesuita miró el televisor.

—¿Quién cree usted que será?

—Dicen que Navarro.

—Va siendo hora de que haya un papa de lengua hispana, ¿no le parece?

—Y si además fuera jesuita...

El padre Agular se alejó riendo. Donati puso una silla entre Gabriel y Raphael y se sentó sin dar apenas muestras de reconocer a Veronica.

—¿Qué tal está? —le preguntó en voz baja a Gabriel.

—Como cabe esperar.

—Está guapísima, la verdad.

—Deberías haberla visto después de que Metzler matara al padre Graf.

—Metzler lo ha tapado bastante bien. Ni siquiera Alessandro Ricci se ha enterado.

—¿Cómo conseguiste convencerlo de que no publicara el artículo sobre el complot contra el cónclave?

—Prometí darle todo lo que necesita para escribir una secuela de *La Orden* que se venda como rosquillas.

—Dile que a mí no me nombre.

—Mereces llevarte un poco de mérito. A fin de cuentas, has salvado a la Iglesia católica.

—Todavía no —repuso Gabriel.

Donati miró el televisor.

—Mañana por la noche lo sabremos. El lunes, como muy tarde.

—¿Esta noche no?

—La votación de esta tarde es simbólica, más que nada. Casi todos los cardenales votan por sus amigos o benefactores. Si tenemos nuevo papa esta noche, será porque ha pasado algo fuera de lo común en la Capilla Sixtina. —Donati miró a Raphael—. Es increíble. Si tuviera el pelo canoso...

—Lo sé, lo sé.

—¿Pinta bien?

—Bastante bien, de hecho.

—¿E Irene?

—Irene va para escritora, me temo.

Donati miró a Veronica, que estaba hablando en voz baja y riéndose con Chiara.

—¿De qué crees que están hablando?

—De ti, imagino.

El arzobispo frunció el ceño.

—No te habrás estado metiendo en mi vida privada, ¿verdad?

—Un poco. —Gabriel bajó la voz—. Veronica quiere hablar contigo de una cosa.

—¿Ah, sí? ¿De qué?

—Quiere preguntarte algo antes de que sea demasiado tarde.

—Ya lo es. Roma ha hablado, amigo mío. Caso cerrado. —Donati bebió de la copa de Gabriel e hizo una mueca—. ¿Hay algo peor que el Frascati del tiempo?

Eran pasadas las tres cuando los cardenales electores entraron en procesión en la Capilla Sixtina. Delante de las cámaras, cada uno de ellos apoyó la mano sobre el Evangelio de Mateo y juró, entre otras cosas, no tomar parte en ningún intento ajeno al cónclave de intervenir en la elección del romano pontífice. Domenico Albanese pronunció el juramento con solemnidad exagerada y una expresión beatífica en el semblante. Los comentaristas televisivos alabaron su actuación durante el interregno. Uno llegó al extremo de afirmar que tenía ciertas posibilidades de ser elegido papa.

—Que el cielo nos ampare —murmuró Donati.

Eran casi las cinco de la tarde cuando el último cardenal hizo el juramento. Un momento después, el maestro pontificio de ceremonias litúrgicas, monseñor Guido Montini, un italiano delgado y con gafas, se puso delante del micrófono y dijo con voz suave:

—*Extra omnes.*

Cincuenta religiosos, prelados y seglares del servicio vaticano salieron de la capilla. Entre ellos, Alois Metzler, que lucía su uniforme de gala de estilo renacentista y su casco con penacho blanco.

—Menos mal que anoche no iba vestido así —comentó Gabriel.

Donati sonrió mientras monseñor Montini cerraba las puertas de la Capilla Sixtina.

—¿Y ahora qué?

—Vamos a buscar una botella de vino bien fría —dijo Donati—. Y a esperar.

58

CAPILLA SIXTINA

Lo primero en el orden del día era repartir las papeletas, en cuya parte superior estaban impresas las palabras ELIGO IN SUMMUM PONTIFICEM, «elijo como sumo pontífice». Después se eligió por sorteo a los escrutadores, los tres cardenales que se encargarían de llevar el recuento de votos; a tres interventores encargados de vigilar la labor de los escrutadores y a tres *infirmarii* que se ocuparían de recoger los votos de los cardenales que, por estar enfermos, tuvieran que guardar cama en la Casa de Santa Marta. El cardenal Francona se llevó una alegría al comprobar que ninguno de los cuarenta y dos cardenales a los que Luigi Donati había acusado de conspiración salía elegido para esos puestos. Aunque no era matemático, sabía que era muy improbable que así fuera. Sin duda, se dijo, el Espíritu Santo había intervenido para preservar la integridad del cónclave, o lo poco que quedaba de ella.

Concluidos los preliminares, Francona se acercó al micrófono y miró a los ciento quince hombres reunidos ante él.

—Sé que ha sido un día muy largo, pero propongo que votemos.

Si había una crisis, sería en ese momento. De haber una sola objeción, se levantaría la sesión hasta el día siguiente y los cardenales regresarían a la Casa Santa Marta, lo que se interpretaría desde fuera como señal de profundas disensiones en el seno de la Iglesia. Sería, en resumen, un desastre.

Francona contuvo la respiración.

—Muy bien. Por favor, escriban en la papeleta el nombre del candidato al que quieren votar. Y recuerden que los votos que no puedan leerse no entrarán en el recuento.

El decano ocupó su sitio. Sobre la mesa, delante de él, había una papeleta y, a su lado, un lápiz. Tenía pensado seguir la tradición del cónclave y depositar un voto de cortesía en la primera ronda de votaciones, pero después del barullo de la noche anterior en Casa Santa Marta eso ya no era posible. No era momento de halagar a un viejo amigo o un mentor. El futuro de la Iglesia católica romana pendía de un hilo.

Elijo como sumo pontífice...

Francona levantó la vista y contempló a los hombres sentados a su alrededor. ¿Quién podía ser? «¿Tú, Navarro? ¿O tú, Brady?». No, pensó de repente. En el fondo, creía que solo había una persona que podía salvar a la Iglesia de sí misma.

Tomó el lápiz y apoyó la punta en la tarjeta de voto. Era costumbre que los cardenales electores alteraran su letra para hacer irreconocible su voto. Francona, no obstante, escribió el nombre deprisa y con su letra característica, llena de florituras. Luego dobló la papeleta por la mitad dos veces y volvió al micrófono.

—¿Alguien necesita más tiempo? Muy bien, entonces. Que empiece la recogida de votos.

El procedimiento, como todo en el cónclave papal, estaba ideado para reducir las posibilidades de que hubiera juego sucio. La votación se hacía por orden de precedencia. Como decano del Colegio Cardenalicio, Francona fue el primero en votar.

Los escrutadores estaban reunidos en el altar, sobre el que descansaba un enorme cáliz de oro cubierto con una patena de plata. Francona levantó su voto y pronunció en voz alta otro juramento.

—Pongo por testigo a Cristo Nuestro Señor, que me juzgará, de que doy mi voto al que, ante Dios, creo que ha de ser elegido.

Depositó la papeleta en la patena y, tomándola con las dos manos, la ladeó ligeramente hacia la izquierda. La papeleta cayó limpiamente en el cáliz. Otra señal, pensó Francona, de que el Espíritu Santo estaba presente en la sala.

Volvió a colocar la patena en su sitio y regresó a su asiento.

Era un procedimiento premeditadamente lento y engorroso. Sobre todo, ejecutado por hombres de entre sesenta y setenta años que llevaban en su mayoría una vida muy sedentaria, algunos de los cuales incluso caminaban ayudándose de un bastón. Hasta Kevin Brady, el enérgico angelino, necesitó medio minuto para prestar juramento y echar su voto en el cáliz. Emmerich se lo tomó con parsimonia, igual que Majewski, de Cracovia. El más expeditivo fue Albanese, que tiró la papeleta dentro del cáliz como si limpiara los huesos que habían quedado en su plato después de la cena.

Eran casi las seis y media cuando empezó el recuento. El primer escrutador meneó el cáliz, tapado con la patena, para que se mezclasen las papeletas. El tercero contó luego las papeletas sin leer para asegurarse de que eran ciento dieciséis, una por cada elector. Para alivio de Francona, el número coincidía. Si no, habría tenido que pedir que se quemaran los votos sin abrirlos.

Las papeletas se depositaban en un segundo cáliz algo más pequeño. Los escrutadores lo colocaban encima de una mesa, delante del altar, y se sentaban. El extraño ritual que siguió era casi tan antiguo como la propia Iglesia. El primer escrutador sacó una papeleta y, tras dudar un momento, hizo una pequeña pero significativa enmienda en la última hoja de la lista impresa de nombres que tenía delante. Luego le entregó la papeleta al segundo escrutador, que hizo lo propio. El tercer escrutador no pudo disimular su sorpresa al leer el nombre en silencio. Un momento después, tras atravesar la papeleta con una aguja con hilo rojo a la altura de la palabra *eligo*, leyó el nombre en voz alta acercándose al micrófono.

Un murmullo se extendió por el cónclave. El nombre sorprendió especialmente a Angelo Francona, porque era el que había escrito en su papeleta. Su candidato era poco ortodoxo, por decir algo. Sin duda era su papeleta la que se había extraído del cáliz en primer lugar. Añadió el nombre a su lista y le puso una rayita al lado para marcarlo.

El primer escrutador sacó otro voto. Sobresaltado, lanzó una mirada nerviosa a Francona antes de pasarle la papeleta al segundo escrutador, que hizo una marca en su listado de nombres y le entregó el voto al tercer escrutador, quien a su vez lo atravesó con aguja e hilo. El nombre que leyó ante el micrófono era el mismo que figuraba en la primera papeleta.

—Santo Dios —musitó Angelo Francona.

Otro murmullo recorrió el cónclave como el zumbido de un avión. Alguien más había tenido la misma idea que él.

Los escrutadores aumentaron el ritmo de recuento: diez papeletas en cuatro minutos escasos, por el reloj de Francona. Tres para Navarro, uno para Tardini, uno para Gaubert y cinco para el candidato tapado de Francona, que acumulaba ya siete de los doce primeros votos escrutados: una progresión asombrosa. No podía continuar así, se dijo Francona.

Pero continuó. De hecho, el «tapado» obtuvo seis de los diez votos que se contabilizaron a continuación, y siete de los diez siguientes. Francona iba anotándolos en su lista. Su candidato había obtenido veinte de los primeros treinta y dos votos escrutados, una mayoría de casi dos tercios.

Faltaban por escrutar ochenta y cuatro papeletas. Cuando el candidato de Francona acumuló la mitad de los veinte votos siguientes, el cardenal Tardini exigió que se diera por nula la primera papeleta.

—¿Con qué justificación, eminencia? —Francona estaba seguro de que no había ninguna. Miró a los tres escrutadores—. Saquen la siguiente papeleta, por favor.

Era, de nuevo, un voto para su candidato, igual que quince de los veinte que se contabilizaron a continuación. En ese instante, el cónclave estalló en murmullos.

—¡Bajen la voz, hermanos! —ordenó Francona como el director de un colegio regañando a una clase llena de alumnos díscolos. Miró a los escrutadores—. Siguiente voto.

El voto era para Albanese, nada menos. Sin duda se había votado a sí mismo. Daba igual: el candidato de Francona obtuvo diecisiete de los veinte votos siguientes. Llevaba sesenta y tres de los noventa y cuatro votos computados. Quedaban veintidós papeletas por escrutar. Si el nombre del candidato de Francona figuraba en quince de ellas, se llevaría el cónclave.

Cuatro votos consecutivos fueron para él, junto con seis de los diez siguientes; en total, setenta y tres, cinco menos de los setenta y ocho necesarios para que saliera elegido papa. El siguiente voto era para Navarro. Después, ya no quedó ninguna duda. Mientras se contaban las últimas papeletas, el ruido en la sala se convirtió en tumulto. Francona no hizo intento de acallarlo. Tenía la mirada fija en el fresco de Miguel Ángel que representaba el momento de la creación.

—¿Qué hemos hecho? —musitó—. ¿Qué hemos hecho, en el nombre de Dios?

Los escrutadores e interventores contaron los votos por segunda vez y volvieron a revisar sus anotaciones. No había duda. Había ocurrido lo inconcebible. Era hora de informar de ello al resto del mundo, y al hombre que acababa de ser elegido líder espiritual de más de mil millones de católicos romanos.

Francona metió las papeletas y las hojas de recuento en la más antigua de las dos estufas de la Capilla Sixtina y les prendió fuego. Luego pulsó el interruptor de la estufa auxiliar para que se prendiera el cartucho con cinco cargas compuestas de clorato de potasio, lactosa y resina de pino. Segundos después, se elevó un clamor entre los miles de peregrinos que abarrotaban la plaza de San Pedro. Acababan de ver la fumata blanca saliendo por la chimenea de la capilla.

El decano se acercó a la puerta y llamó dos veces con los nudillos. Monseñor Guido Montini abrió al instante. Era evidente por su expresión que había oído el vocerío de la plaza.

—Tráigame un teléfono —ordenó Francona—. Rápido.

59

CURIA JESUITA, ROMA

En ese preciso momento, en el comedor de la Curia Jesuita, el arzobispo Luigi Donati estaba viendo por televisión la fumata blanca que salía de la chimenea de la Capilla Sixtina. Su rostro adquirió un tinte ceniciento. La rapidez de la decisión de los electores sugería que los cardenales corruptos habían hecho caso omiso de sus advertencias y habían votado por Emmerich. Si así era, él cumpliría su amenaza, no tenía duda al respecto. Cuando acabara, no quedaría piedra sobre piedra. Edificaría una nueva iglesia. Una iglesia que Jesucristo pudiera reconocer como suya.

Sus compañeros jesuitas, en cambio, parecían emocionados por la celeridad con que se había elegido al nuevo papa. En el salón había tal alboroto que Donati apenas oía lo que decían los comentaristas. Tampoco oyó sonar su Nokia, que había dejado sobre la mesa, junto al de Gabriel. Cuando por fin reparó en él, se llevó una sorpresa al ver que tenía cinco llamadas perdidas, en menos de dos minutos.

—Santo cielo.

—¿Qué pasa? —preguntó Gabriel.

—No te vas a creer quién me está llamado como un loco.

Donati marcó y se llevó rápidamente el teléfono al oído.

—Ya era hora —dijo el cardenal Angelo Francona.

—¿Qué ocurre, decano?

—¿Ha visto la fumata?

—Sí, claro. Por favor, dígame que no es...

—Ha sucedido algo que no esperábamos.

—Eso es evidente, eminencia. Pero ¿qué es?

—Se lo diré cuando llegue.

—¿Adónde?

—Hay un coche esperándolo abajo. Nos vemos dentro de unos minutos.

Se cortó la llamada. Donati bajó el teléfono y miró a Gabriel.

—Puede que me equivoque, pero creo que acaban de convocarme a la Capilla Sixtina.

—¿Por qué?

—Francona no ha querido decírmelo, o sea que no puede ser nada bueno. De hecho, me sentiría mejor si vinieras conmigo.

—¿A la Capilla Sixtina? No lo dirás en serio.

—Ni que fuera la primera vez que vas.

—No en pleno cónclave. —Gabriel se tiró de las solapas de la chaqueta de cuero—. Además, no voy vestido para la ocasión.

—¿Y cómo se viste uno para un cónclave? —preguntó Donati.

Gabriel miró a Veronica y sonrió.

—De blanco, creo.

Para evitar a la muchedumbre reunida en la plaza de San Pedro, el coche entró en el Vaticano por la entrada de vehículos cercana al palacio del Santo Oficio. Desde allí bordeó la basílica por la parte de atrás hasta llegar a un pequeño patio situado al pie de la Capilla Sixtina. Monseñor Guido Montini se lanzó a abrir la puerta del coche como el botones de un hotel. Pareció resistirse a duras penas al impulso de hacer una reverencia ante Donati.

Montini tuvo que alzar la voz para hacerse oír entre el tañido de las campanas de la basílica.

—Buenas tardes, excelencia. Me han pedido que lo acompañe arriba. —Miró a Gabriel—. Pero me temo que su amigo el *signore* Allon tendrá que quedarse aquí.

—¿Por qué?

Montini lo miró con pasmo.

—El cónclave, excelencia.

—Se ha acabado, ¿no?

—Eso depende.

—¿De qué?

—Por favor, excelencia. Los cardenales esperan.

Donati señaló a Gabriel.

—O viene conmigo o no entro.

—Sí, claro, excelencia. Si es lo que desea.

Donati y Gabriel cambiaron una mirada nerviosa. Subieron juntos un estrecho tramo de escaleras hasta la Sala Regia, la bellísima antesala cubierta de frescos de la Capilla Sixtina. Dos guardias suizos se erguían como sujetalibros frente a la puerta. Gabriel dudó un momento. Luego siguió a Donati dentro.

Los cardenales aguardaban al pie del altar, empequeñecidos por el *Juicio final* de Miguel Ángel. Al cruzar la puerta de la *trasenna*, Donati se detuvo bruscamente y se volvió.

—¿Ves lo que está pasando?

—Sí —contestó Gabriel—. Creo que sí.

—Nadie en su sano juicio querría esto. He visto con mis propios ojos la factura que le pasa a uno. —Donati le tendió la mano—. Por favor, cógela. Sácame de aquí antes de que sea demasiado tarde.

—Ya es tarde, Luigi. Roma ha hablado.

Donati seguía con la mano extendida. La puso sobre el hombro de Gabriel y se lo apretó con fuerza sorprendente.

—Intenta recordarme como era antes, viejo amigo. Porque dentro de un momento esa persona dejará de existir.

—Date prisa, Luigi. No debes hacerles esperar.

Donati miró a los ciento dieciséis hombres que esperaban junto al altar.

—A ellos no, Luigi. A la gente de la plaza.

—¿Qué voy a decirles? Dios mío, ni siquiera tengo nombre. —Rodeó con los brazos el cuello de Gabriel y se aferró a él como si se ahogara—. Dile a ella que lo siento. Dile que yo no quería que esto pasara.

Se apartó y cuadró los hombros. Recuperando su aplomo al instante, cruzó la capilla con paso firme y se detuvo delante del cardenal Francona.

—Creo que quiere usted preguntarme algo, eminencia.

Francona formuló la pregunta en latín.

—*Acceptasne electionem de te canonice factam in Summum Pontificem?*

«¿Aceptas tu elección canónica como sumo pontífice?».

—Acepto —contestó Donati sin vacilar.

—*Quo nomine vis vocari?*

«¿Por qué nombre deseas que se te llame?».

Donati miró el techo de Miguel Ángel como si buscara inspiración.

—Si le digo la verdad, no tengo ni idea.

La Capilla Sixtina se llenó de risas. Era un buen comienzo.

60

CAPILLA SIXTINA

Era de lo más apropiado que el primer acto oficial de Donati como papa fuera estampar su firma en un documento que quedaría sepultado para siempre en el silencio del Archivo Secreto Vaticano. Preparado a toda prisa por monseñor Montini, el documento consignaba formalmente el nuevo nombre de Donati y su aceptación del cargo de sumo pontífice. Donati lo firmó en la misma mesa en la que los escrutadores e interventores habían computado los votos. Donati había obtenido ochenta en la primera votación, un resultado pasmoso. Desde la época ya remota en la que se elegía a los papas por aclamación, ningún pontífice había sido elegido tan rápidamente y por un margen tan abrumador.

Donati se retiró a continuación a la Sala de las Lágrimas, donde un representante de la familia Gammarelli, la sastrería papal desde 1798, esperaba con tres sotanas de hilo blanco y una selección de roquetes, mucetas, estolas y mocasines de seda rojos. Pietro Lucchesi había escogido —era de público conocimiento— la más pequeña de las tres sotanas. Donati necesitó la más grande. Prescindió del roquete, la muceta y la estola y se puso su vieja cruz pectoral de plata en lugar de lucir la de oro macizo que le ofrecieron. Tampoco eligió un par de mocasines rojos. Prefirió sus zapatos italianos, a los que él mismo había sacado brillo antes de dirigirse a los cardenales en la Casa Santa Marta.

A Gabriel no se le permitió asistir a la investidura ritual de Donati. Tuvo que quedarse en la Capilla Sixtina, donde los cardenales esperaban para saludar al hombre al que acababan de entregar las llaves del reino. El ambiente parecía cargado de electricidad y, al mismo tiempo, de incertidumbre. La acústica de la sala permitió a Gabriel escuchar varias conversaciones. Era evidente que muchos cardenales habían depositado un voto de cortesía a favor de Donati en la primera ronda, sin saber que una aplastante mayoría de sus compañeros pensaba hacer lo mismo. Casi todos coincidían en que el Espíritu Santo —no la Orden de Santa Helena ni el obispo Richter— había intervenido en la elección.

Pero no todos los presentes se alegraban del resultado. Los cardenales Albanese y Tardini estaban especialmente descontentos. Solo treinta y seis electores habían votado por otro candidato, lo que significaba que una parte importante de los cuarenta y dos conspiradores había apoyado a Donati, con la absurda esperanza, quizá, de que pasara por alto sus pecadillos financieros y les permitiera seguir en sus puestos. Gabriel sospechaba que dentro de poco habría una oleada de discretas dimisiones y nuevos nombramientos en el Colegio Cardenalicio. La Iglesia católica iba a experimentar el cambio que necesitaba desde hacía tanto tiempo. Luigi Donati manejaba mejor que nadie las palancas del poder en el Vaticano y, lo que era aún más importante, sabía dónde estaban enterrados los cuerpos del delito y dónde se escondían los trapos sucios. La curia romana, custodia del *statu quo*, había encontrado por fin la horma de su zapato.

Donati salió por fin de la Sala de las Lágrimas con sus vestiduras blancas y el solideo papal en la cabeza. Resplandecía como iluminado por un foco propio. Tan notable era el cambio que se había obrado en su apariencia que a Gabriel le costó reconocerlo. Ya no era Luigi Donati, se dijo. Era el sucesor de Pedro, el representante de Cristo en la tierra.

Era su santidad el papa.

Unos minutos después sería el hombre más famoso y reconocible del mundo. Pero primero tenía que pasar por un último ritual, tan antiguo como la propia Iglesia. Uno por uno, en orden de precedencia, los cardenales se acercaron a felicitarlo y a jurarle obediencia. Porque el papa no era solo el líder espiritual de mil millones de católicos; también era uno de los últimos monarcas absolutos del mundo. Prefirió recibir los parabienes de los cardenales de pie, en lugar de sentado en su trono. La mayoría lo felicitaron con afecto, incluso con entusiasmo. Varios, en cambio, mostraron una actitud glacial. Tardini, desafiante hasta el fin, lo miró meneando el dedo delante de él, y el nuevo papa hizo lo mismo. Domenico Albanese se arrodilló ante él y le suplicó que le diera la absolución. Donati le dijo que se levantara y lo despachó con un ademán, con la mácula del asesinato de un pontífice todavía impresa en el alma. A Albanese le esperaba un monasterio, pensó Gabriel. En algún lugar frío y aislado, donde se comiera muy mal. En Polonia, quizá. O, mejor aún, en Kansas.

Esa noche se creó un precedente más, a las 7:34 de la tarde, cuando Donati llamó a Gabriel con un gesto jovial de su largo brazo. El nuevo pontífice lo agarró por los hombros. Gabriel nunca se había sentido tan bajito.

—Lo felicito, santidad.

—Me das el pésame, querrás decir. —Su sonrisa llena de aplomo dejaba claro que ya empezaba a sentirse a gusto en su nuevo papel—. Acabas de ver algo que solo un puñado de personas tiene oportunidad de presenciar.

—No sé si voy a recordar gran cosa.

—Yo tampoco. —Donati bajó la voz—. No se lo has dicho a nadie, ¿verdad?

—No, a nadie.

—En ese caso, nuestros amigos de la Curia Jesuita están a punto de llevarse la mayor sorpresa de sus vidas. —Aquella idea parecía entusiasmarlo—. Ven conmigo al balcón. No puedes perdértelo.

Entró en la Sala Regia y, seguido por gran parte del cónclave, echó a andar por el Aula de las Bendiciones hacia la parte frontal de la basílica. A diferencia de su mentor, Pietro Lucchesi, no necesitó que nadie le enseñara el camino. En la antesala que precedía al balcón, hizo solemnemente la señal de la cruz mientras se abrían las puertas. El clamor de la multitud era ensordecedor. Donati dedicó una última sonrisa a Gabriel al tiempo que el decano de los cardenales anunciaba «*Habemus papam*». Luego avanzó hacia un halo cegador de luz blanca y desapareció.

Al quedarse a solas con los cardenales, Gabriel se sintió de pronto fuera de lugar. El hombre antaño conocido como Luigi Donati les pertenecía ahora a ellos, no a él. Sin que nadie lo acompañara, regresó a la Capilla Sixtina y bajó hasta la puerta de Bronce del Palacio Apostólico.

La plaza de San Pedro refulgía, iluminada por las velas y los teléfonos móviles. Era como si todas las estrellas de una galaxia hubieran caído del cielo. Gabriel probó a llamar a Chiara, pero no había cobertura. Avanzó despacio por la columnata de Bernini. El gentío deliraba de alegría. La elección de Donati sacudía la tierra como un seísmo.

Gabriel salió por fin de la columnata a la plaza del Papa Pío XII. Para llegar a la Curia Jesuita, tenía que atravesarla. Pronto se dio por vencido. Una marea humana se extendía a los pies de Donati, hasta las riberas del Tíber. No podía ir a ninguna parte.

De pronto se dio cuenta de que Chiara y los niños lo llamaban a gritos. Tardó un momento en verlos. Eufóricos, los niños señalaban hacia la basílica como si su padre no supiera que su amigo estaba en el balcón. Chiara abrazaba a Veronica Marchese, que lloraba incontrolablemente.

Gabriel trató de llegar hasta ellos, pero no sirvió de nada. Era imposible atravesar el gentío. Al volverse, vio a un hombre de blanco que flotaba sobre un manto de luz dorada en forma de llave. Era una obra maestra, pensó. *Su santidad*, óleo sobre lienzo, autor desconocido.

CUARTA PARTE

HABEMUS PAPAM

61

CANNAREGIO, VENECIA

Fue Chiara quien informó en secreto al primer ministro de que su marido no estaría en su despacho de King Saul Boulevard el lunes por la mañana. Mientras estaba supuestamente de vacaciones, Gabriel había impedido una masacre terrorista en Colonia y asestado un golpe mortal a las ambiciones de la extrema derecha europea y, por si eso fuera poco, había visto a un buen amigo suyo convertirse en sumo pontífice de la Iglesia católica romana. Necesitaba unos cuantos días para recuperarse.

Pasó los primeros tres confinado en el piso con vistas al Rio della Misericordia, porque Dios, en su infinita sabiduría, desató sobre Venecia un diluvio de proporciones bíblicas, a lo que hubo que sumar vientos huracanados y una marea más alta de lo normal en la laguna, con consecuencias desastrosas. Los seis *sestieri* del casco histórico sufrieron inundaciones catastróficas, incluida la basílica de San Marcos, cuya cripta se anegó por sexta vez en doce siglos. En Cannaregio, el agua alcanzó un récord histórico: dos metros en apenas tres horas. El islote en el que se confinó a los judíos de la ciudad en 1516 por orden del consejo rector de Venecia sufrió un golpe especialmente duro. El museo del Campo di Ghetto se inundó, igual que la planta baja de la Casa Israelitica di Riposo. Las olas lamían los bajorrelieves del monumento en recuerdo a las víctimas del Holocausto, y los *carabinieri* no tuvieron más remedio que abandonar su caseta blindada.

Como casi todo el mundo en la ciudad, la familia Allon se refugió detrás de barricadas y sacos terreros y procuró poner al mal tiempo buena cara. Raphael e Irene veían su encierro pasado por agua como una gran aventura; Gabriel, como un regalo del cielo. Durante tres días de lluvia constante, leyeron en voz alta, jugaron a juegos de mesa, emprendieron proyectos artísticos y vieron todas las películas que había en la modesta biblioteca del piso; casi todas, dos veces. Era un vislumbre de su futuro. Cuando se jubilara, Gabriel volvería a ser un expatriado, un judío de la diáspora. Trabajaría cuando le viniera en gana y dedicaría todo el tiempo restante a sus hijos. El reloj avanzaría más despacio, sus muchas heridas sanarían. Allí acabaría su historia, en aquella ciudad de iglesias y cuadros que se hundía lentamente, en el extremo norte del Adriático.

Hablaba con Uzi Navot todos los días, por la mañana temprano y a última hora de la tarde. Y, cómo no, seguía las noticias que llegaban de Roma, donde Donati ya había empezado a remozar la curia. Por de pronto, había tomado la decisión de vivir no en los apartamentos papales del Palacio Apostólico, sino en una *suite* sencilla de la Casa Santa Marta. Su primer ángelus, oficiado ante los doscientos mil peregrinos que se congregaron en la plaza de San Pedro, no dejó dudas de que el nuevo papa tenía intención de imprimir un nuevo rumbo a la Iglesia.

Pero ¿quién era el hombre que ocupaba ahora la cátedra de san Pedro? ¿Y cuáles habían sido las circunstancias de su elección como pontífice, una elección histórica que nadie esperaba? La autora del artículo de *Vanity Fair* pasaba de una cadena de televisión a otra describiendo el magnetismo del arzobispo al que había apodado Luigi el Conquistador. Varios reportajes indagaron en sus raíces jesuitas y en el periodo que pasó como misionero en El Salvador, en plena guerra civil. Se daba por sentado, aunque no hubiera pruebas de ello, que de joven había apoyado la polémica corriente doctrinal conocida como teología de la liberación, lo que le convertía automáticamente en persona poco grata para ciertos sectores de la derecha americana. De hecho, un conservador se refirió a él como «el Papa Che Guevara» y otro se preguntó en voz alta si las inundaciones en Venecia, donde Donati había trabajado varios años, no serían una señal de que Dios estaba enojado por el resultado del cónclave.

Obligados por el voto de silencio, los cardenales electores no hicieron declaraciones sobre lo sucedido dentro de la Capilla Sixtina. Ni siquiera Alessandro Ricci, el tenaz periodista de investigación de *La Repubblica*, consiguió traspasar el blindaje del cónclave. Publicó, eso sí, un exhaustivo reportaje sobre los vínculos entre la ultraderecha europea y la Orden de Santa Helena, la organización reaccionaria católica sobre la que había escrito un libro superventas. Tres de los personajes implicados en los atentados de Alemania —Jonas Wolf, Andreas Estermann y Axel Brünner— eran, presuntamente, miembros secretos de la Orden. Y lo mismo podía decirse del canciller austriaco Jörg Kaufmann y del primer ministro italiano Giuseppe Saviano.

Kaufmann lo desmintió de inmediato. *La Repubblica* publicó entonces una fotografía de su boda, oficiada por el superior general de la Orden, el obispo Hans Richter, y Kaufmann se vio obligado a dar explicaciones. Saviano, por su parte, despachó el asunto afirmando con descaro que era todo un montaje y pidió a la fiscalía italiana que procesara al periodista por traición. Al informársele de que no se había cometido ese delito, publicó un tuit llamando a sus seguidores —ultras futboleros, muchos de ellos— a darle a Ricci un escarmiento que no olvidara fácilmente. Tras recibir centenares de amenazas de muerte, el periodista abandonó su piso del Trastévere y se escondió.

El obispo Richter, refugiado en el monasterio medieval de la Orden en el cantón de Zug, se negaba a hacer declaraciones. Ni siquiera se dignó a emitir un comunicado cuando unos abogados de Nueva York presentaron una demanda colectiva en un tribunal federal acusando a la Orden de extorsionar a judíos desesperados a finales de la década de 1930 exigiéndoles dinero y bienes a cambio de partidas de bautismo falsas y protección frente a los nazis. La demandante que encabezaba la causa era Isabel Feldman, la única hija superviviente de Samuel

Feldman. En el transcurso de una rueda de prensa poco concurrida celebrada en Viena, Isabel desveló un cuadro —un paisaje fluvial del maestro holandés Jan van Goyen— que su padre entregó a la Orden en 1938. El lienzo, extraído de su bastidor, se lo había devuelto el famoso investigador del Holocausto Eli Lavon, que no pudo estar presente en el acto debido a exigencias de su trabajo.

Las circunstancias concretas de la recuperación del cuadro no se hicieron públicas, lo que dio lugar a numerosas especulaciones infundadas entre la prensa austriaca. Una página web que solía comerciar con noticias falsas o engañosas llegó al punto de acusar a Lavon de ser un agente secreto israelí. Daba la casualidad de que era cierto, lo que venía a demostrar que, como afirmaba el rabino Jacob Zolli, lo inimaginable podía ocurrir. Normalmente Gabriel no se habría molestado en responder, pero teniendo en cuenta el clima de antisemitismo dominante en Europa —y la amenaza de violencia que pendía de continuo sobre la escasísima minoría hebrea austriaca—, pensó que convenía emitir un desmentido a través de la embajada israelí en Viena.

Se sintió menos inclinado, en cambio, a desmentir a un tabloide británico que informó de su presencia en la Capilla Sixtina la noche del histórico cónclave, aunque solo fuera para fastidiar a los rusos y a los iraníes, a los que su capacidad e influencia traían de cabeza hasta el extremo de volverlos paranoicos. Pero cuando la noticia saltó de un medio a otro como una infección contagiosa, no le quedó más remedio que pedirle al irascible portavoz del primer ministro que la desmintiera calificándola de «flagrante disparate». La declaración —un ejemplo paradigmático de desmentido sibilino— negaba la noticia sin llegar a negarla. Y no era para menos. Numerosos jerarcas del Vaticano, entre ellos el nuevo papa y los ciento dieciséis cardenales que lo eligieron, sabían que la historia era cierta.

También lo sabían los hijos de Gabriel. Durante tres días de dicha, mientras la lluvia arreciaba sobre Venecia, Gabriel los tuvo para sí solo. Juegos de mesa, manualidades, viejas películas en DVD. De vez en cuando, cuando la combinación de luces y sombras lo permitía, levantaba la solapa de un sobre grabado con el escudo de su santidad el papa Pablo VII y sacaba las tres hojas de lujoso papel. El saludo era informal. El papa lo llamaba por su nombre de pila, y se dirigía a él sin preliminares ni fórmulas de cortesía.

Mientras investigaba en el Archivo Secreto Vaticano, he tropezado con un libro de lo más interesante...

Por fin, la mañana del cuarto día, se despejaron las nubes y el sol volvió a brillar sobre la ciudad. Después de desayunar, Gabriel y Chiara vistieron a los niños con impermeable y botas de agua y fueron chapoteando hasta el Campo di Ghetto Nuevo para ayudar a limpiar. Nada se había salvado de los estragos de la inundación, tampoco la hermosa librería del museo, que perdió casi todo su inventario. La cocina y la sala común de la Casa Israelitica di Reposo estaban destrozadas, y las sinagogas española y portuguesa habían sufrido graves daños. De nuevo, pensó Gabriel mientras inspeccionaba los desperfectos, el destino se había cebado con los judíos de Venecia.

Trabajaron hasta la una y comieron luego en un pequeño y escondido restaurante de la calle Masena. Desde allí solo había un corto paseo hasta el primero de los dos pisos que Chiara, sin molestarse en informar a Gabriel, había quedado en ir a ver ese día. Era un piso grande y bien ventilado, y estaba —lo que era quizá más importante— completamente seco. La cocina estaba recién reformada, igual que los tres cuartos de baño. El precio era alto, pero no desorbitado. Gabriel confiaba en poder sobrellevar aquella carga extra sin tener que ponerse a vender bolsos Gucci falsos a los turistas de la plaza de San Marcos.

—¿Qué te parece? —preguntó Chiara.

—Es bonito —contestó él vagamente.

—¿Pero?

—¿Por qué no vamos a ver el otro?

El otro quedaba cerca de la parada de *vaporetto* de San Toma en el Gran Canal y era un *piano nobile* recién reformado, con azotea particular y un cuarto de techos altos, lleno de luz, en el que Gabriel podía montar su estudio. Allí podría trabajar día y noche en lucrativos encargos privados para costear el piso. Se consoló pensando que había formas mucho peores de pasar el otoño de su existencia.

—Si vendemos el piso de Jerusalén... —dijo Chiara.

—No vamos a venderlo.

—Ya sé que es muy caro, Gabriel. Pero, si vamos a vivir en Venecia, ¿no te gustaría vivir aquí?

—¿Y a quién no? Pero alguien tiene que pagarlo.

—Alguien lo pagará, tranquilo.

—¿Tú?

Ella sonrió.

—Quiero ver sus libros de cuentas —repuso Gabriel.

—¿Y dónde crees que vamos ahora?

El despacho de Francesco Tiepolo estaba en la Calle Larga XXII Marzo, en San Marco. En la pared, detrás de la mesa, había varias fotografías enmarcadas de su amigo Pietro Lucchesi. En una de ellas aparecía también el sucesor de Lucchesi, muy joven.

—Imagino que habrás estado metido en el ajo —comentó Tiepolo.

—¿En cuál?

—En la elección del primer papa ajeno al Colegio Cardenalicio desde el siglo XIII.

—Desde el siglo XIV —puntualizó Gabriel—. Descuida, fue el Espíritu Santo quien eligió al papa, no yo.

—Me parece que has pasado demasiado tiempo en iglesias católicas, amigo mío.

—Son gajes del oficio.

Los libros de cuentas del veneciano distaban mucho de ser impecables, pero estaban en mejor estado de lo que temía Gabriel. La empresa tenía pocas deudas y los gastos mensuales eran escasos. Consistían principalmente en el alquiler de la oficina de San Marco y de un almacén en tierra firme. De momento la empresa tenía más trabajo del que podía asumir y varios proyectos a la vista. Dos de ellos estaba previsto que comenzaran después de que Gabriel dejara su puesto en la Oficina, de modo que Chiara podría incorporarse con la empresa a pleno rendimiento. Tiepolo insistió en que conservaran el nombre de la compañía y le pagaran el cincuenta por ciento de los beneficios anuales. Gabriel accedió a conservar el nombre —no quería que sus muchos enemigos supieran dónde vivía—, pero se negó a pagarle la mitad de los beneficios y le ofreció el veinticinco por ciento.

—¿Cómo quieres que viva con esa miseria?

—Seguro que te las arreglarás.

Tiepolo miró a Chiara.

—¿Qué piso ha elegido?

—El grande.

—¡Lo sabía! —Tiepolo le dio una palmada en la espalda—. Siempre he dicho que volverías a Venecia. Y cuando te mueras, te enterrarán en San Michele, debajo de un ciprés, en una cripta enorme, digna de un hombre de tu categoría.

—Todavía no me he muerto, Francesco.

—A todos nos llega la hora. —El veneciano miró las fotografías de la pared—. Hasta a mi querido amigo Pietro Lucchesi.

—Y ahora Donati es el papa.

—¿Seguro que tú no has tenido nada que ver?

—No —contestó Gabriel vagamente—. Todo el mérito es suyo.

—¿De quién? —preguntó Tiepolo, perplejo.

Gabriel señaló a un hombre vestido con hábito talar y sandalias que pasaba en ese momento frente a la ventana.

Era el padre Joshua.

62

PIAZZA SAN MARCO

Gabriel salió corriendo a la calle, que, como casi todo San Marco, estaba cubierta por varios dedos de agua. Los pocos turistas que deambulaban a la luz del crepúsculo no parecieron fijarse en el hombre vestido con un hábito raído y unas sandalias.

—¿Qué miras?

Gabriel se volvió y vio a Chiara y a los niños detrás de él. Señaló la calle en sombras.

—Ese hombre, el del manto con capucha, es el padre Joshua. El que nos dio la primera página del Evangelio de Pilatos.

Chiara entornó los ojos.

—No veo a nadie con un manto.

Tampoco lo veía Gabriel. El religioso se había esfumado.

—Puede que te hayas equivocado —dijo Chiara—. A lo mejor solo te ha *parecido* verlo.

—¿Quieres decir que he tenido una alucinación?

Ella no dijo nada.

—Esperad aquí.

Gabriel echó a andar por la calle buscando a un religioso con aspecto de mendigo entre los escaparates más lujosos del mundo. Por fin, cruzó un arco bajo el Museo Correr y salió a la Piazza San Marco. El padre Joshua pasaba en ese momento frente al Caffè Florian, camino del *campanile*. Parecía vadear el agua de la inundación sin alterar su superficie. Ni siquiera intentaba subirse el bajo del hábito.

Gabriel corrió tras él.

—¿Padre Joshua?

El religioso se detuvo al pie del campanario. Gabriel se dirigió a él en italiano, el idioma que había empleado en el Depósito de Manuscritos del Archivo Secreto.

—¿No se acuerda de mí, padre Joshua? Soy al que...

—Sé quién eres —respondió con una sonrisa benévola—. Eres el que tiene nombre de arcángel.

—¿Cómo sabe mi nombre?

—Hubo recriminaciones después de su visita al Archivo Secreto. Oí cosas.

—¿Trabaja allí?

—¿Por qué me lo preguntas?

—Su nombre no aparece en el directorio de personal. Y, a menos que me equivoque, no llevaba ninguna identificación aquel día.

—¿Por qué iba a pedirme nadie que me identificara?

—¿Quién es usted?

—¿Quién crees tú que soy?

Hablaba un italiano muy bello, pero con un acento extranjero inconfundible.

—¿Habla usted árabe? —preguntó Gabriel.

—Hablo muchos idiomas, como tú.

—¿De dónde es?

—Del mismo sitio que tú.

—¿De Israel?

—De Galilea.

—¿Qué hace en Venecia?

—He venido a ver a un amigo. —El padre Joshua notó que Gabriel le estaba mirando las manos—. Llevo en el cuerpo los estigmas de Nuestro Señor Jesucristo —explicó.

Dos mujeres pasaron salpicando a su lado. Miraron a Gabriel con cierto recelo, pero no parecieron reparar en el hombre parado en medio del agua, con manto y sandalias.

—¿Pudiste encontrar el resto del evangelio? —preguntó el padre Joshua.

—No, lo destruyeron antes.

—El santo padre temía que así fuera.

—¿Fue usted quien se lo dio?

—Por supuesto.

—¿Cómo pudo abrir la puerta de la *collezione* si no tenía llave?

El padre Joshua sonrió astutamente.

—No fue difícil.

—¿El santo padre le enseñó el libro a alguien más?

—A un jesuita. —El padre Joshua arrugó el ceño—. No sé por qué, pero no le bastó con mi palabra. El jesuita me dio la razón: el libro era auténtico.

—¿Es norteamericano ese jesuita?

—Sí.

—¿Sabe cómo se llama?

—El santo padre no quiso decírmelo. Dijo que te daría el evangelio cuando el jesuita acabara lo que tenía que hacer?

—¿Y qué era lo que tenía que hacer?

—Su santidad no me lo dijo.

—¿Dónde estaban cuando tuvieron esa conversación?

—En el despacho papal. ¿Por qué lo preguntas?

—Las personas que mataron al santo padre estaban escuchando. Oyeron la voz del papa, pero no la suya.

El semblante del padre Joshua se ensombreció.

—Debes de sentirte culpable.

—¿Por qué?

—Por su muerte.

—Sí —reconoció Gabriel—. Terriblemente culpable.

—Pues no lo hagas —repuso el religioso—. No fue culpa tuya.

Dio media vuelta para marcharse.

—Padre Joshua...

El religioso se detuvo.

—¿Por qué arrancó la primera página del evangelio?

El padre Joshua levantó una mano vendada.

—Lo siento, pero tengo que seguir mi camino. Que la paz del Señor sea siempre contigo. Y con tu mujer y tus hijos. Ve con ellos, Gabriel. Te están buscando.

Sin decir nada más, echó a andar entre las columnas de San Marcos y San Teodoro. Gabriel sacó rápidamente su teléfono y activó la cámara, pero no vio ni rastro del religioso en la pantalla. Se acercó a toda prisa a la parada de góndolas de la Riva degli Schiavoni y miró a derecha a izquierda.

El padre Joshua había desaparecido.

A las dos de la tarde del día siguiente, Gabriel recibió una llamada del general Cesare Ferrari, de la Brigada Arte. Ferrari le contó que estaba en Venecia por otro asunto y le preguntó si podía sacar un rato para aclararle unas dudas antes de volver a Israel.

—¿Dónde?

—En el cuartel regional de los carabineros.

Gabriel sugirió que se vieran en el bar Harry's. Llegó unos minutos antes de las cuatro, y el general unos minutos después. Pidieron unos *bellinis*. A Gabriel, el suyo le produjo una jaqueca instantánea, pero se lo bebió de todos modos. Estaba irresistiblemente delicioso. Y, además, era su último día de vacaciones.

—El final perfecto para un día imperfecto —comentó el general.

—¿Qué pasa ahora?

—El presupuesto del año que viene.

—Pensaba que los fascistas adoraban el patrimonio cultural.

—Solo si se puede pagar con los impuestos.

—Imagino que machacar a los inmigrantes no es tan bueno para la economía como dicen.

—¿Es verdad que son los responsables de la inundación de Venecia?

—Eso he leído en *Russia Today*.

—¿Y no habrás leído también, por casualidad, el artículo de Alessandro Ricci en *La Repubblica* de hoy? —El general cogió una aceituna enorme del cuenco que había encima de la mesa—. Dicen los tertulianos que puede que la coalición de Saviano no sobreviva.

—Qué lástima.

—También dicen que una audiencia privada con el nuevo papa le vendría de perlas.

—Pues yo que él esperaría sentado.

—Puede que su santidad se lo piense, habida cuenta de que estaba en Florencia la noche que mataron a ese guardia suizo. Si no me falla la memoria, tú también estabas allí. Y luego está ese cura de la Orden de Santa Helena que ha desaparecido. ¿Cómo se llamaba?

—El padre Graf.

—No sabrás por casualidad dónde está, ¿verdad?

—Ni idea —contestó Gabriel sinceramente.

—Quizá algún día puedas contarme cómo encajan todas las piezas de este asunto. —Ferrari pidió dos *bellinis* más y recorrió con la mirada el bar Harry's—. Qué bien lo han reparado todo. Nadie diría que ha habido una inundación. —Miró a Gabriel de reojo—. Imagino que acabarás por acostumbrarte.

—Evidentemente, has hablado con Francesco Tiepolo.

Ferrari sonrió.

—Dice que dentro de poco trabajarás para tu mujer.

—Mi mujer todavía no ha aceptado mis condiciones.

—¿Crees que accederá a prestarme a su marido de vez en cuando?

—¿Para qué?

—Me dedico a recuperar cuadros robados. Y a ti, amigo mío, se te da muy bien encontrar cosas.

—Menos el Evangelio de Pilatos.

—Ah, sí. El evangelio. —El general sacó un portafolios marrón de su maletín y lo puso sobre la mesa—. Esa hoja de papel que me diste se fabricó en un molino de los alrededores de Bolonia. Un taller pequeño. Con un solo trabajador, de hecho. El papel es de una calidad exquisita. Hemos encontrado numerosos ejemplos de su trabajo en otros casos.

—¿Qué casos?

—Falsificaciones. —Ferrari abrió el portafolios y sacó la primera página del evangelio. Estaba todavía envuelta en su funda de plástico—. Parece que se fabricó en el Renacimiento, pero en realidad data de hace solo un par de meses. O sea, que el Evangelio de Pilatos, el libro que condujo al asesinato de su santidad el papa Pablo VII, es un fraude.

—¿Cómo habéis podido datarlo con tanta exactitud?

—El fabricante del papel es un colaborador mío. Le hice una visita cuando recibí los resultados del laboratorio. —Ferrari dio unos golpecitos con el dedo en la página—. Esta hoja formaba parte de un pedido grande de papel que simulaba ser del Renacimiento. Varios centenares de hojas, de hecho. La cantidad necesaria para fabricar un libro. El comprador pagó una pequeña fortuna.

—¿Quién era?

—Un religioso, por lo visto.

—¿Sabes su nombre?

—Padre Robert Jordan.

63

VENECIA – ASÍS

Gabriel tenía intención de regresar a Israel a la mañana siguiente en el vuelo de las diez de El Al desde el aeropuerto Marco Polo de Venecia. Finalmente, sin embargo, pidió a Viajes que reservara cuatro plazas en el vuelo de última hora que salía de Roma. Del coche, un Volkswagen Passat, se encargó él en persona. Salieron de Venecia a las siete y media, treinta minutos después de lo que tenía previsto, y llegaron a Asís cuando pasaban unos minutos de las doce del mediodía. Acompañado por Chiara y los niños, llamó al timbre de la abadía de San Pedro. Al no recibir respuesta, volvió a llamar.

Por fin respondió fray Simón, el benedictino inglés.

—Buenas tardes. ¿Qué se les ofrece?

—Vengo a ver al padre Jordan.

—¿Lo está esperando?

—No.

—¿Su nombre?

—Gabriel Allon. Estuve aquí con...

—Me acuerdo de usted. Pero ¿por qué desea ver otra vez al padre Jordan?

Gabriel cruzó los dedos.

—Me manda el santo padre. Me temo que es un asunto de cierta urgencia.

Se hizo un silencio que duró varios segundos. Luego, la puerta se abrió con un chasquido. Gabriel miró a Chiara y sonrió.

—Formar parte del club tiene sus ventajas.

El monje los condujo a la sala común que daba al huerto de la abadía. Diez minutos después, volvió con el padre Jordan. El jesuita americano no pareció alegrarse de ver al amigo del nuevo pontífice.

—Quizá debería usted enseñarles los jardines del convento a la esposa del *signore* Allon y a sus hijos —le dijo a fray Simón al cabo de un momento—. Son realmente preciosos.

Chiara miró a Gabriel, que asintió levemente con la cabeza. Un momento después, el padre Jordan y él se quedaron solos en la sala.

—¿De verdad viene por encargo del santo padre? —preguntó el religioso.

—No.

—Admiro su sinceridad.

—Ojalá yo pudiera decir lo mismo.

El padre Jordan se acercó a la ventana.

—¿Hasta qué punto ha conseguido recomponer la trama de esta historia?

—Sé que casi todo lo que nos dijo era mentira, empezando por su nombre. Sé también que hace poco recibió un pedido importante de papel pseudorrenacentista y que lo usó para fabricar un libro titulado el Evangelio de Pilatos. La cuestión es si el evangelio era una falsificación o una copia del original.

—¿Qué opina usted?

—Me apostaría algo a que era una copia.

El padre Jordan le indicó que se acercara a la ventana. Vieron a Chiara y a los niños caminando por un sendero del huerto, al lado del monje benedictino.

—Tiene una familia preciosa, señor Allon. Siempre que veo a niños judíos, pienso que son un milagro.

—¿Y cuando ve a un papa jesuita?

—Veo la obra de usted. —El padre Jordan le dedicó una sonrisa cómplice—. ¿No debería estar en Israel?

—Vamos camino del aeropuerto.

—¿A qué hora sale su vuelo?

—A las seis.

El padre Jordan observó a los dos niños que jugaban en el huerto.

—En ese caso, señor Allon, creo que tiene tiempo para una última historia.

Empezó por llevarle la contraria a Gabriel en un pequeño detalle que sin embargo no carecía de importancia. Sí que se llamaba Robert Jordan; legalmente, al menos. Sus padres cambiaron el apellido familiar al poco tiempo de llegar a Estados Unidos como refugiados, en 1939. Decidieron para ello adaptar a la fonética inglesa su verdadero apellido: el nombre italiano del río que fluye entre el norte de Galilea y el mar Muerto.

—Giordano —dijo Gabriel.

El padre Robert Jordan asintió.

—Mi padre era hijo de un rico empresario romano, Emanuele Giordano. Uno de sus tres hijos —añadió con énfasis—. Mi madre procedía de una familia muy antigua, los Delvecchio, un apellido bastante común entre los judíos italianos. Tengo que reconocer que, en comparación, mi apellido me parecía bastante soso. Pensé en cambiármelo muchas veces. Sobre todo cuando me instalé en Italia para dar clase en la Gregoriana.

—¿Cómo se explica que el hijo de dos judíos se convirtiera en sacerdote católico?

—Mis padres nunca fueron muy religiosos, ni siquiera cuando vivían en Roma. Al llegar a América, se hicieron pasar por católicos para pasar desapercibidos. No les fue difícil. Eran romanos, estaban familiarizados con los ritos del catolicismo. Yo, en cambio, soy católico de corazón. Me bautizaron e hice la primera comunión. Hasta fui monaguillo de nuestra parroquia. Me imagino lo que debían de pensar mis pobres padres cuando me veían en el altar con mi roquete de monaguillo.

—¿Cómo reaccionaron cuando les dijo que quería ser sacerdote?

—Mi padre casi no podía ni verme con la sotana y el alzacuellos.

—¿Por qué no le dijo la verdad, entonces?

—Supongo que tenía mala conciencia.

—¿Por haber renunciado a su fe?

—Mi padre nunca abandonó su fe —contestó el padre Jordan—. Ni siquiera cuando fingía ser católico. Se sentía culpable porque mi madre y él hubieran sobrevivido a la guerra. No querían que yo supiera que sus familiares no habían tenido esa suerte. Los detuvieron en la redada de Roma, en octubre de 1943, y los mandaron a Auschwitz, donde fueron asesinados. Todo ello sin una sola palabra de protesta del santo padre, a pesar de que la operación se llevó a cabo debajo mismo de sus ventanas.

—Y usted se había hecho cura católico.

—Imagínese.

—¿Cuándo descubrió la verdad?

—En noviembre de 1989, cuando volví a Boston para el entierro de mi padre. Después del funeral, mi madre me dio una carta que él escribió cuando me marché al seminario. Me quedé de piedra, como es lógico. No solo era judío, sino que además era uno de los pocos supervivientes de una familia que había perecido casi en su totalidad en el Holocausto.

—¿Pensó en colgar los hábitos?

—Naturalmente.

—¿Por qué no lo hizo?

—Llegué a la conclusión de que podía ser al mismo tiempo cristiano y hebreo. A fin de cuentas, Jesús era judío. Igual que los doce apóstoles cuyas estatuas montan guardia en el pórtico de la basílica. Doce apóstoles —repitió—. Uno por cada una de las doce tribus de Israel. Los primeros cristianos no se veían a sí mismos como los fundadores de una religión nueva. Eran judíos que, además, seguían a Jesús. Yo me veía a mí mismo bajo esa misma luz.

—¿Cree aún en la divinidad de Jesús?

—No sé si he creído alguna vez. Pero ellos tampoco. Creían que Jesús era un hombre que había ascendido a los cielos, no un ser superior enviado a la Tierra. Todo eso es muy posterior, de después de que se escribieran los Evangelios y la Iglesia primitiva estableciera la ortodoxia cristiana. Fue entonces cuando empezó la gran rivalidad entre hermanos. Los padres de la Iglesia dictaminaron que la alianza entre Dios y el pueblo elegido se había roto y que la nueva ley había sustituido a la antigua. Dios había mandado a su hijo a salvar a la humanidad y los judíos lo habían rechazado. Y, por si no bastara con eso, manipularon a un prefecto romano crédulo e inocente para que lo condenara a morir en la cruz. Ningún castigo sería desde entonces lo bastante severo para los asesinos de Dios.

—Usted pertenecía a ese pueblo —repuso Gabriel.

—Por eso precisamente decidí dedicar mi vida a restañar las heridas entre judaísmo y cristianismo.

—¿Buscando el Evangelio de Pilatos?

El padre Jordan asintió.

—Imagino que su padre aludía al texto en su carta —añadió Gabriel.

—Hablaba de él con mucho detalle.

—¿Y esa historia que nos contó a Donati y a mí el otro día? ¿Eso de que recorrió Italia de punta a punta buscando la última copia del Evangelio de Pilatos?

—Era solo eso, una historia. Sabía que el padre Schiller le había entregado el libro a Pío XII y que el papa lo había sepultado en el Archivo Secreto.

—¿Cómo lo sabía?

—Hablé cara a cara con el padre Schiller poco antes de su muerte. Al principio, intentó negar que el libro existiera. Pero cuando le mostré la carta de mi padre me contó la verdad.

—¿Le dijo usted...?

—¿Que era nieto del empresario judío que le dio el libro a la Orden? —El padre Jordan negó con la cabeza—. Para mi bochorno eterno, no lo hice.

—¿De verdad intentó encontrarlo? ¿O eso también era mentira?

—No. Lo busqué durante más de veinte años en los archivos vaticanos. Como no había ninguna referencia al evangelio en la sala de índices, era como buscar una aguja en un pajar. Hace unos diez años me obligué a parar. Ese libro me estaba destrozando la vida.

—¿Y entonces?

—Entonces alguien se lo dio al santo padre. Y el santo padre decidió dárselo a usted.

64

ABADÍA DE SAN PEDRO, ASÍS

Al principio pensó que era una broma pesada. Sí, la voz del otro lado de la línea parecía la del santo padre, pero no podía ser él, ¿no? Quería que el padre Jordan fuera a verlo a los apartamentos papales al día siguiente, a las nueve y media de la noche. No debía comentarle a nadie que el papa había pedido que fuera a verlo, ni llegar antes de tiempo, ni siquiera un minuto.

—Supongo que fue un jueves —dijo Gabriel.

—¿Cómo lo sabe?

Gabriel sonrió y con un gesto invitó al padre Jordan a continuar su relato. Llegó a la residencia papal al dar las nueve y media, prosiguió el jesuita. Una monja del servicio lo acompañó a la capilla privada. El santo padre lo recibió calurosamente, sin dejar que se inclinara a besar el anillo del pescador, y le enseñó enseguida un libro de lo más interesante.

—¿Sabía Lucchesi que tenía usted un vínculo personal con el libro?

—No. Y yo no se lo dije. Lo importante era mi amistad personal con Donati. El santo padre confiaba en mí. Fue un golpe de suerte, pura chiripa.

—Imagino que le permitió leerlo.

—Por supuesto. Para eso me había hecho llamar. Quería que le diera mi opinión sobre su autenticidad.

—¿Y?

—El texto era muy diáfano, burocrático por momentos y minucioso en los detalles. No era obra de una mente creativa. Era un documento histórico importante basado en el testimonio oral u escrito de su autor nominal.

—¿Qué pasó después?

—El papa volvió a invitarme el jueves siguiente. Donati tampoco estaba ese día. Por lo visto había salido a cenar con alguien, extramuros. Fue entonces cuando el santo padre me dijo que pensaba darle a usted el libro. —El padre Jordan hizo una pausa y añadió—: Sin informar al *prefetto* del Archivo Secreto Vaticano.

—¿Sabía Lucchesi que Albanese pertenecía en secreto a la Orden de Santa Helena?

—Lo sospechaba.

—Por eso le pidió a usted que hiciera una copia del libro.

El jesuita sonrió.

—Ingenioso, ¿verdad?

—¿La copia la hizo usted mismo o utilizó los servicios de un profesional?

—Un poco ambas cosas. De joven fui ilustrador y calígrafo; tenía cierto talento. No tanto como usted, claro, pero no era del todo malo. El profesional, que debe permanecer en el anonimato, se encargó de envejecer el papel y la encuadernación. El resultado era extraordinario, una obra maestra. El cardenal Albanese jamás notaría la diferencia, a no ser que sometiera el volumen a análisis muy sofisticados.

—Pero ¿qué versión del evangelio sacó de los apartamentos papales la noche en que fue asesinado el santo padre?

—La copia —respondió el padre Jordan—. El original lo tengo yo. El santo padre me lo dio para que lo guardara a buen recaudo, por si le ocurría algo.

—Ese libro me pertenece.

—Era de mi abuelo antes de que se lo quitara la Orden. Por lo tanto, su propietario legítimo soy yo, igual que Isabel Feldman era la dueña legítima de ese cuadro que reapareció como por arte de magia el fin de semana pasado. —El jesuita escrutó a Gabriel con la mirada un momento—. Supongo que también en eso tuvo usted algo que ver.

Gabriel no contestó.

—Nunca se borra del todo, ¿verdad?

—¿El qué?

—La culpa del superviviente. Pasa de generación en generación. Como esos ojos verdes suyos.

—Eran los ojos de mi madre.

—¿Estuvo su madre en algún campo?

—En Birkenau.

—Entonces también usted es un milagro. —El padre Jordan le dio unas palmadas en el dorso de la mano—. Me temo que una línea directa une las enseñanzas de la Iglesia primitiva con las cámaras de gas y los crematorios de Auschwitz. Afirmar lo contrario es incurrir en lo que Tomás de Aquino llamaba *ignorantia affectata*. Ignorancia deliberada.

—Quizá debería usted zanjar este asunto de una vez por todas.

—¿Y cómo sugiere que lo haga?

—Dándome ese libro.

El padre Jordan meneó la cabeza.

—Hacerlo público no serviría de nada. De hecho, teniendo en cuenta el clima que impera actualmente en Europa y Estados Unidos, podría empeorar las cosas.

—¿Olvida usted que su antiguo alumno es ahora el papa?

—Su santidad tiene ya suficientes problemas que afrontar. Lo que menos necesita en estos momentos es que se cuestionen las creencias fundamentales del cristianismo.

—¿Qué dice el libro?

El jesuita guardó silencio.

—Por favor —insistió Gabriel—. Debo saberlo.

Jordan se miró las manos morenas.

—Hay un elemento central innegable en el relato de la pasión: un judío de la aldea de Nazaret llamado Jesús fue sentenciado a muerte por el prefecto romano en torno al día de la Pascua judía, puede que el año 33 de nuestra era. El resto de lo que cuentan los cuatro Evangelios canónicos no debe tomarse en absoluto al pie de la letra. Las crónicas son invenciones literarias o, peor aún, un intento premeditado por parte de los evangelistas y de la Iglesia primitiva de implicar a los judíos en la muerte de Cristo y exculpar, de paso, a los verdaderos responsables de su ejecución.

—Poncio Pilatos y los romanos.

El padre Jordan asintió.

—¿Por ejemplo? —insistió Gabriel.

—El juicio ante el sanedrín.

—¿Ocurrió de verdad?

—¿En plena noche y durante la Pascua? —El padre Jordan meneó la cabeza—. La ley mosaica prohibía una reunión de esas características. Solo a un cristiano que vivía en Roma pudo ocurrírsele ese disparate.

—¿Caifás estuvo implicado en algún sentido?

—Si así fue, Pilatos no lo menciona.

—¿Y el juicio?

—Si quiere usted llamarlo así... Fue muy breve. Pilatos apenas se fijó en el reo. De hecho, dice no recordar qué aspecto tenía Jesús. Se limitó a hacer una anotación en sus registros y un ademán, y los soldados se ocuparon del asunto. Ese mismo día fueron ejecutados muchos otros judíos. Por lo que respecta a Pilatos, fue un día de lo más corriente.

—¿Había una multitud presente?

—Santo cielo, no.

—¿De qué se acusó a Jesús?

—Del único delito que se castigaba con la cruz.

—La insurrección.

—Naturalmente.

—¿Dónde tuvo lugar el incidente del que se le acusaba?

—En el pórtico real del Templo.

—¿Y la detención?

Las campanas de Asís dieron las dos antes de que el padre Jordan contestara.

—Ya le he contado muchas cosas. Además, tienen ustedes que coger un avión. —Se levantó y le tendió la mano—. Que Dios le bendiga, señor Allon. Y buen viaje.

Se oyeron pasos en el corredor. Un momento después, Chiara y los niños aparecieron en la puerta acompañados por el monje benedictino.

—Justo a tiempo —dijo el padre Jordan—. Fray Simón los acompañará a la salida.

El monje los condujo hasta la calle y luego cerró rápidamente la puerta. Gabriel se quedó allí parado un momento, con la mano suspendida sobre el timbre, hasta que por fin Irene le tiró de la manga y lo miró con aquella cara que tanto se parecía a la de su abuela paterna.

—¿Qué pasa, *abba*? ¿Por qué lloras?

—Estaba pensando en una cosa triste, nada más.

—¿En cuál?

«En ti», pensó Gabriel. «Estaba pensando en ti».

Cogió a la niña en brazos y, cruzando Porta San Pietro, volvió al aparcamiento donde había dejado el coche. Tras abrochar el cinturón de la silla de seguridad de Raphael, inspeccionó los bajos del coche con más detenimiento que de costumbre y por fin se sentó al volante.

—Prueba a encender el motor —dijo Chiara—. Suele funcionar.

A Gabriel le temblaba la mano cuando pulsó el botón de arranque.

—Quizá debería conducir yo.

—Estoy bien.

—¿Seguro?

Salió marcha atrás y siguió la rampa hasta la calle. La única carretera que salía del pueblo pasaba por Porta San Pietro. En el arco, como una figura de Bellini, esperaba un sacerdote de cabello blanco con una cartera de cuero vieja en la mano. Gabriel frenó en seco y salió. El padre Jordan le tendió la cartera como si contuviera una bomba.

—Tenga cuidado, señor Allon. Está todo en juego.

Gabriel abrazó al anciano y regresó a toda prisa al coche. Chiara abrió la cartera mientras descendían por las laderas del monte Subasio. Dentro estaba la última copia del Evangelio de Pilatos.

—¿Puedes leerla? —preguntó Gabriel.

—Tengo un máster en historia del Imperio romano. Creo que podré leer unas cuantas líneas en latín.

—¿Qué dice?

Ella leyó en voz alta las dos primeras líneas.

—*Solus ego sum reis mortis ejus. Ego crimen oportet.*

—Tradúcemelo.

—«Solo yo soy responsable de su muerte. Solo yo he de cargar con la culpa». —Chiara levantó la vista—. ¿Sigo?

—No —contestó Gabriel—. Con eso basta.

Ella volvió a guardar el libro en la cartera.

—¿Qué crees que hace la gente normal cuando va de vacaciones?

—Nosotros somos normales. —Gabriel se rio—. Solo que tenemos amigos interesantes.

NOTA DEL AUTOR

La Orden es una obra de entretenimiento y como tal debe leerse. Los nombres, personajes, lugares e incidentes que forman parte de ella son producto de la imaginación del autor o aparecen con fines estrictamente literarios. Cualquier parecido con personas reales vivas o muertas, empresas, entidades, acontecimientos o escenarios concretos es mera coincidencia.

Quienes visiten Múnich buscarán en vano la sede de un conglomerado empresarial alemán llamado Wolf Group, puesto que dicha sociedad no existe. Tampoco hallarán en Beethovenplatz un restaurante y *jazz bar* llamado Café Adagio. Por suerte, no hay ninguna formación política ultraderechista en Alemania que responda al nombre de Partido Nacional Demócrata, aunque sí hay varias parecidas, como Alternativa para Alemania, actualmente el tercer partido más votado del país, con noventa y cuatro escaños en el Bundestag. En 2018, Hans-Georg Maassen, director del BfV, tuvo que abandonar su puesto al acusársele de simpatizar con el ideario de la ultraderecha y de promover en secreto el ascenso político de Alternativa para Alemania.

No existe ninguna sección restringida dentro del Archivo Secreto Vaticano a la que se conozca como la *collezione*, al menos hasta donde yo he conseguido averiguar en el curso de mis investigaciones. Mis más sinceras disculpas al *prefetto* por el apagón de su sistema eléctrico y de seguridad, pero me temo que no había otra forma de que Gabriel y

Luigi Donati entraran en el depósito de manuscritos sin llamar la atención. Nadie pudo entregarles la primera página del Evangelio de Pilatos porque dicho libro no existe. Los otros evangelios apócrifos a los que hago alusión en *La Orden* sí son reales, igual que las referencias a autores de la Iglesia primitiva como Orígenes, Tertuliano y Justino Mártir.

Fue el cardenal Tarsicio Bertone quien emprendió una ambiciosa reforma de dos apartamentos del Palazzo San Carlo para construir un piso de lujo de seiscientos metros cuadrados con azotea. Con todo, la residencia de Bertone era una choza si se la compara con el palacio de Limburgo (Alemania) en cuya remodelación el obispo Franz-Peter Tebartz-van Elst —el llamado «obispo del lujo»— invirtió cuarenta millones de dólares. En mayo de 2012, Ettore Gotti Tedeschi fue destituido como presidente del Banco Vaticano debido al escándalo financiero y sexual conocido como Vatileaks. Supuestamente, un informe interno del Vaticano acerca de la corrupción manifiesta de determinados jerarcas de la Iglesia habría influido en el cónclave de 2013 que eligió al papa Francisco. La Secretaría de Estado del Vaticano consideró que las noticias que publicaron los medios en torno al escándalo antes del cónclave eran un intento de interferir en la elección del nuevo pontífice, y como tal las condenó.

El excardenal Theodore McCarrick, de Washington, desvió presuntamente más de seiscientos mil dólares de la cuenta de una archidiócesis poco conocida a amigos y benefactores de la curia vaticana, entre ellos los papas Juan Pablo II y Benedicto XVI. El *Washington Post* descubrió que varios burócratas vaticanos que recibieron dinero de McCarrick estaban directamente implicados en la investigación de las acusaciones de abuso sexual formuladas contra McCarrick, entre ellas la de solicitar favores sexuales mientras escuchaba la confesión de sus fieles. Un informe de la Conferencia Episcopal suiza publicado en julio de 2018 encontró un aumento sorprendente de *nuevas* acusaciones de abusos sexuales contra sacerdotes helvéticos. No es de extrañar, por tanto, que gran cantidad de católicos suizos —como mi personaje ficticio Christoph Bittel— le hayan dado la espalda a la Iglesia.

Hay, en efecto, una organización católica que tiene su sede en la localidad suiza de Menzingen, pero no se trata de la Orden de Santa Helena —que es invención mía—, sino de la Fraternidad Sacerdotal San Pío X o FSSPX, una orden reaccionaria y antisemita fundada en 1970 por el obispo Marcel-François Lefebvre. El obispo Lefebvre era hijo de un acaudalado industrial francés que apoyaba la restauración de la monarquía en Francia. Durante la Segunda Guerra Mundial, el entonces padre Lefebvre apoyó sin tapujos al régimen de Vichy encabezado por el mariscal Philippe Pétain que colaboró con las SS en el aniquilamiento de la comunidad judía francesa. Paul Touvier, un alto cargo de la célebre organización paramilitar auspiciada por Vichy conocida como la Milice, halló refugio en un convento de la FSSPX en Niza después de la guerra. Detenido en 1989, Touvier fue el primer francés condenado por un crimen de lesa humanidad.

Como era de esperar, el obispo Lefebvre manifestó también su apoyo a Jean-Marie Le Pen, el líder del ultraderechista Frente Nacional francés al que la justicia condenó por negar el Holocausto. *Monsieur* Le Pen compartía ese honor con Richard Williamson, uno de los cuatro sacerdotes de la FSSPX a los que Lefebvre concedió la mitra episcopal en 1988 desafiando órdenes directas del papa Juan Pablo II. Williamson, de nacionalidad británica, acostumbraba a referirse a los judíos como «enemigos de Cristo» cuya meta era la dominación mundial. Mientras desempeñaba las funciones de rector del seminario de la FSSPX en Winona (Minnesota), declaró: «No se mató a un solo judío en las cámaras de gas. Son todo mentiras, mentiras, mentiras». Williamson fue expulsado de la Fraternidad San Pío en 2012, pero no por sus opiniones antisemitas. Según la FSSPX, su expulsión fue «una decisión dolorosa».

En el momento de su muerte en 1991, el obispo Lefebvre era un paria doctrinal y un motivo de bochorno para la Iglesia, pero durante la década de 1930, mientras negros nubarrones de tormenta se cernían sobre los judíos europeos, un prelado que hubiera propugnado ideas similares a las de Lefebvre apenas habría desentonado con el ideario católico oficial de la época. La preferencia de la Iglesia por el régimen monárquico y las dictaduras de derechas sobre las socialistas o incluso sobre la democracia liberal está profusamente documentada, al igual que el antisemitismo atroz de muchos de los principales portavoces y jerarcas del Vaticano. Aunque pocos clérigos católicos apoyaron la eliminación física de los judíos de la sociedad europea, el órgano vaticano *L'Osservatore Romano* y la revista jesuita *La Civiltà Cattolica* acogieron con entusiasmo las leyes que —en Hungría, por ejemplo— expulsaban a los judíos de profesiones liberales como la abogacía, la medicina, la banca y el periodismo. Cuando Benito Mussolini promulgó disposiciones parecidas en Italia en 1938, los hombres del Vaticano apenas emitieron una palabra de protesta. «La verdad, por horrible que sea —apunta la historiadora Susan Zuccotti en *Under His Very Windows*, su excelente estudio sobre el Holocausto en Italia— es que querían poner a los judíos en su sitio».

Así era, desde luego, en el caso del obispo Alois Hudal, rector de la iglesia austro-alemana de Roma. Fue el obispo Hudal y no el padre Schiller, que es un personaje ficticio, quien escribió un libro violentamente antisemita en 1936 intentando conciliar catolicismo y nacionalisocialismo. En el ejemplar que le mandó a Adolf Hitler, Hudal escribió una dedicatoria de su puño y letra: *al arquitecto de la grandeza alemana.*

De Hudal, austriaco de nacimiento, se dice que estaba obsesionado con los judíos. Durante la guerra se movía por Roma en un coche con chófer que portaba la bandera del Reich. Dos años y medio después de la victoria aliada, celebró una fiesta de Navidad a la que asistieron centenares de criminales de guerra nazis que vivían en Roma bajo sus auspicios. Gracias a su respaldo, muchos de ellos encontraron posteriormente refugio en Sudamérica. Adolf Eichmann recibió ayuda del obispo Hudal, igual que Franz Stangl, el comandante del campo de exterminio de Treblinka. Todo ello con conocimiento y apoyo táctico del papa Pío XII, que consideraba que esos monstruos eran un recurso valioso en la lucha global contra el comunismo soviético.

Detractores y apologetas de Pío XII llevan décadas discutiendo sobre el hecho de que el papa no condenara expresamente el Holocausto ni advirtiera a los judíos europeos de la existencia de los campos de exterminio. Pero seguramente la prueba más palmaria de su acendrada hostilidad hacia los judíos sea su apoyo indefendible a genocidas nazis buscados por la justicia. Pío se opuso a los Juicios de Núremberg, igual que se opuso a la creación de un Estado judío y a los intentos de posguerra de reconciliar el cristianismo con la religión hebrea de la que había surgido. En 1949 excomulgó a todos los comunistas del planeta; no hizo lo mismo, en cambio, con los miembros del Partido Nazi ni con los verdugos de las SS. Tampoco expresó nunca públicamente su pesar por la muerte de seis millones de judíos en el Holocausto.

El inicio de la reconciliación entre judíos y cristianos no empezó, por tanto, hasta el fallecimiento de Pío XII en 1958. Su sucesor, Juan XXIII, se desvivió por proteger a los judíos durante la Segunda Guerra Mundial mientras trabajaba como nuncio pontificio en Estambul, llegando al extremo de proporcionales pasaportes falsos para salvarles la vida. Era ya anciano cuando el anillo del pescador llegó a su dedo, y lamentablemente su pontificado fue breve. Poco antes de su muerte en 1963 le preguntaron si no se podía hacer nada respecto al vergonzoso retrato de Pío XII que hacía el dramaturgo alemán Rolf Hochhuth en su obra *El vicario*. «¿Hacer qué?», cuentan que contestó el papa, incrédulo. «¿Qué puede hacerse contra la verdad?».

Los intentos de Juan XXIII de reconciliar a católicos y judíos tras el Holocausto culminaron con la declaración del Concilio Vaticano II conocida como *Nostra Aetate*, a la que se opusieron numerosos tradicionalistas católicos. El texto exoneraba al pueblo judío como colectividad de la muerte de Cristo y negaba que pesara sobre él una maldición divina eterna. La gran tragedia histórica es que fuera necesario emitir una declaración de esas características, pero lo cierto es que durante casi dos mil años la Iglesia enseñó que el pueblo judío era culpable de deicidio, es decir, de haber matado a Dios. «La sangre de Jesús, escribía

Orígenes, pesa no solo sobre los judíos de aquel tiempo, sino sobre todas las generaciones de judíos que hubiere hasta el fin del mundo». El papa Inocencio III estuvo completamente de acuerdo. «Esas palabras —"caiga su sangre sobre nosotros y sobre nuestros hijos"— han hecho recaer una culpa heredada sobre la nación en su totalidad, una culpa que persigue a los judíos como una maldición allí donde habitan y trabajan, cuando nacen y cuando mueren». Si este discurso papal se hiciera público hoy en día, se calificaría con toda justicia de incitación al odio.

Los estudiosos consideran universalmente que la imputación cristiana ancestral de deicidio es el fundamento del antisemitismo. Y pese a todo, al publicar su rectificación histórica, el Concilio Vaticano II no pudo resistirse a incluir las siguientes palabras: «Aunque las autoridades de los judíos con sus seguidores reclamaron la muerte de Cristo...». Pero ¿en qué fuente documental se apoyaron los obispos participantes en el concilio para justificar una declaración tan inequívoca sobre un hecho que tuvo lugar en un rincón remoto del Imperio romano casi dos mil años antes? La respuesta, naturalmente, es que se basaron en el relato de la muerte de Cristo que hacen los cuatro Evangelios del Nuevo Testamento, la misma fuente en la que se basaba la atroz calumnia que trataban de refutar.

Ni que decir tiene que el Concilio Vaticano II no propuso eliminar del canon bíblico cristiano los pasajes que culpabilizaban a los judíos. Con todo, *Nostra Aetate* puso en marcha una reevaluación académica de los Evangelios canónicos que aparece reflejada en las páginas de *La Orden*. Los cristianos que crean en la infalibilidad bíblica sin duda discreparán de mi descripción de los evangelistas y de cómo se escribieron los Evangelios; no así la mayoría de los estudiosos de la Biblia.

No se conserva ningún borrador original de los cuatro Evangelios canónicos, solo fragmentos de copias posteriores. Entre los expertos se acepta comúnmente que ninguno de los Evangelios, con la posible salvedad del de Lucas, lo escribió su autor nominal. Fue el padre apostólico Papías de Hierápolis quien en el siglo II aportó el relato más temprano conocido hasta ahora de la autoría de los Evangelios. Y fue Ireneo, líder de la Iglesia primitiva en Francia y martillo de herejes, quien dictaminó que solo cuatro de los muchos evangelios que circulaban entonces eran auténticos. «Y esto es cierto a todas luces, escribió, porque el universo tiene cuatro esquinas y hay cuatro vientos principales». Paul Johnson, en su monumental *Historia del cristianismo*, afirma que Ireneo «no sabía del origen de los Evangelios más de lo que sabemos nosotros; sabía, de hecho, bastante menos».

Johnson describía a continuación los Evangelios como documentos literarios que contienen evidencias de correcciones, enmiendas y reescrituras posteriores, así como de la interpolación y antedatación de conceptos teológicos. Bart D. Ehrman, el afamado catedrático de estudios religiosos de la Universidad de Carolina del Norte, afirma que están «plagados de incoherencias, adornos, anécdotas inventadas y problemas históricos», lo que significa que «no pueden tomarse al pie de la letra como una crónica históricamente precisa de lo que ocurrió de verdad». El relato que hacen los Evangelios de la detención y el calvario de Cristo, dice Ehrman, «ha de leerse con muchas reservas».

Son muchos los estudiosos de la Biblia y los historiadores contemporáneos que han llegado a la conclusión de que los evangelistas y los exégetas de la Iglesia primitiva trasladaron conscientemente la culpa de la muerte de Jesús de los romanos a los judíos con objeto de que el cristianismo resultara más atractivo a los gentiles que vivían bajo dominio imperial y menos amenazador para los propios romanos. Los dos elementos esenciales que emplearon los autores de los Evangelios para culpar a los judíos de la muerte de Cristo son el juicio ante el sanedrín y, cómo no, el proceso presidido por Poncio Pilatos.

Los cuatro Evangelios canónicos contienen versiones ligeramente distintas del encuentro de Pilatos y Cristo, pero quizá lo más ilustrativo es comparar la versión de Marcos y la de Mateo. En Marcos, Pilatos condena de mala gana a Jesús a muerte presionado por una muchedumbre de judíos. En Mateo, esa muchedumbre se ha convertido de pronto en *todo el pueblo*. Pilatos se lava las manos delante de ellos y se declara inocente de derramar la sangre de Cristo. A lo que *todo el pueblo* replica: «¡Caiga su sangre sobre nosotros y sobre nuestros hijos!».

¿Qué versión es la acertada? ¿Gritó todo el pueblo una frase tan truculenta sin una sola voz disonante o no fue así? Y eso de que Pilatos se lavara las manos ¿ocurrió de verdad? A fin de cuentas, no es un detalle menor. Evidentemente, los dos relatos no pueden ser correctos. Si uno se ajusta a la verdad, el otro es necesariamente falso. Puede que alguien argumente que Mateo tiene *más* razón que Marcos, pero eso es salirse por la tangente. Si un periodista hiciera tal afirmación, recibiría una buena reprimenda de su editor o acabaría despedido en el acto.

La explicación más plausible es que la escena en su totalidad sea una invención literaria. Lo mismo puede decirse, probablemente, del relato que hacen los Evangelios sobre la comparecencia de Cristo ante el sanedrín. El investigador Reza Aslan, en su fascinante biografía de Jesús titulada *El zelote*, afirma que las distintas versiones evangélicas del juicio ante el sanedrín plantean «innumerables problemas». El difunto Raymond Brown, sacerdote católico considerado el mayor experto en el Nuevo Testamento de finales del siglo xx, encontró veintisiete discrepancias entre los relatos contenidos en los Evangelios y la ley rabínica. La profesora de la Universidad de Boston Paula Fredriksen, en su magnífico libro *Jesus of Nazareth, King of the Jews*, cuestiona asimismo la veracidad del juicio del sanedrín. «Entre sus responsabilidades en el Templo y las festividades domésticas para celebrar la Pascua, esos hombres ya habrían tenido un día muy largo, y además ¿para qué?». Fredriksen duda también de que se celebrara una vista ante el prefecto romano. «Puede que Pilatos interrogase brevemente a Jesús, aunque también es improbable. No tenía sentido». Aslan es más rotundo aún acerca de la cuestión de la comparecencia de Cristo ante Pilatos. «No se celebró ninguna vista. No era necesario».

Pero quizá la voz más convincente en este sentido sea la del exsacerdote John Dominic Crossan, catedrático emérito de estudios religiosos de la Universidad DePaul. En *Who Killed Jesus?*, Crossan se pregunta si el relato incendiario que hacen los Evangelios del juicio ante Pilatos no será «una escena de historia romana» o pura «propaganda cristiana». Él mismo responde a la pregunta, en parte, en el siguiente pasaje: «Por explicables que sean sus orígenes, defendibles sus invectivas y comprensibles sus motivos entre cristianos que luchaban por sobrevivir, su repetición se ha convertido ya en la mentira más larga de la historia y, por el bien de nuestra integridad, los cristianos debemos explicitarla al fin como tal».

Pero ¿por qué replantearse otra vez la historia tortuosa de las relaciones entre judaísmo y cristianismo? Porque el odio más largo —el odio nacido de la versión canónica de la crucifixión— ha vuelto a resurgir con violencia. Y, con él, ha resurgido un extremismo político de índole racial al que sus apologetas denominan «populismo». Son dos fenómenos que van de la mano, indudablemente. Como prueba de ello, basta con ver lo que pasó en la manifestación Unite the Right de 2017 en Charlottesville (Virginia), en la que numerosos supremacistas blancos protestaron contra la retirada de un monumento confederado al grito de «¡Los judíos no ocuparán nuestro lugar!» mientras marchaban a la luz de las antorchas y hacían el saludo nazi. O recordar lo ocurrido en la sinagoga Tree of Life del barrio de Squirrel Hill, en Pittsburgh, donde un ultraderechista blanco resentido con los inmigrantes hispanos mató a once judíos e hirió a otros seis. ¿Por qué arremetió contra los judíos? ¿Es posible que estuviera ofuscado por un odio irracional aún más poderoso que su rencor contra los migrantes de piel morena que buscan una vida mejor en Estados Unidos?

El brillante economista y colaborador de *The New York Times* Paul Krugman subrayó el vínculo entre el ascenso simultáneo del antisemitismo y el populismo racista en la misma columna de la que extraje la cita que encabeza este libro. «La mayoría sabemos, creo, que siempre que el fanatismo campa a sus anchas es muy probable que acabemos contándonos entre sus víctimas». Desafortunadamente, es probable que la situación empeore con la pandemia global y la brusca recesión económica. En los rincones más siniestros de Internet, se culpa ya a los judíos de la pandemia, igual que se los culpó de la Peste Negra en el siglo XIV.

«No olvides nunca que lo inimaginable puede ocurrir», le dice el rabino Jacob Zolli a Gabriel al comienzo de *La Orden*. El surgimiento de una pandemia planetaria es prueba de ello, pero ya antes de la crisis causada por la aparición de la covid-19 el antisemitismo había crecido en Europa hasta unos niveles que no se veían desde mediados del siglo pasado. Hay que decir que, por suerte, los dirigentes políticos de Europa Occidental lo han condenado rotundamente. Y lo mismo puede decirse del papa Francisco, que además ha cuestionado la moralidad del capitalismo desenfrenado, ha llamado a actuar contra el cambio climático, ha defendido los derechos de los inmigrantes y ha advertido del peligro que supone el ascenso de la ultraderecha, a la que considera un enemigo mortal. ¡Ay, si el anillo del pescador hubiera ido a parar a un prelado como Francisco en 1939...! La historia de los judíos y de la Iglesia católica habría sido posiblemente muy distinta.

AGRADECIMIENTOS

Le estoy eternamente agradecido a mi esposa, Jamie Gangel, por servirme de caja de resonancia mientras pulía los detalles y la estructura de una trama compleja que conjugaba el asesinato de un papa, el descubrimiento de un evangelio suprimido por la tradición eclesiástica y un complot de la ultraderecha europea para hacerse con el control de la Iglesia católica romana. Cuando acabé el primer borrador del libro, Jamie me hizo tres sugerencias cruciales y más adelante corrigió exhaustivamente el manuscrito final, todo ello mientras cubría el *impeachment* de un presidente para la CNN y cuidaba de nuestra familia en medio de una pandemia. Comparto muchos rasgos con mi protagonista, Gabriel Allon; uno de ellos, el hecho de que ambos estamos casados con mujeres perfectas. La deuda que tengo contraída con Jamie es inconmensurable, igual que mi amor por ella.

Confiaba en poder acabar *La Orden* en Roma, pero tuve que cancelar el viaje cuando el coronavirus empezó a hacer estragos en Italia. Como ya había escrito dos *thrillers* ambientados en el Vaticano y algunas escenas más con la ciudad-estado o sus alrededores como escenario, he tenido oportunidad de trabar amistad con muchos hombres y mujeres que trabajan detrás de los muros del país más pequeño del mundo. He estado en el vestíbulo del cuartel de la Guardia Suiza, he comprado en la farmacia y el supermercado del Vaticano, he visitado el laboratorio de conservación de los Museos Vaticanos, he abierto la portezuela de la estufa de la Capilla Sixtina y he asistido a una misa oficiada por el santo padre. Quiero manifestar aquí mi agradecimiento al padre Mark Haydu, que ha sido una fuente valiosísima de información durante el proceso de escritura de este libro, y al sin par John L. Allen, que escribió literalmente un manual sobre cómo funciona un cónclave. Que conste que ninguno de los dos ha influido en mi visión del sesgo antisemita de los relatos evangélicos de la muerte de Jesús.

Estaré siempre en deuda con David Bull y Patrick Matthiesen por asesorarme en temas de restauración e historia del arte, y por su amistad. Louis Toscano, mi querido amigo y editor de toda la vida, hizo incontables mejoras en la novela, igual que Kathy Crosby, mi correctora personal, que tiene vista de lince. Los errores tipográficos que hayan escapado a su criba inexorable son responsabilidad mía, no de ellos.

Consulté centenares de artículos de periódicos y revistas mientras escribía *La Orden*, así como decenas de libros. Sería un descuido imperdonable no mencionar los siguientes: *Pilatos, biografía de un hombre inventado*, de Ann Wroe; *Constantine's Sword: the Church and the Jews*, de James Carroll; *Historia del cristianismo*, de Paul Johnson; *Jesus of Nazareth, King of the Jews: a Jewish Life and the Emergence of Christianity* y *From Jesus to Christ: The Origins of the New Testament Images of Jesus*, de Paula Fredriksen; *Who Killed Jesus? Exposing the Roots of Anti-Semitism in the Gospel Story of the Death of Jesus*, de John Dominic Crossan; *El zelote*, de Reza Aslan; *Jesús, el profeta judío apocalíptico*, de Bart D. Ehrman; *The Apocryphal Gospels: Text and Translations*, de Bart D. Ehrman y Zlatko Pleše; *Antisemitism: The Longest Hatred*, de Robert S. Wistrich; *La Iglesia católica y el Holocausto* y *Los verdugos voluntarios de Hitler*, de Daniel Jonah Goldhagen; *El papa de Hitler: la verdadera historia de Pío XII* y *Como un ladrón en la noche: la muerte del papa Juan Pablo II*, de John Cornwell; *The Catholic Church and the Holocaust, 1930-1965* y *Pius XII, the Holocaust, and the Cold War*, de Michael Phayer; *Under His Very Windows: The Vatican and the Holocaust in Italy*, de Susan Zuccotti; *Los papas contra los judíos*, de David I. Kertzer; *La auténtica Odessa: la fuga de nazis a la Argentina de Perón*, de Uki Goñi; *City of Secrets: The Truth Behind the Murders at the Vatican*, de John Follain; *Su santidad: Juan Pablo II y la historia de nuestro tiempo*, de Carl Bernstein y Marco Politi; *Conclave: The Politics, Personalities, and Process of the Next Papal Election*, de John L. Allen; *Inside the Vatican: The Politics and Organization of the Catholic Church*, de Thomas J. Reese; *Behind Locked Doors: A History of Papal Elections*, de Frederic J. Baumgartner; y *Merchants in the Temple: Inside Pope Francis's Secret Battle Against Corruption in the Vatican*, de Gianluigi Nuzzi.

Tenemos la inmensa fortuna de contar con familiares y amigos que llenan nuestra vida de cariño y buen humor en momentos críticos del curso lectivo, especialmente Jeff Zucker, Phil Griffin, Andrew Lack, Noah Oppenheim, Susan St. James y Dick Ebersol, Elsa Walsh y Bob Woodward, Michael Gendler, Ron Meyer, Jane y Burt Bacharach, Stacey y Henry Winkler, Kitty Pilgrim y Maurice Tempelsman, Donna y Michael Bass, Virginia Moseley y Tom Nides, Nancy Dubuc y Michael Kizilbash, Susanna Aaron y Gary Ginsburg, Cindi y Mitchell Berger, Andy Lassner, Marie Brennan y Ernie Pomerantz, y Perry Noonan.

Gracias de todo corazón al estupendo equipo de HarperCollins, que ha logrado publicar un libro en circunstancias que ningún escritor de *thrillers* habría podido imaginar. Les estoy especialmente agradecido a Brian Murray, Jonathan Burnham, Jennifer Barth, Doug Jones, Leah Wasielewski, Mark Ferguson, Leslie Cohen, Robin Bilardello, Milan Bozi, Frank Albanese, Josh Marwell, David Koral, Leah Carlson-Stanisic, Carolyn Bodkin, Chantal Restivo-Alessi, Julianna Wojcik, Mark Meneses, Sarah Ried, Beth Silfin, Lisa Erickson y Amy Baker.

Por último, la epidemia de coronavirus obligó a mis hijos, Lily y Nicholas, a compartir de nuevo casa conmigo mientras yo trataba de acabar esta novela cumpliendo mi plazo de entrega. Doy gracias por ello, aunque no estoy seguro de que ellos puedan decir lo mismo. Como muchos jóvenes profesionales en Estados Unidos, durante el confinamiento teletrabajaron desde sus habitaciones de adolescentes. Yo disfrutaba apareciendo por sorpresa —sin que nadie me invitara— en sus videoconferencias. Su presencia ha sido una fuente enorme de consuelo, alegría e inspiración. Ellos también son un milagro, en más de un sentido.